2017年度国家社会科学基金西部项目：古典诗学视野下的延安时期怀安诗社研究（批准号：17XZW038）

延安大学中国语言文学学科建设经费资助项目（编号：1050/301200074）；延安大学20世纪人民文艺研究科研创新团队（编号：延大科发〔2017〕23号）

怀安诗社研究

霍建波 ◎ 著

中国社会科学出版社

图书在版编目(CIP)数据

怀安诗社研究/霍建波著. —北京：中国社会科学出版社，2022.8
ISBN 978 - 7 - 5227 - 0482 - 1

Ⅰ.①怀⋯　Ⅱ.①霍⋯　Ⅲ.①旧体诗—社会团体—研究—中国
Ⅳ.①I207.22

中国版本图书馆 CIP 数据核字(2022)第 125466 号

出 版 人	赵剑英
责任编辑	郭晓鸿
特约编辑	杜若佳
责任校对	师敏革
责任印制	戴　宽

出　　版	中国社会科学出版社
社　　址	北京鼓楼西大街甲 158 号
邮　　编	100720
网　　址	http://www.csspw.cn
发 行 部	010 - 84083685
门 市 部	010 - 84029450
经　　销	新华书店及其他书店
印　　刷	北京明恒达印务有限公司
装　　订	廊坊市广阳区广增装订厂
版　　次	2022 年 8 月第 1 版
印　　次	2022 年 8 月第 1 次印刷
开　　本	710×1000　1/16
印　　张	17.25
插　　页	2
字　　数	251 千字
定　　价	99.00 元

凡购买中国社会科学出版社图书，如有质量问题请与本社营销中心联系调换
电话：010 - 84083683
版权所有　侵权必究

目　录

绪论 …………………………………………………………（1）
  第一节　怀安诗社的成立与怀安诗界定 …………………（1）
  第二节　怀安诗社研究综述 ………………………………（11）
  第三节　中国古典诗学的基本特征与研究视角 …………（19）

第一章　怀安诗社的社会背景与文化语境 …………………（34）
  第一节　怀安诗社的社会背景 ……………………………（34）
  第二节　怀安诗社的文化语境 ……………………………（43）

第二章　怀安诗社的成员结构与活动历程 …………………（68）
  第一节　怀安诗社的成员结构 ……………………………（68）
  第二节　怀安诗社的活动历程 ……………………………（76）

第三章　怀安诗社的诗论主张与创作实践 ………………（101）
  第一节　寄寓美刺褒贬、为时为事的诗论主张与诗歌创作 ……（101）
  第二节　吟玩闲情逸致、为文而文的诗论思想与创作倾向 ……（119）
  第三节　革新诗歌体裁形式的倡议与实践 ………………（129）

第四章　怀安诗社的创作成就之一：李木庵研究 ………（141）
  第一节　李木庵的生平与怀安诗创作 ……………………（142）

第二节　李木庵怀安诗的主题内容 …………………………（147）
　　第三节　李木庵怀安诗的艺术成就 ………………………（161）

第五章　怀安诗社的创作成就之二：谢觉哉研究 …………（171）
　　第一节　谢觉哉生平与怀安诗创作 ………………………（171）
　　第二节　谢觉哉怀安诗的内容分类 ………………………（175）
　　第三节　谢觉哉怀安诗的艺术贡献 ………………………（186）

第六章　怀安诗社的创作成就之三：怀安诗名篇解读 ……（202）
　　第一节　朱德与南泥湾记游诗 ……………………………（202）
　　第二节　罗青与延安颂诗 …………………………………（216）
　　第三节　陶承与红云曲 ……………………………………（228）

第七章　怀安诗社的地位与影响 ……………………………（238）
　　第一节　怀安诗社在文学上的地位与影响 ………………（238）
　　第二节　怀安诗社在政治上的地位与影响 ………………（244）

结束语
　　怀安诗社的成功经验与历史局限 …………………………（255）

参考文献 ………………………………………………………（262）

后记 ……………………………………………………………（268）

绪　　论

　　延安是中国革命的圣地，延安时期（1935.10—1948.3）[①] 在中国革命史上的地位举足轻重。延安文艺（1935.10—1949.7）[②] 的形成与演进是中国文学史上重大的历史文化事件，它直接影响甚至规范了中国当代文学的发生与发展。怀安诗社（1941.9—1949.9）是中国无产阶级革命文艺史上第一个以创作旧体诗为主的文学组织，该社1941年9月5日成立于延安，历时八年，主要运用旧形式表现新内容，堪称延安文艺史上的独特存在。在民族抗日战争和人民解放战争时期，怀安诗人们酬唱赠答、言志抒怀、鼓舞革命情绪，对延安文艺乃至中国革命均做出了较为独特的历史性贡献。

第一节　怀安诗社的成立与怀安诗界定

　　在社会时代与文化思潮发生剧烈变革之际，一种有着自身稳固特

[①] 曾鹿平、姚怀山主编：《延安文化思想概论》，陕西师范大学出版总社有限公司2015年版，第5页。该书认为："中国共产党历史中的延安时期，也就是指中共中央和中央红军1935年10月到达陕北吴起镇到1948年3月中共中央离开陕北，经历的13年。"

[②] 曾鹿平、姚怀山主编：《延安文化思想概论》，陕西师范大学出版总社有限公司2015年版，第184页。该书认为："延安文艺是指在毛泽东文艺思想指导下，1935年10月19日中央红军长征到达陕北吴起镇，至1949年7月第一次全国文代会召开，以延安为中心，包括陕甘宁边区及其周边抗日民主根据地和解放区在内的一切文艺活动。"

质与悠久历史传统的文学体裁,如何适应社会时代的发展,跟上时代思潮的节奏,与时代生活接轨,正是旧体诗从新文化运动以来直至延安时期所面临的严峻问题。在经历了重重磨难之后,经过自身的努力蜕变,旧体诗终于成功闯出了困境,为自己在延安文艺的诗坛上赢得了一席之地,并随之展示出了不俗的创作成绩。在延安文艺时期,毛泽东、萧军、吕振羽、鲁克、魏传统等都创作过数量不等的旧体诗词,但笔者认为此期创作旧体诗的重镇在怀安诗社,其标志性成果便是怀安诗。

一 怀安诗社的成立

怀安诗是怀安诗社的成员所创作的诗歌作品,故要界定怀安诗这一诗歌范畴概念的内涵与外延,就必须从怀安诗社的成立开始说起。1941年9月5日,怀安诗社成立于陕西延安。当时的延安是中国革命的中心和圣地,党中央和毛主席在这里领导和指挥民族抗日战争以及中国的革命战争,它吸引了来自全国各地乃至全世界的爱国青年、进步人士等。对于怀安诗社的成立过程以及诗社宗旨等基本情况,当时的中共中央机关报——延安《解放日报》有较为详细的报道。该报1941年9月7日第二版"本市讯"称:

> 九月五日,林伯渠、谢觉哉、高自立等同志,于交际处宴请延安民间诗人墨客,到会者多为寿高六十或七十岁以上之老人,如东市遗老吴汉章老先生、席老先生、白老先生等十余人,并请王明同志作陪。其中计有秀才五人,拔贡一人。畅谈当年入场及清末遗事甚欢。因当场多诗词之士,乃由林老发起组织一诗社,本"老者安之,少者怀之"之旨,定名怀安诗社,由法院李木安同志主持诗坛,汇集佳作。闻者多称之曰延水雅集。①

---

① 《延水雅集:怀安诗社成立》,《解放日报》1941年9月7日第2版。笔者注:"李木安",现在一般写作"李木庵"。

绪 论

怀安诗社之名来源于上文所提及的"老者安之,少者怀之",这是《论语·公冶长》篇中孔子的话语,也是孔子作为儒家代表人物所表达的一种政治理想。孔子确切的原话是:"老者安之,朋友信之,少者怀之。"① 意思是说,"老人得安,朋友得到信任,年轻人得到关怀"。② 这段话不仅充分体现出了孔子宣扬的"仁政"思想,同时也很富有人情味。对于"怀安"二字,林伯渠解释为:"边区建设民主政治,要做到老者能安,少者能怀,深寓策励之义。"③ 1941年10月1日,《解放日报》发表了诗社成员谢觉哉(署名焕南)的《从怀安诗社谈起》一文。该文把"怀安"理解为"敬老慈幼",认为"老安少怀,是社会的事业",老人"应该得到社会上的尊重","小孩是未来社会的主人,小孩养得好,有健壮的体力,教得好,有实际的能力,这就是未来社会比现在社会要好些的保证。所以保育小孩是上一代人的神圣义务"。④ 综上可见,当时作为陕甘宁边区政府主席的林伯渠之所以倡议成立怀安诗社,是很有深意的:不仅是为了创作诗歌、言志抒怀,同时还体现出怀安诗人的人文精神与政治担当、政治关怀。

1941年9月15日,重庆《新华日报》第一版——"本报七日延安电"以"延安老人组社赋诗成立怀安诗社"为题,对怀安诗社成立也做了具体报道。除了个别地方,该报道的主要内容与《解放日报》基本一致。该报称:

> 九月五日,林伯渠、谢觉哉、高自立等同志宴请延安民间老人。到会为寿高六十至七十以上以⑤老人,如吴玉章老先生、席老先生、白老先生等十余人,并请王明同志作陪,且到有废清秀才五人、拔贡一人,畅谈当年内考场及清廷遗事甚欢,当场诗词

---

① 刘兆伟译注:《论语》,人民教育出版社2015年版,第98页。
② 刘兆伟译注:《论语》,人民教育出版社2015年版,第98—99页。
③ 李木庵编著:《窑台诗话》,湖南人民出版社1984年版,第2页。
④ 焕南:《从怀安诗社谈起》,《解放日报》1941年10月1日第4版。
⑤ 笔者注:"以",疑为衍字。

之士乃由林老发起组织一诗社，本"老者安之，少者怀之"之旨，定名"怀安诗社"。由法院李木安同志主持诗坛汇集佳作，闻者多称为延安雅集。①

如果说《解放日报》的读者群主要集中在以延安为中心的陕甘宁边区，那么作为社址在重庆的《新华日报》，其读者群则主要集中在国统区，尤其是以在重庆的工人阶级为主体。故《新华日报》对怀安诗社成立所做的报道，可以说是在《解放日报》的基础之上，进一步宣传了怀安诗社，把怀安诗社从革命根据地推介到了国统区，大大扩展了其知名度与影响力。稍后（即1941年9月28日），身在重庆进行革命工作的董必武便作诗四首——《闻延安成立"怀安诗社"，赋四绝句兼呈吴徐谢林诸老、朱总司令、叶参谋长》②寄到延安参与诗社酬唱，便是怀安诗社在国统区产生影响的明证。

怀安诗社成立以后，《解放日报》曾开辟"怀安诗选"专栏刊登怀安诗人的旧体诗词作品。如1941年10月16日，《解放日报》第4版的"怀安诗选"栏目就发表了林伯渠、谢觉哉、朱婴、李木庵等的9首诗词作品；1942年2月21日，《解放日报》第4版"怀安诗选"专栏又发表了续范亭、林伯渠、张曙时、李木庵、李健侯等的12首诗词。据统计，《解放日报》共刊发旧体诗词作品（包括非怀安诗在内）计100多首。《解放日报》对宣传怀安诗社，传播以怀安诗为主体的旧体诗词作品、扩大怀安诗社的社会影响力等，均起到了一定的积极作用。本来，作为中共中央的机关报，《解放日报》一般是不刊发旧体诗词的。之所以能够开辟专栏、发表怀安诗人的旧体诗词作品，据说是得到了毛泽东同志的批准。如王敬等所说，《解放日报》"副刊一般不发表旧体诗。其他版面也只是在重大纪念日或特殊情况时才发表领导人或党外著名人士的旧体诗。这是请示过毛主席的。毛主席说旧

---

① 《延安老人组社赋诗成立怀安诗社》，《新华日报》1941年9月15日第1版。
② 李石涵编：《怀安诗社诗选》，陕西人民出版社1980年版，第4页。

体诗不好懂，容易束缚思想，不提倡写旧体诗，但有些老人不会写新诗，只会写旧诗，发表一些也是可以的"。① 可以说，怀安诗是《解放日报》副刊上最早刊发的旧体诗词作品；同时，这种做法也是得到了当时党政军的主要领导人毛泽东同志许可的。故怀安诗在其艺术精神的本质上与当时的革命斗争形势是一致的、不相违背的，某些人认为旧体诗创作与延安文艺的主流思潮矛盾的说法是错误的，或者说是不确切的。

综上可知，怀安诗社是"中国无产阶级革命文艺史上第一个古典诗歌的诗社"。②"怀安诗社的诗篇是延安时期文艺领域的一枝奇葩……它虽然是短小的抒情诗形式，但并不妨碍它描绘整个民族、整个阶级行动起来的改天换地的斗争。"③ 怀安诗社与在江苏北部阜宁县文化村成立的湖海诗社（1942年11月，又名湖海艺文社）、在晋察冀抗日根据地成立的燕赵诗社（1943年2月）都是无产阶级革命家领导下的文艺社团，它们呈三足鼎立之势。三个诗社遥相呼应，为中国抗战文艺的发展做出了特殊的历史性贡献。三个诗社虽然都以创作旧体诗为主，但是比较而言，不管在运作时间、成员组成、诗论主张、诗作数量以及作品的影响力上，湖海诗社和燕赵诗社均无法与怀安诗社相比。因此相对而言，怀安诗社更具有代表性，在当时与以后的影响也更大。诚如王敬所说，怀安诗社"是我党以诗会友，通过文艺创作活动团结抗日民族统一战线，联合爱国民主力量的成功尝试"。④ 怀安诗社"不仅团结了广大爱国进步的仁人志士，而且繁荣了延安的诗坛"。⑤ 总之，笔者以为，比起湖海诗社与燕赵诗社，怀安诗社更值得引起读者

---

① 王敬主编：《延安〈解放日报〉史》，新华出版社1998年版，第360页。
② 杨柄：《怀安诗社——中国无产阶级革命文艺史上第一个古典诗词诗社》，《甘肃高师学报》2005年第3期。
③ 杨柄：《怀安诗社——中国无产阶级革命文艺史上第一个古典诗词诗社》，《甘肃高师学报》2005年第3期。
④ 王敬主编：《延安〈解放日报〉史》，新华出版社1998年版，第361页。
⑤ 王敬主编：《延安〈解放日报〉史》，新华出版社1998年版，第360页。

和研究者的关注。

二 怀安诗界定

笼统地说，怀安诗是怀安诗社的成员所创作的诗歌作品。但如果想要较为准确、客观地界定其内涵和外延，笔者认为必须同时从以下三个方面来考察：（一）诗作的创作主体应该是怀安诗社的成员；（二）诗作的创作时间应该在怀安诗社存在的期间之内；（三）诗作的体裁形式应该是旧体诗词。需要同时具备以上三个条件，其诗作才能被称为怀安诗。下面试分论之。

（一）创作主体暨怀安诗社成员情况

怀安诗社虽然"没有挂牌、没有机构、编制与专职人员，没有成文的章程与入社手续"，① 是一个业余性的文艺社团，但其成员还是较为固定的。据当时《解放日报》《新华日报》等媒体的报道，以及《怀安诗社诗稿》手抄本②和后来出版的《怀安诗选》、《怀安诗社诗选》与陶承《怀安诗社杂忆》、李木庵《窑台诗话》等记载，其成员主要分为两大类。一类是诗社成立之日在场的成员，计有林伯渠、李木庵、谢觉哉、高自立、鲁佛民、朱婴、吴缣、王明、汪雨相、安文钦、戚绍光、贺连城、施静安、李丹生、吴汉章③、白钦圣、席老先生（名字不详）、张曙时等十八人。④ 一类是后来加入的成员，有朱德、叶剑英、陈毅、吴玉章、徐特立、董必武、续范亭、熊瑾玎、钱

---

① 叶镜吾：《怀安诗社概述》，载李石涵编《怀安诗社诗选》，陕西人民出版社1980年版，第294页。
② 《怀安诗社诗稿》手抄本，现珍藏于延安革命纪念馆，由怀安诗社社长李木庵之子李石涵所赠。
③ 《延安老人组社赋诗成立怀安诗社》，《新华日报》1941年9月15日第1版。笔者注：《新华日报》认为是"吴玉章"，是错误的。证据有二：一是之前《解放日报》明确提及为吴汉章；二是吴玉章是四川人，且当时为延安大学的校长，这与前面提及的"延安民间老人"矛盾。
④ 李木庵编著：《窑台诗话》，湖南人民出版社1984年版，第2页。李木庵说："一九四一年九月五日，陕甘宁边区政府主席林伯渠同志，于公余之暇，约集在延安之能吟事者廿余人成立诗社，标名'怀安'。"按照李木庵社长所说，怀安诗社成立时应有二十多人。但是限于文献材料，现考证到的只有十八人。故笔者下文所说后来加入的成员，也有可能就是诗社成立时的在场者。

来苏、黄齐生、刘道衡、王铁生、罗青、陶铸、郭子化、古大存、敷扬、姜国仁、韩进、李少石、郭化若、任锐、金白渊、吴芝圃、张宗麟、刘仁、傅伦、吴均、李健侯、陶承等三十人。共计有名有姓的成员①近五十人，与李石涵所说"它有一个半百来人的作者圈，散于各方"②相吻合。同时，该社的绝大部分成员都有诗作传世，有的数量较少，有的很多，甚至达到数百篇。如果算上其他时期创作的旧体诗词作品，有些成员如谢觉哉、钱来苏、董必武等，仅个人的作品就已经达到了千首。至于《窑台诗话》提及的一些旧体诗作家，虽然有的也曾与怀安诗人相互唱和，且被录存了不少诗作，但是因为未见被明确列为怀安诗社成员，故这里暂不作为怀安诗社成员对待。

(二) 怀安诗社存在的时间

对于怀安诗社成立时间，有《解放日报》《新华日报》等报道记载以及亲历者所说，自无异议。而其结束时间，因为至今未见亲历者有明确说法，故尚存在一些不同意见。如吴敏认为怀安诗社"约在1943年后活动停止"。③王巨才认为怀安诗社在1945年结束："抗战胜利后，因人员流动，怀安诗社的活动也便在无形中结束了。"④万仁元等认为怀安诗社在"1947年前后停止活动"。⑤"1947年后停止活动"。⑥这些观点明显是错误的，因为《怀安诗选》和《怀安诗社诗选》所选诗作创作的年代一直持续到1949年；同时，根据李石涵编著《怀安诗社诗选》一书之《后甘泉村》部分"题记"所载，怀安诗社也应当运行到1949年。对于怀安诗社存在时间，人民文学出版社编辑部在1979年出版《怀安诗选》时，其"出版说明"讲得非常明确：

---

① 笔者注：《怀安诗选》与《怀安诗社诗选》均选录了署名为"佚名"的诗作若干首。
② 李石涵编：《怀安诗社诗选》，陕西人民出版社1980年版，"前言"第2页。
③ 吴敏：《宝塔山下交响乐：20世纪40年代前后延安的文化组织与文学社团》，武汉出版社2011年版，第303页。
④ 王巨才主编：《延安文艺档案》第三十一册《延安文学组织》，太白文艺出版社2015年版，第274页。
⑤ 万仁元等主编：《中国抗日战争大辞典》，湖北教育出版社1995年版，第365页。
⑥ 《中国现代文学词典》，上海辞书出版社1990年版，第18页。

"怀安诗社,由抗日战争时期在延安的革命老前辈所组成,并吸收一些知名人士参加。一九四一年九月五日成立,一九四九年九月结束,历时八年。"① 准确地说,也就是从 1941 年 9 月 5 日起,至 1949 年 9 月 30 日止,就是怀安诗社存在的时间。这一观点得到了学界的普遍接受。如尚海等主编《民国史大辞典》认为:"该诗社于新中国成立前夕停止活动,历时近 8 年。"② 张广明主编《中华小百科全书·文学卷》也认为:"该社于建国前夕停止了活动。"③ 陈安湖《中国现代文学社团流派史》说:"怀安诗社的活动,从艰苦卓绝的抗战中期开始,经历了炮火连天的解放战争,直到中华人民共和国的庄严诞生。"④ 可见,怀安诗社成立于民族抗日战争时期,经历了民族抗日战争和人民解放战争,随着中华人民共和国成立,诗社成员各自奔赴新的工作岗位,诗社也就自然解体了。当然,即使中华人民共和国成立后诗社解体了,怀安诗人们也未完全停止诗歌创作活动。如陶承所说:"解放后,怀安诗社的老同志分散各方,战斗在不同的岗位上。但是,彼此的心仍紧紧地连在一起,常有诗词唱和往来。"⑤ 这是后话,与本论题无关,此不赘述。但需要说明的是,即使是后来参加诗社的成员,宽泛地说,笔者认为他的作品也可以从 1941 年 9 月 5 日开始算起。

(三) 作品的体裁形式

在《怀安诗社诗稿》手抄本中,除 500 多首旧体诗词外,还有 100 多封书信和少量的对联与白话诗,体裁杂乱。怀安诗社社长李木庵编著的《窑台诗话》录存的作品有旧体诗词,也有民歌民谣,还有白话诗,体裁较为多样。叶镜吾在《怀安诗社概述》中提及怀安诗社创作的作品,其体裁形式也是相当丰富的。他说:"就我所知,怀安

---

① 《怀安诗选》,人民文学出版社 1979 年版,第 1 页。
② 尚海等主编:《民国史大辞典》,中国广播电视出版社 1991 年版,第 525 页。
③ 张广明主编:《中华小百科全书·文学卷》,四川辞书出版社、四川教育出版社 1994 年版,第 239 页。
④ 陈安湖:《中国现代文学社团流派史》,华中师范大学出版社 1997 年版,第 674 页。
⑤ 陶承:《怀安诗社杂忆》,载陶承《祝福青年一代》,湖南人民出版社 1983 年版,第 130 页。

诗社所收集各家诗稿凡五十余人，古风、近体、新诗、译诗约二千五百余首。李老原订计划先完成诸老诗选，作为首集，次而及于其他各家，再次而及于新诗、戏曲、民歌、军歌、译诗。"① 按照这个说法，怀安诗的体裁形式是多样化的。不但有旧诗，也有新诗、译诗，甚至还有戏曲、民歌等。但实际上，怀安诗社诗人们主要致力于创作旧体诗词作品，并且是以旧体诗闻名于世的。因此，笔者以为狭义的怀安诗，在体裁形式上必须为旧体诗词。对此，诗社的发起人林伯渠在诗社成立时曾经指出："诗社宗旨在于利用旧形式，装置新内容，即旧瓶装新酿。"② 社长李木庵也说："诗社的同志们主要写的是旧体诗……'怀安诗社'以旧体诗创作占最大比重。"③ 此外，在1979年人民文学出版社出版的《怀安诗选》和1980年陕西人民出版社出版的《怀安诗社诗选》——这两本怀安诗社最基本、也是最权威的文献资料中，选录的也全部是旧体诗词。由此可见，以旧体诗词来界定怀安诗，才更符合怀安诗社的本意。至于新诗、译诗、民歌等怀安诗人的非旧体诗作品，这里暂不做探讨。

综上可知，在1941年9月5日至1949年9月30日的时间段内，由怀安诗社成员所创作的旧体诗词，称为怀安诗。这就是怀安诗的基本内涵。但是事情常常会有例外，这个例外主要发生在时间上。因为《怀安诗选》和《怀安诗社诗选》都收录了一些怀安诗社运作时间期限之外的诗作，且有部分诗作未注明创作时间。如陶铸的《病住医院感赋》《寄怀李范一》《车队抵石板河》等诗均作于1939年，④ 林伯渠的《陪都即事》、《读诗书感》⑤ 与《咸榆道中》⑥ 等诗均作于1940

---

① 叶镜吾：《怀安诗社概述》，载李石涵编《怀安诗社诗选》，陕西人民出版社1980年版，第300页。
② 李木庵编著：《窑台诗话》，湖南人民出版社1984年版，第2页。
③ 李木庵：《漫谈旧诗的通俗化及韵律问题——记"怀安诗社"二三事》，载李石涵编《怀安诗社诗选》，陕西人民出版社1980年版，第276页。
④ 李石涵编：《怀安诗社诗选》，陕西人民出版社1980年版，第91—92页。
⑤ 李石涵编：《怀安诗社诗选》，陕西人民出版社1980年版，第95—96页。
⑥ 《怀安诗选》，人民文学出版社1979年版，第15页。

年，熊瑾玎的《菊感》作于 1941 年 1 月 18 日，① 钱来苏的《追悼李木庵老同志》作于 1959 年。② 而如郭子化的《月夜宿营书怀》《军行山中》，③ 以及敷扬的《皖变零忆》④ 则没有标明创作时间，等等。这些作品虽不完全符合怀安诗的内涵要求，但是因为《怀安诗选》《怀安诗社诗选》曾收录，且诗作内容与怀安诗社都密切相关，故亦可列入怀安诗范畴之内。而对于其他诗作，如果不能同时具备上述三个条件，则不能视为怀安诗了。

笔者之所以界定怀安诗，既是研究工作的需要，同时还有两个方面的原因。一是为了区别此期非怀安诗社成员的旧体诗词作品，二是为怀安诗作的辑佚工作做准备。如前所说，在延安文艺时期（1935.10—1949.7），除怀安诗人外，还有不少诗人创作旧体诗，如毛泽东、萧军、吕振羽、鲁克、魏传统等。明确界定怀安诗，标举怀安诗，把怀安诗人作为一个整体，能够区别于此期创作旧体诗的其他诗人，这是界定怀安诗的首要原因。其次，因为现有的《怀安诗选》《怀安诗社诗选》两部怀安诗社最基础的诗歌选集，以及李木庵《窑台诗话》所录存的诗作，远远没有达到文献所载的数量。原因当然很多，其中主要的是负责"抄存、传送、保管、整理、编集"该社作品工作的社长李木庵同志，于 1959 年秋逝世以后，这些作品经历"沧桑世变，受到一些毁失"，⑤ 已经残缺不全了。同时，"集中出现一些有答无赠或有赠无答之作，大多数是现不见于诗社存稿中，并非无诗，很不易找补"，故"搜集逸作，仍是一项有待完成的任务"。⑥ 通过怀安诗辑佚工作，努力全面地搜集、汇总散失的怀安诗，能够使我们尽

---

① 《怀安诗选》，人民文学出版社 1979 年版，第 82 页。
② 《怀安诗选》，人民文学出版社 1979 年版，第 117 页；李石涵编：《怀安诗社诗选》，陕西人民出版社 1980 年版，第 173 页。
③ 李石涵编：《怀安诗社诗选》，陕西人民出版社 1980 年版，第 92—93 页。
④ 李石涵编：《怀安诗社诗选》，陕西人民出版社 1980 年版，第 97—100 页。
⑤ 李石涵编：《怀安诗社诗选》，陕西人民出版社 1980 年版，"前言"第 5 页。
⑥ 李石涵编：《怀安诗社诗选》，陕西人民出版社 1980 年版，"前言"第 6 页。

可能了解怀安诗社的创作原貌，总体把握怀安诗的创作成就，为进一步的考察研究打下良好的基础。

第二节 怀安诗社研究综述

如前所述，在1949年9月30日，随着中华人民共和国的即将建立，怀安诗社也就自然解体了。从诗社解体一直到现在，斗转星移，已经过去了七十多年的时间，而学术界对怀安诗社的重视程度还远远不够，相关研究也没能充分地展开。为了顺利开展本课题的研究工作，笔者首先对本课题研究概况做出扫描分析。鉴于国外学者对此关注甚少，这里主要对国内研究史进行梳理。笔者以为，国内关于怀安诗社的研究，以20世纪90年代为界限，大致可以分为前后两个研究阶段。下面按照时间先后顺序，试论述之。

一 第一个阶段（1949—1989年）

从1949年中华人民共和国成立到1989年的四十年时间，是怀安诗社研究的第一个阶段。在这个阶段，怀安诗社的研究从少人问津到逐渐成为学术界的一个重要研究课题。本阶段又可以分为两个时期，即前三十年以及后十年。在第一个时期即前三十年中，由于众所周知的社会政治原因，国内的学术研究状态本来就算不上繁荣。而对于怀安诗社的研究，该社之外的学者几乎是无人问津。以笔者短浅的目力，仅仅查阅到了两篇当时应该没有公开发表的研究论文，更没有相关的研究著作出版。虽然只有两篇论文，但是意义重大。因为它们是怀安诗社研究的拓荒文献，富有开创性与奠基性。其中一篇是怀安诗社社长李木庵的《漫谈旧诗的通俗化及韵律问题——记"怀安诗社"二三事》，[①] 这是作者1959年6月口述而

---

① 李木庵：《漫谈旧诗的通俗化及韵律问题——记"怀安诗社"二三事》，载李石涵编《怀安诗社诗选》，陕西人民出版社1980年版，第275—291页。

成的论文。这篇论文主要论及了三个问题：一是关于旧体诗的通俗化问题，重点分析了口语诗词的通俗性和艺术性；二是讨论诗词韵律问题，谈了《佩文诗韵》的废止以及《怀安新韵》初步拟定的情况；三是探讨近体诗的禁忌规范问题，提出了律诗、绝句可以通韵的观点，认为律诗的对仗也不是必须具备的。另一篇是叶镜吾的文章《怀安诗社概述》，[①] 该文创作于1963年7月。作者叶镜吾在中华人民共和国成立后曾经协助社长李木庵誊抄、校对怀安诗社的作品，也参与了编选怀安诗，对怀安诗社非常熟悉。该文对怀安诗社的宗旨、性质、命名、成立过程、参与成员等均进行了较为详细的描绘，并较为恰切地概括了怀安诸老的诗词风格与艺术成就等。

20世纪70年代末80年代初，《怀安诗选》[②]与《怀安诗社诗选》[③]相继出版，标志着怀安诗社开始进入研究者的视野，受到了学术界的关注。其中《怀安诗选》一书录诗242首，共分为："怀安诗社""边区采风录""南泥湾行""歌咏抗战""自励互勉""悼念烈士""延安生活""送出征""后甘泉村""滹沱河边"等十部分，且在"出版说明"中概括了怀安诗社的成立、宗旨以及诗作的思想内容与艺术成就等。而《怀安诗社诗选》录诗540[④]多首，由编者李石涵所作的"前言"部分不但概述了怀安诗社的基本情况，还提出了"按事立类，分诗入类"的原则，把诗作分为十一类，即："延水雅集""边区采风录""南泥湾纪游""学习与讨论""感兴""生辰自勉、互勉""挽诗""唱酬赠答""送南北征人离延""后甘泉村""滹沱河边"。这两部诗歌选集，为怀安诗研究提供了最基本、也最为可信的文献材料。这个时期，老一辈无产阶级革命家的旧体诗词作品广泛出

[①] 叶镜吾：《怀安诗社概述》，载李石涵编《怀安诗社诗选》，陕西人民出版社1980年版，第292—300页。
[②] 《怀安诗选》，人民文学出版社1979年版。
[③] 李石涵编：《怀安诗社诗选》，陕西人民出版社1980年版。
[④] 笔者注：《怀安诗社诗选》实录怀安诗作544首，附录其他诗人诗作2首。

版，其中就掺杂有数量较多的怀安诗。如《十老诗选》①《老一辈革命家诗词选注》②《林伯渠同志诗选》③《谢老诗选》④《熊瑾玎诗草》⑤等其他如朱德、陈毅、董必武等怀安诗社成员的诗集，也在此时先后出版面世。但可惜的是，怀安诗杂糅在他们的作品集中，并没有人把其单独辨析出来进行专门考察。

同样在后十年中，仍然没有产生专门研究怀安诗社的相关著作，但有10余篇学术论文直接相关。尽管这些论文比起之前李木庵、叶镜吾的文章，并没有多少理论上的提炼和研究领域上的实质性的开拓，但已能充分说明，怀安诗社引起了学术界的关注和研究，成为学术研究的一个重要课题。如周健的论文《"怀安诗社"和"怀安"诗》⑥主要结合相关作品，对怀安诗的思想内容做了分析，其中洋溢着的对延安以及陕甘宁边区的真挚情感值得注意。江弘基的论文《关于"怀安诗社"》⑦ 主要描述了怀安诗社的成立过程，并对一些典型诗作做了赏析。霍有明的《军歌与战鼓齐鸣　吟坛共战场并捷——〈怀安诗社诗选〉刍议》⑧是此时期最具代表性的一篇论文，该文不但详细论证了怀安诗人熟练使用旧体诗形式进行创作的功力，而且从改革诗韵、取消对仗、创作怀安体、白话入诗等几个方面，探讨了怀安诗社对旧体诗的变革等问题。其他如孙国林的《延安时期的文学社团》(《河北师范大学学报》1986年第3期)、李鸽的《论怀安诗社》(《昭通师专学报》1988年第2、3合期)等论文，也均对怀安诗社做了一定的探

---

① 《十老诗选》，中国青年出版社1979年版。
② 鲁歌、羊春秋主编：《老一辈革命家诗词选注》，福建人民出版社1983年版。
③ 周振甫、陈新注释：《林伯渠同志诗选》，中国青年出版社1980年版。
④ 周振甫、陈新注释：《谢老诗选》，中国青年出版社1980年版。
⑤ 熊瑾玎：《熊瑾玎诗草》，湖南人民出版社1981年版。
⑥ 周健：《"怀安诗社"和"怀安"诗》，《西北大学学报》1980年第3期。
⑦ 江弘基：《关于"怀安诗社"》，《陕西师范大学学报》1980年第4期。
⑧ 霍有明：《军歌与战鼓齐鸣　吟坛共战场并捷——〈怀安诗社诗选〉刍议》，《抗战文艺研究》1987年第2期；载霍有明《文艺的"复古"与创新》，中国戏剧出版社1997年版，第220—231页。

析，值得关注。

上文所提及的论文都是从整体上观照、探究怀安诗社的，此时期还有一些文章则主要从个案出发，针对具体的怀安诗人展开考察。如黄万机的《黄齐生诗词浅论》[①]一文，以黄齐生为研究对象，对其旧体诗词丰富的内容与独特的艺术成就进行了较为详细的论析。当然，该文所举例证不限于诗人在延安时期所作，而是就其一生的所有作品而言的。再如黄树红的论文《试论叶剑英绝句的艺术特色》，[②]从意旨高远、构思精巧、形象独特、结句警策等四个方面概括了叶剑英绝句的艺术特征，也是针对其一生所有作品而言，没有局限在怀安诗的范畴之内。武原与曹爽的文章《简论董必武抗日战争时期的旧体诗》[③]以董必武抗日战争期间近100首旧体诗作为研究对象，对其内容分类、精神品德以及艺术风格做了探讨，挖掘较深。另外，陶承的《怀安诗社杂忆》[④]是一篇自述性质的追忆文章，主要记叙了谢觉哉、熊瑾玎、钱来苏等教自己作诗的过程以及追念延安时期的劳动生活等内容，虽然算不上学术论文，但是对我们了解怀安诗社的确有较大帮助。还有怀安诗社社长李木庵的《窑台诗话》[⑤]一书，以载录自作诗为主线，也录存了包括怀安诗人在内的其他旧体诗人的诗词作品，是一部怀安诗作创作本事以及对怀安诗概括评论的诗话类著作。此书虽非学术研究专著，但也是我们考察、研究怀安诗社不可或缺的一部重要参考文献。

二 第二个阶段 （1990年至今）

从20世纪90年代至今的三十多年，是怀安诗社研究的第二个阶段。在这个阶段中，仍然没有产生专门研究怀安诗社的学术著作，但

---

① 黄万机：《黄齐生诗词浅论》，《贵州社会科学》1982年第4期。
② 黄树红：《试论叶剑英绝句的艺术特色》，《惠阳师专学报》1984年第1期。
③ 武原、曹爽：《简论董必武抗日战争时期的旧体诗》，《唐都学刊》1988年第2期。
④ 陶承：《怀安诗社杂忆》，载陶承《祝福青年一代》，湖南人民出版社1983年版，第119—132页。
⑤ 李木庵编著：《窑台诗话》，湖南人民出版社1984年版。

已有20多篇学术论文与一些学术专著对怀安诗社予以集中考察、探究。这说明怀安诗社的研究正越来越得到学术界的重视，成为一个较有热度的话题，从而逐渐走向深入。

在这个阶段，笔者检索到对怀安诗社予以关注的辞典类图书主要有以下几种：尚海等主编的《民国史大辞典》，[①] 张广明主编的《中华小百科全书·文学卷》，[②] 万仁元等编的《中国抗日战争大辞典》，[③] 等等。其他如吴海发的《二十世纪中国诗词史稿》[④] 虽非辞典，但是厚重的学术专著，其第四编第二章"旧体诗词生命力的跳动：诗社名录"也是以条目形式来解释"怀安诗社"的，与上述辞典类图书介绍怀安诗社没有太大的区别，在内容上也均没有多少新的。不过，在该书第四编第六章"延河边上的诗人群落"中，专章论述了怀安诗社几位重要成员诸如董必武、朱德、续范亭、林伯渠的旧体诗创作，颇有价值，值得关注。

此期，还有较多的学术著作在行文中论及怀安诗社。如陈安湖的《中国现代文学社团流派史》[⑤] 一书，在第十六章"抗日民主根据地的社团流派"之第一节中对怀安诗社的成立、成员、性质与宗旨等问题进行了简单描述，主要针对怀安诗人在旧体诗词上的变革思想、诗词作品的内容与成就等做了比较细致的探析。再如韩晓芹的《体制化的生成与现代文学的转型——延安〈解放日报〉副刊的文学生产与传播》[⑥] 一书，在该书的第二章"多元的文化空间：延安文学前期的'文艺'阵地"中，首先讨论的问题就是"怀安诗人的'旧瓶'与'新酒'"，文中对怀安诗社的成立、成员与典型作品做了分析，重点对诗社

[①] 尚海等主编：《民国史大辞典》，中国广播电视出版社1991年版，第525—526页。
[②] 张广明主编：《中华小百科全书·文学卷》，四川辞书出版社、四川教育出版社1994年版，第239页。
[③] 万仁元等编：《中国抗日战争大辞典》，湖北教育出版社1995年版，第365页。
[④] 吴海发：《二十世纪中国诗词史稿》，中国文史出版社2004年版，第527—528页。
[⑤] 陈安湖：《中国现代文学社团流派史》，华中师范大学出版社1997年版，第671—681页。
[⑥] 韩晓芹：《体制化的生成与现代文学的转型——延安〈解放日报〉副刊的文学生产与传播》，中国社会科学出版社2012年版，第45—48页。

的宗旨与诗词革新主张做了叙述。其他如张培礼等主编的《三秦轶事》[①]中，就录有张石秋的一篇小文章——《延安五老与怀安诗社》，该文主要结合续范亭《延安五老》一诗，对"延安五老"，即怀安诗社中的五位成员做了简单概述，同时也描述了怀安诗社成立的基本情形。以上著作类中的研究，比起以前创新不大，常常仅是对老问题、旧内容进行重新概括描述而已，未有多少明显的进步。

著作之外，还有20余篇学术论文对怀安诗社进行了专题研究。如黎辛《丁玲和延安〈解放日报〉文艺栏》[②]一文的第六个问题"'怀安诗社'——文艺栏也发表旧诗"，既对怀安诗社的成立情况做了描述，分析了"怀安"一词的含义，又对《解放日报》文艺栏发表旧体诗词做了积极的评价，颇具见地。丁茂远的论文《抗日革命根据地的三大诗社》，[③]对抗日革命根据地成立的三个旧体诗社，即怀安诗社、湖海诗社和燕赵诗社分别做了较为全面的概述，尤其是对怀安诗社的活动历程以及文献材料的梳理，值得注意。张鸿才的《论延安时期无产阶级革命家诗词的壮美风格》[④]一文，把毛泽东与怀安诗人作为一个整体——无产阶级革命家诗人，探讨其所具有的壮美风格及其成因，颇有新意。舒义顺的《"怀安"诗人唱吟茶》[⑤]一文，从茶文化的视角切入，把怀安诗人描写茶的诗作收集到一起进行讨论，角度新颖。杨柄的《怀安诗社——中国无产阶级革命文艺史上第一个古典诗词诗社》[⑥]一文，以分析怀安诗多样化的思想内容为基础，把以怀安诗为主的古典诗词创作与党的统一战线政策，尤其是与爱国主义统一战线相联系，见解独到，非常值得注意。

---

① 张培礼等主编：《三秦轶事》，中华书局2005年版，第99—100页。
② 黎辛：《丁玲和延安〈解放日报〉文艺栏》，《新文学史料》1994年第4期。
③ 丁茂远：《抗日革命根据地的三大诗社》，《文教资料》1995年第1期。
④ 张鸿才：《论延安时期无产阶级革命家诗词的壮美风格》，《西北第二民族学院学报》1996年第1期。
⑤ 舒义顺：《"怀安"诗人唱吟茶》，《农业考古》1998年第4期。
⑥ 杨柄：《怀安诗社——中国无产阶级革命文艺史上第一个古典诗词诗社》，《甘肃高师学报》2005年第3期。

此外，较有参考价值的是程国君、李继凯的长文《延安革命家的诗词创作实践及诗史价值》，①该文把毛泽东与怀安诗人放到一起进行考察，对其在创作上能够既尊重中国古典文学的抒情传统，又吸收五四以来文学的自由品格，并能够融入英雄主义的宏大叙事等特点进行了细致探讨，认为其创作具有诗史价值，会对中国现代诗歌创作以及现代文学史研究产生持续不断的积极影响。此文评价很高，且视角独特，颇具新意。而袁小伦的《叶剑英与怀安诗社诸老》②一文是怀安诗人个案研究的例子，该文以怀安诗社的重要成员叶剑英为中心，并以他与怀安诗人的感情为线索，结合具体作品，对怀安诗及其蕴含的思想价值与艺术成就进行了鉴赏探讨，并对叶剑英诗歌给予了充分的肯定和高度的赞赏。与这篇论文相近，任丽青的《铁样胸怀绵样肠——论谢觉哉诗》（《上海大学学报》1993年第3期）、屈晓军的《姜国仁：是教育家，也是女诗人》[《山西青年》2018年4月（下），第75—76页]等论文也都是个案研究，不过研究的对象不限于他们的怀安诗，均是就其一生的作品而言的。

再如吕睛的《小议怀安诗》③认为怀安诗局限在数十人的小圈子中，在内容上了无新意；同时因为作品形式的原因以及政府文学观念上的限制，怀安诗只能够自娱自乐，故其在延安文学以及旧体诗史上的作用非常微弱。这种提法较为独特，也比较罕见。孙国林的《林伯渠倡议成立怀安诗社》④一文，从怀安诗社的成立、创作、诗歌特色与结束等四个方面进行探讨，对怀安诗社的历史价值给予了高度的肯定和评价。孙元、吴尹浩的《"延安五老"考》⑤一文，考证怀安诗社的五位成员——"延安五老"的形成与演变过程，挖掘较深，令人信

---

① 程国君、李继凯：《延安革命家的诗词创作实践及诗史价值》，《中国社会科学》2020年第3期。
② 袁小伦：《叶剑英与怀安诗社诸老》，《党史纵览》2007年第9期。
③ 吕睛：《小议怀安诗》，《广播电视大学学报》（哲学社会科学版）2011年第2期。
④ 孙国林：《林伯渠倡议成立怀安诗社》，《湘潮》2014年第6期。
⑤ 孙元、吴尹浩：《"延安五老"考》，《百年潮》2018年第3期。

服。其他如张可荣的《延安时代的"怀安诗社"》(《文史杂志》1995年第3期)、张培林的《延河雅集唱新歌"延安时期的怀安诗社"》(《广西党史》1996年第4期)以及桑林峰的《开国战将的诗意人生》(《解放军报》2015年10月21日,第6版)等文章,篇幅短小,内容接近,虽都涉及怀安诗社的成立、创作等问题,但均语焉不详,考察不深,总体看来意义不大。

  此外,还有一些学术论文从不同的视角出发考察研究了怀安诗社。如有的从文艺社团的角度切入,有的从旧体诗发展史的视野入手,在阐述其他问题时涉及怀安诗社,从而对其展开自己的评论。如王克明的《延安文艺社团的兴衰》① 一文,从延安文艺社团入手,认为怀安诗社是一个"很有特点的旧体诗社团",但断定怀安诗社在整风和《毛泽东在延安文艺座谈会上的讲话》后消失了,则是错误的。理由参见上文对怀安诗社存在时间的分析,此不赘述。其他如高杰的《延安文艺运动中的社团组织及其流派风格》②、虞和平的《抗日战争与中国文艺的现代化进程》③ 等文章,虽然也是从文艺社团的角度切入,提及了怀安诗社,但语焉不详,未充分展开,进行深入剖析。再如王建平的文章《文学史不该缺漏的一章——论20世纪旧体诗词创作的历史地位》,④ 把怀安诗社放在20世纪旧体诗词发展史上来考察,认为怀安诗社"取得了较高的成就",但是怀安诗与其他旧体诗词一样,未被文学史关注,这是一个明显的缺陷。还有胡迎建的两篇学术论文:《论抗战时期旧体诗歌的复兴》⑤ 和《论民国旧体诗的发展轨迹与特征》,⑥ 也都是把怀安诗社放在旧体诗词发展史上,讨论了怀安诗的贡献和地位。

---

① 王克明:《延安文艺社团的兴衰》,《炎黄春秋》2014年第2期。
② 高杰:《延安文艺运动中的社团组织及其流派风格》,《延安大学学报》1992年第2期。
③ 虞和平:《抗日战争与中国文艺的现代化进程》,《抗日战争研究》2005年第4期。
④ 王建平:《文学史不该缺漏的一章——论20世纪旧体诗词创作的历史地位》,《广西大学学报》1997年第3期。
⑤ 胡迎建:《论抗战时期旧体诗歌的复兴》,《抗日战争研究》2001年第1期。
⑥ 胡迎建:《论民国旧体诗的发展轨迹与特征》,《中国文化》2013年第2期。

虽然探析得不够深入，却给人们解读怀安诗社提供了一个非常好的角度，有一定的借鉴意义。还有一些论文，则多是在行文过程中顺便简单地提到怀安诗社，算不上是关于怀安诗社的研究成果，此不赘述。

通过上述对怀安诗社国内研究现状的梳理可知：在第一个阶段，关于怀安诗社的研究从缺乏关注到逐步形成一个学术课题，具有了一定的关注度；在第二个阶段，众多学者都考察、探讨了怀安诗社，使研究逐渐走向深入。但总体而言，怀安诗社的研究还相当薄弱，有较大的不足。理由如下：一是没有产生学术专著；二是没有产生系列学术论文；三是论著总体数量较少；四是研究方法较为单一。从上文怀安诗社研究综述可知，没有一个学者曾长期持续关注过怀安诗社，对其展开过系统深入研究，所以绝大多数研究者仅仅只有一篇论文涉及该领域，故没有产生系列研究论文以及学术著作也是很正常的事情。从整个研究现状看，关于怀安诗社的学术论著只有四十余种，数量还是相当少的；并且，有一部分论著只是简单地提及怀安诗社，并没有多少相关的实质性内容。在研究方法上，也多是结合作者、作品，通过归纳、分析、比较等传统方法展开鉴赏评析，重复研究、无效研究现象比较严重，故总体来看理论性不强，在深度上也有所欠缺。同时，更缺乏从中国古典诗学角度切入，以建构性姿态来审视怀安诗社所形成的"中国经验"及其当代影响的系列研究成果。故笔者认为，以中国古典诗学为参照体系，对怀安诗社进行整体观照与深化研究就显得尤为必要了。

第三节　中国古典诗学的基本特征与研究视角

中国是诗的国度，是诗歌大国。诗歌创作的历史源远流长，且绵延不绝，其传统非常发达。从远古歌谣到《诗经》《楚辞》，从两汉乐府诗与《古诗十九首》到魏晋南北朝诗歌，从唐诗到宋诗、宋词，从元曲到明代民歌、清代楹联，从元明清诗歌到近代诗界革命等，其中的诗歌作品如同万千美景，摇曳生姿，令人目不暇接。同时，中国古典诗坛名家辈出，佳作纷呈，不仅涌现出了众多优秀的诗作，也出现了不少世界级的大诗人。诗是中国文学桂冠上一颗璀璨夺目的明珠，是传统文学体裁中最为高级的表现形式，这是不言而喻的，也是为一般大众所接受的。

在中国古典文学中，诗歌不但有非常发达的创作传统，同时也是最为强势的文学形式，它浸入了其他所有的文体之中。诗、赋相通，赋兼有诗歌的特点，这是老生常谈，自不待言。戏剧中的主体部分——唱词，也可看作广义的诗，诸如《西厢记》《牡丹亭》《长生殿》等名剧，都被称为诗剧。诗浸入散文中，使中国古今的很多名文，常常具有浓厚的诗意。小说兼有诗词歌赋，这也很易理解。以中国古典文学的压卷之作《红楼梦》为例，其文体虽被界定为小说，但却充盈着浓郁的诗情画意，有鲜明的诗化倾向，堪称诗的《红楼梦》。理由是：从形式、内容上看，《红楼梦》拥有大量的诗词曲赋，且这些诗词曲赋是全书内容的有机组成部分，在塑造人物形象、构建故事情节上作用突出；从艺术手法的运用、意境的塑造来看，《红楼梦》借鉴了传统诗歌创作的艺术手法，如比兴、象征、情景交融等，塑造了具有浓厚诗意的优美意境。

一　中国古典诗学具有鲜明的传统文化印记

发达的创作传统，强势的体裁形式，造就了繁荣发达的中国古典诗学。狭义的中国古典诗学，特指探讨中国古代诗词鉴赏评析与理论构建的学科；而广义的中国古典诗学，则包括中国古代的所有文学批评，因为这些评论从根本上来说都与诗歌有直接或间接的关联。毕竟总体来看，在中国古代"各种文体之中，独有诗歌将汉字形、义、音的美发挥到了极致……古代美学的精华主要来自诗歌"。[①]

[①] 张国风：《诗歌的文体强势地位》，《中国人民大学学报》2014年第3期。

具有鲜明的传统文化与民族精神的印记,这是中国古典诗学最为突出的特点。从学科分类来讲,中国古典诗学属于文艺学范畴,而传统文化可归属于哲学领域,二者本不可混为一谈。但是,中国古典诗学的萌发与形成,则是在传统思想文化的环境中进行的,在民族文化与民族精神的熏陶下积淀的,所以又不可避免地烙上了鲜明的传统文化与民族精神的印记。诗歌作为人类情志的载体,是不可能脱离某种学术思想或哲学观念而独立存在的。美国学者韦勒克、沃伦也曾指出:"文学可以看作是思想史和哲学史的一种记录,因为文学史与人类的理智史是平行的,并反映了理智史。不论是清晰的陈述,还是间接的暗喻,都往往表明一个诗人忠于某种哲学,或者表明他对某种著名的哲学有直接的认识,至少说明了他了解该哲学的一般观点。"[①] 考察以古典诗学为主体的中国文学批评发展史,便发现此言不虚。先秦两汉的文学批评、文学理论与学术思想纠缠在一起,难以区分,固然不言而喻;魏晋六朝纯文学观念的萌发、形成与传播,也与儒家思想统治地位的崩溃以及道家、玄学思想的盛行密切相连;唐宋元明清时期,文艺界或主张"文以载道",或宣扬复古,或讲究妙悟性灵,或说兴趣童心,或求肌理神韵等,其文学思想均以学术思想为依据。具体来看,"中国古代文化以儒家为正统,以道家以及后来传入中国的佛教为补充,儒道释三水分流或三川汇一,共同构成中国古代文论的思想文化背景"[②]。在这样的思想文化大背景之下,中国古典诗学的传统文化印记表现得非常明显。下面分别结合对中国古代文人士大夫影响最大的儒、道、释三家思想,考察中国古典诗学所呈现出来的不同风貌。

(一)儒家思想对中国古典诗学的影响

受儒家思想影响,中国古典诗学在主流内容上具有强烈的政治使命感和社会责任感,并努力用文艺作品干预甚至改变现实社会,具有

---

① [美]勒内·韦勒克、奥斯汀·沃伦:《文学理论》,刘象愚等译,浙江人民出版社2017年版,第102页。
② 李建中主编:《中国古代文论》,华中师范大学出版社2007年版,第2页。

一定程度上的实用主义甚至功利主义倾向。儒家思想在先秦时期，仅仅是"百家争鸣"中的一家流派，并没有多少特别之处，其开创者孔子与代表人物孟子、荀子等甚至在其现实人生中都很不得志。到了西汉时期，汉武帝采用了董仲舒"推明孔氏，抑黜百家"①的提议，实行"罢黜百家、独尊儒术"的策略之后，儒家思想才脱颖而出，从此成为历朝历代封建王朝的国家统治思想，在中国两千多年的封建社会中始终占据着主导地位，对传统的文人士大夫产生了极为深远的影响。

东汉史学家班固在界定儒家时，曾指出了其重视现世社会政治与人伦道德的一面。他认为儒家"盖出于司徒之官，助人君顺阴阳、明教化者也。游文于六经之中，留意于仁义之际，祖述尧舜，宪章文武，宗师仲尼，以重其言，于道最为高"。②儒家主张"仁义""礼乐""忠恕"等思想以及"中庸"之道，在政治上提倡"仁政""德治""王道"，重视伦理道德教化以及个体人格的培养与完善等。尤其儒家"重视文艺的伦理教化功能、哀怨讽谏作用和温柔敦厚风格"，③这堪称中国古典诗学的一个基调。这种文艺理念，可从孔子关于《诗经》的经典论述中窥见一斑。孔子在《论语·阳货》篇说："小子何莫学夫诗？诗，可以兴，可以观，可以群，可以怨。迩之事父，远之事君；多识于鸟兽草木之名。"④在《论语·子路》篇说："诵《诗》三百，授之以政，不达；使于四方，不能专对。虽多，亦奚以为？"⑤在《论语·季氏》篇对其子孔鲤说："不学诗，无以言。"⑥孔子的这些言论，都是儒家带有鲜明政治教化功用与实用色彩的文艺思想的原初表达。汉儒把孔子的诗学思想经典化，对其表述更加具体明确，如《诗大序》认为诗具有"经夫妇，成孝敬，厚人伦，美教化，移风俗"的现

---

① （汉）班固撰，（唐）颜师古注：《汉书》，中华书局1962年版，第2525页。
② （汉）班固撰，（唐）颜师古注：《汉书》，中华书局1962年版，第1728页。
③ 李建中主编：《中国古代文论》，华中师范大学出版社2007年版，第2页。
④ 杨伯峻译注：《论语译注》，中华书局1980年版，第183页。
⑤ 杨伯峻译注：《论语译注》，中华书局1980年版，第135页。
⑥ 杨伯峻译注：《论语译注》，中华书局1980年版，第178页。

实功用，所以"故正得失，动天地，感鬼神，莫近于诗"。①

（二）道家思想对中国古典诗学的影响

受道家思想影响，中国古典诗学具有了重视文艺作品的言外之意、味外之旨，以及崇尚自然率真之美的内容，同时也具有了致力于追求超越功利、达到虚静淡泊乃至天人合一的审美境界。其实在先秦时期，道家作为百家思想中的一家，其地位并不显赫，甚至远远不如当时作为"显学"的儒家和墨家。而且道家的代表人物如老子、列子以及庄子等，在当时几乎没有什么影响，甚至不为人所知，以至于他们的生平经历也都扑朔迷离，至今没有人能考证清楚。这和道家人物以为道隐无名，主张清静无为，崇尚自然而然，摒弃现世事功，努力追求精神上的自由和超脱有很大的关联。直到西汉初期，统治者以道家思想治国理政，大力推行"休养生息"政策，道家思想才得到重视并逐渐抬头。在魏晋南北朝时期，道家思想得以继续发展，到了唐代而达到其鼎盛时期，从此成为中国古代最有影响力的思想流派之一。

班固认为道家"盖出于史官，历记成败存亡祸福古今之道，然后知秉要执本，清虚以自守，卑弱以自持，此君人南面之术也"。② 其中的"清虚以自守"，实在是抓住了道家文艺思想的核心。《老子》第十六章提出"虚静"思想："致虚极，守静笃。"③ 第十四章云："视之不见名曰夷，听之不闻名曰希，搏之不得名曰微。此三者不可致诘，故混而为一。其上不皦，其下不昧，绳绳不可名，复归于无物。是谓无状之状，无物之象，是谓惚恍。迎之不见其首，随之不见其后。执古之道，以御今之有。能知古始，是谓道纪。"④ 这里的"视之不见""听之不闻""搏之不得"，一般认为讲的就是对于"道"的内视、内

---

① 李建中主编：《中国古代文论》，华中师范大学出版社2007年版，第107页。
② （汉）班固撰，（唐）颜师古注：《汉书》，中华书局1962年版，第1732页。
③ （汉）河上公，（三国）王弼注，（汉）严遵指归，刘思禾点校：《老子》，上海古籍出版社2013年版，第34页。
④ （汉）河上公，（三国）王弼注，（汉）严遵指归，刘思禾点校：《老子》，上海古籍出版社2013年版，第30页。

听,其实是要以空明澄澈的心境来观照。《庄子·人间世》篇提出的"心斋"、《大宗师》篇提出的"坐忘"观念,也都是一种"虚静"状态:"若一志,无听之以耳而听之以心,无听之以心而听之以气!耳止于听,心止于符。气也者,虚而待物者也。唯道集虚,虚者,心斋也。"① "堕肢体,黜聪明,离形去知,同于大通,此谓坐忘。"② 这两者都需要心灵在"虚静"的状态中,摆脱现实功利乃至人伦礼教道德等束缚,从而在精神的自由王国中逍遥无为,达到天人合一、物我无二的审美境界。诚如李建中所说:"道家文化的'虚静论'对古代文论的深刻影响,不仅直接表现在创作心理和鉴赏心理领域,而且以不同于儒家的方式和旨趣,塑造着一种超功利的艺术人格。"③ 这和受到儒家思想影响、颇具实用主义和功利色彩的一面相辅相成,共同簇拥起中国古典诗学的审美世界。

(三)佛禅思想对中国古典诗学的影响

受佛禅思想影响,中国古典诗学具有"不涉理路,不落言筌"④ 的妙悟之思,以及形成了幽独冷寂、空灵超逸、冲淡清远等诗歌意境,并致力于捕捉刹那间的艺术感动与审美愉悦。佛教思想本是一种外来的文化资源,在两汉之际传入中国。在其传入的早期,即在汉魏时期并没有显示出多大的影响。到了两晋南北朝时期,佛教思想逐渐与中国固有的传统文化相融合,并慢慢地中国化,其对文人士大夫的影响逐渐深入,并使此时期的文学艺术作品焕发出独特的色彩。在隋唐两宋时期,佛教思想蔚为大观,发展到了鼎盛状态,产生了众多的宗派,并成为中国思想文化的主流之一。尤其在唐代,禅宗的形成与发展,完全是在中国所完成的,具有鲜明的中国文化特色。故人们常说禅宗就是中国化的佛教,甚至有人以禅宗指代佛教思想,由此可见禅宗的

---

① 陈鼓应注译:《庄子今注今译》,中华书局1983年版(2015年重印),第129页。
② 陈鼓应注译:《庄子今注今译》,中华书局1983年版(2015年重印),第226页。
③ 李建中主编:《中国古代文论》,华中师范大学出版社2007年版,第4页。
④ 严羽撰:《沧浪诗话》,中华书局1985年版,第6页。

影响之大。

中国古典诗歌遇到禅宗,发生了奇妙的化学反应。故有人说禅、诗不二,"论诗如论禅……禅道惟在妙悟,诗道亦在妙悟"。① "以禅喻诗,莫此亲切"。② 诗与禅相通、相融,相辅相成,所谓"诗为禅客添花锦,禅是诗家切玉刀"。③ 这为中国古典诗学的发展注入了新鲜血液,从而焕发出奇异的光芒。周裕锴认为:"单就禅对诗的影响而言,就涉及中国诗学的创作论、鉴赏论、风格论、艺术史哲学、思维方式、语言符号结构等重要理论问题,涉及诗歌理论、诗歌史、诗歌批评三方面诗学内容。"④ 具体来说,就是使中国古典诗歌在原有的基础上,又增添或强化了幽独冷寂、空灵超逸、冲淡清远等诗境,并对艺术审美愉悦的追求更加自觉与主动。至于诗学上的言外之意、性灵妙悟等诗意以及非功利价值方面,其实是佛禅与道家文化合力影响的结果。从本质上看,道家与佛禅都是出世思想,并不追求现世物质与名利上的获得与满足,故受其影响的诗学价值,自然也是超功利的,偏重于审美感悟的。同时,道家与佛禅都认为语言文字具有很大的限制,不能准确、透彻地表达人们复杂微妙的情感以及博大精深的"道",所以说出来的东西都是"强说"。如老子说:"道可道,非常道。"⑤ 庄子说:"道不可闻,闻而非也;道不可见,见而非也;道不可言,言而非也。"⑥ 释迦牟尼说:"吾有正法眼藏,涅槃妙心,实相无相,微妙法门,不立文字,教外别传,付嘱摩诃迦叶。"⑦ 释迦牟尼还说,如果有人敢说他释迦牟尼有所说法,那就是在"谤佛":"须菩提,汝勿谓

---

① 严羽撰:《沧浪诗话》,中华书局1985年版,第1—2页。
② (宋)严羽:《答出继叔临安吴景仙书》,载陈伯海主编《历代唐诗论评选》,河北大学出版社2003年版,第417页。
③ 元好问:《答俊书记学诗》,载姚奠中主编《元好问全集》(上册),山西人民出版社1990年版,第435页。
④ 周裕锴:《中国禅宗与诗歌》,上海人民出版社1992年版,"前言"第2页。
⑤ 朱谦之撰:《老子校释》,中华书局1984年版,第3页。
⑥ (清)郭庆藩撰、王孝鱼点校:《庄子集释》,中华书局1961年版,第757页。
⑦ (宋)普济著,苏渊雷点校:《五灯会元》,中华书局1984年版,第10页。

如来作是念，我当有所说法……若人言如来有所说法即为谤佛，不能解我所说故。"① 中国古典诗学中的言外之意、言意之辨，以及妙处难与君说等体悟，大抵上来源于此。

二 中国古典诗史的源流脉络与独特的体裁形式

中国古典诗史的发展脉络与源流关系，古典诗歌所特有的体裁形式特点，也都是中国古典诗学的有机组成部分，并在一定程度上彰显出古典诗学的本质特点。故对这些内容有所了解，对解读古典诗学也颇有助益。下面试分论之。

（一）中国古典诗史的源流脉络

如果从远古歌谣和《诗经》开始算起，到1917年的文学革命截止，② 中国古典诗歌的发展演变就有数千年的历史。在这源远流长的诗歌史中，产生了众多优秀的与蹩脚的诗人，出现了众多独具特色的诗歌典范，形成了丰富多彩的诗词流派。如何把握中国古典诗歌的发展大势？这是一个非常重要的问题。

有人按照历史朝代的顺序划分中国诗歌史，这是一种最简单易行，其实也是最为粗暴的划分方式，很难真正从中把握中国古典诗歌的发展脉络，揭示出其内在的本质规律。虽然这种划分方式缺陷重重，然而在现在的中国古典文学乃至诗歌史的教学实践中，仍然较为盛行。但在学术界，并不满足如此简单的做法。早在20世纪二三十年代，陆侃如、冯沅君夫妇合作完成的《中国诗史》，已经尝试对中国古典诗词的发展脉络进行描述。该书以王国维、胡适等主张的"文学进化

---

① 赖永海主编，陈秋平译注：《金刚经》，中华书局2013年版，第89页。
② 钱理群、温儒敏、吴福辉：《中国现代文学三十年》（修订本），北京大学出版社1998年版，第3页。该书认为："1917年初发生的文学革命，在中国文学史上树起一个鲜明的界碑，标示着古典文学的结束，现代文学的起始。"袁行霈主编：《中国文学史》（第一卷），高等教育出版社2014年版，第16页。该书认为："中国古代文学的终结，我们仍然划定在'五四'运动爆发的1919年。这是因为'五四'作为一次新文化运动，不仅在社会史上开启了一个新的时期，也在文学史上开启了一个新的时期……'五四'阖上了中国数千年古典文学的门，同时打开了文学的一片崭新天地。"

论"为基点，依据"诗歌变迁的大势"，"为读者描绘出清晰的中国古代诗歌演进变迁的脉络，以动态的视角，将中国古代诗歌划分成'古代''中代''近代'三个阶段，三个阶段的诗史分别是'诗的自由史''诗的束缚史'和'诗的变化史'。对每一种诗体的萌生和发展演变作了详细的描述和探讨，较为准确地反映了中国古代诗歌的艺术特点"。① 当然，该书主要讨论唐及以前诗歌、宋词与元曲等，未对宋诗与元明清诗词进行探析，固然有其不足；但其对中国古典诗史发展大势的概括描述，至今仍为人们所称道，对我们把握古典诗史，帮助也很大。

与陆侃如、冯沅君《中国诗史》以诗体本身的发展演变为判断标准有别，闻一多先生则以创作主体，即文学作者为依据，把中国文学史（主要指古典诗史）划分为"古代"与"近代"两个时期。他认为："把建安作为文学史古代和近代的分水岭，理由是在这时期以前，文学作者多半茫然无考，打曹氏父子以后，我们才能够见作品就知道作者了，其次，普通讲文学史的人，大半以个人为中心来划分文学时代，似乎很不恰当。"② 同时，又以唐玄宗天宝十四载（公元755年）为界，把"近代"分为前期和后期。③ 为什么这么划分呢？闻一多先生说："唐诗在天宝前后完全是两种迥然不同的风格面目，这是因为作者的身份和生活前后有了很大改变的缘故。"④ 闻一多先生认为，即使单纯从诗歌本身的面貌来看，盛唐诗也是诗史上的一个界碑："从唐朝起，我们的诗发展到成年时期了，以后便似乎不大肯长了，直到这回革命（按指新文学运动）以前，诗的形式和精神还差不多是当初那个老模样。"⑤

---

① 车振华：《陆侃如、冯沅君与〈中国诗史〉》，《中国社会科学报》2018年3月26日第4版。
② 郑临川编：《闻一多论古典文学》，重庆出版社1984年版，第84页。
③ 郑临川编：《闻一多论古典文学》，重庆出版社1984年版，第84页。
④ 郑临川编：《闻一多论古典文学》，重庆出版社1984年版，第87页。
⑤ 郑临川编：《闻一多论古典文学》，重庆出版社1984年版，第159页。

日本学者吉川幸次郎也曾对中国诗歌史进行过勾勒，他的《中国诗史》一书虽是"有关论文的结集，而不是严格意义上的中国诗歌的历史。然而，这些论文通过对中国诗歌发展过程中的重要时期和具有代表性的诗人、诗篇的论述，却颇为清晰地勾勒出了作者所认为的中国诗歌演变的轮廓。而且，作者所注意的不仅是诗歌本身，他是从更为广阔的角度来从事探讨的"。① 但其《中国诗史》毕竟是一部论文集，总体来看其对于点的描述有余而整个网状的勾勒则很不足，故对完整中国诗史的描述还是有较大欠缺的；同时，该书所关注的也主要是诗人和诗歌，而对于词、散曲等则未有涉及。其他论著尤其一些古代文学史教材中，也多涉及诗史发展问题。限于篇幅，此不赘论。

  在众多对中国古典诗史发展脉络的描述中，笔者以为孙明君的"三源一流"说抓住了关键，非常富有启发性。孙明君说："中国诗史流变之大势可概括为'三源一流'。三源分别是以《诗经》为代表的儒家诗学体系，以《庄子》为代表的道家诗学体系和以《楚辞》为代表的楚骚诗学体系，而汉末建安时代是三源汇合的关捩点；从汉末建安迄近代中国则是诗史的一流时代，无论是对外在因素（哲学思潮、诗人人格建构、诗学理论、诗乐关系等）的探察，还是对内部结构（诗之体、诗之音、诗之象、诗之意）的关②照，无不显示出本期诗歌构成了一个相对完整、相对独立的诗歌系统。"③ 以这样史学的、动态的思维审视中国古典诗史，就能把整个诗史编织成为一个相互联系的有机整体。如此，古典诗史将不再是断裂为零碎的一个个诗人、一个个流派，而是成为"一个首尾贯注、变动不居的生命之流"。④ 其实早在南北朝时期，钟嵘已经有了这样的思维方式。他的《诗品》评论诗人常用的"某某其源出于某某"的范式，就非常重视考察诗人之间的

---

① ［日］吉川幸次郎：《中国诗史》，章培恒、骆玉明等译，复旦大学出版社 2012 年版，"译者前言"第 1 页。
② 笔者注："关"应为"观"字，原文有误。
③ 孙明君：《三源一流：中国诗史流变大势》，《学习与探索》1999 年第 1 期。
④ 孙明君：《三源一流：中国诗史流变大势》，《学习与探索》1999 年第 1 期。

继承、发展关系以及不同艺术风格之间的区分，为古典诗学做出了重大贡献。正如章学诚所说："《诗品》深从六艺溯流别也。论诗论文而知溯流别，则可以探源经籍，而进窥天地之纯，古人之大体矣。此意非后世诗话家流所能喻也。"①

（二）中国古典诗歌的体裁形式特征

要明了中国古典诗歌的体裁形式特征，首先则需要明了中国古典诗歌包括哪些具体形式，因为不同的形式则伴随不同的具体特点。中国古典诗歌有狭义和广义之分，一般认为，狭义的古典诗歌特指古体诗和今体诗（也称近体诗）。如王力的《诗词格律概要》②，就把古典诗歌分为古体诗和今体诗两大类。古体诗又分为五言古诗（简称五古）和七言古诗（简称七古）两类③，其中五古每句五个字，七古每句七个字，全诗句数、字数不限；而兼用三字至七字句，甚至八字句、九字句、十字句的杂言诗，一般也都归到七古中去。今体诗分为律诗和绝句两类，其中律诗又可分为五律和七律④。五律每句五个字，共有八句，全诗四十个字；五律中还包括五言长律（又称五言排律），每句五个字，全诗十句或者更多偶数句。七律每句七个字，共有八句，全诗五十六个字；七律中也有七言长律（又称七言排律），每句七个字，全诗十句或者更多偶数句。绝句分为五言绝句（简称五绝）和七言绝句（简称七绝）两类，其中五绝每句五个字，共有四句，全诗二十个字；七绝每句七个字，共有四句，全诗二十八个字。

此外，古体诗和今体诗在用韵上也有很大区别。王力先生认为：

---

① （清）章学诚原著，严杰、武秀成译注：《文史通义全译》，贵州人民出版社1997年版，第763页。
② 王力：《诗词格律概要》，北京出版社2002年版，第1—3、5—7页。
③ 笔者注：笔者以为把古体诗分为四言古诗、五言古诗与七言古诗三类更为合理，如此则可把以四言诗为主体的《诗经》分在第一类中。而如王力先生仅分为五古与七古两类，则《诗经》将无处安放。
④ 笔者注：有人则把律诗分为五律、七律和排律三类，王力先生是把五言排律与七言排律分别放到五律与七律中。

"今体诗（律诗，绝句）用韵，都依照平水韵，而且限用平声韵。"①同时，在每首诗中都是一韵到底的，中间不能换韵的。而古体诗"用韵较宽，可以用平水韵，也可以用更宽的韵，即以邻韵合用"。②而且"可以用平声韵，也可以用上去声韵（上去声可以通押），也可以用入声韵"。③在一首诗中，可以一韵到底，也可以换韵，甚至可以换几次韵。同时，律诗和绝句还要讲究平仄，遵循一定的黏、对规则。"所谓'平'，指的是平声（包括今之阴平、阳平）；所谓'仄'，指的是上去入三声。"④通过讲究平仄，两类声调之间相互交错、富有变化，最终使诗歌展示出节奏上的美感。

广义的古典诗歌还包括词与曲。前文提及陆侃如、冯沅君的《中国诗史》一书，曾设三章专论词，一章专论散曲，自然是把词与曲也看作诗的。一般认为，词起源于隋唐，鼎盛于两宋，衰落于元明，复兴于清代。有人认为词是从诗发展而来的，所以称词"诗余"；又因为词的句子长短不一，故又称"长短句"。按照不同的标准，可以把词分为不同的类别。按照一首词总体字数的多少，可以分为三类："五十八字以内为小令，五十九字至九十字为中调，九十一字以上为长调。"⑤按照段落的多少，可以把词分为四类："（一）不分段，称为单调，往往是小令；（二）分为前后两段，又叫前阕、后阕，称为双调；（三）分为三段，称为三叠；（四）分为四段称为四叠。"⑥在词的四分法中，最为常见的是双调，其次是小令，三叠、四叠则较为罕见。词有词牌，每首词都有属于自己的词牌。词牌规定了该词的句数、字数、韵脚以及平仄声等要求，词作者对这些方面是不能随意改变的，必须严格遵守。所以人们称作词"填词"，是很有道理的。

---

① 王力：《诗词格律概要》，北京出版社 2002 年版，第 11 页。
② 王力：《诗词格律概要》，北京出版社 2002 年版，第 14 页。
③ 王力：《诗词格律概要》，北京出版社 2002 年版，第 15 页。
④ 王力：《诗词格律概要》，北京出版社 2002 年版，第 25—26 页。
⑤ 王力：《诗词格律概要》，北京出版社 2002 年版，第 114 页。
⑥ 王力：《诗词格律概要》，北京出版社 2002 年版，第 114 页。

曲即散曲①，元人也称为乐府或今乐府。散曲可分为小令与套曲两类，小令是"单支曲，如同一首诗，一阕词，用来抒情、写景、述志、叙事"。②套曲又称"套数""联套"，是"在同一宫调内联缀若干曲牌，谱写一项内容"。③散曲和词一样，都是"依声"而作的。作为韵文家族中的文学形式，散曲是继诗、词之后兴起的新诗体，并在元代文坛绽放出耀眼的光芒，形成了与传统诗、词分庭抗礼的局面，是元代诗歌的最高成就。曲作的基本形式和词一样，都是长短句。和词相近，词有词牌，曲也有曲牌，曲牌对一首曲作的字数、句数、用韵以及平仄也都有明确的规定。而与今体诗和词两者不同的是，曲中可有"衬字"。所谓"衬字"，"是在每一曲调的定格以外，不妨碍音乐节拍，而增添的字"。④衬字可使曲作在遵守一定格律的基础上，又呈现出较大的灵活性，用字行文更为自由。一般而言，套曲使用衬字较多，小令则较少。

三　作为研究视角的中国古典诗学

20世纪初，随着新文化运动的兴起和发展，中国古典文学的时代已经一去不复返了。但是在现当代文学发展史中，古典诗词⑤不仅没有消失踪迹，反而以特殊的姿态，顽强地、不绝如缕地存续着、发展着。有时它还能展现出耀眼的光彩，成为世人关注的焦点。不过在现当代文学史以及现当代学者的视野中，古典诗词换了一个名称，那就是"旧体诗"。所谓"旧体诗"，指"二十世纪初，新文学运动兴起，以格律诗作为首要打倒目标，欲以白话诗标榜新诗代替之，便将以往

---

①　笔者注：曲本有散曲与剧曲之别。剧曲指戏剧中的唱词部分，配合宾白（在戏剧中对话为"宾"，独白为"白"）扮演故事情节，就是戏曲。散曲是相对于剧曲而言的，这里暂把剧曲排除在曲之外。
②　章荑荪：《诗词散曲概论》，安徽教育出版社1989年版，第176页。
③　章荑荪：《诗词散曲概论》，安徽教育出版社1989年版，第172页。
④　章荑荪：《诗词散曲概论》，安徽教育出版社1989年版，第182页。
⑤　笔者注：在现当代文坛上，其实不但古典诗词（即旧体诗）没有消失，其他的文体如辞赋、文言文等，也仍然有不少人在模仿并创作，且常有佳作产生。

之诗称为旧体诗"。① 即把中国的古典诗词统称旧体诗，包括上文提及的古体诗、今体诗、词和曲等，以之来区别于新诗。究其实际，诗词作品本来无所谓新旧之别，所谓"新诗""旧体诗"等名称，不过是现当代学者的主观认识和评断而已。旧体诗"这一名词带有贬义，将传统的形式斥之为'旧'，而将自西方移植过来的自由体诗称之为'新'，无疑是不太科学的……可以说，新、旧体诗实际上是外来的与民族固有的两种诗形式的蜕变"。② 现在一般把旧体诗作为对中国古典诗词的统称。

既然旧体诗（即古典诗词）在现当代文学发展史上是一种不能否认的客观存在，且已经引起了学界的较多关注和集中研究，那么引入古典诗学作为研究视角自然是必不可少的。以古典诗学的视角来观照、研究旧体诗，是非常自然而且亲切的，因为说到底旧体诗与古典诗词实际上是同一事物，区别仅仅在于它们分别是中国诗歌在不同时代的具体呈现形式。那么，以古典诗学作为研究视角，可以从哪些方面入手展开分析与探讨呢？如前所述，中国古典诗学具有鲜明的传统文化印记，我们首先可以从旧体诗中寻找与儒家、道家乃至佛禅思想相关的诗歌创作主张、主题内容以及诗歌意境等。其次，我们还可以运用中国古典诗史的源流发展思维，探析现当代旧体诗家以及诗作与古典诗家、诗作的源流与传承关系。最后，我们还可以通过旧体诗的体裁形式以及韵律上的特点，判断其与古典诗词的革新与流变关系。此外，古典诗词常用的艺术手法与抒情技巧等，也可在旧体诗词的分析鉴赏中使用。实践证明，上述古典诗学的切入视角是切实可行的，也是能触摸到旧体诗的本质特点的。因为后文还要对这些问题一一详加论析，这里只是简单点明古典诗学作为研究视角的几个方面，自然不便于详细展开了。

综上而言，笔者即是从中国古典诗学视角切入，通过对怀安诗社

---

① 胡迎建：《民国旧体诗史稿》，江西人民出版社2005年版，"前言"第1页。
② 胡迎建：《民国旧体诗史稿》，江西人民出版社2005年版，"前言"第2—3页。

与怀安诗进行整体观照与深化研究，总结其正反的历史经验，努力为当代的文艺活动，尤其是旧体诗词创作的民族化、大众化道路提供独特的省思资源，继而为中国当代文化的创新与发展提供某些有益的借鉴。本文的探析，如果能在现实中稍有效用，笔者就不胜欣然了。

第一章 怀安诗社的社会背景与文化语境

大约以怀安诗社成立时间（1941.9）为中心的延安时期（1935.10—1948.3），是中国乃至世界局势云谲波诡、动荡不安的大变动时代。始于1939年9月的第二次世界大战，终于在1945年9月结束了，以美国、苏联、中国等为代表的反法西斯国家和世界人民彻底击败了以德、意、日为主的法西斯势力，赢得了和平与进步。就国内局势而言，延安时期是中国无产阶级革命力量逐渐壮大，并取得新民主主义革命胜利的转折时期，也是中华民族生死存亡的关键时期。同时，在新文化运动与新文学蓬勃发展的背景之下，延安时期特殊的文艺政策，以及关于民族形式的大讨论，也均对怀安诗社的创作产生了较大影响。

第一节 怀安诗社的社会背景

刘勰《文心雕龙·时序》篇说："文变染乎世情，兴废系乎时序。"[1] 赵翼《论诗》亦云："诗文随世运，无日不趋新。"[2] 都指出了文学创作与社会时代的密切关联。的确，文艺创作活动是不可能脱离

---

[1] （南朝梁）刘勰著，王运熙、周锋译注：《文心雕龙译注》，上海古籍出版社2010年版，第218页。

[2] （清）赵翼：《论诗》，载郭绍虞主编《中国历代文论选》（第三册），上海古籍出版社1980年版，第494页。

第一章　怀安诗社的社会背景与文化语境

社会时代而独立存在的,"任何一个时代的文艺都是这个时代现实精神及其发展必然性的表现。它们或者呼唤新的社会理想出现,或者表现特定现实中人们的生活与努力,或者揭示出这一时代现实生活中人们的精神世界与情感追求。即使是那些以古喻今、想象未来的作品,也无不打上特定现实的烙印,难以脱离现实生活的母胎"。① 怀安诗社的创作活动自然也不例外。古人云"知人论世",② 为了能够更准确地解读怀安诗社与怀安诗,下面试从世界局势、国内形势以及延安时期以延安为中心的陕甘宁边区现状这三个方面对怀安诗社成立与运作时期的社会背景稍作探析。

一　怀安诗社成立前后的世界局势

20世纪的前五十年,堪称世界历史上最为动荡与混乱的时期,也堪称人类历史上灾难最为深重的时期。使人类遭受巨大损失和极大苦痛的两次世界大战,均发生在这个时期。第一次世界大战(1914.7.28—1918.11.11)的阴霾还没有完全消散,世界上的法西斯势力就已蠢蠢欲动,四处挑衅生事,于是逐渐揭开了第二次世界大战的序幕。

早在1931年9月18日,蓄谋已久的日本就通过制造事变,悍然发动了侵华战争,随即占领了中国的东北地区,从而形成了二战在世界上的第一个战争策源地。随后,中国政府向国际联盟求助。但由于西方资本主义大国普遍奉行所谓的"绥靖政策",所以中国政府并未得到国联方面的积极响应和有效应对。这种局面使日本更加嚣张,无视国际舆论而自行其是,遂逐渐加大了侵略中国的步伐。九一八事变

---

① 杜学文:《呼唤深刻表现恢宏变革现实的文艺作品》,《光明日报》2017年11月13日第16版。

② (战国)孟子在《孟子·万章下》最早提出了"知人论世"的观点:"颂其诗,读其书,不知其人,可乎?是以论其世也。"参见万丽华、蓝旭译注《孟子》,中华书局2006年版,第236页。笔者注:"知人论世"是中国古典诗学中一个相当重要的论题,也是一种相当重要的批评方法。本章讨论怀安诗社的社会背景与文化语境,具体来说可看作探讨"知人论世"之"论世"层面。第二章探讨"怀安诗社的成员结构与活动历程",则侧重在"知人论世"之"知人"层面。

打破了第一次世界大战之后相对稳定的国际局势，是世界法西斯势力所点燃的第一把熊熊的侵略之火，并且拉开了第二次世界大战的序幕。几年之后的1937年7月7日，日本又通过卢沟桥事变，既而发动了全面的侵华战争，不但使中国广大民众陷于水深火热的战乱之中，同时进一步加剧了国际社会的紧张局势。

与此同时，欧洲的法西斯势力也不甘示弱，纷纷主动出击。他们首先把战争的矛头对准了周边的国家，如意大利发动了对埃塞俄比亚的战争（1935.10.3），接着以七个月的时间完成了吞并。而其周边的所谓资本主义强国却视而不见，甚至于容忍纵容，这全面暴露了列强的软弱无能，进一步助长了世界法西斯势力的侵略气焰。再如被认为是第二次世界大战前奏的西班牙的国内战争（1936.7.17—1939.4.1），也是由于德国、意大利等法西斯势力的援助而成功复辟帝制。还有法西斯势力最为强大的德意志第三帝国，更是不甘寂寞。它入侵奥地利（1938.3）不久，便对捷克斯洛伐克提出了领土要求。随后通过"慕尼黑阴谋"（1938.9）以及其他政治手段，德意志第三帝国便顺理成章、冠冕堂皇地控制了捷克斯洛伐克全国。这使德意志第三帝国的经济实力、军事实力等都得到全面提升，从而促成了二战的直接爆发。

1939年9月1日，随着德意志第三帝国突袭波兰，这场卷入了六十一个国家和地区、二十多亿人口、造成九千多万人伤亡的、世界上战争规模最大的第二次世界大战便正式开始了。从此以后的六年时间里，地球上几乎处处烽烟四起，几乎到处都是流血和伤亡，人类文明遭到人类自己所创造的科技进步成果的沉重打击和巨大破坏，不禁令人扼腕叹息。但这次大战也使世界格局产生了巨大的变动，"经过这次大战的洗礼，在世界范围内掀起的国家独立、民族解放和人民革命运动取得了辉煌的胜利，一系列国家取得了独立，一些国家建立了社会主义制度"。[①] 中国的无产阶级革命力量，也正是经历了第二次世界

---

① 黄玉章等：《第二次世界大战》，世界知识出版社1984年版，第517页。

大战（笔者注：确切地说应该是二战之中国战场的民族抗日战争）的洗礼，才逐渐发展壮大起来，并获得了最终的胜利。

综上可知，怀安诗社成立的1941年9月，正是世界上到处烽火蔓延的二战时期。这种战争底色，使怀安诗社从成立之日起，就决定了其在主流基调上绝不会是一个纯粹吟风赏月、孤芳自赏的文人社团，而是有着世界眼光与政治担当的无产阶级革命文艺团体。诸多怀安诗人的作品，不仅关注中国的民族抗日战争，关注着中国革命的发展，同时也关注着世界局势，关注着敌对势力与友邦力量的此消彼长。怀安诗社社长李木庵撰写的《怀安诗刊》序言便是最好的注脚：

> 一国兴亡，视乎民气；民气升沉，系于士志；士志激越，发为心声。诗词歌曲，皆心声也。时至今日，四海横流，法西肇祸于西欧，倭寇逞暴于东亚。吾国积弱，首遭侵陵，大好河山，竟成破碎。国中志士，敌忾同仇，义愤所激，恒多泣血椎心，歌哭无地。西北为抗日民主根据地，五载以还，相率艰苦奋斗之中，不无慷慨悲歌之士，披襟述怀，吮毫抒愤，情无间于儿女，而敷陈时艰，痛心国难，志不失为英雄。意切共鸣，言出自由，或创作，或译述，辞在雅俗之间，体无新旧之限。不以地围，相应声同。积篇成帖，随期公布，俾草木天籁，合成巨响；涔蹄浅沼，汇为洪流，既可扬民族之性，亦以振中国之魂。则心声所及，国运可回；军歌与战鼓齐鸣，吟坛共战场并捷。直可辅翼武功，岂徒目为文艺！①

该序言以世界形势与国内局势为背景，强调了文艺创作活动尤其是怀安诗社诗歌创作行为的政治功能。因为后文对此序言还要加以分析，此不赘述。

---

① 叶镜吾：《怀安诗社概述》，载李石涵编《怀安诗社诗选》，陕西人民出版社1980年版，第292—293页。

二 怀安诗社成立前后的国内形势

就国内形势而言，20世纪的前五十年，也是中国历史上少见的政权更迭频繁、社会动荡不安的大变革时期。1911年爆发了辛亥革命，次年初，革命力量就彻底推翻了清王朝的统治，结束了中国两千多年的封建帝制，极大地推动了社会历史的变革与进步。随后袁世凯（1915）、张勋（1917）复辟帝制的闹剧昙花一现，很快就以失败而告终，说明了封建帝制在当时已经不得人心。此后，北洋军阀为夺取政权陷入了混战。1925年7月1日，国民政府在广州成立，与北方的北洋军阀政府形成了对峙局面。次年，国民政府就开始了北伐战争。1928年底，基本上统一了中国。随着日本发动侵华战争，占领了中国的东北地区之后，便扶植了一个傀儡政权——伪满洲国（1932.3.1—1945.8.18）。该政权虽然并未得到国民政府、中共中央以及国际社会的认可，但在日本侵略势力的控制下、在十几年时间中也有一个相对独立的统治范围，这使中国又陷入了分裂与战乱之中。直到1949年10月1日中华人民共和国宣告成立，中华民族才迎来了崭新而又伟大的新时代，开辟了新纪元。

自从日本发动侵华战争并侵入中国大片领土以来，中国的社会性质便发生了改变。对此，毛泽东曾明确指出："自从一八四〇年的鸦片战争以后，中国一步一步地变成了一个半殖民地半封建的社会。自从一九三一年九一八事变日本帝国主义武装侵略中国以后，中国又变成了一个殖民地、半殖民地和半封建的社会。"① 随着社会性质的改变，中国的社会矛盾也发生了巨大的变化。毛泽东也曾对此做过精辟的论断，他说："帝国主义和中华民族的矛盾，封建主义和人民大众的矛盾，这些就是近代中国社会的主要的矛盾。当然还有别的矛盾，例如资产阶级和无产阶级的矛盾，反动统治内部的矛盾。而帝国主义

---

① 毛泽东：《中国革命和中国共产党》，载《毛泽东选集》（第二卷），人民出版社1991年版，第626页。

和中华民族的矛盾，乃是各种矛盾中的最主要的矛盾。这些矛盾的斗争及其尖锐化，就不能不造成日益发展的革命运动。伟大的近代和现代的中国革命，是在这些基本矛盾的基础之上发生和发展起来的。"① 而以国民政府领导阶层为代表的中国的资产阶级，在中华民族遭到日寇武力侵略、肆意欺凌，面临亡国灭种的危急时刻，不明白或者对此时期中国社会矛盾的巨大改变视而不见，违背社会时代的发展规律，高喊"攘外必先安内，乃为亘古不易之至理"，② 致力于清除国内以无产阶级为主的其他抗日力量，发动内战，必然是不得民心、遭到社会与时代的抛弃，并走向其最终的、必然的毁灭结局。

可喜的是，此时期国内无产阶级革命力量从无到有、从弱到强的发展，给中国广大民众带来了希望和期待。1917年11月7日，由列宁领导的俄国"十月革命"取得了胜利，接着建立了人类历史上第一个社会主义国家——俄罗斯苏维埃联邦社会主义共和国。苏俄的胜利，开辟了人类历史的新纪元，也给处于半殖民地半封建社会的中国带来了巨大的震撼和希望，送来了新的思想武器。毛泽东指出："十月革命一声炮响，给我们送来了马克思列宁主义。十月革命帮助了全世界的也帮助了中国的先进分子，用无产阶级的宇宙观作为观察国家命运的工具，重新考虑自己的问题。走俄国人的路——这就是结论。"③ 正是在苏俄"十月革命"的鼓舞下，中国先进的知识分子才开始主动接纳并宣传马克思主义，先后建立了一些共产主义小组。其后，在建立共产主义小组的基础上，召开了中国共产党第一次全国代表大会（1921.7.23—31），正式成立了中国共产党。中国共产党的成立，使中国的革命事业有了坚强的领导核心。如毛泽东所说："领导中国民主

---

① 毛泽东：《中国革命和中国共产党》，载《毛泽东选集》（第二卷），人民出版社1991年版，第631页。

② 蒋介石1932年3月21日"告剿匪将领"电如称。见肖如平《南京国民政府与"一·二八"淞沪抗战研究》，浙江大学出版社2016年版，第209页。

③ 毛泽东：《论人民民主专政》，载《毛泽东选集》（第四卷），人民出版社1991年版，第1471页。

主义革命和中国社会主义革命这样两个伟大的革命到达彻底的完成，除了中国共产党之外，是没有任何一个别的政党（不论是资产阶级的政党或小资产阶级的政党）能够担负的。"[①] 在中国共产党的领导下，中国的革命事业呈现出崭新的面貌，开辟了广阔的新天地。

三 延安时期的陕甘宁边区

中国共产党的出现，使中国的革命面貌焕然一新。由中国共产党所领导的革命战争，"是彻底打击帝国主义的，因此它不为帝国主义所容许，而为帝国主义所反对。但是它却为社会主义所容许，而为社会主义的国家和社会主义的国际无产阶级所援助。因此，这种革命，就不能不变成无产阶级社会主义世界革命的一部分"。[②] "中国革命是世界革命的一部分"[③] 这个论题，毛泽东早在1940年1月所作的《新民主主义论》一文中就进行了令人信服的论证，无须赘述。其中中国新民主主义革命的三十年，一般划分为四个历史时期，即大革命时期（1919—1927）、土地革命时期（1927—1937）、民族抗日战争时期（1937—1945）和人民解放战争时期（1945—1949）。

1919年爆发的五四运动，是中国新民主主义革命的开端，并直接促成了1921年中国共产党的成立。中国共产党成立之后，多次组织工人暴动，反对北洋军阀的腐朽统治。其后与国民党合作，促成了1926年的北伐战争。1927年，由于国民党右派的蓄意破坏与共产党内部存在的错误思想，导致第一次国共合作的全面破裂，大革命也由此宣告失败。1927年8月的南昌起义，打响了中国共产党领导中国人民武装反抗国民党黑暗腐败统治的第一枪。同年9月的秋收起义，确定了首

---

① 毛泽东：《中国革命和中国共产党》，载《毛泽东选集》（第二卷），人民出版社1991年版，第652页。
② 毛泽东：《新民主主义论》，载《毛泽东选集》（第二卷），人民出版社1991年版，第668页。
③ 毛泽东：《新民主主义论》，载《毛泽东选集》（第二卷），人民出版社1991年版，第666页。

先以农村包围城市,接着再武装夺取政权的道路,随后开辟了以井冈山为代表的众多的农村革命根据地,并粉碎了国民党的多次武力围剿。后来因为王明"左倾"错误思想的影响,导致了1933年开始的第五次反围剿的失败。1934年10月,中国工农红军被迫开始战略转移。1936年10月,红军三大主力在甘肃会宁胜利会师,标志着这场跨越11个省、经两年之久、总行程达2.5万里的红军长征宣告胜利结束。1936年和平解决西安事变之后,为抗击日本的侵略行径,国共便开始了第二次合作。以1931年的九一八事变为起点,中国人民就开始进入了长达十四年的艰苦卓绝的民族抗日战争时期;而从1937年的卢沟桥事变开始,中华民族便开始踏上了全面抗战的征程。

从中共中央和中央红军1935年10月到达陕北吴起镇之后,便开启了中国革命史上一个特殊的历史时代——延安时期(1935.10—1948.3)。延安时期长达十三年,横跨了新民主主义革命的后三个时期。在这个历史时期中,"中国共产党由弱变强,由失败走向胜利,创造了奇迹,走向了辉煌,不仅改变了自己的命运,更改变了中华民族和中国人民的命运,扭转了中国现代历史发展的方向"。[1] 其实中共中央和毛主席是1937年1月才进驻延安的,进驻以后,延安便成为民族抗日战争和人民解放战争的指挥中心,成为中国革命的圣地,意即怀安诗社社长李木庵1941年所作的《怀安诗社》一诗所说:"革命策源成圣地,抚时吟兴动窑台。"[2]

根据国共两党第二次合作的协议,1937年9月6日,成立了陕甘宁边区政府,林伯渠任主席,首府是延安。辖区包括今陕西、甘肃、宁夏的二十三个县与神府特区,人口约150万,面积13万平方公里。新中国成立后,陕甘宁边区政府于1950年1月19日在西安宣告结束。在十几年的时间中,"她(即陕甘宁边区政府)在党中央和毛泽东同

---

[1] 曾鹿平、姚怀山主编:《延安文化思想概论》,陕西师范大学出版总社有限公司2015年版,第5页。
[2] 李石涵编:《怀安诗社诗选》,陕西人民出版社1980年版,第18页。

志的亲自领导、关怀下，团结全边区各阶级、各党派、各族人民，与日本帝国主义和国民党反动派进行了顽强的斗争，保卫了党中央，保卫了延安，保卫了边区，支援了全国的抗日战争和解放战争；她带领边区人民自力更生，艰苦奋斗，致力于政治、经济、文化方面的建设，并取得了巨大成就，为各抗日根据地和解放区树立了榜样，使边区成为模范的革命根据地，在中国新民主主义革命史上发挥了特殊的作用"。[1] 总之，陕甘宁边区政府是新中国的雏形，她在继承中华苏维埃共和国政权[2]（1931.11.7—1937.9.6）的基础上，在政治、经济、军事、外交、科技、文化教育等方面均积累了进行新民主主义革命与建设的丰富经验，"并造就了大批会搞建设事业的干部，所以后来就比较顺利地完成了全国新民主主义建设的任务，并在此基础上开始了社会主义建设和社会主义革命。故称之为新中国的模范，陕甘宁边区是当之无愧的"。[3] 怀安诗社就是在陕甘宁边区政府下设的交际处[4]成立的，倡导者林伯渠是陕甘宁边区政府的主席，诗社社长李木庵是边区政府高等法院的院长、检察长，一些重要成员如谢觉哉、高自立、鲁佛民、朱婴、吴缣等都是边区政府的工作人员。由此可见，怀安诗社与陕甘宁边区政府有着密切的关系。

综上可知，就世界局势而言，怀安诗社成立于战火蔓延的第二次世界大战期间，在二战结束后，又继续运行了四年之久。就国内形势来

---

[1] 陕西省档案馆编：《陕甘宁边区政府大事记·前言》，档案出版社1991年版，第1页。
[2] 笔者注：据考证，中华苏维埃共和国的具体名称几经变化，先后分别为：中华苏维埃共和国临时中央政府（1931.11，简称中华苏维埃政府）、中华苏维埃中央政府办事处（1934.10）、中华苏维埃共和国西北联邦（1935.5）、中华苏维埃人民共和国（1935.12）、中华苏维埃民主共和国（1936）等。
[3] 张建儒、杨健主编，魏协武执行主编：《陕甘宁边区的创建与发展》，陕西人民出版社2008年版，第12页。
[4] 张建儒、杨健主编，魏协武执行主编：《陕甘宁边区的创建与发展》，陕西人民出版社2008年版，第103页。该书描述了交际处的变迁情况，认为："1938年3月7日，陕甘宁边区政府撤销原设在秘书处下的管理科，改设招待科，5月又将招待科改为交际科。1940年初又将交际科改为交际处，金城任处长，作为中共中央、边区政府和陕甘宁晋绥联防军司令部办理日常外交事务的专门机关。"

说，怀安诗社成立于民族抗日战争时期，其后又经历了人民解放战争，先后经过了两次战火的洗礼，堪称一个浴火重生的文艺社团。其时以延安为中心的陕甘宁边区在民族抗日战争和人民解放战争中，也遇到了前所未有的重大困难，诸如政治孤立、经济封锁、军事打击等。但在中国共产党与毛主席的英明领导下，最终都化险为夷，平安度过，并在此基础上建立了新中国。对此，怀安诗社的成员都是亲历者，也是记录者、表现者，更是评判者，故我们今天能够从怀安诗作之中解读出丰富的历史文化信息，恰如李木庵的《怀安诗社》一诗所说："怀安社壁题诗遍，留作千秋信史材。"[1] 通过以诗证史、诗史相长，能够让我们更深刻、更全面、更辩证地认识怀安诗社以及那个动荡而又伟大的时代。同时，把怀安诗社放置在世界局势和国内形势中考察，也符合马克思主义理论的要求，正如列宁所指出的那样："在分析任何一个社会问题时，马克思主义理论的绝对要求，就是把问题提到一定的历史范围内。"[2]

第二节 怀安诗社的文化语境

1915年9月15日，《青年杂志》在上海[3]创刊，陈独秀任主编，并在创刊号上发表《敬告青年》一文，这标志着新文化运动揭开了序幕。1916年9月，《青年杂志》改名《新青年》，并逐渐成为宣扬民主革命与反封建思想的主要阵地。作为旧中国最早的思想启蒙刊物，也是中国20世纪最具影响力的刊物，《新青年》会聚了中国当时最优秀的一大批知识分子，掀起了思想解放与文化变革的时代浪潮。同时，《新青年》也是中国最早介绍并宣扬马列主义与共产主义思想的杂志，为中国共产党的诞生奠定了坚实的思想理论基础。故探讨中国新文学

---

[1] 李石涵编：《怀安诗社诗选》，陕西人民出版社1980年版，第18页。
[2] 列宁：《论民族自决权》，载《列宁选集》（第2卷），人民出版社1972年版，第512页。
[3] 笔者注：1917年1月，随着陈独秀应聘到北京大学，《新青年》的编辑部也由上海迁到北京。此后，北京自然也就成了新文化运动的中心城市。

的发展演变，探讨旧体诗在现当代文学中的文化语境，自然需要从新文化运动开始说起。

一　新文化运动与新文学的蓬勃发展

新文化运动是 20 世纪初期形成的一次思想文化大解放，是中国近代历史的重大转折点。它既带来了政治思想的全面变革，也带来了文学艺术上的巨大革新，促成并推动了新文学的蓬勃发展。在政治思想上，新文化运动反对以儒家思想为主体的传统文化，反对封建制度与封建伦理道德思想，倡导民主与科学，树立起了德先生与赛先生这两面大旗［即陈独秀所说的"德莫克拉西（Democracy）和赛因斯（Science）两位先生"］。陈独秀在《本志罪案之答辩书》中说：

> 要拥护那德先生，便不得不反对孔教、礼法、贞节、旧伦理、旧政治；要拥护那赛先生，便不得不反对旧艺术、旧宗教；要拥护德先生又要拥护赛先生，便不得不反对国粹和旧文学。大家平心细想，本志除了拥护德、赛两先生之外，还有别项罪案没有呢？若是没有，请你们不用专门非难本志，要有气力有胆量来反对德、赛两先生，才算是好汉，才算是根本的办法。①

陈独秀认为这两位先生把"西洋人"成功"引到光明世界"，自然也能给我们中国人带来光明，所以应该"认定只有这两位先生，可以救治中国政治上道德上学术上思想上一切的黑暗"。② 接着，陈独秀表达了拥护这两位先生的坚定决心和无畏勇气。他说："若因为拥护这两位先生，一切政府的压迫，社会的攻击笑骂，就是断头流血，都

---

① 陈独秀：《本志罪案之答辩书》，载陈独秀、李大钊、瞿秋白主撰《新青年》（第六卷·第一号），中国书店 2011 年版，第 8 页。
② 陈独秀：《本志罪案之答辩书》，载陈独秀、李大钊、瞿秋白主撰《新青年》（第六卷·第一号），中国书店 2011 年版，第 9 页。

不推辞。"① 客观来说，所谓民主（即德先生）指西方资产阶级的民主政治与民主思想，所谓科学（即赛先生）指近代以来的自然科学发现以及科学精神。总体来讲，二者仍然属于资产阶级旧民主主义革命的范畴，具有一定的时代局限性和阶级局限性。但是新文化运动树立起来的这两面旗帜，适应了当时中国社会发展的历史要求与人民大众的呼声，极大地推动了新文化运动的发展。所以对于这二位先生，我们还是必须要充分肯定的。

1917年苏俄"十月革命"的胜利，人类历史上第一个社会主义国家的建立，不但震撼了全世界，也给中国的知识分子带来了希望和憧憬。其时以《新青年》为核心阵地的、轰轰烈烈开展的新文化运动，即由此进入了宣传马克思主义思想（或称社会主义思想）的新阶段。在陈独秀和李大钊的指引下，《新青年》刊发了大量关于苏俄"十月革命"以及社会主义理论的文章。其中影响最大的，当数李大钊的两篇名文——《庶民的胜利》和《Bolshevism的胜利》。李大钊的这两篇文章，都发表在1918年10月15日《新青年》的第五卷第五号上，是中国最早的关于马列主义的文献材料，李大钊也由此成为马克思主义在中国最早的传播者。"在这两篇文章中，李大钊初步运用马克思主义的观点，即阶级分析的方法，观察和分析了世界革命和中国革命问题，提出了一些符合马克思主义观点的崭新结论，特别是在对帝国主义的认识和对十月革命的态度这两个关于中国革命的主要对象和方向道路的重要问题上，已经基本是马克思主义的了。"② 在《Bolshevism的胜利》一文中，李大钊非常自信地说："试看将来的环球，必是赤旗的世界！……Bolshevism这个字，虽为俄人所创造，但是他的精神，可是二十世纪全世界人类人人心中共同觉悟的精神。所以Bolshevism

---

① 陈独秀：《本志罪案之答辩书》，载陈独秀、李大钊、瞿秋白主撰《新青年》（第六卷·第一号），中国书店2011年版，第9页。
② 吕明灼：《李大钊向共产主义者的转变——学习〈庶民的胜利〉和〈布尔什维主义的胜利〉》，《文史哲》1978年第3期。

的胜利,就是二十世纪世界人类人人心中共同觉悟的新精神的胜利!"① 在这里,李大钊向世人庄严宣告了布尔什维主义一定能在全世界取得最终的胜利,极大地鼓舞了中国知识分子投身社会主义革命的信心和热情,为不久之后中国共产党的成立在思想理论上铺平了道路,也为中国的革命事业指明了方向。

与社会思潮的革新紧密相连,与此同时,文学变革也在如火如荼地进行着。新文学随文学革新运动蓬勃地发展起来,并取得了巨大的成就,成为现当代文坛的主流存在。在文学上倡导变革的,首推胡适。胡适1916年底撰写的《文学改良刍议》一文,于1917年1月1日发表在《新青年》上。该文主张从"八事"切入,对旧文学进行全面改良,这是国内倡导新文学的第一声呐喊。胡适说:

> 吾以为今日而言文学改良,须从八事入手。八事者何?一曰,须言之有物。二曰,不摹仿古人。三曰,须讲求文法。四曰,不做无病之呻吟。五曰,务去烂调套语。六曰,不用典。七曰,不讲对仗。八曰,不避俗字俗语。②

在"二曰,不摹仿古人"一事中,胡适特别重视和推崇白话小说。他认为白话小说"其足与世界'第一流'文学比较而无愧色者",③ 原因是它们"皆不事摹仿古人(三人④皆得力于《儒林外史》《水浒》《石头记》。然皆非摹仿之作也),而惟实写今日社会之情状,故能成真正文学。其他学这个,学那个之诗古文家,皆无文学之价值

---

① 李大钊:《Bolshevism 的胜利》,载陈独秀、李大钊、瞿秋白主撰《新青年》(第五卷·第五号),中国书店2011年版,第369页。
② 胡适:《文学改良刍议》,载陈独秀、李大钊、瞿秋白主撰《新青年》(第二卷·第五号),中国书店2011年版,第328页。
③ 胡适:《文学改良刍议》,载陈独秀、李大钊、瞿秋白主撰《新青年》(第二卷·第五号),中国书店2011年版,第330页。
④ 笔者注:指胡适《文学改良刍议》一文所提及的晚清三位白话小说家:我佛山人(即吴趼人)、南亭亭长(即李宝嘉)与洪都百炼生(即刘鹗)。

也。今之有志文学者，宜知所从事矣"。① 在"七曰，不讲对仗"一事中，胡适认为白话小说为文学正宗，他说："今人犹有鄙夷白话小说为文学小道者。不知施耐庵、曹雪芹、吴趼人皆文学正宗，而骈文律诗乃真小道耳。吾知必有闻此言而却走者矣。"② 在"八曰，不避俗字俗语"中，胡适断言："然以今世历史进化的眼光观之，则白话文学之为中国文学之正宗，又为将来文学必用之利器。"③ 陈独秀读完此文之后，感叹说："白话文学，将为中国文学之正宗。余亦笃信而渴望之。"④ 与胡适同声相应，同气相求。从此之后，"文白之争"的声音便回响在整个20世纪，并成为一个很有意味且发人深省的话题。

受到胡适的影响与启发，紧接着，陈独秀便在次期的《新青年》上发表了《文学革命论》一文，继续倡导文学变革。他认为胡适是文学革命"首举义旗之急先锋"，为了声援胡适，他"甘冒全国学究之敌"，明确提出了"三大主义"的新文学革命目标，高举"文化革命军"大旗。陈独秀大声疾呼：

  旗上大书特书吾革命军三大主义：曰推倒雕琢的、阿谀的贵族文学，建设平易的、抒情的国民文学；曰推倒陈腐的、铺张的古典文学，建设新鲜的、立诚的写实文学；曰推倒迂晦的、艰涩的山林文学，建设明了的、通俗的社会文学。⑤

  际兹文学革新之时代，凡属贵族文学、古典文学、山林文学，

---

① 胡适：《文学改良刍议》，载陈独秀、李大钊、瞿秋白主撰《新青年》（第二卷·第五号），中国书店2011年版，第330页。
② 胡适：《文学改良刍议》，载陈独秀、李大钊、瞿秋白主撰《新青年》（第二卷·第五号），中国书店2011年版，第335页。
③ 胡适：《文学改良刍议》，载陈独秀、李大钊、瞿秋白主撰《新青年》（第二卷·第五号），中国书店2011年版，第335页。
④ 陈独秀：《文学改良刍议·识》，载陈独秀、李大钊、瞿秋白主撰《新青年》（第二卷·第五号），中国书店2011年版，第336页。
⑤ 陈独秀：《文学革命论》，载陈独秀、李大钊、瞿秋白主撰《新青年》（第二卷·第六号），中国书店2011年版，第393页。

均在排斥之列。以何理由而排斥此三种文学耶？曰：贵族文学，藻饰依他，失独立自尊之气象也；古典文学，铺张堆砌，失抒情写实之旨也；山林文学，深晦艰涩，自以为名山著述，于其群之大多数无所裨益也。①

同时，陈独秀还从形体（主要指文学作品的体裁形式）上和内容（主要指文学作品的题材与主题）上对传统的贵族文学、古典文学、山林文学进行了相当激烈的批判，认为它们是旧的落后的思想的主要载体。这些陈腐的思想内容，与旧时代的国民性紧密联系，与旧的民族精神、时代精神也密切相关，且早已经不合时宜。所以要革新政治、革新世道人心，倡导新的民族精神，展示新的社会气象，必须首先进行文学革命，否则就会束手束脚，阻力重重。他这样说：

> 其形体则陈陈相因，有肉无骨，有形无神，乃装饰品而非实用品；其内容则目光不越帝王权贵、神仙鬼怪及其个人之穷通利达，所谓宇宙，所谓人生，所谓社会，举非其构思所及，此三种文学公同之缺点也。此种文学，盖与吾阿谀夸张虚伪迂阔之国民性，互为因果，今欲革新政治，势不得不革新盘踞于运用此政治者精神界之文学。使吾人不张目以观世界社会文学之趋势及时代之精神，日夜埋头故纸堆中，所目注心营者，不越帝王权贵、鬼怪神仙与夫个人之穷通利达，以此而求革新文学、革新政治，是缚手足而敌孟贲也。②

经胡适首倡，陈独秀响应并明确在理论上反对文言文、提倡白话文以来，得到了钱玄同、刘半农等的赞同。且不管他们全面否定传统

---

① 陈独秀：《文学革命论》，载陈独秀、李大钊、瞿秋白主撰《新青年》（第二卷·第六号），中国书店 2011 年版，第 395 页。
② 陈独秀：《文学革命论》，载陈独秀、李大钊、瞿秋白主撰《新青年》（第二卷·第六号），中国书店 2011 年版，第 395 页。

文化、反对文言文、倡导白话文的主张是否完全合理，也不论他们的观点是否完全合乎时代潮流的要求，他们的主张在当时产生了巨大的反响，也极大地推动了新文化运动的发展，这是毫无疑问的。同时，在创作实践上，《新青年》也刊登了一些以白话为载体创作的时政论文和文学作品等，而从"1918年4卷5号以后整个杂志才全部使用白话文，用新式标点"。① 不久，白话文就得到了全面的推广，确立起在现当代文坛上的主体地位。据统计，"'五四'后，各地爱国学生团体纷纷仿效《新青年》、《每周评论》，创办白话报刊，仅1919年就出版400多种，到1920年，连那些最持重的大杂志，如《东方杂志》、《小说月报》等等，也都采用白话文了。1920年1月，依当时的教育部颁令，凡国民学校低年级国文课教育也统一运用语体文（白话）"。② 作为新文学载体形式的白话文在逐渐成为社会的主流文体之后，新文学的蓬勃发展就是自然而然、水到渠成的事了。

实际上，伴随如火如荼的新文化运动，文学革命也很快形成了一定的规模，产生了较为广泛的社会影响，并取得了引人注目的创作实绩。特别值得一提的是，《新青年》1918年5月（即4卷5号）发表了鲁迅先生的《狂人日记》。作为中国现代文学史上第一篇白话小说，《狂人日记》给当时的文坛与思想界都带来了巨大的震动。随后，鲁迅先生又相继推出了《孔乙己》《药》等白话小说，这些作品"都显示了深切的思想和完整的现代小说特色。鲁迅的小说一出现，艺术上就很成熟，使新文学的创作有相当高的起点"。③ 以此为契机，中国三十年（1919—1949年）的现代文学取得了辉煌的成就，不但在白话小

---

① 陈迪强：《再论"五四"白话文运动何以成功——与晚清的白话文运动比较》，《湖北社会科学》2018年第2期。关于这个问题，也有其他说法，如李天聪《白话文运动中的〈新青年〉》，硕士学位论文，吉林大学，2009年，第19页。该文认为："在钱玄同的倡议下，《新青年》从1918年1月第四卷一号开始，全部改用了白话文，并加了新式标点。"

② 钱理群、温儒敏、吴福辉：《中国现代文学三十年》（修订本），北京大学出版社1998年版，第11页。

③ 钱理群、温儒敏、吴福辉：《中国现代文学三十年》（修订本），北京大学出版社1998年版，第11页。

说、新诗、散文、戏剧等各种文体的文学创作上，均有突出的表现；而且在文艺理论建设和翻译外国优秀文学作品方面，也有不俗的成就。新文学经过三十年的发展，白话文作为文体的主流地位已经牢牢确立，不可撼动了。怀安诗社的成立与发展，正是在白话文与新诗已经建立起了主流地位，且进一步确立巩固的时期。

二 关于民族形式的大讨论

一般认为，关于民族形式的大讨论是从1939年初开始的，起因是毛泽东1938年10月14日所作的政治报告——《中国共产党在民族战争中的地位》中提到了"民族形式"，这引起了广大学者的注意。该报告指出："洋八股必须废止，空洞抽象的调头必须少唱，教条主义必须休息，而代之以新鲜活泼的、为中国老百姓所喜闻乐见的中国作风和中国气派。把国际主义的内容和民族形式分离起来，是一点也不懂国际主义的人们的做法，我们则要把二者紧密地结合起来。在这个问题上，我们队伍中存在着的一些严重的错误，是应该认真地克服的。"[①] 但若认真考察则会发现，其实早在毛泽东作这个报告之前，陕甘宁边区文化界救亡协会1938年5月公开发表的《我们关于目前文化运动的意见》一文，就提及并且充分肯定了"民族形式"在文化运动中所具有的重要作用，是不容忽视的。该文这样说："文化的新内容和旧的民族形式结合起来，这是目前文化运动所最需要强调提出的问题，也就是新启蒙运动与过去启蒙运动不同的主要特点之一。苏联各民族文化的伟大发展的经验，在这点上正是足资我们深刻的参考的。从我们过去一切文化运动的经验已证明了出来，忽视文化上旧的民族形式，则新文化的教育是很困难深入最广大的群众的。"[②] 该文还说：

---

① 毛泽东：《中国共产党在民族战争中的地位》，载《毛泽东选集》（第二卷），人民出版社1991年版，第534页。
② 陕甘宁边区文化界救亡协会：《我们关于目前文化运动的意见》，载《延安文艺丛书》编委会编《延安文艺丛书·文艺理论卷》（第一卷），湖南人民出版社1984年版，第380页。笔者注：该文最早刊发在一九三八年五月二十二日的《解放》第三十九期。

"但我们文化的新内容，是可以在无论旧的任何形式中显现出来。而文化旧形式的尽量利用，正所以便利于文化新内容的广大发展，并且在发展过程中文化新内容将不断地征服旧形式，不断地使旧形式成为文化新内容的附属，而过渡到文化新形式。"①

如果再向前追溯，就不得不提到白芩的《关于戏剧的旧形式与新内容》和徐懋庸的《民间艺术形式的采用》，这两篇文章分别发表在1938年2月10日和4月20日的《新中华报》上。两文都认为在某些场合，应该重视使用旧形式②，并把旧形式与新内容结合起来，使旧形式逐渐变为新形式。如徐懋庸认为："现在我们的艺术工作的内容，自然是唯一的宣传抗战，而在用旧形式比较能够深入民众的场合，我们应该使我们的艺术工作的内容，多多通过民间旧的形式。只要配上新内容，旧形式就不成其为完全的旧形式了。采用之际，或有改造，这改造就会使旧形式渐渐变为新形式。"③ 然而可惜的是，白芩、徐懋庸和陕甘宁边区文化界救亡协会的观点在当时并未引起多大的社会反响。不过由于毛泽东的身份地位，以及相关部门所做出的大量的宣传工作，因而他的政治报告《中国共产党在民族战争中的地位》先后在陕甘宁以及其他各个抗日根据地被学习、讨论，引起了较为强烈的反响，也激发了学者们对民族形式的激烈讨论。

关于民族形式"论战"④的经过是以上述几篇文章为基础，当时不少学者纷纷撰文，结合旧形式能否利用，如何改造、利用旧形式，以及如何创造文学艺术的民族形式等问题展开的。柯仲平的《谈中国

---

① 陕甘宁边区文化界救亡协会：《我们关于目前文化运动的意见》，载《延安文艺丛书》编委会编《延安文艺丛书·文艺理论卷》（第一卷），湖南人民出版社1984年版，第380页。

② 笔者注：这里提及的是旧形式，而非民族形式。但实际上，二者在含义上有重合之处，其中民族形式的外延比旧形式要大一些。下文将做出具体辨析。

③ 徐懋庸：《民间艺术形式的采用》，载《延安文艺丛书》编委会编《延安文艺丛书·文艺理论卷》（第一卷），湖南人民出版社1984年版，第380、652页。笔者注：该文写于1938年4月5日，最早刊发在1938年4月20日的《新中华报》上。

④ 茅盾：《旧形式、民间形式与民族形式》，载《延安文艺丛书》编委会编《延安文艺丛书·文艺理论卷》（第一卷），湖南人民出版社1984年版，第641页。

气派》(《新中华报》1939年2月7日)和《谈文艺上的中国民族形式》(《文艺战线》1939年10月16日第一卷第五号)、艾思奇的《旧形式运用的基本原则》(《文艺战线》1939年4月16日第一卷第三号)和《旧形式问题》(《文艺突击》1939年6月25日新一卷第二期)、沙汀的《民族形式问题》(《文艺战线》1939年11月16日第一卷第五号)、何其芳的《论文学上的民族形式》(《文艺战线》1939年11月16日第一卷第五号)、萧三的《论诗歌的民族形式》(《文艺战线》1939年11月16日第一卷第五号)、冼星海的《论中国音乐的民族形式》(《文艺战线》1939年11月16日第一卷第五号)、周扬的《对旧形式利用在文学上的一个看法》(《中国文化》1940年2月15日创刊号)、光未然的《文艺的民族形式问题》(《文学月报》1940年5月第一卷第五期)、茅盾的《论如何学习文学上的民族形式——在延安各文艺小组会上的演说》(《中国文化》1940年7月25日第一卷第五期)和《旧形式、民间形式与民族形式》(《中国文化》1940年9月25日第二卷第一期)等,这些文章先后发表,围绕民族形式问题展开论辩。同时在以重庆为中心的国统区和以《大公报》为核心的香港地区,也针对民族形式问题展开了相当激烈的争论。

在民族形式问题讨论如火如荼开展的时候,1941年1月,毛泽东撰写的《新民主主义论》把这场论争推向了深入。毛泽东认为:"中国文化应有自己的形式,这就是民族形式。民族的形式,新民主主义的内容——这就是我们今天的新文化。"① 毛泽东主张:"这种新民主主义的文化是民族的……带有我们这个民族的特性……凡属我们今天用得着的东西,都应该吸收……和民族的特点相结合,经过一定的民族形式,才有用处,决不能主观地公式地应用它。"② 毛泽东还说:

---

① 毛泽东:《新民主主义论》,载《毛泽东选集》(第二卷),人民出版社1991年版,第707页。
② 毛泽东:《新民主主义论》,载《毛泽东选集》(第二卷),人民出版社1991年版,第706—707页。

第一章 怀安诗社的社会背景与文化语境

"中国的长期封建社会中,创造了灿烂的古代文化。清理古代文化的发展过程,剔除其封建性的糟粕,吸收其民主性的精华,是发展民族新文化提高民族自信心的必要条件;但是绝不能无批判地兼收并蓄。"[①] 这里,毛泽东以为在充分吸收传统文化中的民主性精华的基础上,把新民主主义的内容与民族的形式结合起来,才是合理的正确的做法。这个观点,得到了当时以及现当代人们的普遍认同。

那么,中国文学艺术的民族形式到底是什么呢?对这个问题的回答,也是仁者见仁,智者见智。光未然是这样解释文艺的民族形式的:"什么是文艺的民族形式呢?据我的解释:一个民族有一个民族自己的生活,有他自己的生活传统和生活方式,因之形成这个民族所特有的风格和气派;表现在文艺上,便需要通过一种能够适合此民族风格和民族气派的特定的手法和样式,以构成一种特有的,足以表现其民族生活特色的,为自己民族的绝大多数所喜爱的文艺形式,即文艺的民族形式。"[②] 这应该是在理论上比较合理的描述,但是却失之笼统和空泛,让人摸不着头脑,仍然不明白文艺的民族形式到底是什么东西。不过后文,作者分别结合诗歌、小说、戏剧、音乐等做了具体分析,便弥补了这个不足。沙汀从语言和艺术形式两个方面来说明,则较为具体一些。他说:"关于民族形式这个用语我个人的理解是这样:在一方面它是指作家应该站在人民大众的立场,民族的立场,用民间活的语言来描述他们的实际生活,他们的苦乐和希望,这是第一;其次,在另一方面,它是指对于长久地,广泛地存在于民间的,曾反映了民族生活的某一方面的旧作品形式的利用。"[③] 而说得更为明确具体的,则是周扬。他说:"所谓旧形式一般地是指旧形式的民间形式,

---

[①] 毛泽东:《新民主主义论》,载《毛泽东选集》(第二卷),人民出版社1991年版,第707—708页。

[②] 光未然:《文艺的民族形式问题》,载《延安文艺丛书》编委会编《延安文艺丛书·文艺理论卷》(第一卷),湖南人民出版社1984年版,第624页。

[③] 沙汀:《民族形式问题》,载《延安文艺丛书》编委会编《延安文艺丛书·文艺理论卷》(第一卷),湖南人民出版社1984年版,第609页。

如旧白话小说，唱本，民歌，民谣，以至地方戏，连环画等等，而不是指旧形式的统治阶级的形式，即早已僵化了的死文学。"① 周扬虽说得具体，但他把民族形式等同于旧形式中的民间形式，则是有失偏颇的，且为光未然、茅盾等所批驳。结合毛泽东的主张以及上述论文的意见，笔者以为所谓民族形式应该既包括中国古典文学中所有旧形式中尚有生命力、能被利用的文学样式（包括民间形式与非民间形式，既有传统的诗词曲赋、散文、戏曲、小说，也有民歌、民谣、地方戏、说书等说唱文学），也包括在新文学运动中产生的、富有表现力的文学形式（包括欧化形式和本土形式，具体来说有新诗、白话小说、话剧、杂文等）。

在这场论争中，大多学者都认为民族形式（包括旧形式）至今仍然有很大的改造利用价值。如艾思奇甚至把改造利用旧形式与中国新的民族文学的发展方向联系起来，他说："旧形式的提起，决不是要简单地恢复旧文艺，也不仅仅是为着暂时应付宣传的要求，而是中国新文艺发展以来所走上的一个新阶段的标帜。这一个阶段是要把'五四'以来所获得的成绩，和中国优秀的文艺传统结合起来，使它向着建立中国自己的新的民族文艺的方向发展，是为着建立适合于中国老百姓及抗战要求的进一步的发展。"② 不过由于学者们的出发点不同，着眼点有别，所以对旧形式价值意义的具体阐述也有区别，此不赘述。当然，也有人以为文学形式本身的价值就不高，故旧形式利用的价值就更有限了。如沙汀所说："但我却不同意把旧形式利用在文艺上的价值抬得过高。因为我们不能不承认决定一篇作品的价值和意义的主要因素到底是内容，是作者的观点和精神，而不能是附丽于内容而存在的形式。"③ 接着，

---

① 周扬：《对旧形式利用在文学上的一个看法》，载《延安文艺丛书》编委会编《延安文艺丛书·文艺理论卷》（第一卷），湖南人民出版社1984年版，第614页。
② 艾思奇：《旧形式新问题》，载《延安文艺丛书》编委会编《延安文艺丛书·文艺理论卷》（第一卷），湖南人民出版社1984年版，第590页。
③ 沙汀：《民族形式问题》，载《延安文艺丛书》编委会编《延安文艺丛书·文艺理论卷》（第一卷），湖南人民出版社1984年版，第609页。

他以鲁迅先生的作品为例来说明这个道理：认为大家都没有理由质疑"鲁迅的作品是中国文学上最民族的这个事实"，但鲁迅的艺术形式"大半是从世界文学来的"。①

至于如何利用旧形式，笔者以为艾思奇说得较为具体，也较为合理。艾思奇既指出了应用旧形式的几种方式："应用旧形式的方式也有种种：有'旧瓶装新酒'的办法，那就是完全依照旧形式，一点不改动地把新内容填进去；另一种是把旧瓶作多少修改使适合新内容；再一种是融合各种旧形式的表现手法，而不死板地利用任何形式，大体上可以算是创造一个新的东西。一般对旧形式的应用，不外以上这三种方式。"② 也指出了当时的文艺界已经开始了运用旧形式进行文艺创作的实践活动："旧形式利用的问题提得很久了，但在抗战以后，由于大众化的需要更觉迫切的缘故，用旧形式去接近群众的问题不单只是理论上的问题，而且是在实际上到处尝试着了。"③ 同时，他还在此基础上提出了更高地利用旧形式的标准："利用旧形式同时就要能发展旧形式④。不是死硬的模仿，而是把握了中国自己传统的精神和手法。自然，这样的工作不是轻易可以做起来的，它需要作者的时间和苦心。但是这是必然要走的道路，而且现在已经有许多作家在向着这个方向走了。"⑤ 洛甫（即张闻天）受到鲁迅先生的启发，认为利用旧形式是创造新形式的开始，他说："新文化可以而且应该利用能够表现新内容的一切中国旧文化的旧形式；但旧形式只有经过相当的改造，才能适当地表现新内容。对于旧形式是批判地利用，这种利用也

---

① 沙汀：《民族形式问题》，载《延安文艺丛书》编委会编《延安文艺丛书·文艺理论卷》（第一卷），湖南人民出版社1984年版，第609—610页。
② 艾思奇：《抗战文艺的动向》，载《延安文艺丛书》编委会编《延安文艺丛书·文艺理论卷》（第一卷），湖南人民出版社1984年版，第395页。
③ 艾思奇：《抗战文艺的动向》，载《延安文艺丛书》编委会编《延安文艺丛书·文艺理论卷》（第一卷），湖南人民出版社1984年版，第395页。
④ 笔者注："式"，原作"势"，有误。
⑤ 艾思奇：《抗战文艺的动向》，载《延安文艺丛书》编委会编《延安文艺丛书·文艺理论卷》（第一卷），湖南人民出版社1984年版，第396页。

是新形式的创造的发端。"①

  这场关于民族形式问题大讨论的作用之一便是在白话文与新诗占据文坛主流的时代,为旧体诗创作恢复了名誉,既为其存在提供了理论依据,也提供了创作空间。以郭沫若为代表,当时不少参与民族形式论争的学者都充分认可了旧体诗词创作的合法地位。郭沫若认为:"不仅民间形式当利用,就是非民间形式的士大夫形式也当利用。用鼓词、弹词、民歌、章回体小说来写抗日的内容固然好,用五言、七言、长短句、四六体来写抗日的内容,亦未尝不可。例如张一麟老先生的许多关于抗战的绝诗,卢骥野先生的《中兴鼓吹集》里面好些抗战词,我们读了同样的发生钦佩而受鼓舞。"② 以旧体诗词为基础,郭沫若还进一步地肯定了文言文中某些可利用的遗产:"今天的民族现实的反映,便自然成为今天的民族文艺的形式。它并不是民间形式的延长,也并不是士大夫形式的转变,从这两种的遗产中它是尽可以摄取些营养的。象旧小说中的个性描写,旧诗词的谐和格调,都值得我们尽量摄取。尤其是那些丰富的文白语汇,我们是要多多储蓄来充实我们的武装的。"③ 对于民族形式的大讨论,吴海发这样总结:"首先经过论争,几乎一致认为旧体诗是中国诗坛一种形式,是很有民族代表性的诗词样式,应该有它生存的时空,任何鄙弃的态度是不可取的,可笑的。从此报刊上发表的旧体诗日见其多,且日见其好了。其次,旧体诗存在有合理性。旧体诗是历经二三千年的创作实践的产物,它们辉煌的文学库存是民族精神的浓缩,为弘扬民族精神可以提供取之不竭的源泉。……最后,民族形式论争震动了旧体诗创作,许多诗人在为旧体诗

---

  ① 洛甫:《抗战以来中华民族的新文化运动与今后任务》,载《延安文艺丛书》编委会编《延安文艺丛书·文艺理论卷》(第一卷),湖南人民出版社1984年版,第132页。
  ② 郭沫若:《"民族形式"商兑》,载中南区七所高等院校合编《中国现代文学史资料汇编》(下册),河南人民出版社1979年版,第855页。
  ③ 郭沫若:《"民族形式"商兑》,载中南区七所高等院校合编《中国现代文学史资料汇编》(下册),河南人民出版社1979年版,第864页。

谋求更大的社会影响力，把抗日民族解放斗争当作第一主题。"① 怀安诗社的成立，恰恰是民族形式讨论行将结束之时；而怀安诗人的旧体诗词创作活动，也正是在民族形式大讨论之后的文化语境下展开的。把握住这个文化语境，则对怀安诗人主要创作旧体诗，且努力对旧体诗进行体裁形式上的变革主张，将会有更深一层的体认。

三 延安时期党的文艺政策

如前所述，怀安诗社成立与活动的延安时期，是世界形势也是国内局势动荡不安的社会大变革时代。在这样的社会时代中，一切都要以政治需求、军事战争以及外交活动为核心，文艺创作自然也不例外。这便是毛泽东《在延安文艺座谈会上的讲话》（以下简称《讲话》）所说的"就是要使文艺很好地成为整个革命机器的一个组成部分，作为团结人民、教育人民、打击敌人、消灭敌人的有力的武器，帮助人民同心同德地和敌人作斗争"。② 延安文艺不是无源之水、无本之木，它在中国无产阶级革命文艺史上具有承前启后的特殊地位。如曾鹿平、姚怀山所说："延安文艺是中国共产党领导的革命文艺发展史上的一个重要阶段，既是对五四新文艺、左翼文艺、苏区文艺优良传统的继承，也是其合乎逻辑的发展；既是陕北革命根据地文艺的汇聚与升华，也是新中国成立后社会主义文艺体制建构的雏形和基础。"③ 延安文艺的发展历程，可划分为三个历史时期，即：发展期（1935.10—1939.11）、繁荣期（1939.12—1942.4）和成熟期（1942.5—1949.7）。④

---

① 吴海发：《二十世纪中国诗词史稿》，中国文史出版社2004年版，第538页。
② 毛泽东：《在延安文艺座谈会上的讲话》，载《毛泽东选集》（第三卷），人民出版社1991年版，第848页。笔者注：后文把《在延安文艺座谈会上的讲话》简称《讲话》。
③ 曾鹿平、姚怀山主编：《延安文化思想概论》，陕西师范大学出版总社有限公司2015年版，第184页。
④ 曾鹿平、姚怀山主编：《延安文化思想概论》，陕西师范大学出版总社有限公司2015年版，第187—193页。也有人划分为四个时期，即"开创时期（1935年10月至1939年底）、发展时期（1940年至1942年4月）、新文艺方向确立时期（1942年5月至1945年8月）和迎接全国胜利时期（1945年8月至1949年9月）"。见艾克恩主编《延安文艺史》，河北教育出版社2009年版，第13—19页。

在发展期（1935.10—1939.11），由于中共中央和中央红军经过整整一年时间的艰苦卓绝的长征，刚刚到达陕北，立足刚稳，虽然也进行了一系列的文艺活动，产生了一批不错的文艺作品与理论文章，但总体来说仍然处于打开局面的过渡阶段，故在文艺上主要的工作任务是建立各种社团组织、各种协会，以及创办一些文艺刊物等，为其后的发展繁荣奠定了坚实的基础。值得一提的是，因为鲁迅先生于1936年10月19日在上海逝世，中华苏维埃中央政府于10月30日在陕北保安（今志丹县）举行了鲁迅先生的追悼大会。在大会上，毛泽东做了关于鲁迅先生的首次演讲。在鲁迅逝世一周年时，毛泽东又发表了《论鲁迅》的讲话，高度评价了鲁迅的成就和地位，倡导文艺界继承和学习鲁迅先生的伟大精神，为延安文艺的健康发展初步指明了方向。另外，中国文艺协会（1936.11.26）、陕甘宁边区文化界救亡协会（1937.11.14）等相继成立，也是此时期延安文艺界的大事。

在繁荣期（1939.12—1942.4），延安成立了近二十个文艺社团，出版了二十余种文艺期刊，创作了大量的文艺作品。此期的文艺活动更加多样化，也更加重视文艺作品的艺术性，甚至出现了片面强调技巧、技术层面，而忽视了与现实社会乃至人民群众相联系的现象。这便是毛泽东后来《讲话》所批评的文艺现象："对于工农兵群众，则缺乏了解，缺乏研究，缺乏知心朋友，不善于描写他们；倘若描写，也是衣服是劳动人民，面孔却是小资产阶级知识分子。"[①] 值得一提的是，1940年1月，陕甘宁边区文化协会第一次代表大会在延安举行，大会选举了毛泽东、林伯渠、周扬、冼星海、丁玲等90余人作为首届文协委员，由周扬任主任。毛泽东在大会上做了《新民主主义的政治与新民主主义的文化》的演讲，1940年2月在《解放》杂志刊登时，演讲题目修改为《新民主主义论》。该文指出："所谓新民主主义的文

[①] 毛泽东：《在延安文艺座谈会上的讲话》，载《毛泽东选集》（第三卷），人民出版社1991年版，第856—857页。

化,一句话,就是无产阶级领导的人民大众的反帝反封建的文化。"①"中国文化应有自己的形式,这就是民族形式。民族的形式,新民主主义的内容——这就是我们今天的新文化。"②"鲁迅的方向,就是中华民族新文化的方向。"③

毛泽东的论述对我们认识新民主主义革命时期文艺的性质特点提供了纲领性的依据,也为其后文学艺术的发展指明了方向。与开创时期相比,此时期的一个明显特点就是党对文艺发展方向的指导工作得到了加强。具体表现如:中央文化工作委员会在1940年10月恢复,并发布了一系列指示性文件;毛泽东等领导人通过与作家谈话、通信等方式,关心、指导文艺创作活动;党报利用报纸以社论形式探讨文艺理论与方向,报纸开辟"文艺专栏"栏目,发表文学作品与论著,等等。

成熟期(1942.5—1949.7)开始的标志性事件是延安文艺座谈会的召开。1942年5月,党中央召开了延安文艺座谈会,毛泽东做了重要发言,这便是《在延安文艺座谈会上的讲话》。作为延安时期文艺政策的纲领性文件,《讲话》对延安文艺以及中华人民共和国成立之后的文学发展均产生了深远影响。《讲话》分为"引言"和"结论"两大部分。"引言"是1942年5月2日所作的演讲,主要谈了召开本次座谈会的目的,即"研究文艺工作和一般革命工作的关系,求得革命文艺的正确发展,求得革命文艺对其他革命工作的更好的协助,借以打倒我们民族的敌人,完成民族解放的任务"。④同时,"引言"还抛出了座谈会需要讨论的一些基本问题,"即文艺工作者的立场问题,

---

① 毛泽东:《新民主主义论》,载《毛泽东选集》(第二卷),人民出版社1991年版,第698页。

② 毛泽东:《新民主主义论》,载《毛泽东选集》(第二卷),人民出版社1991年版,第707页。

③ 毛泽东:《新民主主义论》,载《毛泽东选集》(第二卷),人民出版社1991年版,第698页。

④ 毛泽东:《在延安文艺座谈会上的讲话》,载《毛泽东选集》(第三卷),人民出版社1991年版,第847页。

态度问题，工作对象问题，工作问题和学习问题"。① 并对每个问题做了简明扼要的分析。"结论"是1942年5月23日所作的报告，分别针对"引言"提到的几个问题做了详细阐述。在立场问题上，毛泽东指出，现阶段的文艺是为人民大众服务的，而人民大众就是当时占全部人口90%以上的人民，他们"是工人、农民、兵士和城市小资产阶级"。② 在态度问题上，毛泽东指出人民生活"是一切文学艺术的取之不尽、用之不竭的唯一的源泉"，要正确地处理好普及与提高的关系："我们的提高，是在普及基础上的提高；我们的普及，是在提高指导下的普及。"③ 在工作对象问题上，毛泽东认为"无产阶级的文学艺术是无产阶级整个革命事业的一部分"，要"服从党在一定革命时期内所规定的革命任务"，由于现阶段中国政治的第一个根本任务是抗日，所以"党内的文艺工作者首先应该在抗日这一点上和党外的一切文学艺术家（从党的同情分子、小资产阶级的文艺家到一切赞成抗日的资产阶级地主阶级的文艺家）团结起来"。④ 在工作问题上，毛泽东认为文艺批评有两个标准，即政治标准与艺术标准，要求"政治和艺术的统一，内容与形式的统一，革命的政治内容和尽可能完美的艺术形式的统一"，⑤ "既反对政治观点错误的艺术品，也反对只有正确的政治观点而没有艺术力量的所谓'标语口号式'的倾向"。⑥ 最后，毛泽东指出，现在不少文艺工作者思想上存在问题，也因此产生了许多错误，

---

① 毛泽东：《在延安文艺座谈会上的讲话》，载《毛泽东选集》（第三卷），人民出版社1991年版，第848页。

② 毛泽东：《在延安文艺座谈会上的讲话》，载《毛泽东选集》（第三卷），人民出版社1991年版，第855页。

③ 毛泽东：《在延安文艺座谈会上的讲话》，载《毛泽东选集》（第三卷），人民出版社1991年版，第862页。

④ 毛泽东：《在延安文艺座谈会上的讲话》，载《毛泽东选集》（第三卷），人民出版社1991年版，第867页。

⑤ 毛泽东：《在延安文艺座谈会上的讲话》，载《毛泽东选集》（第三卷），人民出版社1991年版，第869—870页。

⑥ 毛泽东：《在延安文艺座谈会上的讲话》，载《毛泽东选集》（第三卷），人民出版社1991年版，第870页。

应该改正错误,以鲁迅为榜样,努力学习,为人民大众创造出许多优秀的文艺作品。

通过梳理《讲话》的主体内容,可知《讲话》都是围绕毛泽东"引言"所说的"使文艺很好地成为整个革命机器的一个组成部分"这个核心而展开的。在国家破裂、饱受外敌侵略的动荡年代,这种做法无疑是正确的,是无可厚非的。《讲话》得到了广大文艺工作者的积极响应,文艺整风运动也随之展开,文艺创作活动也在新的文艺方向的指导下,呈现出新的面貌,尤其在民族化、大众化方面取得了突出的成就,获得了创作与理论上的双丰收。总之,《讲话》是中国共产党文艺政策在特殊时期的集中表现,符合社会时代思潮的要求,符合广大民众的心理需求,具有划时代的意义,对延安文艺以及当代文艺创作均产生了难以估量的深远影响。

由于笔者以中国古典诗学为视角切入研究怀安诗社,故在这里特别需要提出的是,尽管当时倡导文艺为工农兵服务,为现实的革命工作服务,倡导白话文与大众化,但毛泽东仍然明确表示,广大文学工作者应该充分吸收、借鉴各种优秀的文学遗产,认为这对文学创作有重要意义。毛泽东说:"我们必须继承一切优秀的文学艺术遗产,批判地吸收其中一切有益的东西,作为我们从此时此地的人民生活中的文学艺术原料创造作品时候的借鉴。有这个借鉴和没有这个借鉴是不同的,这里有文野之分,粗细之分,高低之分,快慢之分。所以我们决不可拒绝继承和借鉴古人和外国人,哪怕是封建阶级和资产阶级的东西。"[①] 在稍早的1942年2月8日,毛泽东在延安干部会上的演讲《反对党八股》,也提出了同样的意见。该文指出:"我们还要学习古人语言中有生命的东西。由于我们没有努力学习语言,古人语言中的许多还有生气的东西我们就没有充分地合理地利用。当然我们坚决反对去用已经死了的语汇和典故,这是确定了的,但是好的仍然有用的

---

① 毛泽东:《在延安文艺座谈会上的讲话》,载《毛泽东选集》(第三卷),人民出版社1991年版,第860页。

东西还是应该继承。现在中党八股毒太深的人，对于民间的、外国的、古人的语言中有用的东西，不肯下苦功去学，因此，群众就不欢迎他们枯燥无味的宣传，我们也不需要这样蹩脚的不中用的宣传家。"①毛泽东向中国古典文学学习的意见得到了丁玲、周扬等的积极回应，他们纷纷撰写文章，表示今人应该充分借鉴古人，向古人以及其他优秀的文学遗产学习，努力做到"古为今用"。

在毛泽东《讲话》之前，当时党的其他领导人也纷纷表示了大致相同的意见。如洛甫1940年1月5日在陕甘宁边区文化界救亡协会第一次代表大会上的报告提纲——《抗战以来中华民族的新文化运动与今后任务》中，对中国新旧文化关系进行了深入探究，指出中国旧文化中也有反抗压迫、拥护真理与进步的积极因素，所以应"批判地接受旧文化"，"对于这些文化因素，我们有从旧文化的仓库中发掘出来，加以接受、改造与发展的责任……新文化不是旧文化的全盘否定，而是旧文化的真正发扬光大。新文化不是从天上掉下来的奇怪的东西，而是过去人类文化的更高的发展"。② 1940年7月24日，朱德在延安鲁迅艺术文学院③所作的《三年来华北宣传战中的艺术工作》的报告提纲也明确要求文学艺术工作者接受传统文化中优良的部分："因为要创造中国新民主主义的艺术，必须接受民族文化传统中的优良的东西，而加以发扬。"④ 陈毅1941年2月发表的《关于文化运动的意见——在海安文化座谈会上的发言》一文也认为："马列主义是世界文化最高的结晶，它接受一切旧文化优良的成果，加以批判地改造，

---

① 毛泽东：《反对党八股》，载《毛泽东选集》（第三卷），人民出版社1991年版，第837—838页。
② 洛甫：《抗战以来中华民族的新文化运动与今后任务》，载《延安文艺丛书》编委会编《延安文艺丛书·文艺理论卷》（第一卷），湖南人民出版社1984年版，第125页。
③ 笔者注：1938年4月10日，鲁迅艺术学院在延安成立，毛泽东出席大会并讲话；1940年，鲁迅艺术学院更名为鲁迅艺术文学院，简称鲁艺。1943年3月16日，鲁艺并入延安大学，成为延安大学的院系之一。
④ 朱德：《三年来华北宣传战中的艺术工作》，载《延安文艺丛书》编委会编《延安文艺丛书·文艺理论卷》（第一卷），湖南人民出版社1984年版，第105页。

而且为创造世界社会主义的新文化而奋斗。"① 在延安时期,党的领导人的这些表述,与上文提到的民族形式大讨论,都有回归到中国优秀传统文化与古典文学并以此为出发点阐述自己的观点的倾向,这正是笔者特别关注和感兴趣的地方。为什么在延安时期党的领导层以及文艺批评界常常要回归到中国优秀传统文化与古典文学中去,并以此为出发点来评论甚至推动延安文艺的创作呢?究其原因,笔者以为可从以下三个方面展开分析。

首先是时代文化变革原因。从历史文化发展变革角度考察,我们知道,在延安文艺之前的二十多年时间里,20世纪初开始的新文化运动矫枉过正,接受西方思想文化很少批判反思,几乎是全盘接受;而同时在否定传统文化时态度激烈,几乎是"一棍子打死",奉行了历史文化的虚无主义,甚至在某种程度上造成了中国传统文化的断裂。对此,延安时期的学者们深有感触,进行了较为理性的反思。如艾思奇指出:"'五四'文化运动一般的缺点是:由于要打破旧传统,于是就抛弃了、离开了旧的一切优秀传统,特别是离开了中国民众的,大众优秀传统。在'五四'的初期,还发掘了中国民间文艺的宝藏,愈到后来,这些宝藏就被搁置起来,而偏向于向外国的文艺里去学习。"② 或如柯仲平所说:"'五四'文艺运动的缺点是:当时未能批判地接受外来的文艺遗产,未能接受中国文艺传统上的优点——最主要的尤其是未能吸收中国大众中流传着的一部分较生动的民间文艺的优点。"③ 正因为新文化运动时期的矫枉过正,一味倡导新文学、反对旧文学,倡导白话文、反对文言文,对中国传统文化与古典文学持完全否定态度,所以到了延安时期,才会有比此前更为理性的思考,也才

---

① 陈毅:《关于文化运动的意见——在海安文化座谈会上的发言》,载《延安文艺丛书》编委会编《延安文艺丛书·文艺理论卷》(第一卷),湖南人民出版社1984年版,第178页。
② 艾思奇:《旧形式新问题》,载《延安文艺丛书》编委会编《延安文艺丛书·文艺理论卷》(第一卷),湖南人民出版社1984年版,第590页。
③ 柯仲平:《论文艺上的中国民族形式》,载《延安文艺丛书》编委会编《延安文艺丛书·文艺理论卷》(第一卷),湖南人民出版社1984年版,第605页。

会有对中国古代优秀文化遗产的重视。历史虽然在前进，时代虽然在发展变革，在延安时期，中国社会制度尽管已经从封建社会演变为殖民地、半封建半殖民地社会，但是中华传统文化的根脉却不能也不会因此而完全断裂或消亡，优秀的文学传统也不会因此而烟消云散。

其次是文学自身发展原因。从文学自身发展的角度来看，中国文学史有其自身发生发展的一般规律，并不会因为某种外来文化的影响或者政党意识的强加干预而发生根本性的改变。鲁迅先生曾说："新文学和旧文学中间难有截然的分界。"① 就是从一般意义上揭示了中国古典文学与现当代文学之间不能截然分开，必定具有某种内在性的关联。从中国古典文学发展到延安文学，中间虽然经历了"五四"以来新文学的洗礼，但其固有的文学观念、文学形式、艺术手法等，并不会因此而完全断裂。钱理群曾以诗词为例，论及古典文学即使发展到了现当代，也仍会按照自身特点继续发展着，他说："尽管传统诗词写作已经边缘化，但它也并没有按进化论观点所预言的那样，完全遭淘汰，被新诗所替代。而且似乎也不仅仅是一种'旧的残余'，而是按照自身的特点在不停地发展着。"② 因此，从历史发展的逻辑来看，延安文学必定借鉴甚至吸收了中国古典文学的某些因素，延安文艺必定吸收了古典艺术的某些基因。1939 年，周扬在思考延安文学（或新文学）发展道路时，曾理性地指出："在文艺的修养上，我们的作家几乎全是受西洋文学的熏陶。一个落后的国家接受先进国家的文化的影响，是非常自然而且必要的；我们过去的错失是在因此而完全漠视了自己民族固有的文化。在文艺大众化，旧形式利用的问题上所碰到的主观困难就是从对中国旧有文化的那一贯冷淡和不屑去研究的态度而来的。这个态度必须改变。"③ 如何改变呢？1940 年 2 月，周扬在

---

① 鲁迅：《鲁迅杂文全集·准风月谈·扑空》，河南人民出版社 1994 年版，第 625 页。
② 钱理群：《一个有待开拓的研究领域——〈二十世纪诗词注评〉序》，载钱理群、袁本良注评《二十世纪诗词注评》，漓江出版社 2011 年版，第 4 页。
③ 周扬：《我们的态度》，《文艺战线·创刊号》1939 年 2 月 16 日。

第一章　怀安诗社的社会背景与文化语境

《对旧形式利用在文学上的一个看法》一文给出了具体解释："要向旧形式学习，对旧形式的轻视态度应当完全改变。必须把学习和研究旧形式当作认识中国、表现中国的工作之一个重要部分，把吸收旧形式中的优良成果当作新文艺上的现实主义的一个必要源泉。"① 这里，周扬所强调的已不仅仅是学习旧形式，同时也触及了旧形式表现新内容的问题，更重要的是、他对传统文化与传统文学所持态度的转变。

最后是创作主体与受众群体原因。从延安时期的创作主体以及受众（读者）群体来看，其中有不少人都出生在五四新文化运动以前，从小接受的仍然是中国传统文化、古典文学的教育，虽然后来或多或少地受到西方新思想与文艺思潮的影响，但是他们与中国传统文化以及古典文学有无法割裂的天然的血肉联系。如怀安诗社的成员，大多是革命队伍中的老同志以及地方年龄较长的民间文人。他们不懂新诗，自然也不愿意创作新诗，只喜欢阅读和创作旧体诗词。作为个人的阅读习惯，谁都无须苛责。但是为了抗日民族统一战线，为了团结一切可以团结的抗日力量，旧体诗词的创作也得到了中共中央的许可，并成为延安文学的一个有机组成部分。旧体诗词甚至能在当时的中共中央机关报——《解放日报》上开辟专栏，多次公开发表。除了怀安诗社的成员之外，延安时期的萧军、鲁克、吕振羽、魏传统、范长江等也都创作了一些旧体诗词。"写古体诗词这一支强大的队伍，和新诗的队伍，互相辉映，互相补充，并肩前进，汇合成了延安诗歌的滚滚洪流。"②

再举一个典型的例子，那就是延安时期党、政、军的最高领导人——毛泽东的阅读写作习惯。1945年10月4日，毛泽东在《致柳亚子》的信中，赞赏其诗道："先生诗慨当以慷，卑视陆游、陈

---

① 周扬：《对旧形式利用在文学史上的一个看法》，载《延安文艺丛书》编委会编《延安文艺丛书·文艺理论卷》（第一卷），湖南人民出版社1984年版，第620页。
② 《延安文艺丛书》编委会编：《延安文艺丛书·诗歌卷》，湖南文艺出版社1987年版，"前言"第6页。

亮，读之使人感发兴起。"① 作为当时党、政、军的领导人，毛泽东以古代著名文学家评论时人的创作，其影响力非同一般。我们更知道，毛泽东自己也有着非常深厚的中国古典文学素养，一生创作了大量的旧体诗词作品，即使在延安时期也创作过十余首。② 虽然这十余首诗词有些在当时没有公开发表，然而尽管仅有部分作品公开发表，尽管仅仅是小范围的传播，其潜在的影响力也是不可估量的。诚如《延安文艺丛书》编委会所言："毛泽东同志的《沁园春·雪》，它以新颖的构思，宏达的气概，震惊了大后方，轰动了文艺界。"③ 在延安时期，有曾经生活在延安的外国人弗拉基米洛夫这样说："延安的学校不进行正规教育，不设置马克思主义和政治经济学课程，却极力推荐阅读《三国演义》，《红楼梦》和《水浒传》等旧小说。"④ 这个说法虽然未必完全符合当时的实际情况，但也能从一个侧面看出当时中共中央领导人对中国古典文学的重视。

综上所述，已能充分说明：数千年的传统文化积淀，已经形成了中华民族的文化性格；数千年的中国古典文学史，也在人民大众的身体里烙印下了深沉的文学基因。这种民族的文化性格与文学基因，绝

---

① 毛泽东：《致柳亚子》，载《延安文艺丛书》编委会编《延安文艺丛书·文艺理论卷》（第一卷），湖南人民出版社1984年版，第80页。
② 据麓山子《毛泽东诗词全集赏读》一书，毛泽东在延安时期创作或发表的旧体诗词共有12首。它们分别是：1935年10月，作七律《长征》，最早发表于美国记者斯诺1937年10月出版的《红星照耀中国》一书中；1935年10月，作《清平乐·六盘山》词，最早刊载于1949年6月；1935年10月，作《六言诗·给彭德怀同志》，最早发表于1947年8月1日冀鲁豫部队的《战友报》；1936年2月，作《沁园春·雪》词，1945年10月手书此词赠给柳亚子，11月14日《新民报晚刊》发表；1936年秋，作《临江仙·赠丁玲同志》词，12月底通过军用电报发给丁玲；1937年4月，作《四言诗·祭黄帝陵》，4月6日发表于《新中华报》；1939年6月，作四言诗《题〈中国妇女〉之出版》，后作为6月1日《中国妇女》创刊题词；1939年7月9日，在陕北公学作演讲时作《四言诗·戏改江淹〈别赋〉》；1942年秋月，作《五律·悼戴安澜将军》；1945年，作《七律·忆重庆谈判》；1947年转战陕北时，作《五律·张冠道中》；1947年中秋，作《五律·喜闻捷报》。参见麓山子《毛泽东诗词全集赏读》，太白文艺出版社2007年版。
③ 《延安文艺丛书》编委会编：《延安文艺丛书·诗歌卷》，湖南文艺出版社1987年版，"前言"第5页。
④ [苏]彼得·弗拉基米洛夫：《延安日记》，吕文镜、吴名祺译，东方出版社2004年版，第110—111页。

不会因为一二十年的否定或断裂就会被完全舍弃，也不会因为旧的社会制度的消亡而完全消亡。综上，笔者以为这正是延安时期中共中央领导层与文艺批评界回归中国传统文化与古典文学领域讨论文学艺术问题的根本原因之所在。

第二章　怀安诗社的成员结构与活动历程

在中国文学发展史上，早在先秦时期就已经出现了原始形态的文人集团。随着"文学自觉"① 时代的到来，在魏晋南北朝时期便产生了纯粹文人性的文人集团活动。到了唐代，又开始有了文人流派与文人结社的现象。其后，文人组团结社一度形成了风尚，文人社团也层出不穷，成为中国文学史上的一大奇观。延安时期，怀安诗社继承了古代文人社团的传统而成立，拥有大约五十名成员。这些成员的社会身份相当复杂，其中绝大部分信仰马列主义，怀揣着忧国忧民、革命建国的崇高理想，由此注定了该社团不会是一个纯粹进行文学创作活动的文艺团体。

第一节　怀安诗社的成员结构

众所周知，社会的历史文化是由人所创造的，人是社会活动的主体。由此可以推知，人当然也是文艺创作活动的主体。故一个文艺社团的性质、功用乃至影响等因素，主要取决于其成员的身份地位及其创作主张。为了深入理解怀安诗社的性质、功用及影响等，需要从其成员的身份地位开始说起。而在怀安诗社的数十位成员中，他们的身

---

① 袁行霈主编：《中国文学史》（第三卷），高等教育出版社2014年版，第3页。该书认为："文学的自觉是一个相当漫长的过程，它贯穿整个魏晋南北朝，是经过大约三百年才实现的。"

份地位是非常复杂的。下面试对其成员逐一进行简单介绍,并在此基础上分析总结。

一 怀安诗社成员考略

由于怀安诗社成员众多,故不能也没有必要一一对他们进行详细介绍。但他们都是诗社的成员,故也不能对他们中的任何一个付之阙如。所以这里计划以表格形式,对怀安诗社所有成员作简明的介绍。在介绍中,重点提及他们在怀安诗社成立以及运行期间的情形。后文在个案研究中,再对诗社的代表人物如李木庵、谢觉哉等的生平经历与诗歌创作展开重点研究,以期有详有略、点面结合地解读探究怀安诗人及其诗歌作品。首先对怀安诗社的成员简况考略如下(见表2-1):

表2-1　　　　　　　　怀安诗社成员简况一览

成员分类	序号	成员姓名	依据文献
一、诗社成立时在场的成员	1	林伯渠	《解放日报》(1941.9.7)、《新华日报》(1941.9.15)等[1]
	2	李木庵[2]	《解放日报》(1941.9.7)、《新华日报》(1941.9.15)等
	3	谢觉哉	《解放日报》(1941.9.7)、《新华日报》(1941.9.15)等
	4	高自立	《解放日报》(1941.9.7)、《新华日报》(1941.9.15)等
	5	鲁佛民	叶镜吾:《怀安诗社概述》(1963.7.4)、李石涵编:《怀安诗社诗选》(1980年版)等
	6	朱婴	《解放日报》(1941.10.16)、叶镜吾:《怀安诗社概述》(1963.7.4)等
	7	吴缦	叶镜吾:《怀安诗社概述》(1963.7.4)、李木庵编著:《窑台诗话》(1984年版)等
	8	王明	《解放日报》(1941.9.7)、《新华日报》(1941.9.15)等
	9	汪雨相	叶镜吾:《怀安诗社概述》(1963.7.4)、陶承:《祝福青年一代·怀安诗社杂忆》(1982.4)等

---

① 笔者注:"依据文献"按照时间顺序排列,其中数量较多的,只列前面较为重要的两种。下同。
② 笔者注:《解放日报》与《新华日报》在报道时都作"李木安",现在一般写作"李木庵"。

续表

成员分类	序号	成员姓名	依据文献
一、诗社成立时在场的成员	10	安文钦	叶镜吾：《怀安诗社概述》(1963.7.4)、陶承：《祝福青年一代·怀安诗社杂忆》(1982.4)等
	11	戚绍光	叶镜吾：《怀安诗社概述》(1963.7.4)、陶承：《祝福青年一代·怀安诗社杂忆》(1982.4)等
	12	贺连城	叶镜吾：《怀安诗社概述》(1963.7.4)、陶承：《祝福青年一代·怀安诗社杂忆》(1982.4)等
	13	施静安	叶镜吾：《怀安诗社概述》(1963.7.4)、陶承：《祝福青年一代·怀安诗社杂忆》(1982.4)等
	14	李丹生	叶镜吾：《怀安诗社概述》(1963.7.4)、李石涵编：《怀安诗社诗选》(1980年版)等
	15	吴汉章	《解放日报》(1941.9.7)
	16	白钦圣	《解放日报》(1941.9.7)、《新华日报》(1941.9.15)等
	17	席老先生	《解放日报》(1941.9.7)、《新华日报》(1941.9.15)等
	18	张曙时	《解放日报》(1942.2.21)、人民文学出版社编辑部编：《怀安诗选》(1979年版)等
二、后来加入的成员	1	朱德	叶镜吾：《怀安诗社概述》(1963.7.4)、人民文学出版社编辑部编：《怀安诗选》(1979年版)等
	2	叶剑英	叶镜吾：《怀安诗社概述》(1963.7.4)、人民文学出版社编辑部编：《怀安诗选》(1979年版)等
	3	吴玉章	叶镜吾：《怀安诗社概述》(1963.7.4)、人民文学出版社编辑部编：《怀安诗选》(1979年版)等
	4	徐特立	叶镜吾：《怀安诗社概述》(1963.7.4)、人民文学出版社编辑部编：《怀安诗选》(1979年版)等
	5	董必武	叶镜吾：《怀安诗社概述》(1963.7.4)、人民文学出版社编辑部编：《怀安诗选》(1979年版)等
	6	续范亭	《解放日报》(1942.2.21)、叶镜吾：《怀安诗社概述》(1963.7.4)等
	7	熊瑾玎	叶镜吾：《怀安诗社概述》(1963.7.4)、人民文学出版社编辑部编：《怀安诗选》(1979年版)等
	8	钱来苏	叶镜吾：《怀安诗社概述》(1963.7.4)、人民文学出版社编辑部编：《怀安诗选》(1979年版)等
	9	黄齐生	叶镜吾：《怀安诗社概述》(1963.7.4)、人民文学出版社编辑部编：《怀安诗选》(1979年版)等
	10	刘道衡	叶镜吾：《怀安诗社概述》(1963.7.4)、人民文学出版社编辑部编：《怀安诗选》(1979年版)等
	11	王铁生	李石涵编：《怀安诗社诗选》(1980年版)
	12	罗青	李石涵编：《怀安诗社诗选》(1980年版)、李木庵著：《窑台诗话》(1984年版)等

续表

成员分类	序号	成员姓名	依据文献
二、后来加入的成员	13	陶铸	李石涵编：《怀安诗社诗选》（1980年版）、李木庵编著：《窑台诗话》（1984年版）等
	14	郭子化	李石涵编：《怀安诗社诗选》（1980年版）、李木庵编著：《窑台诗话》（1984年版）等
	15	古大存	李石涵编：《怀安诗社诗选》（1980年版）、李木庵编著：《窑台诗话》（1984年版）等
	16	敷扬	李石涵编：《怀安诗社诗选》（1980年版）
	17	姜国仁	人民文学出版社编辑部编：《怀安诗选》（1979年版）、李石涵编：《怀安诗社诗选》（1980年版）等
	18	韩进	李石涵编：《怀安诗社诗选》（1980年版）、李木庵编著：《窑台诗话》（1984年版）等
	19	李少石	人民文学出版社编辑部编：《怀安诗选》（1979年版）、李石涵编：《怀安诗社诗选》（1980年版）等
	20	郭化若	李石涵编：《怀安诗社诗选》（1980年版）
	21	任锐	人民文学出版社编辑部编：《怀安诗选》（1979年版）、李石涵编：《怀安诗社诗选》（1980年版）等
	22	金白渊	李石涵编：《怀安诗社诗选》（1980年版）
	23	吴芝圃	李石涵编：《怀安诗社诗选》（1980年版）
	24	陈毅	人民文学出版社编辑部编：《怀安诗选》（1979年版）、李石涵编：《怀安诗社诗选》（1980年版）等
	25	张宗麟	李石涵编：《怀安诗社诗选》（1980年版）、李木庵编著：《窑台诗话》（1984年版）等
	26	刘仁	人民文学出版社编辑部编：《怀安诗选》（1979年版）、李石涵编：《怀安诗社诗选》（1980年版）等
	27	傅伦[①]	李石涵编：《怀安诗社诗选》（1980年版）
	28	吴均	李石涵编：《怀安诗社诗选》（1980年版）、李木庵编著：《窑台诗话》（1984年版）等
	29	李健侯	《解放日报》（1942.2.21）、李木庵编著：《窑台诗话》（1984年版）等
	30	陶承	陶承：《祝福青年一代·怀安诗社杂忆》（1982.4）、谢觉哉：《谢觉哉日记》（1984年版）

---

① 笔者注：傅，一作付。

二 怀安诗社成员结构分析

在表2-1中，笔者对所能够考证到的怀安诗社的四十八位成员逐一进行了概括性的简单介绍，从中可以初步看出其结构组成的复杂性。下面试从不同的角度切入，对其成员结构做进一步分析。

就国籍而言，怀安诗社成员以中国人为主体，也有个别国际友人参加，如其中的金白渊就是朝鲜人。作为朝鲜的革命者，金白渊到达中国尤其到延安以后，积极参加中国的民族抗日战争和革命活动，也成为怀安诗社的一员，与怀安诗社其他成员相互唱和，谱写了一段中外友谊的佳话。就地域来说，在笔者能够考知籍贯确切省份的42位怀安诗社的成员中，以外地人为主，陕西人只有一小部分。其中湖南省人数最多，计有林伯渠、李木庵、谢觉哉、朱婴、徐特立、熊瑾玎、刘道衡、陶铸、姜国仁、陶承等10人；四川省次之，计有朱德、吴玉章、陈毅、刘仁、傅伦等5人；江苏省有张曙时、罗青、郭子化，广东省有叶剑英、古大存、李少石，各计3人；安徽省有王明、汪雨相，湖北省有戚绍光、董必武，江西省有高自立、黄齐生，山东省有鲁佛民、吴缣，浙江省有钱来苏、张宗麟，河南省有任锐、吴芝圃，各计2人；山西省有续范亭，福建省有郭华若，则均只有1人。陕西省虽为诗社成立和长期活动的省份，① 但是成员却并不是很多，仅有7人，他们分别是：安文钦、贺连城、李丹生、吴汉章、白钦圣、席老先生和李健侯（笔者注：李健侯祖籍陕西，出生于四川）。且其中的吴汉章、白钦圣和席老先生三位成员，也未能考知其确切籍贯，只是根据《解放日报》与《新华日报》的报道，认为他们应该是陕西省人。而在怀安诗社成立时，现场的18位成员中，陕西省仅有6人，恰好是总

---

① 笔者注：怀安诗社共存续八年时间（1941.9—1949.9）。如果以社长李木庵作为中心人物，考察诗社活动的地域，则主要涉及四个省份。其中在陕西省近六年（1941.9—1947.3），在山西省一年（1947.3—1948.3），在河北省一年（1948.3—1949.3），在北京近半年（1948.4—1949.9）。

数的 1/3。怀安诗社成员虽然遍布全国的 13 个省份，但其中又以南方人为主。如果把陕西、山西、山东、河南都作为北方的话，则北方成员只有 12 人，仅占到总人数的 1/4 多。故总体来看，如果以陕西延安作为诗社根据地的话，则怀安诗社的成员大多是寓居身份，他们对异地自然风光的描述，他们的乡关之思，都使怀安诗呈现出独特的艺术风貌。

之所以说怀安诗社是中国无产阶级革命文艺史上大力创作古典诗词的诗社，是因为成立诗社的倡导人、主持诗社日常工作的社长以及大多数成员都是中国共产党党员，他们致力于从事的乃是代表中国无产阶级利益的革命事业，以解放全中国、建立新政权为最高的革命理想。至于组建诗社，创作诗歌，相互酬唱，最多算是他们革命工作的一个重要组成部分，是他们抒情言志、表达情怀乃至助力革命的一种方式，即社长李木庵所说的："独向吟坛张旗鼓，好把诗魂壮国魂。"[1] 他们中的大多数，在诗社成立之前就已经是中国共产党党员了。如林伯渠（1921）、李木庵（1925）、谢觉哉（1925）、高自立（1926）、鲁佛民（1926）、朱婴（1925、1946）[2]、王明（1926）、张曙时（1932）、朱德（1922）、叶剑英（1927）、吴玉章（1925）、徐特立（1927）、董必武（1921）、熊瑾玎（1927）、刘道衡（1933）、罗青（1926）、陶铸（1926）、郭子化（1926）、古大存（1924）、李少石（1926）、郭化若（1925）、任锐（1925、1936）、吴芝圃（1925）、陈毅（1923）、张宗麟（1927、1946）、刘仁（1927）等 26 位诗社成员，均早在 20 世纪二三十年代就加入了中国共产党。而姜国仁（1945）、续范亭（1947）、汪雨相（1948）、钱来苏（1948）、陶承（1948）等 5 人，则是在怀安诗社运行期间，先后加入中国共产党的。还有吴缣、韩进等诗社成员，根据他们所从事工作的性质，以及诗社其

---

[1] 李石涵编：《怀安诗社诗选》，陕西人民出版社 1980 年版，第 7 页。
[2] 笔者注：关于朱婴 1925 年、1946 年两次入党情况，具体参见《怀安诗社成员简况一览》中关于朱婴的简介。下文中任锐、张宗麟也均是两次入党，故标注两个年份。特此说明。

他成员的评述，应该也确定是中国共产党党员无疑，但却无法考知他们入党的具体时间；再有傅伦、吴均二人，也有可能是中国共产党党员。可惜的是，限于现有的文献材料，对于这些情况，笔者并未能够查找到明确的文献记载，只能留待以后考察。

能够考知生平经历的其他的诗社成员，尽管他们本身并不是中国共产党党员，但是他们也都赞同、拥护中国共产党的领导，并积极参与陕甘宁边区政府的日常工作，参与民族抗日战争和人民解放战争。他们或者在陕甘宁边区政府任职，如安文钦、戚绍光、贺连城、施静安、李丹生、吴汉章、白钦圣等，均担任过陕甘宁边区政府参议会的参议员，参政议政，群策群力，做了很多实际的工作；或者虽非参议员，但却有过不少爱国救亡的实际行动，如黄齐生、傅伦、吴均等。总之，认为怀安诗社是无产阶级的革命文艺组织，是没有任何问题的。如果就性别而言，该诗社以男性成员为主，但也有姜国仁、吴均、任锐、陶承、吴缣、朱婴等6位女士。其中还有两对夫妻，即张宗麟与姜国仁夫妇、张曙时与吴均夫妇。有的成员在清末就已经有了功名在身，算是有一定身份和名望的文人了。如李木庵、谢觉哉、汪雨相、安文钦、白钦圣等5人都是清末秀才，而李丹生、吴汉章2人则均为拔贡。李木庵《延安雅集》诗云："胜代诗文未全灰，座中十客五茂才，利器要推吴贡士，当年文战曾五魁。"[①]便是对该社成员身份的描述，但和笔者考证的情形略有出入。

除了上述这些成员之外，还有些特殊情况需要说明。即社长李木庵在延安窑洞中所编著的《窑台诗话》提到了一些旧体诗词作家，他们有的还曾与怀安诗人相互唱和，有的还被录存了较多的诗词作品。但是由于现有文献并没有明确认定他们是怀安诗社的成员，故笔者暂时把他们列为怀安诗社的外围成员。如山西刘少白（1883—1969）、湖南李六如（1887—1973）、陕西刘景范（1910—1990）、湖北童陆生

---

① 李石涵编：《怀安诗社诗选》，陕西人民出版社1980年版，第6页。该诗原题较长，此从《十老诗选》。见《十老诗选》，中国青年出版社1979年版，第246页。

(1901—2001)、重庆凡僧①等，均或多或少地参与了怀安诗人的诗词唱和活动。而如长夜②等，曾经向诗社去信，并附上自己的诗作。如果宽泛地讲，把上述人员都算作怀安诗人，也不为过。在《窑台诗话》之《怀安放脚诗》一节中，李木庵社长除了录存他本人以及谢觉哉、刘道衡的作品之外，还叙及了高敏夫（1905—1975）的《将军愁》、柯仲平（1902—1964）的《红军撤退张家口》两首诗，③ 其实则是把他们两人也都当作了怀安诗社的成员。再如辽宁萧军（1907—1988）、陕西高仲毅，乃至王剑青、郭沫若等，《窑台诗话》也都曾录存他们数量不等的旧体诗词。且如萧军、高仲毅与王剑青等，还曾在怀安诗社存续期间，在延安工作过、生活过，与诸多怀安诗人有过交集。还有熊瑾玎之妻朱端绶，有人也把她当作怀安诗社的成员。④ 至于这些人员能否算作诗社成员，限于现有的文献材料，笔者只能把它作为一个问题存疑，留待以后再认真探讨吧。此外，《怀安诗选》与《怀安诗社诗选》还均收录了一些署名"佚名"的诗作，这些作品的作者到底是谁，也不得而知。

综上所述，确定为怀安诗社成员的有48人（详见表2-1）。如果再加上10余位外围成员，则怀安诗人共有60余名。如前所述，该社社长李木庵曾提及，怀安诗社成立时，在场的有20余人。如果这个说法符合历史事实，但笔者却只考证到诗社成立时在场18人，那么，至少还有几位成员，要么是被笔者误认为后来加入的，要么是被遗漏的。总而言之，因为时间久远，文献资料匮乏，且笔者学殖浅薄，见识有

---

① 笔者注：凡僧为浙江人梁希（1883—1958）的笔名，他曾任国民党重庆中央大学教授。每逢重庆《新华日报》创刊纪念日，梁希都作诗并携带酒肉庆贺。时为《新华日报》总经理的怀安诗社成员熊瑾玎为酬谢他便和诗以答。参见《熊瑾玎诗草》（增订本），生活·读书·新知三联书店1987年版，第89页。此外，李木庵《窑台诗话》（湖南人民出版社1984年版，第16页）也曾录存其诗。

② 笔者注：应为笔名，具体姓名不详，待考。见李木庵编著《窑台诗话》，湖南人民出版社1984年版，第86—87页。

③ 李木庵编著：《窑台诗话》，湖南人民出版社1984年版，第114—115页。

④ 吴海发：《二十世纪中国诗词史稿》，中国文史出版社2004年版，第528页。

限，故不可避免地会存在一些失误，不能不说是一个遗憾。而作为一个在战火纷飞中成立和发展起来的文学社团，其成员的数量有十人之多，这也是该社影响较大的一个重要因素。

第二节 怀安诗社的活动历程

如前所述，怀安诗社成员众多，且其成员身份相当复杂。这是因为他们不仅是纯粹的文人雅士、诗词作者，同时也或是革命志士，或是地方贤达名流，且多数身兼社会活动家。故在怀安诗社成立之后，他们一面进行诗词创作活动，相互唱和，抒怀言志，一面进行其他社会活动，在当时国内的政治、经济、军事、新闻、文化教育、社会生产等领域均非常活跃，为民族抗日战争与人民解放战争努力贡献自己的力量。而不管是诗词创作活动，还是其他社会活动，都应算作怀安诗社的活动历程。为了梳理其活动历程，让读者一目了然，下面将以时间为顺序，以怀安诗人1941年9月5日至1949年9月30日之间的活动为中心线索，编制《怀安诗社活动年表》。通过该年表，清晰地展示了怀安诗社成员在诗社存续时期的活动历程。

一 怀安诗社活动年表

1941年（民国30年）

9月5日，怀安诗社成立于革命圣地延安。据延安《解放日报》9月7日、重庆《新华日报》9月15日报道，林伯渠、谢觉哉、高自立等在延安交际处宴请延安民间诗人墨客，并请王明同志作陪。因当场多诗词之士，乃由林伯渠发起组织一诗社，本"老者安之，少者怀之"之旨，定名怀安诗社，由李木庵同志任社长，主持诗坛，汇集佳作，闻者多称为"延水雅集"。林伯渠当场赋五律、七律各一首，安文钦、白钦圣、贺连城、张曙时、谢觉哉等纷纷唱和，身在重庆的董必武得知后也于9月28日创作了《赋怀安诗社》七绝四首，朱德得知后依董必武诗韵步和,叶剑英也作有和诗,李木庵、钱来苏、续范亭、朱婴等也纷纷作诗志盛。

9月15日,谢觉哉作七律《次韵和木庵诗》(诗题又作《次林老诗韵奉酬木庵老见示之作》);16日,作《晨起读朱婴催木庵作诗之作,走笔寄李》;19日,作五律《晨次韵答朱婴》(诗题又作《次林老诗韵答辟安同志见赠之作》),李丹生在《解放日报》发表四首七言《颂边区新选举》诗。21日,谢觉哉作《得朱婴诗次前韵》、四言《日食诗》。

9月15日,陕甘宁边区法制室成立,张曙时为主任,李木庵、鲁佛民等为主要成员。

9月22日,徐特立以中共中央宣传部副部长身份代表党中央参加延安大学(1941年7月30日,中共中央政治局会议决定将陕北公学、中国女子大学、泽东青年干部学校合并成立延安大学,学校设立三院三系,吴玉章为首任校长。这是中国共产党创立的第一所综合性大学)在王家坪校址举行的开学典礼。

10月1日,《解放日报》发表了谢觉哉(署名焕南)的《从怀安诗社谈起》一文。

10月5日(中秋节),谢觉哉作七律《夜起步月》。21日,王明作《病中即事与谢老原韵》。[①] 26日,《解放日报》刊发李丹生文章《拥护施政纲领》。

10月8日,绥德县第一届参议会召开,安文钦被选为议长;10—17日,延川召开第三届参议员会议,李丹生当选县参议员、县政府候补委员。

10月16日,《解放日报》第4版,即副刊《文艺》22期"怀安

[①] 关于王明诗歌创作情况,可参考《王明传》的附录3"王明诗歌目录索引"(1913—1974),这里仅罗列其与怀安诗人相关的一些作品。见戴茂林、曹仲斌《王明传》,中共党史出版社2008年版,第343—355页。此外,李木庵编著的《窑台诗话》中,也录存了王明(署名多为其化名韶玉)的不少旧体诗作,可参考。

诗选"专栏发表了林伯渠（2首）、谢觉哉（5首）、朱婴（1首）、李木庵（1首）等怀安诗人共计9首旧体诗词，并附通信处：边区政府秘书处吴缣收转。

10月18日，《解放日报》发表了署名海燕的通讯文章——《"批评政府"——延市参议会剪影之二》，其中提到了怀安诗社成员汪雨相、吴汉章等的批评意见。

11月6—21日，陕甘宁边区第二届参议会第一次大会召开，林伯渠被选为陕甘宁边区政府主席，安文钦、谢觉哉被选为副议长，李丹生等为常驻议员。在21日的闭幕式上，毛泽东亲临致辞，李丹生代表议员致答词。

11月26日，李丹生在《解放日报》发表古文《大礼堂颂》。

11月，柳亚子作《寄延安毛主席并柬林伯渠、吴玉章、徐特立、董必武、张曙时诸公》，其后林伯渠、董必武、王铁生、任锐等怀安诗人纷纷依原韵唱和。

12月26日，董必武作七律《再呈亚子先生仍步原韵》。本月，林伯渠作《巡视甘泉鄜城延川等县途中即景》之《宝室寺铜钟》《杜工部遗居羌村》《茶坊新市场》《军民晚会》《太乐区》《张村驿》等以及《出巡边区各县早发高家哨》《梦返故乡》《赠续范亭》两首等，董必武作五言诗《挽沈骊英女士》。

1942年（民国31年）

1月1日，林伯渠作《元旦寄怀安诸老》，董必武作七律《元旦口占用柳亚子怀人韵》。本月，熊瑾玎作五律《〈新华日报〉创刊四周年》。

1月25日，新体育学会在延安成立，朱德、吴玉章参会并讲话；本日，林伯渠从鄜（今富县）、甘（甘泉）返回延安。

2月12日，陕甘宁边区政府文化工作委员会（1943年，该委员会并入西北文协）在延安成立，吴玉章担任主任，李丹生等27人为委员。

2月14日，林伯渠作《卅年除日巡次甘泉》，李木庵作《四一年除夕偶成》。

2月21日，《解放日报》第4版，即副刊《文艺》91期"怀安诗选"专栏发表了续范亭（4首）、林伯渠（1首）、张曙时（1首）、李木庵（1首）、李健侯（5首）等怀安诗人的共计12首诗词作品。

3月4日，林伯渠作《题乱谈集》；28日，林伯渠作《病中自寿》，李丹生七律《书志》《斥贿选》《自寓》等诗在《解放日报》第3版刊发，《解放日报》发表《来自民间——记八秩老人李丹生》一文，对李丹生予以报道。本月，黄齐生作《题仲谋画》两首，李丹生为《解放日报》题词曰："搜罗时事，代表民众。"

4月初，续范亭作《清明节怀前方》四首。

5月8日，陕甘宁边区参议会举行第六次常驻会议，李丹生提议颇多；会后，李丹生返回延川故里，深入群众，吸收民意。本月，熊瑾玎误算谢觉哉六十大寿，作诗相赠，谢觉哉依韵作五律《答瑾玎》。

6月2日，朱德作五绝《悼左权同志》，林伯渠作《和范亭极拳舞诗用原韵》。24日，谢觉哉作《挽任作民同志骈》。

6月20日，《解放日报》第4版发表了续范亭的旧体诗《诗五首》。

6月25日，陕甘宁边区政府审判委员会成立，林伯渠为委员长，贺连城等为委员。

7月2日，董必武作《口占和叶参谋长韵》；7日，陈毅作七律《"七七"五周年感怀》，叶剑英作词《满江红·悼左权同志》。本月，林伯渠作《读文件》二首。

7月10日，朱德与徐特立、谢觉哉、吴玉章、续范亭视察南泥湾军队生产建设，并同游南泥湾，作五言长诗《游南泥湾》。随后，林伯渠、吴玉章等纷纷作诗唱和，谢觉哉、续范亭也均有数首关于南泥湾的诗作。

7月29日，金白渊被推举为朝鲜独立同盟执行委员会委员长。10月中旬，金白渊一行9人由晋东南来到了延安。

8月22日，林伯渠作《得范亭兄立秋登高诗，成四绝和之，并答问讯》。

8月29日，李丹生八十大寿，吴玉章献联贺寿。联曰："八千为春，八千为秋，创制趣三三，上寿八旬逢八月；四国联盟，四国联合，惩凶重七七，凯歌四十又四年。"

9月1日，《解放日报》第2版刊发吴玉章五言古诗一首《和朱总司令游南泥湾》。

9月2日，林伯渠作《吊畹华》；18日，谢觉哉作《次凌波遗韵并序》二首。

9月25日（农历八月十五日），吴缣、陈行健举行婚礼，谢觉哉代吴敏赠联云："古之情痴，今之情种；人间月满，天上月圆。"

10月8日，谢觉哉作五律《贺周小鼎和希均结婚》；10日，林伯渠作《偶成》；25日，陈毅作《盐阜区参议会开幕感赋，兼呈参议员诸公》；27日，林伯渠作《莲芝示我董老缄章，诗以勉之》。

11月6日，林伯渠作《寿李鼎老六二》，黄齐生作三言诗《生日书勉》；20日，陈毅作五言诗《湖海诗社开征引》，标志着湖海诗社正式成立，该社是与怀安诗社并称的一个无产阶级领导下的旧体诗社。本月，续范亭作《苏联十月革命节有感》两首。

11月8日，《解放日报》第4版发表了续范亭的旧体诗《斯大林》三首。

12月15日，林伯渠作《悼杨松》；20日，作《寿贺连城五十四岁》；本月，林伯渠作《阅报〈屈原〉演出后有感》。

冬，陈毅作组诗四首《送沈、张诸君赴延安》。本年，李木庵创作《延安新竹枝词》，叶剑英创作七绝两首《刘伯承同志五十寿》。

1943年（民国32年）

1月1日，谢觉哉作五律《口占得句》，林伯渠作《一九四三年元旦依谢老元旦韵》；11日，熊瑾玎作七律《和凡僧祝〈新华日报〉创刊五周年》；23日，谢觉哉作《次瑾玎吊凌波韵》一首；25日，黄齐生作《寿姊诗并序》；27日，林伯渠作五律《和谢觉哉元旦口占得句》。

1月15日，陕甘宁边区政府成立司法工作研究委员会，由李木庵、张曙时等八人组成，并由时为高等法院代院长的李木庵担任主任委员。

2月4日，谢觉哉作七律《庆祝废约群众大会》；5日，林伯渠作《旧历除日养病农场寄怀红岩诸友》；7日，李丹生以晚清陕北著名女诗人李娓娓①诗词抄本与谢觉哉等交流，谢觉哉在本日的日记中摘录李娓娓诗数首；17日，李丹生以数首诗作与谢觉哉交流，谢觉哉在本日的日记中录存其诗一首。

3月5日，谢觉哉作五律《立寓前看雪口占》；11日，作《古历二月十五日林老伯渠生日寿诗》二首；12日，谢觉哉接到林伯渠的和诗。14日，续范亭作《赠贺龙将军》。21日，谢觉哉作《读林老自寿诗奉答》。本月，林伯渠作《偶忆》。

3月4日，陕甘宁边区党政军开展丰衣足食生产运动动员会，朱德在大会上指出"贪污、腐化、浪费是生产运动的敌人"。7日，延安的文化补习班开学，报名二十八人，姜国仁担任教员。23日，谢觉哉有《致姜国仁》信，讨论如何修改文化补习班学员们的文章。26日，谢觉哉阅读了姜国仁送来的两篇改过的补习班的文章，并写了回信。

3月24日，钱来苏到达延安，投奔革命，作七律《重到延安》《重到延安谒林老，即呈一律》。本年春，陈毅作《大柳巷春游》《淮河晚眺》。

4月3日，林伯渠作《寿谢老六十》，谢觉哉作《夜次韵答林老见赠之作》。4日，谢觉哉作《自寿偶成》；6日，作《春雪》；7日，作《再答林老诗》；21日，作《刘志丹同志陵联》《陵前牌头联》，《谢觉哉日记》录董必武作七律《儿童节用谢老韵》；24日，拟作《参议会

---

① 李娓娓（约1828—1910?），字心兰，一字韵卿，陕西省延川县孝和里（今马家河乡）李家源人。著有《咏月轩吟草》《幽香馆存稿》《绿窗词草》等，现存诗词184首，被誉为清代"陕北第一才女"。详见孙宏亮、王雷编著《李娓娓诗词笺注》前言部分，古吴轩出版社2017年版。

致志丹陵文》。本月，林伯渠作《谢老寿我五八初度诗，依韵答和》。

4月10日，林伯渠、谢觉哉、高自立从川口回到陕甘宁边区政府。25日，林伯渠去志丹县，参加志丹陵落成典礼。

5月1日，谢觉哉作五言诗《六十自寿》；4日，作七言诗《感旧》。6日（古历4月初三），立夏，谢觉哉生日，怀安诗社成员如姜国仁、吴谦、续范亭、朱婴、任锐等纷纷赠诗祝贺。8日，谢觉哉作了一首答续范亭的新诗。12日，谢觉哉接到李木庵寿诗《读谢老六旬自讼诗，走笔和之》。

5月27日，谢觉哉收到续范亭来信，并回信，二人主要讨论人性问题。

6月4日，谢觉哉接到董必武来信，有诗二首，一为《得谢老和林老自寿诗次韵贺林兼简谢公》，一为《挽王凌波同志》；14日，谢觉哉看了马导源编《吴梅村年谱》，录其诗词数首，并作七律《题梅村》。

7月9日，延安各界三万多人举行抗战六周年纪念大会，朱德、林伯渠等分别讲话。本月，陶承到达延安，住在中央组织部后沟老人招待所，[①] 后加入怀安诗社，跟随谢觉哉、熊瑾玎、钱来苏等学习写诗。

7月24日，谢觉哉阅读《板桥集》，填词《调寄浣溪沙·读板桥"卖尽江山犹恨少"感赋》二首。

8月，张宗麟辗转多地，终于到达延安。

9月，董必武作五律《舌战群魔》，陈毅作《中秋》两首。

10月7日（农历九月初九），钱来苏作七律《九日延郊雅集》。

11月，陈毅出发去延安，途中作组诗六首《赴延安留别华中诸同志》《泗宿道中》等。

12月16日，刘伯承五十寿辰，中共中央在太行山举行庆祝活动，

[①] 陶承：《怀安诗社杂忆》，载陶承《祝福青年一代》，湖南人民出版社1983年版，第119页。但是在陶承所撰写的《记董老二三事》一文中，又说："一九四三年夏，我到了革命圣地延安，住在陕甘宁边区政府的交际处。"见陶承《祝福青年一代》，湖南人民出版社1983年版，第110页。陶承本人的两个说法略有差异，故并存。

林伯渠与吴玉章撰联致贺。联曰:"敌后苦撑持,百战英明惊日寇;太行齐庆祝,万家生佛拜将军。"本月,续范亭作《开罗会议有感》。

本年前后,李木庵等司法人士曾在陕甘宁边区推行司法改革,强调司法人员的专业化与司法制度的规范化。虽然合乎监察制度的发展,但由于与现实人民群众的需要差距较大,最后以失败而告终。

1944年（民国33年）

1月1日,林伯渠作《一九四四年元旦简范亭》;2日,董必武作七律《谢寿》诗二首。本月,陈毅作《长相思·冀鲁豫道中》、组诗《过太行山抒怀》。

1月27日,中共中央西北局办公厅欢迎在延安的党外人士,应邀参加座谈会的有李鼎铭以及怀安诗社成员李丹生、贺连城等多人,林伯渠、谢觉哉等作陪。

农历正月,延安与陕甘宁边区掀起了双拥活动的热潮,延安市政府组织了一支300多人的市民秧歌队。时寿高70岁的吴汉章老先生观看后,称赞说"第一次见过的好秧歌队"。

年初,李鼎铭把李健侯撰写的《永昌演义》带到延安,推荐给毛泽东。毛泽东阅读后,于本年4月29日写信给李鼎铭,既对该书给予了较高评价,也希望作者能够以新的历史观进行修改。不久,从米脂来到延安的李健侯得到毛泽东的接待,并获得200元边币的奖励。

2月7日,吴汉章等作为延安民众代表,到杨家岭和王家坪向毛泽东与朱德献旗,感谢中国共产党给人民带来的好光景。9日,钱来苏交给谢觉哉几本诗,请求谢觉哉检查他的思想。本月,陕甘宁边区司法委员会成立,谢觉哉为主任,李木庵等为委员。

2月8日,陈毅作《元夜抵胡家坪》;27日,谢觉哉作七绝四首《调定定、飘飘、飞飞》。

2月27日,延安各界人士在交际处召开宪政问题座谈会。周恩来、李鼎铭、周扬、范文澜等50余人出席,其中还包括怀安诗社成员朱德、林伯渠、吴玉章、续范亭、徐特立、李丹生等。

3月7日，陈毅到达延安，随后创作了《延安宝塔歌》。21日，谢觉哉翻阅去年随笔寿林老诗，于是作《次韵补祝公今六十寿》。22日，谢觉哉感林伯渠赠诗用险韵"三男夗谐"，遂次韵作《贻祸》诗二首以刺时。26日，谢觉哉录存李丹生《哭女诗》六首其二。本月，董必武作《哭潘怡如》四首。

4月4日，朱德在《解放日报》发表《母亲的回忆》；7日，谢觉哉修改李木庵所作《祭朱母文》；26日，林伯渠作《偕董老游重庆近郊》二首。本月，董必武作七律《清明后一日得孔原书却寄》。

4月28日晚，谢觉哉等在交际处为林伯渠饯行；29日，林伯渠由延安出发，赴西安与国民党谈判。5月17日，林伯渠又从西安飞往重庆继续谈判。9月5日，林伯渠、董必武参加国民党国民参政会三届三次会议。

5月2日，谢觉哉作五律《自讼》；25日，林伯渠作《又至重庆喜晤董老及留渝诸友》。

5月18日，鲁佛民病逝于延安，谢觉哉作挽联吊唁，并代林伯渠、李鼎铭拟联，但因故未用。20日，鲁佛民追悼会召开。

5月24日下午，延安大学在陕甘宁边区参议会大礼堂举行隆重的开学典礼。毛泽东、朱德出席，并分别发表重要讲话。周扬校长（1944年4月23日任命，兼任艺术文学院院长）作了题为《延安大学开学的意义及今后的方针》的报告。

5月25日下午，延安市卫生合作社开幕，参加者有延安各界人士。据《解放日报》5月28日报道，怀安诗社成员吴汉章还在合作社开幕式上发表了讲话。

6月3日，谢觉哉用打油体作《次韵李丹老诗》三首，回应之前李丹生诗作论及林伯渠等去重庆与国民党谈判事宜；19日，谢觉哉作《满庭芳·读板桥词有感》《满江红·闻日寇窜宁乡》二首，林伯渠作《答和黄右昌》二首；22日，林伯渠作《即事》。本月，林伯渠作《答柳》二首。

7月2日，谢觉哉作《减字木兰花·发白偶感》，林伯渠作《即事》（用叶韵）。

7月11日，毛泽东招待陕甘宁边区政府和边区参议会委员，李丹生等应邀出席。22日，驻华美军司令部派遣美军观察组第一批人员乘机抵达延安，毛泽东、朱德、林伯渠等设宴招待。本月，张宗麟任延安大学教育系主任。

8月11日，林伯渠作《读郭沫若〈古代研究的自我批判〉》三首。13日，谢觉哉作《阳湾小住》两首；14日，作《梢沟》。15日，谢觉哉作《早起》《会诊》，林伯渠作《酬叶参座寄瓜果》二首。16日，谢觉哉作《雨》；18日，作《晨起大雾》；19日，作《小雨续大雨》。23日，谢觉哉作《晓起》《口号八句》，林伯渠作《重庆即事》。26日，谢觉哉作《步月》；30日，作《记昨晨所见》；31日，作《赠蒋维平》。

9月1日，谢觉哉作《蒋免盛世才职》；4日，作《陶宝峪休养所》；5日，作《偶题》；6日，又作《偶题》；7日，作《纪行》；10日，作《白黑蛉子》《西江月·读蒋介石参政会讲话》；11日，作《渔家傲》；28日，作《浪淘沙·中秋傅连暲同志五十初度》；30日，作《西江月·无题》。本年秋，李木庵登上清凉山，并作诗感慨时事。

10月1日，徐特立作五言长诗《祝连暲同志五十大寿》。10日，谢觉哉作《民国三十三年双十节有感》；14日，作《清平乐·听陈云同志报告有感》；19、20日，作《菩萨蛮·野三坡》；26日，作《沁园春·食报》。本月，林伯渠作《个人生产节约计划》。

10月，张宗麟在陕甘宁边区文教大会上被选为模范工作者。

11月10日，汪精卫客死日本，钱来苏、李木庵等闻知，纷纷创作诗歌予以批判。代表作有钱来苏的七律《斥奸诗》两首、李木庵《七绝·三首》等。

11月11日，黄齐生在重庆参加欢迎从桂林逃难而来的柳亚子，并作《和柳亚子〈沁园春〉》词。周恩来也恰巧从延安飞来，参加了这次盛会。

11月，日寇攻陷广西桂林、柳州、南宁等，朱德作七律《和郭沫若同志〈登尔雅台怀人〉》，表达对国民党"消极抗日、积极反共"的愤慨与驱除日本侵略者的决心。同月，谢觉哉作《浪淘沙·送陈皇英同志南征》。

12月7日，董必武、周恩来从重庆返回延安。稍后，李木庵作七言诗《迎董老返延安》；15日，谢觉哉作《次木庵韵欢迎董老》，其他怀安诗人如钱来苏等也都曾为此事作诗。28日，谢觉哉因林伯渠说党性亦可变成包袱，感此而作《心背谣》；29日，谢觉哉作《答钱老拯论新诗》二首。

本年腊月，林伯渠赠李木庵河鲤、广橙，李木庵遂作《得鲤橙诗》二首。本年，李木庵创作《纺纱词》《纺毛词》，董必武作《感时杂咏》三首、《忆友》二首等。

1945年（民国34年）

1月，黄齐生率家属一行赴延安定居，途中经过秦岭南留侯镇，作《留侯庙》六首；后经过今延安富县，作《过鄜县》。到达延安后，即参加了怀安诗社。

1月12日，黄齐生、刘少白①、刘道衡发起消寒会，约延安诸老在城南交际处聚会，林伯渠、张曙时、刘仁等即席赋诗，钱来苏有《消寒会次日有作》诗。19日，钱来苏久病不起，作遗诗。22日，谢觉哉作《戏和张姜同居诗》（倒次原韵）。本月，陈毅作五言诗《杨家岭集团祝寿》。

2月1日，谢觉哉作《两访国仁不遇留题》；12日，作《晨起偶动怀乡之感》《次韵李木老望衡篇》；17日，作《迭前韵答张宗麟见

---

① 笔者注：刘少白（1883—1969），山西兴县黑峪口村人，社会知名人士。1936年由王若飞、安子文介绍加入中国共产党。抗日战争时期，任晋绥边区参议会副会长、西北农民银行总经理。中华人民共和国成立后，任全国政协委员、山西省政协副主席。如前所说，限于文献资料，虽未能确定其为怀安诗人，但他参与过诗社的酬唱活动，可看作诗社的外围成员。

第二章 怀安诗社的成员结构与活动历程

和》；20日，作《闻木老接贺婚诗多首，倒次来韵》《书事》；21日，作《又接张宗麟同志和诗即答》（三迭）；23日，作《阅林老和诗迭韵答》（四迭）《接国仁和诗及宗麟同志代诗即答》（五迭）；24日，作《国仁来诗为改于下仍用其意》（六迭）；25日，作《夜梦，醒以诗记之，仍迭前韵》（七迭）；26日，作《忆内》《答张宗麟打油诗》（八迭前韵）；28日，作《喜雪》《沾地易化》。

2月5日，朝鲜革命军政学校（该校于1942年11月在太行山区成立，1944年迁到延安，1945年8月离开延安，迁回朝鲜北部）在延安罗家坪举行了隆重的开学典礼，金白渊担任校长，朱德、林伯渠、徐特立、吴玉章等出席典礼以示庆贺。

2月12日（除夕日），随着1944年下半年国际国内形势大好，怀安诗人如谢觉哉、林伯渠、张宗麟、姜国仁、李木庵、钱来苏等，纷纷在岁末作诗抒怀言志。

2月28日，陕甘宁边区政府举行第96次政务会议，决定聘请谢觉哉、贺连城、吴汉章等11人为选举委员会委员，谢觉哉为主任委员，负责指导各个级别的选举工作。

3月1日，林伯渠作《题什么集》①二首；2日，谢觉哉作《答林老题〈什么集〉》二首。因在1944年11月，谢觉哉曾把自己的诗作汇集成册，并写了一篇《序言》；在《序言》最后说："哼一哼而已，用不着加上名字——什么集。"②林伯渠阅后，欣然题诗二首，喜称《什么集》。

3月10日，谢觉哉作《赠王书义》；17日，作《斥极"左"危害》四首。18日，林伯渠作《答国仁》。19日，谢觉哉作七律《和木庵病起》；20日，作七律《答木庵》；22日，作《太微赠诗依韵率答》。25日，林伯渠作《六十自寿》，谢觉哉作《和林老自寿诗次

---

① 《怀安诗社诗选》《谢觉哉日记》等均作《甚么集》，此从《谢觉哉诗选》。见马连儒注《谢觉哉诗选》，湖南文艺出版社1986年版，第49页。后面不再说明。
② 马连儒注：《谢觉哉诗选》，湖南文艺出版社1986年版，第49页。

韵》，后又作《得木庵信，知林诗已自易数句，庚韵再贺》，徐特立作《祝林老六十大寿》，黄齐生作《寿林老六旬之庆》；本月，董必武作七律《六十初度》。

4月3日，林伯渠作七律《答横槊将军》赠陈毅。5日，谢觉哉作七律《与续范亭论毛泽东哲学》；10日，作《赠康云、徐明、吴杰明同志南征》。本月，陈毅作七言诗《七大开幕》、五言诗《送董老出席旧金山会议，即日出洋》，林伯渠作《忆董老出席旧金山会濡滞美京》。

4月6日，董必武由延安返回重庆；随后，他代表中国共产党和解放区，赴美国旧金山参加联合国国际组织会议。

5月11日，谢觉哉作《生日依韵酬林老见赠之作》；12日，作《陶承、吴均来诗，率答》《林老来诗，即和》；13日，作《鲁老夫人孙兰真诗，即答》《木老来诗，即答》；14日，作《感赋答国仁》《忆云山》；17日，作《水龙吟·次韵答曙时同志赠词》；19日，作《次韵答钱太微叟赠诗》；29日，作《瑞鹤仙·喜病起》。

5月11日，朱德、林伯渠等共同宴请在延安的苏联、美国、英国等国际友人，庆祝盟军欧洲战争胜利结束，毛泽东同志亲临祝贺。

6月6日，谢觉哉作《有感》；13日，作《何叔衡同志七十生日》《端午口号》；15日，作《次韵答林老》。18日，董必武作《旅居美国旧金山杂诗》五首；26日，作《金门遇陈志蓬诗以赠之》。29日，谢觉哉作《乙巳入泮恰四十年有感》。

6月中旬，续范亭、刘少白等作为晋绥边区解代会代表，赴延安参加中国解放区人民代表会议的筹备工作。

7月3日，李丹生因病去世。7月11日，延安各界代表千余人在边区参议会大礼堂举行追悼会，林伯渠、李鼎铭撰联悼念。联曰："以吕尚之年，辅导建新基，方期大成，百世流芳垂典范；为边区所重，周详达民意，文星遽陨，万人挥泪悼延川。"谢觉哉等也都撰联致悼。同日，《解放日报》发表谢觉哉文章《李丹生先生传略》。

7月，黄炎培应邀访问延安，离开时作《留别延安诸友》，其后朱德、林伯渠、谢觉哉、李木庵、钱来苏、张宗麟等怀安诗人纷纷作诗唱和，为一时之盛事。

8月10日，怀安诗人通过无线电广播得知日本无条件投降的消息，欢欣鼓舞，纷纷创作祝捷诗、献花诗等。

8月13日，谢觉哉作《送丁雪松同志出征》；23日，作《依韵答姜国仁》；28日，作《哭霭英》。本月，续范亭赠诗彭德怀。

9月5日，延安各界两万余人举行庆祝抗战胜利大会，朱德、林伯渠参加大会，并发表讲话。

9月10日，熊瑾玎在重庆作五言诗《欢迎毛主席莅渝》（一题《迎毛主席》）。18日，钱来苏作七古《倭寇投降》；20日，钱来苏作七律《捷后中秋有作》，谢觉哉作七律《抗日战争胜利》。21日，谢觉哉作《昨日黄齐老讲话，率成四绝》；28日，作《读〈亦檽轩集〉怀岳蔗翁》；29日，作《许多同志赴辽、热，再迭前韵并示国仁》；30日，作《送别前方诸同志》。

10月2日，林伯渠作《送友人赴东北步谢老韵》。5日，谢觉哉作《昨夜偶然想到白坚，枕上口占》三首；10日，作《读〈亦檽轩集〉某律为易数句成》；14日，作《旧历重阳》；16日，作《从古流氓作天子》。本月，陈毅作《秋过濮阳，月下与人谈毛主席飞渝事》，林伯渠作《李六如同志赴热察因赠一律》。

10月8日，李少石在重庆受到阻击遇难。10日，国共双方签订《双十协定》。11日，毛泽东由重庆飞回延安，李木庵等怀安诗人作诗欢迎。

11月2日，谢觉哉作《赴李老鼎铭生日宴》；21—23日，作《枕上得句》三首；29日，作《吴缣信：杀狗会餐，学鲁智深，诗以调之》《七绝》。

11月21日，陕甘宁边区政府宪法大纲起草委员会在延安成立，谢觉哉、李木庵、张宗麟等7人为起草人，负责人由谢觉哉担任。12月6日，在交际处召开宪法纲要座谈会，除上述7人外，又增补了吴玉章、张曙时两位怀安诗人。

12月2日，谢觉哉作《有感》。10日，林伯渠作《贺朱总六十寿辰》。15日，谢觉哉作《沁园春·用毛主席韵为诸孩作》。28日，黄齐生六十八岁生日，作《次韵毛主席〈沁园春〉》词，并抄送毛泽东阅览。毛泽东读后，于29日写了一封回信。31日，谢觉哉作《悼毛泽民、陈潭秋二同志》。本月，林伯渠作《消寒会口占寄钱老》。

12月，陕甘宁边区政府组建北方大学筹备委员会，罗青被任命为筹备处副主任。

本年，华北华中出现旱虫灾害，陕西50余县受灾，夏收不到二成。但是国民党政府对陕西国统区征收粮食的数目却并没有减少，而陕甘宁边区政府采取了切实可行的防灾办法。李木庵有感而发，作《战旱谣》诗。

抗日战争胜利后，中共中央为了建立东北革命根据地，组织了一大批在延安的干部开赴东北。本年冬，李木庵的儿子李石涵、女儿李美仪响应号召，参加了这一行动，李木庵作《儿女离延北征诗以壮之》。

1946年（民国35年）

1月14日，熊瑾玎作七律《六十自寿》。23日，谢觉哉作《次瑾玎自寿韵》；25日，作《再迭前韵寄瑾玎》。同月，熊瑾玎作七律《〈新华日报〉创刊八周年》。

1月24日，《解放日报》刊印《延安诸老主张应重选国大代表迅速释放政治犯》一文，署名有18人，包括吴汉章、戚绍光、黄齐生、钱来苏、贺连城、刘道衡、任锐、陶承等怀安诗社成员。

2月1日（1945年除夕），李木庵、韩进各创作七律除夕诗一首。本日晚，张曙时约钱岁，在座有怀安诗人李木庵、戚绍光、钱来苏、汪雨相、任锐、陶承、吴均等，其中钱来苏、李木庵均即席创作七律一首助兴。

2月2日，李木庵创作《丙戌元日试笔》诗。3日，谢觉哉作《次木庵元日韵》；7日，作《得放儿光山来信》；18日，作《悼毛泽民同志》四首；20日，作《读钱老近诗依韵戏题》。本月，陈毅作《沁园春·山东春雪压境，读毛主席柳亚子咏雪唱和词有作》。

2月10日，校场口事件发生后，包括怀安诗社成员徐特立、谢觉哉、黄齐生、钱来苏、戚绍光、汪雨相、张宗麟、刘道衡等在内的共31位知名人士在延安举行座谈会，一致谴责国民党反动派破坏停战、政协等协议，阴谋挑动中国内战。

2月15日，重庆《民主报》第一版发文，称"延安各界对'二·一〇'血案表示愤慨"，并推举黄齐生前来慰问。署名有林伯渠、徐特立、谢觉哉、钱来苏、张曙时、刘道衡、张宗麟、贺连城、刘仁、任锐、陶承等怀安诗人。

3月2日，谢觉哉作《吊姜母喑国仁》；3日，作《无题》二首；8日，作《记雪》；9日，作《纪事》；11日，作《有感》；12日，作《无题》二首。16日，黄齐生作《别诸孙赴重庆并序》四首。17日，谢觉哉作《感成》二首；19日，作《晨枕上补昨日林老生日诗》二首；25日，作《口占》；31日，作《看大儿廉伯自蒋管区来信》。本月，黄齐生作《答钱太微并序》六首。

4月8日，黄齐生由重庆返回延安，途中飞机失事，与叶挺、王若飞、秦邦宪、邓发等17人同时殉难，史称"黑茶山空难"。其后，陈毅作组诗《哭叶军长希夷同志》《哀黄齐生先生》，钱来苏作七律《悼黄齐生及其文孙晓庄》《悼叶挺将军夫妇子女同罹焚机难》，林伯渠作《悼黄齐生先生》，谢觉哉作《惊闻"四八"烈士遇难》（4月12日）。30日，谢觉哉作《枕上口占》四首。

4月16日，罗青被任命为北方大学秘书长。4月，张宗麟申请加入中国共产党；5月，由徐特立、谢觉哉介绍，经中共西北局批准，张宗麟重新入党。

5月2日，吴缣飞往北平。因吴缣调往山东解放区工作，故转机北平，李木庵作《送吴缣（女）同志飞平转鲁并叠韵》、钱来苏作《送别吴缣》等。3日，林伯渠作《祝谢老六十三岁寿辰》。25日，谢觉哉与林伯渠、徐特立、姜国仁等十余人游览延安万花山，归途得句，作五言诗两首。

5月16日上午，谢觉哉到延安大学讲宪法；19日，谢觉哉重游延安清凉山，并在日记中录存该山石壁上"诗湾"处诗歌数首。

6月21日，中共中央法律问题研究委员会成立，谢觉哉为主任委员，王明、徐特立为副主任委员，委员有林伯渠、李木庵、张曙时等，后来吴玉章等也增补进来。

6月24日，陈毅作五言长诗《悼罗炳辉将军》。

7月4日，谢觉哉作《纪念"七一"徐老讲从群众中来到群众中去》；11日，作《赠宗麟、国仁往北方大学》；18日，作《迭前韵答宗麟》。

7月7日，日本投降一年，七七事变八周年，中共中央在七七纪念宣言中，揭露蒋介石认贼作父，致使美国取代了日本在华地位，中国殖民地的处境却没有改变。李木庵有感而发，作诗抒发愤慨之情。本月，陈毅作《淮北初战歼蒋军九十二旅》。

8月21日，戚绍光逝世；本日，谢觉哉送张宗麟、姜国仁去北方大学，作《赠国仁》二首，张宗麟时为北方大学文教学院院长。

8月，林伯渠认为怀安诗社的诗人不宜长时停滞在旧体诗形式内，应力求作品通俗化，以起到现实的战斗作用。这个倡议得到了李木庵、谢觉哉、刘道衡等的响应。

9月5日，谢觉哉作《写几句示放儿》；10日下午五时，谢觉哉在交际处宴请怀安诸老。本月，陈毅作《让两淮》。

11月8日，谢觉哉等得知蒋介石从山西调军，准备大举进攻延安。12日，延安已经在开展疏散工作。14日，刚从南京飞到延安不足一月的熊瑾玎，被疏散去晋绥军区，并于29日抵达；因途中所见所感，作组诗七首《半月旅行记》。

11月17日，延安中央机关人员开始转移，怀安诗社的主要成员李木庵、张曙时、钱来苏、陶承、吴均等亦随之离开延安，后到达绥德东乡小崖嘴村、王家坪村一带,并在这里生活了三个月左右。

11月底12月初,朱德六十岁诞辰纪念日时,董必武作七律《祝朱总司令六秩荣寿》两首祝寿,朱德作《步董必武同志原韵》(作于12月1日)两首赠答;其他怀安诗人如林伯渠、李木庵、谢觉哉、钱来苏、王明、韩进、刘道衡等,纷纷作诗祝贺。

12月9日,谢觉哉作《寿朱德同志六秩次必武同志韵》二首;15日,作五律《无题》。本月,陈毅作《宿北大捷》。

1947年(民国36年)

1月1日,谢觉哉作《除夕得拓夫诗,晨枕上占一首》;7日,作《昨天徐老以自寿诗见示,有作以讯徐老》。8日,林伯渠作《特立同志七十大寿》。11日,谢觉哉抄录田汉《寿徐老诗》,抄续范亭《寿徐诗》八首录四。13日,林伯渠作《寄平都友人》。24日,谢觉哉作《春日怀乡得句》。27日,林伯渠作《挽朱宝庭同志二章》。本月,陈毅作《鲁南大捷》两首。

1月10日,为了祝贺徐特立七十大寿,《解放日报》刊发了徐特立、林伯渠、吴玉章、续范亭等怀安诗人的十几首旧体诗词。

2月4日,熊瑾玎作《浪淘沙·反对美蒋商约》二首。17日,谢觉哉作《补赠定国三十五生日》。本月,陈毅作《雪夜行军》《莱芜大捷》。

2月22日,李木庵、张曙时自绥德返回延安,住在杨家岭,起因是中央计划组织成立中共中央法律委员会,准备起草具有临时宪法性质的《中国人民政治协商会议共同纲领》。吴均、陶承也返回延安。

3月17日、18日,中共中央主动分批撤离延安。国民党对解放区发动全面军事进攻失败之后,转而向陕甘宁解放区发动重点进攻。其时,胡宗南指挥20多万军队围攻陕甘宁边区,而陕北解放军只有2万多人。在这种恶劣形势下,中共中央决定主动撤离延安。

3月,成立中共中央后方委员会,作为中央转战陕北的保障机关,叶剑英担任书记。3月上旬,怀安诗社的主要成员谢觉哉、李木庵、张曙时、吴玉章、王明、吴均、陶承等离开延安，先后辗转到达吕梁军区临县的后甘泉村（在今山西省临县），在此工作近一年。《怀安诗选》与《怀安诗社诗选》中的"后甘泉村"栏目内的诗作，即是怀安诗人在此地所创作的。本月，钱来苏作《访甘泉诸老，明日将归，赋此留别，并以致谢》，诗中提到了上述怀安诸位诗人，谢觉哉曾有和诗。

4月22日，谢觉哉作《晨起和场晒太阳》《前得木庵诗，胡诌答之》四首。

5月22日，谢觉哉作《誓铲人间甚不平》；24日，作《夜枕上和钱老诗》。本月，陈毅作七律两首《孟良崮战役》。

6月12日，谢觉哉作《读钱老诗依其韵作六绝》；23日，作《忆旧》七首；24日，谢觉哉接到李木庵《和端阳诗》七首，并作七绝一首。

7月6日，谢觉哉作《过木庵睡未醒题案》；8日，作五言诗《无题》。10日，谢觉哉接到李木庵《贺诗》三首、《次题案句》；16日，作《昨为创国同志改三交烈士塔诗》，并接到董必武信，知晓吴缣已和时为山东议长的马宝山结婚；20日，作《复吴缣信》；21日，改旧词作《虞美人》《减字木兰花》。

8月5日，熊瑾玎作七律《防旱备荒》。15日，谢觉哉作《视续老疾归，得王明同志慰续老病苦诗，即用其韵》，并录存王明《慰续老病苦诗》。18日，谢觉哉作七律《木庵寄弟诗有佳句次和一律》《灯下复依前韵慰木老》。20日，因李木庵认为前诗太伤感，故加以修改，叠韵解嘲，谢觉哉笑谓伤感无妨，反其意作诗答之；23日，谢觉哉作《迭前韵戏束木庵》；24日，作《反其意五迭前韵答木庵》。25日，熊瑾玎作五律《雨后即景》，谢觉哉作《六迭前韵答木老》。26日，谢觉哉作《夜步月忆国仁》二首。

8月22日，李木庵提议组建诗钟社，张曙时、吴均等参加；谢觉哉在日记中录存吴均、李木庵联，并作《夜枕上又得一联》。24日，

· 94 ·

第二章 怀安诗社的成员结构与活动历程

张曙时拟诗钟题,秋雨连绵,斗争地主大会。吴均联云:"隔帘愁听萧萧雨,对院喜看济济人。"25日,谢觉哉作《拟诗钟联》(张题)。

9月2日,谢觉哉和王明七律《初秋即事》两首;3日,作《再迭前韵赠王明》。4日,熊瑾玎作七律《马日事变出奔廿周年》。5日,熊瑾玎作七律《赠端绥》,谢觉哉作五言诗《赋得隔帘愁听潇潇雨》;6日,熊瑾玎作七律《端绥整理衣箱》。29日,董必武作五律《中秋望月》,钱来苏作《中秋感赋》。本月,叶剑英作七绝三首《过五台山》,[①] 随后朱德、董必武等纷纷唱和。

9月12日,续范亭在山西临县都督村病逝。13日,根据其遗愿,续范亭被追认为中国共产党正式党员。16日,谢觉哉作《哀挽续范亭》;18日,作《代毛主席挽续老》。21日,林伯渠作《挽续范亭》,董必武作《挽续范亭先生》两首。

10月4日,董必武作《晨起书感》,谢觉哉作《答陶承》两首;12日,董必武作《闻杜斌丞先生在西安遇害,为长句吊之》;19日,谢觉哉作《枕上记梦》。22日,钱来苏作《丁亥重九在崔家坪登高》三首。30日,谢觉哉作《纪游白云寺》《记毛主席谈话》。

11月18日,毛泽东分别写信给吴玉章和张曙时,即《致吴玉章》《致张曙时》,商讨法律问题。

11月25日,《谢觉哉日记》录诗多首,有《枕上和参座游五台山》三首、《听参座讲土地会议》二首、《访城工部于王家沟》《在河西即事》《游白云山》;28日,谢觉哉作《夜枕上得句》;29日,作《得钱老留别诗依韵答之》。本月,朱德作《感事八首用杜甫〈秋兴〉诗韵》,熊瑾玎作七律《和于刚诗》,陈毅作《平山呈朱德同志》《阜平赠聂荣臻同志》。

12月12日,谢觉哉作《挽李鼎铭老逝世》;14日,陈毅作七言诗《吟反攻形势》;20日,谢觉哉作《浣溪沙·忆郭香玉同志》。

---

① 叶剑英:《远望集》,人民文学出版社1979年版,第15页。但《怀安诗社诗选》则以为是1947年10月所作,见李石涵编《怀安诗社诗选》,陕西人民出版社1980年版,第258页。

1948年（民国37年）

1月13日，熊瑾玎作五律《刘胡兰同志流血一周年》；17日，作七律《由红池至咸阳又翻一山》。20日，谢觉哉作《次瑾玎贺吴玉章同志晋七秩生日》；21日，作《陶承寄来与钱三小姐唱和诗，戏题三绝》；22日，作《大雪》；26日，作《木庵寄陶承信有诗，即用其韵复来苏》。本月，陈毅作《失题》二首。

2月4日，谢觉哉作《柬国仁北方大学》；9日，作《往三交会陈毅同志途中得句》；10日，作《今年应是大胜利年》。11日，林伯渠作《送赵寿山同志胜利上前线》。17日，谢觉哉作《梦游故居门前》，熊瑾玎作七律《端绥四十整庆》。22日，谢觉哉作《朵朵红云直向东》八首，据《谢觉哉日记》本日所记云："陶承来诗有'春来又转他乡去，朵朵红云直向东'句很美，诌几句答之。"① 其后得到了张曙时、钱来苏、吴均等的热烈回应，纷纷创作《红云曲》，现存《红云曲》诗歌数十首。24日，谢觉哉作《元宵游临县看打铁花》。熊瑾玎作《早发石家庄》；27日，作《途景》；28日，作《过阳明堡》。本月，朱德作七律《贺董老六三大寿并步原韵》，熊瑾玎作七律《和朱德总司令感事》五首。

3月2日，熊瑾玎作《由岩头出发路亦不平》；3日，作《由李家庄至东圩》；4日，作《东圩至陇东庄》《沙湖滩至杨家桥》；7日，作《杨家桥至建屏镇路仍险窄继续步行》《途感》《过建屏镇烈士公墓》；8日，作《闻黄龙山之捷》。19日，谢觉哉作《日来颇感衰弊，得句》；20日，作《纪杀鸡吃》三首。26日，林伯渠作《无题》。28日，谢觉哉作《夜起偶书》三首；30日，作《阿英剧作〈李闯王〉》《别甘泉》八首。

3月24日开始，怀安诗社的主要成员李木庵、张曙时、谢觉哉、王明等先后由后甘泉村向河北省转移，谢觉哉作《由临县后甘泉向河

---

① 《谢觉哉日记》（下），人民出版社1984年版，第1186页。

北转移得句》十首记其事。3月底4月初，他们进入晋察冀解放区，随后住在冀西平山县西柏坡村（在今河北省平山县），在此工作近一年。《怀安诗选》与《怀安诗社诗选》中的"滹沱河边"栏目内的诗作，即是怀安诗人在此地所创作的。

4月7日，谢觉哉从后甘泉村出发，抵达白文镇；4月9日，谢觉哉作《望黑茶山》二首；13日，谢觉哉作《中途坐候书所见》，董必武书写七律《读瑾玎诗草》，对熊瑾玎诗作给予了充分肯定；16日，谢觉哉作《出岢岚城，地开阔，得句》二首；21日，谢觉哉作《至聂营途中所见》七首，熊瑾玎作《和董老必武同志〈读瑾玎诗草〉》。22日，西北野战军收复延安；24日，谢觉哉作《喜收复延安》《观警备兵用柳篓捕鱼》二首；28日，作《五台山麓石田》。本月，王明作《别后甘泉》。

5月1日，谢觉哉作《游五台山寺》十首；2日，作《宿阜平法华村有感》；8日，作《次韵木庵和紫桐道人塔院寺刊壁》；10日，作《答陶承贺生日诗》四首；11日，作《生日口占》，后李木庵有和诗；13日，作《挽杜斌丞先生》；15日，作《次韵答吴均》；18日，作《答来苏贺生日诗》四首；21日，作《晚凉独坐》；30日，作《木庵自言体衰，不愿再任法院职，诗以勉之》。

5月25日，谢觉哉、李木庵、张曙时等怀安诗人参加西柏坡宴会；本月，汪雨相加入中国共产党。

6月7日，谢觉哉作《刘道衡同志老年得子甚喜，诗以调之》六首；10日，作《游滹沱河畔即事》。20日，董必武作《读钱老〈孤愤草〉卷十一并简李谢二老》，其后，钱来苏、李木庵、谢觉哉均以此诗原韵唱和；之后，董必武又作《再次前韵酬李谢钱三老和韵之作》。27日，谢觉哉作《次必武同志谈来苏集韵》；28日，谢觉哉作《读瑾玎诗草即用必武题韵》，熊瑾玎作《读谢老觉哉近作三十首》。本月，陈毅作七言诗《渡黄河作歌》。

6月，钱来苏加入中国共产党。

7月2日，谢觉哉作《寄瑾玎》《复瑾玎信》；4日，作《偶成·用必武题瑾玎集韵并柬瑾玎》；7日，作《消暑杂咏》七首，后又于9日、15日、17日分别作三首、三首与七首，共计《消暑杂咏》二十首。24日，熊瑾玎作七律《石门杂咏》。25日，谢觉哉作《雨中闻大捷喜赋》（三叠董韵）；29日，作《记梦》。

7月，张宗麟任华北大学教育研究室主任，在第二部讲授教学法。

8月3日，谢觉哉与董必武等从西柏坡出发去石家庄，4日夜到，并作七绝一首。5日，谢觉哉作《走笔答吴玉章老》；6日，作《石家庄寓所》二首；9日，作《次瑾玎见示韵》《微雨》二首；10日，作《偶成》；13日，作《无题》二首；16日，作《咏"影剧界联欢晚会"，用瑾玎见示韵》；17日，作《有所感》；20日，作《偶成》；23日，作《游正定城内兴隆寺》三首、《国仁烹鸭见饷，诗以谢之》；24日，作《从正定乘汽车赴平山》；28日，作《在平山》。本月，林伯渠在延安作《小院独坐》，钱来苏作《连日捷报频传，适值华北政府成立，欣喜若狂》。

8月，华北临时代表大会在石家庄举行。会议选举董必武为华北人民政府主席，谢觉哉为政府委员兼司法部长。

9月1日，熊瑾玎作七律《小斋》，谢觉哉作《无题》。13日，谢觉哉作《寿连暲同志》《得木老寿连暲诗，依韵作》。29日，林伯渠作《阻雨》。30日，谢觉哉接到钱来苏《咏旧剧〈太平庄·李逵〉》诗。

10月2日，熊瑾玎作《祝济南解放》。7日，林伯渠作《诔杜斌丞》。10日，谢觉哉作《和董老双十节韵》；12日，作《往部行平畴中（次董韵）》；15日，作《依韵酬于力先生（董鲁安）见示》。本月，钱来苏作《锦州大捷》二首。

12月2日，中共中央法律委员会成立（即由1946年6月成立的中共中央法律问题研究委员会改造而成），以王明、谢觉哉、张曙时、李木庵等9人为委员，其中王明为委员会主任，谢觉哉为副主任。

12月31日，董必武作《贺吴老七十华诞》，谢觉哉作《浣溪沙》

《晚独坐得句》。

1949年（民国38年）

1月1日，李木庵在平山县西柏坡作《一九四九年元旦献词》。2日，谢觉哉给王明、张宗麟、姜国仁发信；4日，作《次必武韵寿玉章同志》。7日，谢觉哉接到熊瑾玎来信，信中有李木庵诗；28日（除夕），作《调寄西江月》。本月，钱来苏作《平津解放》。

2月13日，谢觉哉等到达北京；15日，游故宫，作《参观故宫博物馆》；27日，作《游团城、北海》；28日，作《参观北京图书馆》。

3月3日，熊瑾玎作五言诗《齿痛》。5日，谢觉哉作《卧看壁镜中窗外云树》。

3月23日，怀安诗社的主要成员李木庵等离开河北西柏坡村；4月4日，进入北京。5月，王明到达北京。

4月11日，任锐在天津病逝，葬在北京香山万安公墓，并被追认烈士。墓碑上有周恩来的题字"任锐同志之墓"。本月，李木庵作有七律《挽任锐同志》。

4月22日，林伯渠作《答柳亚子》。24日，中国人民解放军解放太原，其后张曙时作《解放太原》诗，表达对胜利的祝贺与喜悦之情。27日，谢觉哉作《赠柳亚子夫妇》；28日，作《次韵酬亚子》。29日，熊瑾玎作七律《酬柳亚子》。本月，钱来苏作《大军渡江》二首。

5月1日，谢觉哉作《历尽艰危又放明》；10日，熊瑾玎作《与徐师特立在香山合影》，谢觉哉作《次韵酬柳亚子》三首；15日，谢觉哉作《预祝亚子生日兼广其意》；25日，董必武作《邯郸烈士塔》。

6月3日，熊瑾玎在天津作《题端绥新购摺扇画景》；20日，作《游中南海》。

7月29日，谢觉哉作《咏脱齿》；本月，熊瑾玎作《和张西曼教授诗原韵》。

8月4日，谢觉哉作《减字木兰花·赠石上渠君》二首；8日，谢觉哉作《戏赠沫若》，郭沫若依韵作《即答》诗。

8月，安文钦作为特别邀请人士，赴北平出席中国人民政治协商会议第一届全体会议；本月，谢觉哉出任新中国第一所政法大学——中国政法大学的校长。

9月30日，熊瑾玎作七律《祝政协会议成功》。

9月30日，怀安诗社解体。人民文学出版社编辑部在《怀安诗选》（1979年版）之"出版说明"中认为："怀安诗社，由抗日战争时期在延安的革命老前辈所组成，并吸收一些知名人士参加。一九四一年九月五日成立，一九四九年九月结束，历时八年。"

二 本节结束语

怀安诗社于1949年9月30日解体之后，怀安诗人并没有完全停止创作活动。他们之间不但仍然相互联络、交游，保持着深厚的情谊，而且分别进行着诗歌创作，乃至于相互酬唱。正如诗社成员陶承所说："解放后，怀安诗社的老同志分散各方，战斗在不同的岗位上。但是，彼此的心仍紧紧地连在一起，常有诗词唱和往来。"[①] 并且举出了几次诗人们聚会以及创作诗歌的事例等，可以参看。中华人民共和国成立前，怀安诗人的作品虽有汇录成集，相互交流鉴赏，如谢觉哉的《什么集》（1944）、熊瑾玎的《瑾玎诗草》两卷（1947）、钱来苏的《孤愤草》（1937—1945）与《初喜集》（1945—1949）等。但总体来看，这些诗集不但流播范围较窄，主要局限在怀安诗人之间，而且社会影响也不大。新中国成立之后，怀安诗人的诗歌作品才得以陆续出版问世，逐渐为世人所知。客观来说，怀安诗[②]的出版、流播也是怀安诗社活动的余绪。但本文绪论探讨怀安诗社研究综述时已有所涉及，故为避免重复，不再赘述。

---

① 陶承：《怀安诗社杂忆》，载陶承《祝福青年一代》，湖南人民出版社1983年版，第130页。
② 笔者注：除了《怀安诗选》与《怀安诗社诗选》收录的是纯粹的怀安诗，其他诗集均把怀安诗人其他时期的诗作与怀安诗杂糅在一起，未做区分。

第三章　怀安诗社的诗论主张与创作实践

拥有近五十名成员的怀安诗社，其诗论主张和诗歌创作都是较为复杂的。一方面，作为中国无产阶级的第一个古典诗词诗社，其大多数成员都是中国共产党党员，有着崇高的政治理想和坚定的革命意志，所以他们自然会主张诗歌应该为时为事而作，寄寓着美刺褒贬，体现了对社会现实的强烈关注；另一方面，作为有血有肉的活生生的个体的人，作为才华横溢的文人，诗社成员也有普通人的喜怒哀乐之情，故其诗论也有吟玩闲情逸致、竞技逞才的一面，表现出了为文而文的创作倾向。此外，对于旧体诗词这种体裁形式，怀安诗人并没有全盘接受，而是提出了具体可行的革新主张。

第一节　寄寓美刺褒贬、为时为事的诗论主张与诗歌创作

怀安诗社成立之后，怀安诗人以"延安南关外边区参议会后山南面山畔上，南北长约四丈，东西宽亦同"[①]的窑台[②]为主要场所，展开了频繁的诗词唱和以及诗文品评的活动，其异常活跃的场景正如诗社

[①] 李木庵编著：《窑台诗话》，湖南人民出版社1984年版，第1页。
[②] 窑台：即窑洞前地势平坦的土台。这里特指陕甘宁边区政府后山的北面，参议会后山南面山畔上的窑台。见李木庵编著《窑台诗话》，湖南人民出版社1984年版，第1页。

社员姜国仁《窑台上的老人》一诗所描述的那样："业余唱和窑台上，品文论艺语滔滔。"① 社长李木庵的《窑台诗话》一书，也主要是在此窑台上编写而成的。李木庵说："本诗话的编写地即在一窑台之上……'怀安诗社'即在台之左邻。窑台以诗社而名，诗话又以窑台而名，可算是山水文字姻缘了。"② 本章即以社长李木庵撰写的《窑台诗话》和《怀安诗刊》序言为主要考察对象，兼及其他成员的诗歌理念与创作实践，以此探析怀安诗社的诗论主张。

怀安诗社的诗论主张是较为复杂多样的，其中"寄寓美刺褒贬、为时为事"的诗论，有较为丰富的历史内涵。所谓"美"是夸赞、褒奖的意思，即在诗歌中赞美歌颂某些人或事物；所谓"刺"是讽刺、揭发的意思，即在诗歌中揭露、批判某些人或事物。清程廷祚在《诗论十三·再论刺诗》中曾经指出："汉儒言诗，不过美、刺二端。《国风》、《小雅》为刺者多，《大雅》则美多而刺少。"③ 可以说，"美刺"二字最早见于汉儒对《诗经》的批评，也是汉儒诗论的核心概念，体现了他们对于诗歌社会功能的理解，并表现出了浓重的政治关怀。这种"寄寓美刺褒贬、为时为事"的诗论主张得到了后代文人的积极响应，对中国诗歌创作产生了非常大的影响。中国古代许多杰出的诗人，其诗作都堪称"美刺"思想的注脚，如屈原、三曹、建安七子、左思、鲍照、李白、杜甫、元稹、白居易、欧阳修、梅尧臣、苏舜钦、苏轼、陆游、范成大、元好问、高启、龚自珍、黄遵宪等，可以开列出一份长长的名单。下面试分论之。

一　赞美歌颂

毫无疑问，诗歌既是文学作品，又不是纯粹的艺术品，诗人是可以用它为武器干预现实社会，表达自己的人生理想或者社会见解的，

---

① 陶承：《怀安诗社杂忆》，载陶承《祝福青年一代》，湖南人民出版社1983年版，第123页。
② 李木庵编著：《窑台诗话》，湖南人民出版社1984年版，第1页。
③ （清）程廷祚撰，宋效永校点：《清溪集》，黄山书社2004年版，第38页。

自然也是可以用来赞美歌颂某些人或某些事物的。赞美歌颂虽有歌功颂德的一面,但与不加分辨而一味地粉饰太平、阿谀逢迎自不能等同视之。通过赞美歌颂正面的人或事物,可以起到激励思想、树立信心、倡导社会正气的作用。在中国文学发展史上,赞美诗的历史也是非常悠久的,至少可以追溯到距今两三千年前的《诗经》的时代。如《诗经》中的《颂诗》,即是赞美诗,是宗庙祭祀的诗歌,具体又可分为周颂31篇、鲁颂4篇和商颂5篇。《毛诗序》云:"《颂》者,美盛德之形容,以其成功,告于神明者也。"①《诗经》之后,历朝历代也均产生过数量不等的赞美诗。在怀安诗社成立之时,发起人林伯渠曾指出诗社的宗旨之一就是"用诗歌激励抗战,收复国土,反对专制,争求民主,揭露黑暗,歌颂光明,团结同情者,赞助革命"。② 其中诗歌"歌颂光明""赞助革命",便需要充分发挥诗歌的赞美歌颂功能,使之更好地为抗战服务,为现实的革命事业服务。社长李木庵也认为:"诗社的同志们主要写的是旧体诗,无非是想把它们作为宣传武器,配合革命形势,服从斗争需要,加强团结,发扬民族正气,鼓舞民心士气,暴露敌伪罪恶,驳斥恐日病者和唯武器论者,为抗日的爱国战争服务,这就具有伟大的意义。"③ 这里所说的"配合革命形势,服从斗争需要,加强团结,发扬民族正气,鼓舞民心士气",也主要是从赞美歌颂的角度立论的。

在怀安诗人的诗歌作品中,有不少是以赞美歌颂为基调的。如怀安诗社成立之后,诗社成员相互唱和,纷纷作诗予以颂扬,既赞美诗社的成立以及诗歌创作活动,也赞美诗社成员的功业以及他们所从事的革命斗争。这类诗作,集中在李石涵编《怀安诗社诗选》一书的"延水雅集"部分。还有该书的"生辰自勉、互勉"部分,以祝寿为

---

① (汉)毛亨传,(汉)郑玄笺,(唐)孔颖达疏,梁运华整理:《毛诗正义》,山东画报出版社2004年版,第21页。
② 李木庵编著:《窑台诗话》,湖南人民出版社1984年版,第2页。
③ 李木庵:《漫谈旧诗的通俗化及韵律问题——记"怀安诗社"二三事》,载李石涵编《怀安诗社诗选》,陕西人民出版社1980年版,第276页。

贯穿的中心主题，在格调上亦是以颂扬为主，可以参看。在社长李木庵编著的《窑台诗话》一书中，也有一节题为《延安颂诗》，重点分析了罗青的《延安四咏》。因为当时的延安"四方来归，日臻繁荣，大改旧观，民歌乐土，已成为民族复兴发轫地"，[①] 故"旅延安之娴吟事者，多为延城之新气象歌颂"。[②] 在这里，赞颂革命圣地延安的新气象，已经和赞颂讴歌民族复兴联系在了一起。而在怀安诗中，笔者以为最为典型的便是歌颂赞美革命领袖毛泽东同志的作品了。经笔者初步考察统计，有12位怀安诗人的32首诗歌与毛泽东有关。现将有关信息列表统计（见表3-1）：

表3-1　　　　　赞美歌颂毛泽东的怀安诗作一览

诗人名	诗题及创作时间	诗歌出处
续范亭	《奉赠毛主席》1942	《解放日报》1942.2.21
	《诗五首》其一《毛主席告诫同志必须实事求是，不可哗众要宠，偶成四句以伸其义》1942.6	《解放日报》1942.6.20
	《读斯大林传略有感》三首其一 1941.11	《续范亭诗集》"延水集"
	《羽毛颂》1942	《续范亭诗集》"延水集"
	《一九四四年旧历初二日在总部口占》二首 1944.1.26	《续范亭诗集》"延水集"
	《五百字诗并序》1944.5	《续范亭诗集》"延水集"
	《寿徐老》八首其七 1947.1	《解放日报》1947.1.10
吴玉章	《和朱总司令游南泥湾诗》1942.7	《解放日报》1942.9.1
韩进	《时事杂咏》其四 1944	《怀安诗社诗选》"五、感兴"
	《贺朱总司令六旬寿诗》二首其二 1945.12	《窑台诗话》"寿诗"
谢觉哉	《答林老题〈什么集〉》二首其二 1945.3.2	《谢觉哉诗选》
	《在续范亭处谈毛主席的思想方法》1945.4.5	《谢觉哉诗选》
	《记毛主席谈话》1947.10.30	《谢觉哉诗选》
	《和钱老自寿诗》其四 1947	《怀安诗社诗选》"十、后甘泉村"

---

① 李木庵编著：《窑台诗话》，湖南人民出版社1984年版，第18页。
② 李木庵编著：《窑台诗话》，湖南人民出版社1984年版，第18页。

续表

诗人名	诗题及创作时间	诗歌出处
李木庵	《献花诗》1945.8	《窑台诗话》"窑台酬唱"
	《迎毛主席由渝返延》1945.10	《窑台诗话》"窑台酬唱"
	《贺林主席六旬寿庆》1945	《怀安诗社诗选》"六、生辰自勉、互勉"
	《读毛主席〈论联合政府〉书后》1945	《怀安诗社诗选》"四、学校与讨论"
	《毛主席〈在延安文艺座谈会上的讲话〉发表四周年》1946	《怀安诗社诗选》"四、学校与讨论"
	《一九四九年元旦献词》1949.1.1	《十老诗选》李木庵同志
钱来苏	《十杯酒谣》1945	《怀安诗社诗选》"五、感兴"
	《舵师》1945	《十老诗选》"钱来苏同志"
	《陕北诗辑·陕北行》1945	《怀安诗社诗选》"二、边区采风录"
	《和谢老红云曲》其九《闻毛主席东来》1948	《怀安诗社诗选》"十、后甘泉村"
	《革命导师》四首	《钱来苏诗选》"初喜集（1945—1949）"
罗青	《延安四咏》其一《杨家岭》1945	《怀安诗社诗选》"二、边区采风录"
熊瑾玎	《欢迎毛主席莅渝》（又作《迎毛主席》）1945.9.10	《怀安诗社诗选》"五、感兴"
陈毅	《秋过濮阳，月下与人谈毛主席飞渝事》1945.9	《陈毅诗词选》
	《沁园春·山东春雪压境，读毛主席柳亚子咏雪唱和词有作》1946.2	《陈毅诗词选》
刘道衡	《题续老范亭病中所著〈南泥湾杂咏〉及〈乱谈集〉两诗章》其二 1946	《怀安诗社诗选》"三、南泥湾纪游"
朱婴	《贺谢老六十三岁寿诗》1946.4	《窑台诗话》"寿诗"
董必武	《再次前韵酬李谢钱三老和韵之作》1948.7.16	《怀安诗社诗选》"八、酬唱赠答"

在怀安诗社的诗歌作品中，毛泽东的形象是非常高大的，也是较为复杂的。首先，他是领导中国革命的政治领袖，他品格高尚，大智大勇，动静适宜，能够领导中国人民走向胜利。如续范亭《奉赠毛主席》诗云："领袖群伦不自高，静如处女动英豪。先生品质难为喻，

万古云霄一羽毛。"① 该诗以羽毛作比喻，对毛泽东的高洁品格做了高度颂扬。② 续范亭《羽毛颂》诗更直接以羽毛为喻，认为毛泽东："工作为人类，责任在建国……言行主一致，光明复磊落。"③ 并赞颂他有"王者"之风。熊瑾玎《迎毛主席》诗云："为开新局面，因示大谦恭……握策确无误，驱倭力正雄。成功今有此，领导足尊崇。"④ 则对毛泽东能够正确把握复杂的政治时局动向，并采用适当的应对策略，领导人民抗日成功做了真实的描绘与歌颂。李木庵《迎毛主席由渝返延》诗以汉高祖刘邦比喻毛泽东，歌颂其大智大勇："真勇藏锋形犹懦，大智沉机貌示呆。赢得一杯浇汉社，春风满面沛公回。"⑤ 再如钱来苏《十杯酒谣》诗云："六杯敬上毛泽东，领导人民向光明，政权改建新民主，定使中华进太平。"⑥ 李木庵的《读毛主席〈论联合政府〉书后》诗云："赖此大木铎，声振宏露布。怒涛荡长空，大风扫宿雾。金石能为开，何怕顽与锢？"⑦ 均对毛泽东领导中国人民建立起民主新社会，让劳苦大众过上幸福安乐的生活，充满了坚定的信心。

其次，怀安诗中的毛泽东是中国革命的思想导师与精神领袖，他在思想上高瞻远瞩，继马克思、恩格斯、列宁、斯大林之后，和他们并列而无愧色。如董必武《再次前韵酬李谢钱三老和韵之作》就把毛泽东排在了马克思、恩格斯、列宁、斯大林之后，认为他也是阐述大道之人："推挽赖将伯，共把大道阐。马恩列斯毛，指示方向转。遵循此主义，轨同或异辇。"⑧ 续范亭《羽毛颂》一诗也认为毛泽东：

---

① 续范亭：《奉赠毛主席》，载《解放日报》1942年2月21日第4版。
② 笔者注：续范亭本人解释该句云："结语，是杜工部赞诸葛亮的一句旧诗，藉来一用，并为之释意。万古，是空前，云霄，是甚高。一羽毛，是羽上的一毛，品质清虚而体极小，惟其清虚而不自大。所以空前而又甚高。"见续磊、穆青编校《续范亭诗集》，山西人民出版社1980年版，第79页。
③ 续磊、穆青编校：《续范亭诗集》，山西人民出版社1980年版，第79—82页。
④ 李石涵编：《怀安诗社诗选》，陕西人民出版社1980年版，第115—116页。
⑤ 李木庵编撰：《窑台诗话》，湖南人民出版社1984年版，第54页。
⑥ 李石涵编：《怀安诗社诗选》，陕西人民出版社1980年版，第113页。
⑦ 李石涵编：《怀安诗社诗选》，陕西人民出版社1980年版，第84页。
⑧ 李石涵编：《怀安诗社诗选》，陕西人民出版社1980年版，第22页。

"事业继中山，学术通马列。"① 钱来苏的《陕北诗辑·陕北行》不但赞扬了毛泽东把马列思想中国化，而且对中国革命胜利充满了信心："马列中自化，中国马列诠。卓哉毛圣人，远识究非凡……寄语觇国者，胜利在延安。"② 钱来苏还有组诗《革命导师》四首，也是集中认可并赞颂毛主席为中国革命导师的。再如李木庵《毛主席〈在延安文艺座谈会上的讲话〉发表四周年》诗云："革命文艺面工农，端其趋者首毛公。取材日常生活地，理论实践交相融。文化须与劳力合，学习人民在虚衷。服务政治大众业，解放区已叠敷功。真理能与时俱见，足令宇内尽风从。新陈事迹取断代，历史相演不相同。所贵先时作前导，方掇往绩以接踪。从兹南针锡文海，翻然服务主人翁。文运直扶国运上，民主光芒耀亚东。"③ 谢觉哉的《在续范亭处谈毛主席的思想方法》诗云："道在不沾兼不脱，思想入旧又全新。万流争赴虚如海，一镜高悬净不尘。践实体诚非别术，沉机观变竟通神。公余一卷延园静，又是梨花压葛巾。"④ 这些诗作均对毛泽东的哲学思想与文艺思想进行了高度的肯定与赞颂。

再次，在怀安诗作中，毛泽东是人民救星，他才华盖世，堪称一代圣人，并得到举世的称扬和拥护。如吴玉章的《和朱总司令游南泥湾诗》说："举世称朱毛，撑持我大局。整风健思想，经济求自足。"⑤ 谢觉哉《答林老题〈什么集〉》二首其二亦说："中外齐歌毛泽东，和平行见五洲同。"⑥ 韩进的《时事杂咏》其四："中华庆幸舵师健，万众欢呼毛泽东。"⑦ 李木庵的《贺林主席六旬寿庆》诗云："手转时轮才盖代，共道湘潭毛与公。"⑧ 罗青的《延安四咏》其一："东方圣城

---

① 续磊、穆青编校：《续范亭诗集》，山西人民出版社1980年版，第79页。
② 李石涵编：《怀安诗社诗选》，陕西人民出版社1980年版，第54页。
③ 李石涵编：《怀安诗社诗选》，陕西人民出版社1980年版，第84—85页。
④ 马连儒注：《谢觉哉诗选》，湖南文艺出版社1986年版，第54页。
⑤ 吴玉章：《和朱总司令游南泥湾》，载《解放日报》1942年9月1日第2版。
⑥ 马连儒注：《谢觉哉诗选》，湖南文艺出版社1986年版，第49页。
⑦ 李石涵编：《怀安诗社诗选》，陕西人民出版社1980年版，第106页。
⑧ 李石涵编：《怀安诗社诗选》，陕西人民出版社1980年版，第144页。

光千丈，举世盛尊主席毛。"① 钱来苏的《和谢老红云曲·闻毛主席东来》诗说："朵朵红云直向东，甘泉十老出群雄。张李前驱陈谢后，北辰环拱众星同。"② 李木庵的《献花诗》也有："最是牡丹色艳红，此花好献毛泽东。植根中土自名贵，领袖群英迥不同。"③ 在上述怀安诗作中，毛泽东英明神武、道德盖世、才智超群，得到了世人的一致拥护。而在谢觉哉的《和钱老自寿诗》中，毛泽东甚至能与上天称兄道弟："正愁久旱忽滂沱，天与毛原是弟哥。"接着有作者自注云："农民说：天第一，毛主席第二。"④ 在一些农民的心目中，老天爷是老大，毛泽东就是老二，乃是仅次于上天的英雄人物，这大概是对领袖的最高肯定和赞颂了。

赞美、颂扬伟大领袖毛泽东，便是赞美革命，为正义的革命事业呐喊。谢觉哉曾以为钱来苏的诗歌充满着正气，并高度评价了这种正气。他说："中华民族中有正气、有邪气。邪气只是一小部分，初因正气被抑，邪气嚣张，召来灭亡之祸；现则正气奋起，正向邪气作总清算。钱老的行谊及其诗，是在邪气嚣张的时与空间一个正气的突出部分。中华民族不亡，赖有这个；建立新中国，也赖有这个。他的诗，和人民抗战的歌手，战场决斗的英雄，一样是光芒万丈的。"⑤ 把这段评价钱来苏诗歌的话语，移到评价赞美歌颂类的怀安诗作中，也是较为恰切的。

二 讥刺揭露

与赞美歌颂既相互对立又相辅相成的便是讥刺揭露，这也是中国自古以来的诗论传统中相当重要的组成部分。针对丑恶的人或事物以及不公平的社会现象，用诗歌进行揭露、批判，甚至是无情的鞭挞，

---

① 李石涵编：《怀安诗社诗选》，陕西人民出版社1980年版，第61页。
② 李石涵编：《怀安诗社诗选》，陕西人民出版社1980年版，第255页。
③ 李木庵编撰：《窑台诗话》，湖南人民出版社1984年版，第51页。
④ 李石涵编：《怀安诗社诗选》，陕西人民出版社1980年版，第256—257页。
⑤ 《谢觉哉日记》（下），人民出版社1984年版，第960页。

第三章 怀安诗社的诗论主张与创作实践

以引起人们的警戒或憎恶，这便是"刺"。与赞美歌颂的诗歌一样，讥刺揭露的诗歌在中国也产生得非常早，如《诗经》的大雅、小雅以及国风中所收录的西周中后期的怨刺诗，便是此类诗作。这些作品是政治黑暗与社会腐朽的产物，被后代文人称为"变风""变雅"之作。在历代王朝的末期或者政治黑暗腐朽的时期，这样的诗文作品常常会大量涌现。怀安诗人继承了中国古代文人的批判精神，也创作了较多的此类诗作。前面引用林伯渠在怀安诗社成立时所说的"反对专制，争求民主，揭露黑暗"的话语，体现的主要就是揭露批判。这与社长李木庵所说的"暴露敌伪罪恶，驳斥恐日病者和唯武器论者"，表达的是相同的意思。可见怀安诗人在赞美歌颂中国革命事业和革命人物的同时，也不忘揭露批判国民党反动派的黑暗统治以及社会上的丑恶现象。关于怀安诗人讥刺揭露的诗作，下面结合具体作品，试论析之。

如1944年11月10日，汪精卫死在日本。事件发生后，闻知讯息的钱来苏、李木庵等怀安诗人，纷纷创作诗歌予以批判，代表作有钱来苏的七律《斥奸诗》两首、李木庵《七绝·三首》等。其中钱来苏的《斥奸诗》"斧钺森严，春秋史笔，不稍假人"，[1] 该诗其一云："祸国由来岂一秦，大奸今竟越前尘。中枢窃政居心险，艳电通仇饶舌频。甘小朝廷而不耻，翻新傀儡总徒新。夫妻漫话东窗事，遗臭千年唾绿巾。"[2] 其二云："卖国降仇跪献书，居然牛马著衿裾。金钱暗渡娼而已，铁象长留狗不如。无耻上追千载桧，何颜下见九原胡。神奸巨憝真堪杀，头漆还应作溺壶。"[3] 这两首诗均把汪精卫比作南宋的大奸臣秦桧，并认为他比秦桧更加祸国殃民，必将遗臭万年，为后人所唾骂。两诗均语言辛辣，笔锋锐利，讥刺、揭露汪精卫神奸巨憝的丑恶嘴脸毫不留情，入骨三分。且两诗对仗精工，格律严谨，具有较高的艺术感染力。

---

[1] 李木庵编著：《窑台诗话》，湖南人民出版社1984年版，第42页。
[2] 李木庵编著：《窑台诗话》，湖南人民出版社1984年版，第42页。
[3] 李木庵编著：《窑台诗话》，湖南人民出版社1984年版，第43页。

李木庵批判汪精卫的《七绝·三首》，也颇见功力。第一首云："谁是中山大信徒，当年人共说汪胡。汉民囚后身忧死，精卫事仇岂遂初。"① 当年人们公认的孙中山先生的信徒，一个矢志不渝，一个却早已变质，通敌事仇，抛却了初心。在鲜明的对比中，揭露了汪精卫的汉奸卖国贼的丑恶嘴脸。其二云："领袖欲高误一生，蒋汪离合不分明。金陵狙击身真死，犹享当年左派名。"② 认为汪精卫与蒋介石虽然离离合合，但都在执行媚敌事敌的行径；如果汪精卫当年在南京被刺身死，还能享有"左派"的美名；但其毕竟未死，而其媚敌事仇、通敌卖国的行为，终究还是暴露在人们的眼前，为世人所不齿。其三云："汉家南北峙雄都，何物倭奴敢觊觎。甘作伪朝双傀儡，溥仪精卫史同书。"③ 其三把汪精卫与溥仪放在一起进行比较，认为他们二人都是日本人的傀儡，将会被史家放在一起进行批判，永远钉在历史的耻辱柱上。语言辛辣尖锐，鞭挞丑恶人物毫不留情。

在《窑台诗话》的"时局吟怀"部分中，录有不少对国民政府最高领导人蒋介石揭露批判的诗作。对于作为"专制寡头"的蒋介石消极抗日、积极反共的丑恶嘴脸进行了全面揭示，他"流氓无耻，投机取巧政权里，自称是承继中山之娇子"，却"把国家民族命脉，斫丧尽矣"。④ 他拿着美英援助的金钱武器，与日军交战一触即溃，却不知惭愧，竟反而责难盟邦援助不力，他"把持独裁，妄想作天子。不惜撤兵失地，图保实力防异己"。⑤ 这些多是新诗，不便多说，下面来看几首揭露蒋介石及其国民政府丑恶行径的旧体诗作。如社长李木庵针对1944年的时事之作，该诗云："满门朱紫半官商，声息潜通紫闼长。国库财归蒋孔宋，中原灾遍旱蝗汤。朝廷虽小颜犹大，歌舞方酣乐未

---

① 李木庵编著：《窑台诗话》，湖南人民出版社1984年版，第43页。
② 李木庵编著：《窑台诗话》，湖南人民出版社1984年版，第43页。
③ 李木庵编著：《窑台诗话》，湖南人民出版社1984年版，第43页。
④ 李木庵编著：《窑台诗话》，湖南人民出版社1984年版，第83页。
⑤ 李木庵编著：《窑台诗话》，湖南人民出版社1984年版，第85页。

央。一阵降幡迎日下，衡阳鼙鼓似渔阳。"① 该诗对国民政府迁都重庆以后，变抗战为观战，与日本帝国主义暗送秋波、声息潜通，对盟邦则打着抗日招牌企图得到金钱物质援助，而他们却不顾人民死活，"中原灾遍旱蝗汤"，一味搜刮民财，损公肥私，中饱私囊，致使国家之财富尽"归蒋、孔、宋"几个大家族所有，读之不禁令人感慨莫名。外敌入侵，国家民族在生死存亡之际；广大人民百姓遭受天灾人祸，流离失所，饿殍遍野；但国民政府统治者却浑水摸鱼，大肆敛财，"歌舞方酣"，沉溺于腐化堕落的生活。如此行径的政府，如此行径的统治者，即使在古代，也是很少见的。

再如李木庵的咏时六绝，则对蒋介石各级官吏受降怪状进行了揭示与抨击：

其一
叛将降官受上赏，汉奸伪职竟盈庭。
一腔得意巴江曲，救国居然曲线成。
其二
失地折兵方称旨，驱戎复土竟逆颜。
世间多少不平事，亲敌人偏受敌降。
其三
正统垂旒诩得势，从容天子令诸侯。
战争果实何劳计，北岭猎来南岭收。
其四
南北两京都在望，鸿沟阻却一身还。
便宜占得美机运，飞下貔貅不假关。
其五
流氓行径自矜奇，使敌伪能如使儿。

---

① 李木庵编著：《窑台诗话》，湖南人民出版社1984年版，第88页。

谁说太阿柄倒执，由来三派是同支。
其六
燕齐连骑旌旗壮，苏皖交牙刁斗鸣。
未必英雄尽入彀，漫天作势郁风云。①

该组诗对蒋介石妄图独占抗日战争胜利果实的行径做了如实的描述与深刻的揭露，发人深省。在日本战败投降之后，蒋介石一方面命令各地日军"维持秩序"，不能向共产党八路军投降；这还不算，更有甚者，他还授意日、伪军队进攻解放区，把抢夺的地方再交给蒋军，作为他们的业绩。另一方面，蒋介石在安排各个战区的受降代表时，把八路军与新四军排除在外，同时把自己的嫡系部队以及杂牌军利用美机空运到一些大城市，疯狂占领地盘。以致汉奸伪军都声称他们是国民政府的"地下军"，以前是在"曲线救国"，如今有了"天子令"，摇身一变合法化，成了"正规军"，导致出现了"汉奸伪职竟盈庭"的荒唐局面。蒋军、伪军与日军沆瀣一气，"由来三派是同支"，他们相互勾结，企图通过这种"流氓行径"，独占抗日战争的胜利果实。但是人民群众的眼睛是雪亮的，是不会被蒋介石及其所代表的国民政府所蒙蔽的。李木庵正是看到了这个事实，所以才作此组诗深刻揭露了蒋介石的阴险行为。

又如蒋介石在国民参政会上玩弄瞒天过海诡计，企图颠倒黑白，主张拥有接收东北的主权，并谎称国民党在东北有地下军队进行秘密抗日活动，曾牺牲官兵两千多人，而现在的东北民主联军以及地方政府却妨碍国民政府接收东北，故既不合理，更不合法。对于蒋介石的无耻言行，李木庵作诗予以凌厉的回击：

丧地弃民十四年，小朝廷自策安全。

---

① 李木庵编著：《窑台诗话》，湖南人民出版社1984年版，第92—93页。

第三章 怀安诗社的诗论主张与创作实践

凭来外力收疆土，撇去国民说主权。
畏敌公然成媚敌，欺人不已更欺天。
强撄战果厚颜甚，青史千秋判盗贤。①

该诗首联揭露了蒋介石为了所谓"小朝廷"的苟且偷安，早已抛弃了东北各地民众，放弃了东北的主权。李木庵列举了其抛弃东北的两件事实，一是在公元1934年4月7日，蒋介石对江西中路进剿军将领讲话说："这回日本占领东北四省，革命党是不负责任的，失掉了是于革命无损失的。"② 一是在公元1939年11月16日，蒋介石在国民党五届六中全会讲演时说："所谓抗战到底，就是要恢复七七事变以前原状。"③ 颔联说蒋介石在早已明白申明国民党不要东北四省主权的情况下，如今看到日本投降，却又要妄想从共产党与人民手中获得东北的主权，真是恬不知耻。颈联说蒋介石在抗战时期公然畏敌媚日，消极抗日而积极反共，现在则不仅想要欺骗世人，更想欺瞒上天。尾联认为蒋介石厚颜无耻，妄图"强撄战果"，这种做法必定逃不过史家的眼睛，一定会把他的强盗行为如实记录，使其在青史上永留骂名。其他如对蒋介石出卖国家航权，玩弄政治骗局等行为，怀安诗人都曾作诗批判，此不赘述。

除了对汪精卫、蒋介石等进行讥刺批判之外，怀安诗人还曾对国统区的丑恶事件予以曝光和声讨，以使读者更清楚国统区社会现实之黑暗恶劣。如续范亭痛斥国民党降将方先觉一诗云："痛史竟重演，秦桧又归来。遍地是岳飞，不怕召金牌。"④ 方先觉作为驻守衡阳的将军，在日军进攻湘南时率部投降，数月之后被日本释放，回到重庆时，国民党政府竟然组织欢迎会，称为"模范军人"大加优待，并在报纸

---

① 李木庵编著：《窑台诗话》，湖南人民出版社1984年版，第103页。
② 李木庵编著：《窑台诗话》，湖南人民出版社1984年版，第103页。
③ 李木庵编著：《窑台诗话》，湖南人民出版社1984年版，第103页。
④ 李木庵编著：《窑台诗话》，湖南人民出版社1984年版，第169页。

上大肆宣扬。方先觉既是秦桧一类的投降派，有投敌失地的劣行在前，居然还得到国民党政府的优遇，可见国民政府是如何是非不分、颠倒黑白了！再如李木庵的《抽丁苦》一诗，则是针对国民政府征兵中出现的种种坑蒙拐骗现象进行描述和揭露，并与唐代大诗人杜甫《石壕吏》进行对比，认为蒋介石政府比起封建社会的唐王朝还更加不堪。这是因为："昔杜甫《石壕吏》一诗，吟当时役政残酷，但还只是要人不要钱。今蒋吏，先要钱，再要人，人钱两要，残酷过之。石壕吏中要人不分老少、男女，老妇也可充数；蒋吏则只抓男丁，且以老汉化装成青壮充数，肆行计诱诈骗方法，其贪恶实堪发指。"① 又如国民政府计划利用美国装备反共，美国利用中国人免除美军士兵伤亡，双方一拍即合，勾结在一起；于是美国派遣大批官兵到重庆、云南训练蒋军，但美军目无法纪，公然掳掠蹂躏中国的青年女性，有人向国民政府提出申诉，却反被加以伤害中美友谊之罪名，真是丧权辱国，耻辱之极！针对这种状况，李木庵作长诗予以痛斥，把批判的矛头直指以蒋介石为首的国民政府："国不自强人尽侮，何分敌人与盟军。几人起作不平吐，孰无姊妹孰无妇。觍颜媚外事可哀，辱国辱民责谁负。责谁负：蒋政府。"② 诸如其他蒋管区种种丑陋不堪的行为，怀安诗人也多有诗作进行揭露批判。限于篇幅，此不赘述。

三 以诗为史寓褒贬

在中国古典文学发展史中，那些关注社会现实、描写现实生活以及历史事件的诗作，常常会被一些评论家称为"史诗"或"诗史"。如《诗经》中的《生民》《公刘》《绵》《皇矣》《大明》这五首诗，就被认为是关于周族的史诗，且"这五篇作品是史诗的观点，已愈来愈为人们所接受"。③ 再如曹操的《薤露行》《蒿里行》等诗作，也被

---

① 李木庵编著：《窑台诗话》，湖南人民出版社 1984 年版，第 171 页。
② 李木庵编著：《窑台诗话》，湖南人民出版社 1984 年版，第 173 页。
③ 袁行霈主编：《中国文学史》（第一卷），高等教育出版社 1999 年版，第 71 页。

第三章 怀安诗社的诗论主张与创作实践

明代钟惺评价为："汉末实录，真诗史也。"① 更为典型的例子，就是杜甫的诗作被人们公认为"诗史"。杜诗"被称为'诗史'，在于具有史的认识价值。常被人提到的重要的历史事件，在他的诗中都有反映"。② 同时，"杜诗的'诗史'性质，主要的还不在于它提供了史的事实。史实只提供事件，而杜诗则提供了比事件更为广阔、更为具体也更为生动的生活画面"。③ 再如吴伟业等诗人还具有以"诗史"自勉的创作精神，其在《梅村诗话》中评价自己的《临江参军》一诗云："余与机部（杨廷麟）相知最深，于其为参军周旋最久，故于诗最真，论其事最当，即谓之诗史可勿愧。"④ 这种"史诗"或"诗史"的提法虽然一定程度上疏离了文学的纯粹性，有偏离文学本位、以史论诗、以诗补史之嫌，故曾为一些学者所激烈批判。但在实际上，"史诗"或"诗史"的说法却也符合中国古典诗教以及诗歌创作的实际情况，故其也并非空穴来风的无稽之谈。恰如上文"绪论"之"第三节"所言，中国古典诗学深受儒家思想影响，从而在主流上具有强烈的政治使命感和社会责任感，体现出了一定的实用主义乃至功利主义的倾向。所以中国古代具有现实主义精神的诗歌作家，常常会自觉或不自觉地追求一种"史诗"或"诗史"境界。国学大师陈寅恪先生所倡导的以诗证史、以史证诗，即诗史互证的治学方法，得到了很多后学的积极响应，说明他们正是洞彻了中国古典诗学具备这种客观存在。

怀安诗社成立于中国乃至于世界局势动荡不安之际，怀安诗人们忧国忧民，密切关注时局变化，有着崇高的政治理想，同时也对古代现实主义的诗文作家如曹操、杜甫、白居易、陆游等多有继承和发扬，故大多数有较为明确的"诗史"意识。他们试图以诗证史，以诗明史，并在诗歌中寄寓自己鲜明的思想倾向，美刺褒贬，爱憎分明。如

---

① （明）钟惺：《古诗归》卷七，《续修四库全书》第1589册，第425页。
② 袁行霈主编：《中国文学史》（第二卷），高等教育出版社1999年版，第235页。
③ 袁行霈主编：《中国文学史》（第二卷），高等教育出版社1999年版，第235页。
④ 袁行霈主编：《中国文学史》（第四卷），高等教育出版社1999年版，第220页。

社长李木庵的《怀安诗社》诗云："怀安社壁题诗遍，留作千秋信史材。"① 这里明确提出了以诗材为史材的观点，以诗为史之意表露无遗。再如李木庵的《应林主席邃园延水雅集之宴，即日成立"怀安诗社"，赋此志盛，分呈与会诸君》诗云："汉将杀敌旧家风，战绩留与新史续……独向吟坛张旗鼓，好把诗魂壮国魂。"② 则是把抗战将士比作"汉将"，把其战绩作为史材写入诗中，以"诗魂壮国魂"，以诗为史之补充。再如谢觉哉1948年5月30日所作的《木庵自言体衰，不愿再任法院职，诗以勉之》一诗亦云："政易法须革，诗成史共编（原注：木庵把时事纪以诗）。"③ 意思是诗书写时事，诗便是历史的一部分，与李木庵上面两首诗中的意思一致。又如李木庵《题谢老诗集》四首其二云："谁识勤王安内计，赢将史笔斗秋虫。"④ 意思是说谢觉哉以作史之笔作诗，诗即是史，而史亦可为诗。又如钱来苏的《酬董老必武读拙集诗韵》云："卓哉今直史，笔伐严诛殄。咄彼卖国贼，贪残复险编。"⑤ 意思是说作诗选材乃是直录史实，并有以"史笔"寄寓美刺之意，尤其对于卖国贼之类人物，要口诛笔伐，毫不留情。韩进的"奸雄骗局终成拙，史笔难容大盗尊"⑥之句，正是对国民党武警入侵搜查黄炎培住宅的揭露与批判，以诗证史、以史论诗之意也表露无遗。

综上可知，在诗论主张上，怀安诗人有明确的以诗为史、以史论诗的诗史意识；而在创作实践上，怀安诗人还明确有以诗咏史、以史为诗的倾向，并在记录历史事件与咏史抒怀中寄寓他们的美刺褒贬之情，表达了他们对历史事件的剪裁与批判意识。在这里，怀安诗人已经认为史即是诗，诗亦是史，史、诗合一，史、诗不二了。早在1946

---

① 李石涵编：《怀安诗社诗选》，陕西人民出版社1980年版，第18页。
② 李石涵编：《怀安诗社诗选》，陕西人民出版社1980年版，第7页。
③ 《谢觉哉日记》（下），人民出版社1984年版，第1207页。
④ 李石涵编：《怀安诗社诗选》，陕西人民出版社1980年版，第202页。
⑤ 李石涵编：《怀安诗社诗选》，陕西人民出版社1980年版，第216页。
⑥ 李木庵编著：《窑台诗话》，湖南人民出版社1984年版，第96页。

年，怀安诗人谢觉哉评价另一位怀安诗人钱来苏的诗歌创作时，就结合其生平经历、爱憎情感、诗集名称以及诗作中的历史意识展开了论析。谢觉哉说："钱老是个能恨能爱的人，爱民族，爱好人；恨敌人，恨坏人。爱，尽量的爱，恨也尽量的恨……满肚皮的恨与爱，都发泄在诗上。他的诗沾满了中国人民被日寇无人性摧残的血和卖国汉奸法西斯匪徒摧残的血，同时也充满着民族正义和民族复兴的勇气。集名《孤愤草》，'愤'而且'孤'，许是感到朋友、同僚、同乡，象他这样不食伪粟甘于饿死的人太少了。"① 他还说："钱老的行谊及其诗，是在邪气嚣张的时与空间一个正气的突出部分……他的诗，和人民抗战的歌手，战场决斗的英雄，一样是光芒万丈的。"② 比较而言，陶承的《怀安诗社杂忆》把怀安诗体现出来的历史精神和历史意识概括得更为明确。她说："当时，延安组织了一个'怀安诗社'……当时很多老一辈无产阶级革命家和革命干部都纷纷以诗唱和，反映了抗日战争和解放战争的革命和建设，记录了那个伟大时代的强音。"③ 并动情地回忆道："每当我翻开《怀安诗社诗选》，读着那一首首充满着激情的诗篇时，就勾起了许多难忘的思念，仿佛又回到了那峥嵘的战斗岁月，重新感受到延安的精神和脉搏。"④ 诗以咏史，史以诗达，怀安诗人的诗歌创作，的确是做到了这一点。

非怀安诗人评价怀安诗人诗作，也常常体现出以诗为史、以史论诗的诗史意识，并能认识到怀安诗人以诗咏史、以史为诗的创作方法。如廖沫沙评价熊瑾玎诗作时说道："诗中有'史'，诗中有'传'，这就是我从头至末读完熊老这本诗集后的感想。"⑤ 并进一步解释说："我所说的'诗中有史'，是指二十世纪初年到二十世纪六十年代这半

---

① 《谢觉哉日记》（下），人民出版社 1984 年版，第 960 页。
② 《谢觉哉日记》（下），人民出版社 1984 年版，第 960 页。
③ 陶承：《怀安诗社杂忆》，载陶承《祝福青年一代》，湖南人民出版社 1983 年版，第 120 页。
④ 陶承：《怀安诗社杂忆》，载陶承《祝福青年一代》，湖南人民出版社 1983 年版，第 119 页。
⑤ 廖沫沙："雪泥鸿爪耐人思"——读〈熊瑾玎诗草〉》，载《熊瑾玎诗草》（增订本），生活·读书·新知三联书店 1987 年版，第 12 页。

个多世纪,在我们中国所发生的天灾人祸与重大的历史转折,都在熊老的诗中有所反映,特别是我们党的诞生和中国革命走上光辉的大道,在熊老的诗中更有突出的反映。"① 认为熊瑾玎"诗中有史",堪称诗史,表现了鲜明的诗史意识。同时,廖沫沙还指出熊瑾玎以史为诗的一面:"这本集子即使不是熊老的全部诗作,而且从年代来说,也常有中断,我们从这断续的二三百首诗中,却可以看到我们国家和民族这几十年兴衰荣辱的历史,看到我们党和人民革命成败得失的记录,也可以看到熊老一生为革命而备尝辛苦的生活纪实。"② 或如张茜评论陈毅的诗词一样,也恰切地指出了其诗以咏史、诗中有史、诗史合一的情形:"陈毅同志早年的诗作,已经具有反抗旧社会的思想倾向和斗争要求,然而,只是当他参加党,特别是参加红军的战斗行列、投身于武装斗争之后,他个人的经历才更紧密地联结于中国革命的斗争历程。他的诗词是他自己坚持战斗、辛勤工作的纪实,同时也在一定程度上反映了他的同时代人在毛主席指引下进行变革社会的革命与建设事业中经过的历史道路。我以为这是陈毅同志诗词的主要意义所在。"③ 李石涵也认为怀安诗是老一辈无产阶级革命家"革命工作的副产品,也是他们那一时期部分心血的凝聚。它为我们描述了那个时期战争生活的若干侧面,看了它,能唤起对这段历史的回顾和联想,从中获得教益。当我整理这些篇章时,脑海中也不禁时时闪现出那段峥嵘岁月里的沸腾生活的片段"。④ 综上可知,怀安诗人们"托物起兴,游刃骚雅,指点江山,激扬文字,以诗言革命之志,以诗写革命之史,在中国诗歌史上留下光辉的一页"。⑤

---

① 廖沫沙:《"雪泥鸿爪耐人思"——读〈熊瑾玎诗草〉》,载《熊瑾玎诗草》(增订本),生活·读书·新知三联书店1987年版,第12—13页。
② 廖沫沙:《"雪泥鸿爪耐人思"——读〈熊瑾玎诗草〉》,载《熊瑾玎诗草》(增订本),生活·读书·新知三联书店1987年版,第11—12页。
③ 张茜:《序言》,载《陈毅诗词选集》,人民文学出版社1977年版,第4页。
④ 李石涵:《窑台诗话·后记》,载李木庵编著《窑台诗话》,湖南人民出版社1984年版,第204页。
⑤ 许怀中主编:《中国解放区文学史》,海峡文艺出版社1994年版,第133页。

第二节 吟玩闲情逸致、为文而文的诗论思想与创作倾向

恩格斯曾说格律恩先生在歌德的身上发现了"人","但这个人不是男人和女人所生的、自然的、生气蓬勃的、有血有肉的人,而是在更高意义上的人,辩证的人"。[①] 并具体分析说:"歌德有时非常伟大,有时极为渺小,有时是叛逆的、爱嘲笑的、鄙视世界的天才,有时则是谨小慎微、事事知足、胸襟狭隘的庸人。"[②] 恩格斯虽然是针对德国大诗人歌德所做出的分析和评论,但实际上却具有普遍意义。因为现实中的人都有"伟大"和"渺小"的两面性,都是"辩证的人",怀安诗人自然也不例外。故怀安诗人的诗论主张和创作实践也应该"辩证"地来看:即以寄寓美刺褒贬、体现出对社会现实的关注为主体,同时也有吟玩个人的闲情逸致、甚至竞技逞才为文而文的一面。当然,比较而言,后者所占比重较小,不过却也是相当重要、不得不提的,故在这里做简要分析。

一 吟玩闲情逸致

所谓闲情逸致指悠闲的心情和安逸的兴致,这里侧重指和现实社会的政治、军事、经济、文化教育等联系不大的思想和情感,主要体现出个体的情趣爱好和价值追求。1948年4月13日,董必武在阅读了熊瑾玎的诗集后,书写七律《读瑾丁[③]诗草》,对熊瑾玎诗作给予了充分肯定;4月21日,熊瑾玎作《和董老必武同志〈读瑾玎诗草〉》诗云:"平生游戏辄为诗,信手拈来懒费思。两卷唱歌皆滑调,十分惭

[①] 恩格斯:《诗歌和散文中的德国社会主义》(摘录),载张德厚《西方文论精解》,吉林大学出版社2001年版,第674页。
[②] 恩格斯:《诗歌和散文中的德国社会主义》(摘录),载张德厚《西方文论精解》,吉林大学出版社2001年版,第675页。
[③] 笔者注:原文为"丁",应为"玎"。

愧获嘉词。公称李、杜端相合，我与灵均却未宜。全部财经资管领，吟坛亦自赖攸司。"① 自谦平生作诗乃是"游戏"，均为随手而作，懒得去费神思考。这种"游戏"作诗的提法虽然未必合乎熊瑾玎本意，也不完全符合熊瑾玎诗作的实际情况，但也不能否认其诗作有"游戏"的一面，不能否认有吟玩个人情志之作的存在。如熊瑾玎1949年3月2日所作的《齿痛》诗云："六十称觞日，曾夸齿独坚。移时才四载，变局竟多迁。忽尔一牙坏，牵连众齿颠。半腮殊胀痛，终夜不成眠。"② 该诗说自己六十岁时夸耀说自己牙齿坚固，没想刚刚过了四年，随着一颗牙齿的坏掉，其他牙齿也都动摇了，以至于半腮肿胀，疼痛难忍，最后夜不成眠。这首《齿痛》诗堪称其典型的"游戏"之作，主要写了个人因牙齿而产生的情绪变化，全诗以描写个体"小我"为主，很难和社会现实联系起来。再如熊瑾玎的《雨后即景》（作于1947年8月25日）、《题端绶新购折扇画景》（作于1949年6月3日）等，也都是属于吟玩个人性情的作品。

怀安诗社社长李木庵的《咏乌延蝴蝶》《咏安眠果》等，也都是典型的吟玩个人闲情逸致之作，甚至有些诗中还流露出一丝丝与革命家身份不太相配的格调。当然，我们也可反过来说，即从这些诗中可以看到延安时期革命家身上的另一面目：华贵典雅，疏懒雍容，且有闲暇戏蝶取乐。这与我们一般人脑海中凭借经验而形成的革命者英勇无畏、舍生忘我，甚至是辛苦忙碌、艰苦朴素的形象截然不同。如其《咏乌延蝴蝶》诗云：

　　锦衣仙子何玲珑，金粉妆成夺化工，百花丛里逗芳迹，艳魂直与闺梦通。乌延城畔日影红，翠袖绿阴巧相逢。乍展团扇扑成空，轻逐斜掠斗东风。卸却罗衫网蒿蓬，泛香诱入怀抱中。纤指弱来笑融融，裁就鲛绡制锦笼。花畔衬出紫络绒，安排凤妃位花

---

① 《熊瑾玎诗草》（增订本），生活·读书·新知三联书店1987年版，第119页。
② 《熊瑾玎诗草》（增订本），生活·读书·新知三联书店1987年版，第123—124页。

宫。美人爱美称心同,茜窗展对慰春慵。剪彩题诗备上供,行见神州运转隆,纷披锦绣百福从。①

李木庵此诗乃是应其妻廖海心之邀而作,他对该诗的创作背景与创作缘由叙述得非常详细。他说:"延安山地,入夏,多小本花草,茁生其间,红黄紫蓝,如散藻锦,并产各种蝴蝶,大小不一,色彩亦复新奇。廖海心同志性爱美,一日于延城山畔草丛中见一大蝶,追捕多时,未能得手。后卸却外衣,顺势兜网,始入壳中。蝶大二寸余,翅纹如锦,外敷黄粉,里衬胭脂,边缀黑点,大小列若串珠,美丽多致。彼喜极欲狂,如获至宝,以蝶类中有称凤子者,因赐名'凤妃',制一锦匣,藏蝶其中。匣内外粘布杭绫蜀锦,五色缤纷。更以紫色玫瑰花瓣,匀列匣底,深红海棠,浅红月季,分缀四周,名为花宫,索余题诗。乃就小方寸之玉版笺上,用蝇头小楷题之,甚趣也。"②该诗语言十分华丽,甚至流于浓艳,脂粉气十足。诗用工笔精细雕刻捕捉、存放彩蝶之过程,并极力宣扬蝴蝶之美与其妻之美,雍容典雅,充溢着富贵气息。从题材内容角度来说,如不是有"行见神州运转隆"一句,还能够与现实社会有所联系,那么该诗就完完全全可看作一首现代版的"宫体诗"了。

再如李木庵的《咏安眠果》一诗云:

有果种出英吉利,教士携来陕北市。欣欣物华聚中邦,赐以嘉名西红柿。陕北高旷土燥干,易地为良产更繁。一株累累枝压重,小如杯碟大如盘。肤腻脂腴泛莹光,珊瑚赤与蜜腊黄。破口吮汁香满颊,子白瓤红内细镶。饥来饱食颗复颗,亦酸亦甜味称可。生津止渴更安眠,此物此性最宜我。共道延安秋色佳,家

---

① 李木庵编著:《窑台诗话》,湖南人民出版社1984年版,第17页。注:原诗未有题目,题目为笔者所加。
② 李木庵编著:《窑台诗话》,湖南人民出版社1984年版,第17页。

家堂上烘朝霞。调羹雅合厨娘手，营养不虚博士夸。昔闻瑶池蟠桃好，曼倩偷来矜技巧。开花结子三千年，何如此果岁岁繁殖人间宝。①

单纯从字面上来看这首诗，也是一首较为典型的咏物诗，吟咏的是今天人们常见的、平时餐桌上常吃的一种很普通的蔬菜——西红柿。从它的传入开始写起，描述了其种植、生长、结果，叙述了其色泽、味道、功用，最后赞誉其为人间广大百姓之宝物。因为食用它能治疗作者的失眠症，故诗人赐其美名曰"安眠果"，并颂之以诗。当然，如果结合这首诗的创作背景，该诗还是有一定的现实意义的。因为这首诗作于延安大生产运动时期，作者所歌咏的西红柿，乃是作者自己所种植的，这便有了"自己动手、丰衣足食"的重要意义。但是这层意义并不明显，且从文本中也很难解读出来。

陈毅的《沁园春·山东春雪压境，读毛主席柳亚子咏雪唱和词有作》一词云："政暇论文，文余问政，妙手拈来着眼高。"②朱德的《步韵林老六十自寿》亦云："马列学深耽一卷，诗歌政暇吟千篇。"③可见，怀安诗人多是"政暇论文"，即在公务之余，以身边的人事为题，咏诗作词，"妙手拈来着眼高"。如陈毅的《淮河远眺》（作于1943年春）、《过洪泽湖》（作于1943年）、《再过旧黄河》（作于1943年12月）、《过吕梁山》（作于1944年2月）等诗均是写景抒情之作，所抒发的情，亦是个人的闲情野趣。如其《再过旧黄河》诗云："黄昏细雨人不寐，夤夜隔窗数雪花。"意思是说，已到黄昏，细雨绵绵不停，诗人难以入眠，便在窗前看雨；后来，雨变成了雪，下得纷纷扬扬；诗人闲极无聊，便数起雪花来。以数雪花消磨时间，很难让我

---

① 李木庵编著：《窑台诗话》，湖南人民出版社1984年版，第14页。注：原诗未有题目，题目为笔者所加。
② 《陈毅诗词选集》，人民文学出版社1977年版，第99页。
③ 李木庵编著：《窑台诗话》，湖南人民出版社1984年版，第120页。注：原诗未有题目，题目为笔者所加。

们把这个艺术形象和戎马倥偬的陈毅元帅联系起来。此类诗作在怀安诗中虽然总体数量不多，但抒发个体"小我"的真性情，均能真情流露，各有风致，或不加雕饰，或工笔细描，均清新可喜。

二 竞技逞才

上文所分析的怀安诗人"吟玩闲情逸致"的诗作，主要是从题材内容角度来说的，其中已有为文而文的倾向。而从艺术表现上来看，怀安诗人或有意创作险韵诗，或着力讲究诗体艺术结构等做法，则更好地表现了他们竞技逞才、为文而文的创作主张。

用韵是中国古典诗词中一个非常复杂的问题，而关于险韵诗的界定也是众说纷纭，难以统一。一般而言，押"险韵"韵部的诗被称为险韵诗，押"险字"的诗也可称为险韵诗。而哪些是"险韵"韵部，哪些是非"险韵"韵部？哪些是"险字"，哪些是非"险字"？也都是相对而言的，并没有一个绝对的标准。张健的《"险韵"新论》一文结合前人险韵诗创作实例，在梳理分析"险韵与韵部、韵字""险韵与韵藻"以及"险韵与意义"的基础上，得出了关于险韵诗较为全面与合理的论断，可以参考。他说："险韵非仅指韵字少的韵部、生僻的韵字，宽韵、熟韵亦可为险韵。韵之险与否不仅视乎单一的韵脚字，亦关乎韵脚字与其前相关字组成的韵藻以及韵字、韵藻与诗题之间的意义关联度。"① 这里不纠缠险韵诗界定的各种不同说法中哪一种更准确，笔者着重强调的是，不管是哪一种对险韵诗的界定，都必定认为创作险韵诗比创作非险韵诗更为困难，更具有挑战性，也更能展现出诗人的才华。明白了这一点，便知道怀安诗人有意创作险韵诗，本身就具有表现创作技能、展露个人才华的意思。

1944年3月22日，谢觉哉在日记中写道："去年林老赠诗用三男毚谐韵，颇险。今次之以刺时。"② 意思是说，林伯渠去年赠诗以"三

---

① 张健：《"险韵"新论》，《韵律语法研究》（第二辑）2017年第1期。
② 《谢觉哉日记》（上），人民出版社1984年版，第593页。

男毵谙"为韵脚作诗，属于险韵诗；他今年次其韵作诗，以讥刺时事。林伯渠曾在 1943 年 4 月 3 日作七律《寿谢老六十》为谢觉哉祝寿，诗云："不分农历与新历，花甲欣逢属四三。羞称作家多持笔，是真寿者自宜男。看花眼似隔层雾，止水心如老一毵。我欲问公何能尔，四三决定已深谙。"① 该诗用韵属于平水韵的下平声的"十三覃"，本韵部韵字不多，且较为生僻，属于典型的险韵。② 以此韵部中较为生僻的"三男毵谙"这几个字为韵脚，所作之诗自然就是险韵诗了。而谢觉哉次韵的《贻祸》二首，当然也必须使用原韵了。这两首诗如下：

其一
贻祸苍生者，都缘德二三。连云余甲弟，薄海困丁男。
吏富民无裤，人穷佛有毵。言甘心更险，万众已深谙。
其二
滑稽千古事，领袖一加三。加冕民而帝，折冲女胜男。
待援开筚路，先例有苏戡。毕竟盟邦智，擒拿术已谙。③

谢觉哉的这两首次韵诗，如果从主题内容上来看，毫无疑问属于"为时为事"而作的诗歌，也就是他所说的"刺时"诗。但是，如果抛开题材内容，单纯从这两首诗创作过程与艺术技巧上看，则有很明显的为文而文、炫耀诗才的倾向。众所周知，创作诗文，本身就是一种展现个人才学与见识的文艺活动；创作律诗，则是在"戴着镣铐跳舞"，④ 需遵循相应的粘对、平仄等规则；次韵别人诗作，更是"戴别个诗人的

---

① 周振甫、陈新注释：《林伯渠同志诗选》，中国青年出版社 1980 年版，第 57 页。
② 赵京战编著：《中华新韵》，中华书局 2011 年版，第 89—90 页。
③ 《谢觉哉日记》（上），人民出版社 1984 年版，第 593 页。笔者注：其一原文第二句、第六句后均为逗号，改为句号；第三句之"甲弟"疑为"甲第"。其二第六句后有注云"戡与毵字同"。
④ 闻一多：《诗的格律》，载闻一多《中国人的骨气》，中国工人出版社 2016 年版，第 169 页。

脚镣"舞蹈;① 而有意创作一般诗人很少创作的"险韵诗",又是次韵而作,其逞才炫技的成分更是非常明显的了。故笔者以为,谢觉哉这两首诗,如果从艺术层面来分析,是具有明显的竞技逞才的倾向。其他诗人也有创作险韵诗,此不赘述。

怀安诗人对诗歌的艺术结构也非常重视,这也是为文而文艺术追求的表现之一。如钱来苏的《九日》"连珠格五首"诗云:

其一
秋爽高原接太清,凌风呼酒醉元明。劳人岁月杯中减,沸地云烟足下生。结习未空文字障,新愁常系乱离情。故园松菊何由问,归去犹迟赋已成。

其二
江南哀怨赋兰成,回首燕台恨未平。三径菊花荒栗里,一身桃梗系秦城。云山变态秋光老,诗酒生涯壮士轻。不忍原头穷望眼,遥天烽火动心旌。

其三
迢递秦关见汉旌,秋深笳鼓起边情。斜阳路回人踪细,远树天低鹘影平。一岁芳华随意歇,二陵风雨逐愁倾。今朝有酒应无醉,目送南归雁一程。

其四
路出长安第五程,丹阳羁迹岁三更。年年此会成新咏,语语中含变徵声。短景若非随转烛,壮怀犹欲请长缨。凌风对帝抒孤愤,肯向人间诉不平。

其五
晋水秦山路不平,风云顷洞一天横。衡湘初报王师捷,嵩洛仍传虏骑惊。北雁南翔知托命,孤身只寄讵忘情。聊乘今日登高

---

① 闻一多:《诗的格律》,载闻一多《中国人的骨气》,中国工人出版社2016年版,第169页。

兴，遥祝真人揽辔清。①

抛开这五首诗（或若干首诗）所表达的同一个内容主题不论，从艺术手法上，仅看所谓的"连珠格"形式：第一首诗的末字（韵脚字）"成"，是第二首诗首句的末字（韵脚字）；第二首诗的末字（韵脚字）"旌"，是第三首诗首句的末字（韵脚字）；第三首诗的末字（韵脚字）"程"，是第四首诗首句的末字（韵脚字）。以此类推，且最后一首诗的末字"清"（韵脚字），又成为第一首诗首句的末字（韵脚字）。如此一来，且不管这几首诗内容上是否关联，在形式上，已经以相同的字眼（韵脚字）使几首诗前后相连，如同串起的珠玉一样，这便是所谓的"连珠格"形式。这是在作诗，更是在逗才，笔者甚至认为逗才的因素要比表达的主题内容重一些。再如钱来苏的《鸡鸣》"用辘轳体五首"组诗，在艺术上也属于典型的为文而文。现摘录如下：

其一
怕听邻鸡唱五更，啼声遮断梦中程。
迷离认是芦沟月，却向山窗著意明。
其二
客中日月去峥嵘，怕听邻鸡唱五更。
壮志未伸头已老，哪堪起舞伴刘生。
其三
老来夜眠已易醒，一衾似铁着身冷。
怕听邻鸡唱五更，梦断辽阳泪如绠。
其四
先我著鞭羡祖生，一身飘泊系秦城。
宵来检点生平事，怕听邻鸡唱五更。

---

① 钱家楣选编，隗苪注释：《钱来苏诗选》，时代文艺出版社1985年版，第38—39页。

第三章 怀安诗社的诗论主张与创作实践

其五
怕听邻鸡唱五更，寒笳塞马一时鸣。
朝朝望捷辕门报，郭李犹迟复两京。①

钱来苏的这组诗，均为七言四句古诗。其中"怕听邻鸡唱五更"一句诗，在第一首诗的第一句、第二首诗的第二句、第三首诗的第三句、第四首诗的第四句与第五首诗的第一句重复出现，"如辘轳旋转而下，最后仍归于首句"，② 如此回环往复，前后勾连，既充分展示了作者的才气，又颇有意趣，"游戏"逗才之意颇为明显。再如由陶承首倡的《红云曲》三首，每首诗都以"朵朵红云直向东"作为首句。该诗云：

其一
朵朵红云直向东，荷花出水满池中。
迎风娇艳清香意，白藕莲心味更浓。
其二
朵朵红云直向东，黄河对岸炮轰轰。
消灭刘勘几个旅，人民军队是英雄。
其三
朵朵红云直向东，传来捷报喜重重。
土改狂潮灭封建，南北东西正反攻。③

---

① 钱家楣选编，隗芾注释：《钱来苏诗选》，时代文艺出版社1985年版，第40—41页。
② 钱家楣选编，隗芾注释：《钱来苏诗选》，时代文艺出版社1985年版，第41页。
③ 陶承：《怀安诗社杂忆》，载陶承《祝福青年一代》，湖南人民出版社1983年版，第196—197页。笔者注：关于《红云曲》的创作时间，陶承自己在本书中前后所说相互矛盾。《怀安诗社杂忆》中说："一九四八年春，我军英勇奋战，聚歼胡宗南二十余万残部，胜利地收复了延安。捷报传来，令人欢欣鼓舞！我写了三首《红云曲》，每首都以'朵朵红云直向东'起句，抒发我当时的喜悦之情。"（见第129页）如此，《红云曲》最早也应该作于1948年春天。但是在《感怀诗抄》中，则明确标注为"一九四七年"（见第196页）。

· 127 ·

《红云曲》的唱和之作，同样也是以"朵朵红云直向东"一句开头。如谢觉哉的《红云曲》七首①、钱来苏的《和谢老红云曲》十首②、张曙时与吴均的《红云曲》③等。抛开这些《红云曲》的主题内容不说，其在诗体结构上的鲜明特点，读者一看便能明白，故笔者不再赘述。再如李木庵读《联共党史》一书后，所题的一首诗，也在艺术结构上具有回环之美。该诗以"革命途中人不老"④一句开始，又以该句作为全诗的末句，总结全诗，颇有意趣。

除有意创作险韵诗与着力讲究诗体艺术结构外，怀安诗人或"倒次原韵"作诗，或明确表达作诗乃是"戏作"，也都体现了"游戏"的心态，显示出了浓厚的为文而文的创作思想。所谓"倒次原韵"，即把原诗韵脚倒序采用，来创作自己的诗作。如谢觉哉曾多次明确说自己"倒次原韵"作诗：1945年1月22日，谢觉哉作《戏和张姜同居诗》四首，既是"戏和"，也明确说该诗是"倒次原韵"；⑤还有1945年2月20日，谢觉哉作《闻木老接贺婚诗多首，倒次来韵》，⑥也明确说自己是"倒次原韵"而作诗的。而明确说"游戏"作诗的，也俯拾即是：1945年1月28日，谢觉哉说："木庵作姜张婚诗有'郎肩悄拍不唤哥'句，甚佳。尤妙在悄字。适姜张见过，戏成二绝。"⑦1946年2月20日，谢觉哉作《读钱老近诗依韵戏题》；⑧1947年4月20日，谢觉哉云"前得木庵诗，胡诌答之"；⑨1948年4月21日，熊瑾玎的《和董老必武同志〈读瑾玎诗草〉》诗说自己"平生游戏辄为

---

① 李石涵编：《怀安诗社诗选》，陕西人民出版社1980年版，第252—253页。
② 李石涵编：《怀安诗社诗选》，陕西人民出版社1980年版，第254—255页。
③ 陶承：《怀安诗社杂忆》，载陶承《祝福青年一代》，湖南人民出版社1983年版，第129—130页。
④ 李木庵编著：《窑台诗话》，湖南人民出版社1984年版，第31页。
⑤ 《谢觉哉日记》（下），人民出版社1984年版，第735—736页。
⑥ 《谢觉哉日记》（下），人民出版社1984年版，第766页。
⑦ 《谢觉哉日记》（下），人民出版社1984年版，第761页。
⑧ 《谢觉哉日记》（下），人民出版社1984年版，第898页。
⑨ 《谢觉哉日记》（下），人民出版社1984年版，第1088页。

第三章　怀安诗社的诗论主张与创作实践

诗，信手拈来懒费思"；① 1949年8月8日，谢觉哉作《戏赠沫若》②诗等。上述事例都较好地体现了怀安诗人竞技逞才的一面，这是他们为文而文创作思想的真实表现。

第三节　革新诗歌体裁形式的倡议与实践

文学艺术的形式和内容都是非常重要的，二者统一在具体的文学作品之中。诗歌的体裁形式是诗歌的有机组成部分，对诗歌的情感表达具有不可忽视的重要影响。如前所述，怀安诗人主要以创作旧体诗词为主，而旧体诗词是中国数千年来牢牢占据主流地位的文学体裁。与古代相比，作为在现当代文学中的具体表现形式之一，旧体诗词在句数、字数、格律乃至艺术风格、表现手法等方面，几乎没有什么根本上的改变，故在艺术形式上也没有实质上的区别。鉴于这种情况，以及为了能够更好地抒情言志，服务当时革命事业的需要，怀安诗人大多主张革新旧体诗词的体裁形式。③ 有时他们表示应对旧体诗词体裁形式上的部分因素进行革新，有时甚至认为应该推倒旧体诗词、代之以新诗等。下面结合怀安诗人的言论以及创作实践，试探讨之。

一　改革旧体诗

早在1942年10月2日，谢觉哉就曾站在哲学的角度来讨论旧体诗词。他从一般到个别，从其他事物联系到旧体诗，总结出旧体诗必

---

① 《熊瑾玎诗草》（增订本），生活·读书·新知三联书店1987年版，第119页。
② 《谢觉哉日记》（下），人民出版社1984年版，第1293页。
③ 笔者注：怀安诗人不仅重视诗歌的体裁形式，更非常看重诗歌创作的主体（即作者）以及诗作的真情实感。如谢觉哉曾说："做诗的人，要有热烈的真挚的情感，不可能想象对于家庭、对于朋友、对于国家民族乃至对于景物都冷酷的人，能唱出感动人的爱人爱物的歌子。做诗的人，要有高尚的气概和坚贞的节操，走的要是正路，说的要是真话。诈伪卑鄙没有骨头的人，不可能做出好诗。这又是新诗旧诗所共同的。"见《谢觉哉日记》（下），人民出版社1984年版，第957页。又说："作文可假，写诗必真。"《谢觉哉日记》（下），人民出版社1984年版，第778页。

须要改变，要被革命。他说："新旧是相对的事物……没有旧的，不会有新的。这是说新的须革旧的命，拿新的矢去射旧的的；同时新的又是批评地接受旧的，从旧的废墟上生长起来。万事皆然，诗也一样。"① 他甚至认为旧诗已到穷途末路的境地，很难再发展下去了。他说："应该认识：旧格律诗的路已穷了，不可能再发展，就是在形式上讲，现在人也没有那样闲工夫去推敲去探索。所以现在旧诗做得好的人已不多。"② 而当时诗坛的情形也比较奇特，新诗与旧诗各有自己较为稳固的疆域，平行发展，互不干涉，互不相融："然而现在的新诗、旧诗，似乎各有领域，互不侵犯——新者自新，旧者自旧；甚或一个人兼做新旧诗，摆出绝不类似的两副面孔。这就造成了现在诗界的厄运——旧的在苟延残喘，新的未能很好地成长。"③ "旧诗应该解放，新诗还没完成，这就是内容与形式的矛盾所致。"④ 当然，谢觉哉也没有完全否定旧体诗，他以为"有诗才的人，研究旧诗是需要的，吸取它的精神为创造新诗的张本"。⑤ 这里，谢觉哉明确主张在借鉴吸收旧体诗词有益养料的基础上，培育和发展新诗。

　　如果说谢觉哉还是就旧体诗词的整体状况而言的，而李木庵则论说得比较具体。他认为旧体诗有五要素，而在这五要素中，除了韵脚之外，其他的都是可以灵活处理的，甚至是可以废除掉的。他说："旧体诗的要素有五：一、字、句数；二、格律；三、平仄；四、对仗；五、韵脚。除韵脚外，其他四者都是束缚性灵心思的桎梏，应废除。可以不拘五、七言，避用生涩字句、隐僻典故。将韵脚放宽，把字音相协的韵合并。"⑥ 以为诗只要押韵就行了，其他的不管什么句数、字数、格律、平仄、对仗等方面，都无须考虑。可见，李木庵对

---

① 《谢觉哉日记》（上），人民出版社1984年版，第366页。
② 《谢觉哉日记》（上），人民出版社1984年版，第366页。
③ 《谢觉哉日记》（上），人民出版社1984年版，第366页。
④ 《谢觉哉日记》（上），人民出版社1984年版，第364页。
⑤ 《谢觉哉日记》（上），人民出版社1984年版，第366页。
⑥ 李木庵编著：《窑台诗话》，湖南人民出版社1984年版，第32页。

旧体诗词变革的力度还是非常大的，几乎把旧体诗词形式的要求全部摒弃。谢觉哉也认为旧体诗词的一些特点如押韵等是需要保留的，他说："新诗旧诗，只是形式上的区别。从三百篇到现在，诗要能唱，要有韵；要有言外意，能感人，耐人寻味；要以少许胜人多许，不能像写散文有多少写多少。这个形式是不变的，变了就不是诗。"① 可以看出，除了押韵外，谢觉哉对于旧诗（当然他认为同时也是新诗所具有的特点）的一些艺术表现也较为看重，认为不能完全否定。与谢觉哉意见相近，李木庵也认为对于旧体诗的"表现法"，意即艺术层面的表现手法，是可以而且应该保留的。他说："旧体诗的表现法要素也有五点：一、层次；二、曲折；三、含蓄；四、境界；五、弦外音。这是可以保留的。"② 正是有着大力变革旧体诗词的文艺主张，所以尽管怀安诗人创作的主要文学形式仍是旧体诗，但在其旧体诗词中，已经可以看到很多新的元素。甚至他们还都曾努力尝试创作新诗，以适应时代的要求，这一点稍后再做探讨。

最晚从唐代大诗人杜甫开始，就已经有了采用诗歌的形式来讨论文艺创作问题的论诗诗，如杜甫的《戏为六绝句》等；到了宋代，梅尧臣、陆游、杨万里等的论诗诗也有较大影响；在金元之际，元好问的《论诗三十首》更是中国古代以诗论诗的里程碑，是运用绝句形式进行系统文学批评、表达诗歌理论的重要著作。怀安诗人也学习古人以诗论诗的传统，创作了不少论诗诗表达对旧体诗词进行革新的主张。如李木庵的《论诗三首》云：

其一
典诰敖牙原古语，国风雅颂亦民谣。
言已翻新文则旧，空山愁煞注离骚。
其二

---
① 《谢觉哉日记》（下），人民出版社1984年版，第957页。
② 李木庵编著：《窑台诗话》，湖南人民出版社1984年版，第32页。

穷则变通何可泥，深能浅出自多嘉。
古人老去今人继，文艺原为时代花。
其三
言与文分专制利，文比言深普及难。
若从民主论文化，大众事应大众观。①

其一意思是说，佶屈聱牙的《国语》本来就是古人的口头语言，后人因年代久远读来感觉到困难，今天普通人难以读懂的《诗经》，也是当时的民歌民谣；随着时光的流逝，语言的翻新改变，古人创作的口语化的通俗的文艺作品，今人理解起来也都颇为不易，所以才会为注解古人的作品如《离骚》等而发愁。其二意思是说，"穷则变，变则通"本是古训，今人没有必要拘泥于古典诗词的那一整套烦琐的规定，能够深入浅出，晓畅易懂就非常好了；古人已经老去，活生生的今人还要进行艺术创作，每个时代都有属于自己时代的文学，故一味守旧是不可取的。其三说，旧体诗词要想普及，必须通俗易懂；为了当今的革命与民主建设，文学艺术应当大众化，故旧体诗词应该进行相应的改革，使之能够适应当今时代的发展变化。综上可知，这三首诗分别从不同角度出发，表达了必须对旧体诗词体裁形式进行改革的主张。

二 改良诗韵

如前所说，李木庵、谢觉哉等虽然赞同大力革新旧体诗词，但都认为必须保留诗歌的韵脚，以为没有韵脚的文字是不能够称为诗的。如谢觉哉曾在赞同鲁迅先生观点的基础上，认为诗应该有诗的样子，不但要有内容，还须有一定的艺术形式，讲究诗韵。他说："诗词要有韵、能唱，是定律；而且有些情意，只有韵语才能传达，所谓'可以意会，不可以言传'的。"② 他还说："诗须有诗样子，内容要安在

---

① 李木庵编著：《窑台诗话》，湖南人民出版社1984年版，第33页。
② 《谢觉哉日记》（上），人民出版社1984年版，第365页。

形式上：能唱、有韵。虽然唱和韵的体格尽可自由。"① 但是保留诗歌的韵脚，是主张诗歌必须押韵，而不是说必须严格按照中国古代诗词的韵书来押韵，而是要对原有的韵书进行改造，使之能够更好地适应现代的诗词创作。如社长李木庵就曾说："旧诗韵应改良。"② 他还说："古时字音，既有变化，若拘守古韵，未免违反自然，且旧本诗韵较窄，限制又严，于实际应用诸多不便。诗韵革命，已属必要。"③ 正是在这种思想指导下，李木庵提出了关于诗韵革命的具体的办法，即"将韵脚放宽，把字音相协的韵合并"。④ 李木庵还曾提及，在改革诗韵一事上，怀安诗人均表示同意，并且商议出了明确的改革方案，即所谓的《怀安诗韵》。他们提出："将旧本诗韵相协各韵，放宽合并，计上下平声并为十一韵，上声并为十二韵，去声并为十一韵，入声并为四韵，称为《怀安诗韵》。"⑤

怀安诗人所谓的《怀安诗韵》，就是对平水韵⑥合并简化而形成的。即"在《佩文韵府》的基础上，把同一韵母（包括复合韵母）的各韵和历代韵书中可以合并的各韵参观互证地合并起来，归纳为若干韵，而名之曰《怀安新韵》，作为'怀安诗社'同志写作韵文的押韵标准"。⑦

具体做法就是：首先把平水韵原来的上平声（共有十五韵部）与下平声（共有十五韵部）合并在一起，即平声韵部；其次把相近的韵部合并在一起，作为一个韵部。共计有平声十一韵部，即东冬部、先

---

① 《谢觉哉日记》（上），人民出版社1984年版，第365页。
② 李木庵编著：《窑台诗话》，湖南人民出版社1984年版，第33页。
③ 李木庵编著：《窑台诗话》，湖南人民出版社1984年版，第34页。
④ 李木庵编著：《窑台诗话》，湖南人民出版社1984年版，第32页。
⑤ 李木庵编著：《窑台诗话》，湖南人民出版社1984年版，第35页。
⑥ 笔者注：平水韵本是南宋末期江北平水人（今山西临汾）刘渊依据唐人用韵情况刊行的诗韵，它把汉字划分为106个韵部，每个韵部包括若干字。创作近体诗用韵，必须用平声韵，且韵脚的字必须出自同一韵部，不能借用；古体诗押韵，可以押邻韵。
⑦ 李木庵：《漫谈旧诗的通俗化及韵律问题——记"怀安诗社"二三事》，载李石涵编《怀安诗社诗选》，陕西人民出版社1980年版，第284页。

盐部、江阳覃寒咸删部、支奇部、鱼虞部、佳灰微部、肖肴豪部、庚青蒸侵真文元部、歌部、麻部、尤部；上声十二韵部（平水韵有二十九韵部），即董肿部、语麌部、轸吻寝梗迥部、蟹贿部、阮旱潸讲养感豏部、篠巧皓部、铣琰部、纸荠部、尾部、哿部、马部、有部；去声十一韵部（平水韵有三十韵部），即宋送部、翰谏绛漾勘部、寘霁部、霰愿艳陷部、御遇部、泰卦未对部、震问沁敬径部、啸效号部、箇部、祃部、宥部；入声四个韵部（平水韵有十七韵部），即屋沃部、质物月屑陌锡职辑叶部、曷药觉部、黠合洽部。① 经过合并以后，把原来平水韵的106个韵部，简化为38个。如此一来，为人们创作诗歌提供了很大的便利。

对于如何革新旧诗、改良诗韵，诗社社长李木庵曾有《上怀安诗社请愿诗》进行讨论。该诗云：

> 共道旧诗不时式，缚人心意费人力。诗界革命倡有年，今尚无人新建绩。人问革从何者先，我意第一废格律。平仄对仗未可拘，五七定言亦不必。参以长短句何妨，所贵意明而气适。音韵亦须谋改良，旧本诗韵太窄逼。官韵本从民韵来，民韵之源在音切。毛诗以前无官韵，毛诗之韵出民舌。汉唐音韵祖毛诗，其中变迁已不一。方块字无拼音法，千载民音随地易。宋人辑韵列通转，韵转至今多不协。音韵何可泥古人，但求于时耳能悦。南北时音可谐者，即非古韵不为失。应将诗韵厘新本，删之并之重剔别。古人古韵本时音，今人时音自可立。我今特上请愿诗，傥不嗤我为僭越。冀从解放获自由，嘉惠士林功无匹。②

---

① 李木庵编著：《窑台诗话》，湖南人民出版社1984年版，第35—36页。而在《漫谈旧诗的通俗化及韵律问题——记"怀安诗社"二三事》一文中，李木庵对诗韵合并的表述与此稍有区别，可参见李石涵编《怀安诗社诗选》，陕西人民出版社1980年版，第285—288页。

② 李木庵编著：《窑台诗话》，湖南人民出版社1984年版，第34—35页。

首先，该诗从总体上判定道，"旧诗"（即旧体诗词）因为束缚了人们自由地表情达意，费心费力，已经不符合时代的要求了，即"不时式"了，所以需要革新。其次，李木庵认为旧体诗的革新应该从"格律"开始，如平仄可讲可不讲，对仗也是可对可不对，在句式上五言也行，七言也好，杂言也无妨，都不要绝对化，也无须强求一致。再次，李木庵重点分析了改良诗歌音韵的问题，那是因为原来的韵书太过狭隘，即"窄逼"①了。最后，李木庵结合韵律的发展演变，谈了自己的看法，他说官韵是从民韵来的，而民韵的来源是"音切"（即反切）；在《诗经》之前没有官韵，《诗经》的韵来自人民大众的口舌；汉唐的音韵来自《诗经》，但已经有了很大的发展变化；宋代人撰写韵书常说音韵的"通转"现象，但是却有许多不能协韵了。故他认为，音韵不可拘泥古人，只要时人听来能够押韵，即悦耳就可以了。所以，为了"解放获自由"，造福士林，需要厘定新本诗韵。这个新本诗韵，就是上文所提到的《怀安诗韵》。

《怀安诗韵》虽为怀安诗人所制定的创作韵文押韵的标准，但并不是唯一的标准。怀安诗人押韵的标准是多元化的，是非常灵活的。李木庵就曾说过："凡写作新旧各体韵文的作家，除随自己的方便仍然可以用《佩文韵府》押韵，或用方音押韵不加限制外，采用《怀安新韵》的同样认为合格。"② 同时，怀安诗人还拟定了七条"押韵之例"。③ 从上文可知，怀安诗人创作的韵文可以以《佩文韵府》为标准押韵，也可以以《怀安新韵》为标准押韵，还可以用方言字音押韵。打破了只有一个标准的限制，表现了他们大无畏的革新精神。

---

① 关于古代诗韵"窄逼"，李木庵曾举例分析道："旧诗诗韵范围窄，本一韵相谐的字，分作两韵，如东冬，鱼虞之类。旧时作诗，于此限制甚严，如本韵是东韵，而用了冬韵韵脚，不管你诗句好坏，就批评为失韵违式。这是科举时代做应制诗的遗习。"见李木庵《窑台诗话》，湖南人民出版社1984年版，第33页。

② 李木庵：《漫谈旧诗的通俗化及韵律问题——记"怀安诗社"二三事》，载李石涵编《怀安诗社诗选》，陕西人民出版社1980年版，第285页。

③ 李木庵：《漫谈旧诗的通俗化及韵律问题——记"怀安诗社"二三事》，载李石涵编《怀安诗社诗选》，陕西人民出版社1980年版，第284—285页。

著名诗人臧克家的《为友人题句》诗云："无心修正果，颇爱野狐禅。情动绳墨外，笔端起波澜。"① 正是体现了不愿被格律、音韵等形式所束缚，希望能够自由抒情的革新思想，这与怀安诗人的创作主张是一致的。

三 创作民谣和新诗

如前所述，怀安诗人虽以创作旧体诗词为主，但也并不反对创作新诗。如《怀安诗刊》序言所说："撤藩摒篱，推陈出新，为大众化，现自在身。"② 便是对新诗的肯定。如前所述，谢觉哉在1942年就曾认为旧体诗是新诗的基础，可以在借鉴旧诗的艺术经验上来创作、发展新诗。他还说："应该使旧诗成为过去，来一能挤出旧诗地位而代之的新诗。"③ 到了1946年8月，林伯渠明确对怀安诗社社长李木庵以及谢觉哉等说："怀安诗社作者不宜长时停滞在旧诗形式内，应求作品通俗化，以起到现实的战斗作用。"④ 此倡议得到了谢觉哉的认同，他说："旧体诗市场不大了，诗人应翻然改图。"⑤ 李木庵也认为："旧诗难合时宜，是因格调过于严整，含义每有晦涩。严整失自然，晦涩欠通俗，似应求整齐中不失自然，自然中不失整齐。不用乖典，不用僻字。希各人放宽尺度，不拘格式，每人先写出几首，交换观摩，培养兴趣，转移风气。"⑥ 此举得到了钱来苏等怀安诗人的赞同，并促成了怀安诗人创作新诗的实践活动。

早在1944年12月29日，谢觉哉就曾有论诗诗讨论新诗、旧诗的优劣，并提出了改革旧诗、创作新诗的建议。如其《答钱老拯论新诗

---

① 臧克家：《臧克家旧体诗稿》（修订版），武汉出版社2000年版，第168页。
② 叶镜吾：《怀安诗社概述》，载李石涵编《怀安诗社诗选》，陕西人民出版社1980年版，第293页。
③ 《谢觉哉日记》（上），人民出版社1984年版，第366页。
④ 李木庵编著：《窑台诗话》，湖南人民出版社1984年版，第110页。
⑤ 李木庵编著：《窑台诗话》，湖南人民出版社1984年版，第110页。
⑥ 李木庵编著：《窑台诗话》，湖南人民出版社1984年版，第110页。

第三章 怀安诗社的诗论主张与创作实践

二首》诗云：

> 其一
>
> 新诗应比旧诗好，新代旧又代不了。旧诗古奥识者稀，新诗散漫难上口。新旧只缘时世殊，文白都须词理妙。有韵能歌兼有意，我曾承教于鲁叟。
>
> 其二
>
> 可以旧瓶装新酒，亦可旧酒入新瓶。当年白陆何曾旧，今有韩黄亦必新。不改温柔敦厚旨，无妨土语俗词陈。里巷皆歌儿女唱，本来风雅在宜人。[①]

总体来说其一认为，新诗应该比旧诗更好，但是新诗又不能完全取代旧诗。新诗旧诗都有自己先天的不足存在：旧诗古奥难懂，能够欣赏的人很少；新诗结构散漫，不够凝练，故不易诵读。而新诗与旧诗之所以有区别，乃是因为时代不同了，社会发展变化了，但不管新诗旧诗，都要言辞优美，哲理高妙，才能得到读者的认可。鲁迅先生曾教导说，诗歌应该有韵脚，能够歌唱，且有真情实意，谢觉哉认为很有道理。其二认为，既可以用旧体诗词表现新的时代内容，也可以用新诗表达古人已抒发过的情感。当年的白居易和陆游都曾致力于反映社会现实，即使今天来读也不能算是"旧"的；今天如果有像韩愈、黄庭坚那样追求奇崛险怪、翻奇出新的诗人，也必然是"新"的。只要秉承了温柔敦厚、含蓄蕴藉的诗教，即使运用了一些地方方言词汇与通俗话语入诗也无妨。本来，《诗经》中"国风"与"大雅"、"小雅"中的作品，都是配乐适合人们演唱的地方流行歌谣，都是很通俗的。从谢觉哉论诗诗可以看出，所谓新旧之别、雅俗之分，都是历史时代造成的，故诗人应该采用适合时代的艺术形式，运用时

[①] 马连儒注：《谢觉哉诗选》，湖南文艺出版社1986年版，第45—46页。

代的语言，反映时代情感与社会内容。

钱来苏的论诗诗也表达了大致相同的意思。其一云："谢翁诏我作新诗，伊古文言已脱离。造句亦知通俗好，变风常觉运思迟。歌能上口调平仄，律欲从新破偶奇。新酒旧瓶原妙喻，抛却事实却非宜。"① 认为使用古代文言的旧体诗已经脱离了现实社会，应该创作通俗易懂的新诗；只要诗歌能够吟唱，可不用管其是否合乎平仄等格律要求；新酒旧瓶（即用旧体诗表达新内容）虽然是奇妙的比喻，但也不能不顾事实。其二云："旧诗久已成陈物，欲合时期定革新。语若动人宁用典，文期现实必求真。破荒有愿开先路，造艺成功利大群。愧我心余精力竭，从君乞巧度金针。"② 认为旧体诗已成历史的"陈物"，需要对其进行"革新"，故应该创作新诗。虽然运用典故才能使语言动人，但文艺作品要表达现实内容一定要有真情实感。自己情愿做拓荒工作，用文学艺术作品服务现实社会，造福广大群众。正是有着这样的志愿，钱来苏创作了不少通俗的民谣作品，如《吐苦水歌》《十杯酒谣》《鹰与犬》《老夫谣》等。钱来苏的创作得到了怀安诸老的赞赏，也实现了他所说的"自从到延安，复变成直白……直将心中事，拿来口上说"③ 的主张。李木庵的《延安思》《战旱谣》等，也是民谣类诗歌作品。如其《战旱谣》，描写了1945年华北、华中出现旱灾、虫灾等灾情，但"蒋管区与边区同属灾区，应变不同。专制政权，官民不相谋，任百姓受苦；民主政权，官民痛痒相关，齐力自救，人定胜天"。④ 该民谣云：

　　火伞，火伞，赤气冲融风扇暖。禾不着苗麦穗枯，土干泥燥种失养。衣食之源系民命，再旬无雨灾象甚。政府关心倍焦劳，

---

① 马连儒注：《谢觉哉诗选》，湖南文艺出版社1986年版，第46页。
② 马连儒注：《谢觉哉诗选》，湖南文艺出版社1986年版，第46页。
③ 钱家楣：《钱来苏诗选·序》，载钱家楣选编，隗苓注释《钱来苏诗选》，时代文艺出版社1985年版，第6页。
④ 李木庵编著：《窑台诗话》，湖南人民出版社1984年版，第7页。

第三章 怀安诗社的诗论主张与创作实践

号召备荒声四应。广征父老经验谈,抢时干种莫辞贪。掘井汲泉群鼓力,蔬宜萝卜瓜宜南。麦麸豆壳珍视之,薇蕨榆皮未可疵。一事当前须记取,缩衣节食及早为。凡事预立备无患,上以是行下则范。勿以食长而自弛,勿以雨降而中断。须知救命为第一,大家齐心力无敌。整齐阵势严戒行,勿容一懈俾可击。旱魃旱魃听我语,边区政治崇民主。汝其知机速远扬,人力终能战胜汝。①

该谣语言通俗易懂,无须笔者饶舌分析。此外,林伯渠、李木庵、谢觉哉、熊瑾玎、刘道衡等怀安诗人,也都创作过数量不等的新诗。这些新诗虽然总体来看艺术成就不高,但是却体现了他们勇于变革旧体诗的创新精神,体现了他们努力紧跟时代、反映时代的自觉意识。李木庵的《窑台诗话》之"怀安放脚诗·革新旧诗,林老首唱"一文认为,林伯渠"既为革新旧体诗的首倡者,亦是首唱者"。② 如其《刈草》新歌云:

> 割草,割草,人人都去割草。
> 割得鲜草二百年,折合五十年干草。
> 很快把任务完成了。
> 划分地区,免得彼此乱搅。
> 不犯群众利益,我们都要记到。
> 你上那条沟,我上这山峁。
> 看谁割得快,看谁割得好。
> 这样光荣的比赛,正当气爽秋高。③

在《窑台诗话》之"怀安放脚诗·竞相试笔新体诗"一文中,李

---

① 李木庵编著:《窑台诗话》,湖南人民出版社1984年版,第8页。
② 李木庵编著:《窑台诗话》,湖南人民出版社1984年版,第111页。
③ 李木庵编著:《窑台诗话》,湖南人民出版社1984年版,第111页。

木庵既载录了谢觉哉、刘道衡等的新诗作品，也谈了创作新诗的心得感受。李木庵认为怀安诗人已经习惯了创作旧体诗词，突然之间改作新诗，反而觉得很别扭，不免留下了一些旧体诗的痕迹。他说："近来怀安诗社里各位擅长五七言文体（笔者注：文体即旧体诗）的老人们都在竞作新式语体诗（笔者注：新式语体诗即新诗），力求平易，免除艰涩，虽脱却了冠冕黼黻，仍然留下斗方角巾。强调袒腹赤足，则含蓄蕴藉不足，索然无味。"[①] 以这个标准来评价林伯渠的《刈草》，确实是通俗平易有余，而韵味不足；虽然该诗主题内容鲜明突出，也有韵脚，但是诗味不强，艺术特色也不够鲜明，总体成就一般。其他怀安诗人的新诗作品，在艺术上也大致如此，此不赘述。

[①] 李木庵编著：《窑台诗话》，湖南人民出版社1984年版，第111页。

第四章　怀安诗社的创作成就之一：
李木庵研究

　　谢觉哉的《消暑杂吟》其六云"延城结社号怀安",① 刘道衡的《读钱太微先生〈孤愤草〉诗集后六首》其一云"欢聚怀安社,结来文字缘",② 均描述了怀安诗社成立、开展诗歌创作的事实。谢觉哉的《次董老必武读〈初喜集〉韵,并柬钱老》诗云:"怀安富文章,商璵并夏珪。"③ 其《雨中闻大捷喜赋》诗亦云:"怀安盛文章,多少王无冕。"④ 都陈述了怀安诗社创作的盛况。而董必武的《读钱老〈孤愤草〉卷十一,并简李谢二老》诗云:"怀安盛文章,三老为冠冕。"⑤ 认为堪称怀安诗社冠冕的三位诗人是李木庵、谢觉哉和钱来苏。而钱来苏的《追悼李老木庵同志》诗则说:"怀安创诗社,林李互争先。"⑥ 则以为林伯渠与李木庵成就最高,互相领先。下文,笔者计划以李木庵、谢觉哉两人为例,探析怀安诗社的创作成就。

---

① 《谢觉哉日记》(下),人民出版社1984年版,第1221页。
② 李石涵编:《怀安诗社诗选》,陕西人民出版社1980年版,第221页。
③ 李石涵编:《怀安诗社诗选》,陕西人民出版社1980年版,第218页。
④ 《谢觉哉日记》(下),人民出版社1984年版,第1234页。原书"冕"为"冤"字,误。
⑤ 李石涵编:《怀安诗社诗选》,陕西人民出版社1980年版,第216页。
⑥ 《怀安诗选》,人民文学出版社1979年版,第115页。

第一节 李木庵的生平与怀安诗创作

李木庵原名李振堃，字典武（一写作午），又名李清泉，化名何樊木等，20世纪30年代改名李木庵①，湖南省桂阳县正和乡八栋新屋村人。他出生于公元1884年旧历一月二十二日，逝世于1959年9月16日。李木庵是清末秀才，更是一位优秀的无产阶级革命家，同时也是律师、法学家、书法家，还是学者、诗人。他曾担任怀安诗社（1941.9—1949.9）社长，在完成自己繁忙的革命工作之余，负责主持怀安诗社的日常活动，并创作了大量的旧体诗词作品。

一 李木庵生平经历简介

李木庵少读四书五经，15岁时即考取了秀才，被当地人称"才子"。随后，李木庵曾就学于长沙岳麓书院，广泛阅读了经史子集，对传统文化有了很深的了解。接着，他到京师国子监太学进修。其后，他考入了京师法律专门学堂，1905年毕业，成为中国最早系统接受现代法学教育的专门人才之一。由于受到康、梁等维新人物践行变法的影响，李木庵的思想非常积极与活跃。在这个时期，他认为开发民智、开展教育非常重要，于是先后在湘学堂、八旗学堂、政法学堂等学堂中做教员，努力进行教育活动。同时，他还担任报社编辑，撰写时政文稿，努力宣传革新思想。

1911年辛亥革命之后，李木庵曾担任广州地方检察厅检察长。后由于遭到排挤，被迫离任。其后，他辗转在北京、天津做律师，继续从事法律工作。1914年，李木庵受邀在福建办学，并兼任省路局路政。此后，他还曾先后做过闽侯地方检察厅检察长、闽侯县知事（即

---

① 李木庵辈名宗潢，还用过靖康、蔓园、何樊木等化名。参见王大成《忠诚服党义　人民勤务员——李木庵传略》，载熊裕华、李春泰、李日贤主编《郴州英杰》（第三集），湖南出版社1994年版，第64页。

县长）以及福建督军公署秘书等职务。多年来的从政经历与社会实践，让李木庵深深地认识到了旧官场的黑暗与腐败。这使正当壮年的他陷入了报国无门的窘境，同时也在思想上一度彷徨、苦闷。因为找不到出路，后来他干脆辞职，到北京闲居起来。

1919年五四运动爆发，马克思主义也随之传入中国。居住在北京的李木庵，也受到了马克思主义的影响，在一些进步人士的帮助下，开始积极从事革命活动，并从此走上了革命的道路。1925年春，李木庵到福建从事兵运工作，加入了国民革命军。他被编入国民党革命军第十七路军，并担任政治部主任一职。1925年夏天，李木庵加入了中国共产党。北伐战争爆发后，1926年7月，李木庵被编入北伐军东路军。1927年春，李木庵随北伐军经过浙江、江苏，进攻南京，但是在攻打南京的战斗中负伤。同年，蒋介石背叛革命，发动"四一二"反革命政变。受到蒋介石反动政府通缉的李木庵，被迫转入了地下革命活动。他隐藏在上海，以卖字为生。

1931年，李木庵返回湖南家乡，打算组织农民武装，以便继续斗争。但是因为被反动政府发觉，不得不转移到南京。到南京后，李木庵以律师事务所为掩护，继续从事革命活动。1935年，李木庵被中共上海地下党组织委派到西安开展工作，后在杨虎城部宪兵营任书记。1936年5月，中共西北特别支部成立，李木庵担任支部委员。6月，李木庵参与创设了"西北各界抗日救国联合会"，并任联合会总务部负责人，参与领导西安地区的抗日救亡运动。同时，李木庵在东北军与西北军中开展抗日民族统一战线活动，是"西安事变"的参与者之一。"西安事变"后，他坚持留在西安，积极进行宣传工作，号召民众团结起来，共同抗日。

1937年10月，在抗日战争全面爆发后，李木庵奉命回到湖南老家。1938年冬，李木庵在桂阳县举办农民抗日自卫游击干部训练班，开设政治、军事科目训练，并担任班主任，培训了学员近百人。1939年春，李木庵经过多方努力，克服了经费、校舍、师资等重重难关，创办并领导了桂阳县战时中学。在校长任上，他以"招收有志青年，进行文化、政治、军事教育，培养有中等文化，有较高政治觉悟，有初步军事知识的人才，为国家和地方输送抗日骨干，共赴国难"[①] 为办学宗旨，为地方培养了一批抗日革命干部。1940年，因为受到反动政府的搜捕，李木庵不得不再次转移。

1940年11月，李木庵几经辗转，终于到达了延安。1941年1月21日，陕甘宁边区高等法院检察处成立，李木庵任检察长；9月5日，林伯渠倡导成立怀安诗社，李木庵任社长。10月，陕甘宁边区第一届司法会议召开，时为边区法制室委员的李木庵提交了《为改进刑事政策，刑事案件允许人们调解息讼，维护社会和平，减少诉讼》的提案，首次提出了调解刑事案件的问题。11月，陕甘宁边区第二届参议会召开，李木庵与何思敬等联名提交了《为改进刑事政策，制定刑事调解条例，减少人民诉讼痛苦，请公决案》的提案。从1942年4月至1943年12月，李木庵还兼任陕甘宁边区高等法院代院长。1943年1月，陕甘宁边区政府成立了司法工作研究委员会，李木庵担任主任委员。6月10日，由李木庵主持制定的《陕甘宁边区民刑事件调解条例》正式颁布施行，刑事和解进入实质化、规范化的推行阶段。1943年起，李木庵还兼任陕甘宁边区政府参议会参议员、法律顾问。

1945年，李木庵被聘为中国解放区行动纲领起草委员会委员，潜心探究并参与制定了解放区的法律法规，为新中国的立法工作奠定了基础。1946年6月，中共中央法律问题研究委员会成立，李木庵任委员。11月17日，李木庵随中央机关人员开始转移，离开了延安，到达绥德东乡小崖嘴村、王家坪村一带工作。1947年2月，李木庵返回延安，参与起草具有临时宪法性质的《中国人民政治协商会议共同纲领》。3月底，李木庵又按照中央的安排，东渡黄河，转移到山西吕梁军区临县的后甘泉村，在此工作生活近一年。1948年3月，李木庵从

---

① 王大成：《忠诚服党义人民勤务员——李木庵传略》，载熊裕华、李春泰、李日贤主编《郴州英杰》（第三集），湖南出版社1994年版，第77页。

后甘泉村出发，辗转到冀西平山县西柏坡村，在此工作一年左右。12月，中共中央法律委员会成立，李木庵任委员。1949年1月，北平和平解放；4月，李木庵随中央机关进入北京，参与新中国的法制建设工作。9月，李木庵参加了中国人民政治协商会议第一届会议。

新中国成立后，李木庵曾任中央人民政府司法部党组书记、副部长、中央法制委员会委员、中央法制委员会刑事法规委员会主任委员和全国政协委员等职。曾主持编写《中华人民共和国刑法》草案，参加《惩治反革命条例》《惩治贪污条例》《妨碍国家货币治罪暂行条例》《婚姻法》等法规的起草和审定工作。1955年，中共中央考虑到李木庵年老多病，让他担任最高人民法院首席顾问和湖南省政协副主席，边休养边工作。1957年，李木庵在反右派运动中遭到冲击，其司法独立的思想也受到不公正批判。

1959年，李木庵病逝于北京，享年76岁。他去世后，最高人民法院有挽联云："法律家，文学家，群推长者；为革命，为人民，功在国家。"[①] 谢觉哉挽联道："仰不愧天，俯不怍人，革命俦侣中允称长者；既痛逝者，行自念也，怀安诗社里顿失主盟。"[②] 对李木庵一生的革命生涯进行了高度的概括与评价，也对其在文学上的贡献进行了充分的肯定，尤其对他主盟怀安诗社的功绩甚为赞赏。

二　李木庵怀安诗创作概述

作为一位优秀的诗人，李木庵一生创作过数量较多的诗歌作品。由于现存文献材料的限制，很难对其数量做出具体考证。但如果仅仅考察怀安诗社存续期间的创作，作为诗社的社长，相比其他成员而言，李木庵创作怀安诗的数量还是比较多的。据笔者统计，《怀安诗社诗

[①] 王大成：《忠诚服党义　人民勤务员——李木庵传略》，载熊裕华、李春泰、李日贤主编《郴州英杰》（第三集），湖南出版社1994年版，第64页。
[②] 王大成：《忠诚服党义　人民勤务员——李木庵传略》，载熊裕华、李春泰、李日贤主编《郴州英杰》（第三集），湖南出版社1994年版，第92页。

选》共收录怀安诗544首，其中李木庵诗作122首；《怀安诗选》录怀安诗242首，收录李木庵诗作64首。因《怀安诗选》中李木庵的诗作均又见于《怀安诗社诗选》，故两本诗选共收录李木庵怀安诗仍为122首。但是在这两部诗集中，李木庵诗作的占比，在怀安诗人中是最高的。在《怀安诗社诗选》中，李木庵个人的怀安诗作占总量的1/5还多。而在《怀安诗选》中，比重甚至达到1/4。此外，《十老诗选》《窑台诗话》等也收录李木庵数量不等的旧体诗。经笔者初步考察，《十老诗选》选录李木庵诗歌42首，其中怀安诗35首，有11首不见于以上两种怀安诗集。《窑台诗话》录存李木庵诗歌作品172首，[①] 其中2首不是怀安诗社存续期间所作，19首又见于《怀安诗社诗选》等以上文献，还有3首新诗，故另有怀安诗近150首。如果再加上《解放日报》等所载且未见于以上文献的作品，李木庵现存的怀安诗有300首之多。下面，笔者以《怀安诗社诗选》《窑台诗话》等所收录李木庵的怀安诗为主，展开论析。

李木庵的怀安诗词，是怀安诗社创作成就的重要体现，也是怀安诗中的杰出代表。作为旧体诗，其艺术形式以及艺术表现无疑是从中国古典诗词发展而来的，这一点毋庸置疑。但是，如果单纯就其主题内涵来说，其诗作则充盈着非常浓郁的现代意识，折射出了十分鲜明的时代精神，故应属于现代范畴，是用传统艺术形式写就的现代诗歌。诚如《诗歌卷》所说："朱德、董必武、林伯渠、叶剑英、吴玉章、徐特立、谢觉哉、续范亭、李木庵等许多老一辈革命家，当时在延安成立了'怀安诗社'。他们交换诗稿，互相唱和，歌颂抗战业绩，吟咏了新的现实，言志抒怀，激励了读者，也鼓舞了革命情绪。"[②] "今天，我们读着这些诗篇，仍然可以鲜明地感受到它的革命感情和战斗

---

① 笔者注：关于《窑台诗话》录存李木庵的诗作数量，程国君、李继凯《延安革命家的诗词创作实践及诗史价值》（《中国社会科学》2020年第3期）一文统计为174首，与笔者的统计数据略有出入。但其统计谢觉哉诗歌为26首，则与笔者统计的37首出入很大。

② 《诗歌卷·前言》，载《延安文艺丛书》编委会《延安文艺丛书·诗歌卷》第5卷，湖南人民出版社1984年版，第5—6页。

气息。这首先是因为它具有丰富多彩的生活内容和如火如荼的革命激情，我党在抗日战争和解放战争中所进行的一系列艰苦卓绝的斗争，在诗中几乎都有反映，不少诗写出了作者极为深刻的感受，是难能可贵的。"① 可见，以李木庵为首的怀安诗人所创作的怀安诗作，是典型的"旧瓶装新酒"，即以旧体诗的形式，书写新的时代内容，展现出了无产阶级革命家的在激情岁月中的壮志豪情。这些作品，不仅有较高的文学价值，也有极高的文献价值与史料价值。

第二节　李木庵怀安诗的主题内容

综上可知，李木庵一生跨越了清末、民国与新中国三个不同的历史时期，亲身经历并参与了社会制度的重大变革，其人生历程艰难曲折。他从一个清朝的秀才，首先蜕变为满腔热血的爱国青年，再发展成忧国忧民的仁人志士，最后成长为一个坚定的无产阶级革命家。他一生从事法律工作，勤勤恳恳，耕耘数十年，为陕甘宁边区政府，尤其为新中国的法制建设做出了突出的贡献。当然，他还是一个优秀的文学家，一个才华出众且敏感多思的诗人。他把自己的人生经历，通过诗歌作品来展现。故其诗作，思想内容丰厚，题材多元，见解独到，体现了一位优秀的无产阶级革命家壮阔的人生图景。

为了便于考察与探讨李木庵怀安诗中的这种"新的现实"，感受其"革命感情和战斗气息"，笔者并不打算从现代意识或现代性这些内涵宽泛且颇多争议的概念入手进行分析，而是依照主题内容上的不同，把其怀安诗作暂时划分为六大类，即：山水风景诗、咏怀抒情诗、生产劳动诗、军政时事诗、学习讨论诗和酬唱赠答诗。并以这六类诗作为例证，探析李木庵怀安诗题材内容上的丰富多彩，感受其鲜明的时代气息。

---

① 《怀安诗选·出版说明》，载《怀安诗选》，人民文学出版社1979年版，第2—3页。

一　山水风景诗

李木庵怀安诗中的山水风景诗主要是描绘以延安为中心的陕甘宁边区特有的以自然山水风光为主要内容，表达了对边区山水风景的喜爱之情，对祖国壮美山河的热爱之意，有的还借以抒发了对中国革命事业的自信，体现了革命的豪情壮志。如李木庵的《延安新竹枝词》中的《延河》《杨家岭》《解放日报社》等词，《延安南园牡丹》《怀安诗社》三首、《骤雨延河陡涨水势奔放》《无定河感赋》四首等，均是很好的例子。

《延安新竹枝词》中的《延河》一词主要描写了延河周围的优美风光，以及人们对延水的喜爱之情。该词云："延河清浅水淙淙，曲似琅环直似杠。为爱临流沙细软，夕阳影里踱双双。"① 意思是说延河河水清浅，水流淙淙；远远望去，河流弯曲的地方如同环状的玉佩，笔直的地方恰似旗杆；水边的泥沙又细又软，深得人们的喜爱；到了傍晚，在夕阳余晖照射中，岸上的人影与河水中的倒影成双成对，相映成趣。《杨家岭》一词则侧重描绘了杨家岭所具有的独特的边塞风光与人文气象，该词云："边地风光迥不同，延山西至水流东。杨家岭上云深护，气象葱茏有卧龙。"② 该词开门见山即揭示了杨家岭特有的边地风景的特点，接着描述了延安群山连绵起伏的情状，它向着西方延伸，直到天际。词人以动写静，很有新意。杨家岭山势高峻，郁郁葱葱，半山上云气缭绕，犹如仙境；而在这气势雄壮、云烟笼罩的山间，实则藏龙卧虎。那是因为中国革命的希望在这里，中国共产党的领导人居住在这里。自然风光因为人文底蕴而增色，人文底蕴因为自然风光而显得更加厚重，二者相映成趣，相得益彰。《解放日报社》一词主要描写了解放日报社依山傍水的优美环境，该词写道："清凉

---

① 《怀安诗选》，人民文学出版社1979年版，第24页。
② 《怀安诗选》，人民文学出版社1979年版，第26页。

第四章 怀安诗社的创作成就之一：李木庵研究

山上晚风凉,清凉山下水波扬。"① 意思是说解放日报社背靠清凉山,清凉山山势险峻,夜晚山风凉爽;解放日报社面对延河水,延河河水蜿蜒,波浪滚滚。同时,该词最后两句还充分肯定了《解放日报》在革命战争中所起到的重大作用。

《怀安诗社》三首都有景物描写,尤以第三首最具有代表性。该诗云:

延水清漪嘉岭嵬,发祥景运喜重回。
周兴百里由来渐,汉启一亭何用猜。
革命策源成圣地,抚时吟兴动窑台。
怀安社壁题诗遍,留作千秋信史材。②

该诗为一首七言律诗。首联从具有延安地域特征的两种标志性景物开始说起:延河河水清清,波光粼粼;嘉岭山(即宝塔山的古称)高大险峻,卓然挺立,这都显示出吉利的预兆,是中国革命好运开始的时机。颔联两句用典,表达了中国革命将以延安为中心的陕甘宁边区来夺取全国的胜利。出句引用《孟子·公孙丑上》篇叙及周文王之事:"以德行仁者王,王不待大,汤以七十里,文王以百里。"③ 意思是说凭借德行实行仁政的即可称王,称王的不在土地大小,商汤依靠方圆七十里、周文王依靠方圆百里的土地都能称王于天下,开创了一个王朝。对句以西汉开创者汉高祖刘邦为例,据《史记·高祖本纪》记载,刘邦成年以后,"试为吏,为泗水亭长"。④ 唐张守节《史记正义》认为:"亭长,盖今里长也。民有讼诤,吏留平辨,得成其政。"⑤ 刘邦最初只是秦朝一个小小的亭长,但是最后却成功建立了西汉王朝。

---

① 《怀安诗选》,人民文学出版社1989年版,第28页。
② 李木庵编著:《窑台诗话》,湖南人民出版社1984年版,第2页。
③ (清)焦循撰,沈文倬点校:《孟子正义》(上),中华书局1987年版,第221页。
④ (汉)司马迁撰:《史记》,中华书局1982年版,第342页。
⑤ (汉)司马迁撰:《史记》,中华书局1982年版,第343页。

由此说明，现在的陕甘宁边区政府虽然地方不大，但只要实行仁政，顺应民心民意，最后一定能够取得全国革命的胜利。颈联出句说延安是中国革命策划与发源的地方，自然就成了革命的"圣地"；而诗人感念时事，难以平静，故在窑台上吟咏诗篇，表达自己的志向。尾联说，诗人以及诗社成员们经常相互唱和，把怀安诗社的墙壁上都题满了诗篇，而这些充盈着革命斗志与革命精神的诗篇，注定要成为后来人编写中国革命史的信史，成为可靠的第一手材料。作为一首七言律诗，该诗不但格律严谨，对仗精工，而且既有景物描写，更有革命豪情的抒发，展现了一个无产阶级革命诗人的自信与自豪之情。李木庵笔下的延水、宝塔等景物，杨家岭、清凉山等地方，今天都成为革命圣地延安的名片甚至是象征物。

二 咏怀抒情诗

李木庵怀安诗中的咏怀抒情诗是以抒情言志为主的诗歌作品，大多抒发了作者积极参与革命斗争，努力投身根据地建设、不畏艰难困苦的崇高革命情怀。该类诗作虽也常伴有自然山水景物的描绘，但以抒情言志为主，景物描写为辅。如李木庵的《应林主席邃园延水雅集之宴，即日成立"怀安诗社"，赋此志盛，分呈与会诸君》《三十年除夕偶成》《一九四五年双十日》《挽鲁佛民》《游杜甫祠感赋》《清凉山》[①]《寿谢老六旬》，等等，都属于这一类诗歌作品。

李木庵的《应林主席邃园延水雅集之宴，即日成立"怀安诗社"，赋此志盛，分呈与会诸君》[②]乃是一首歌行体长诗，该诗首先叙述了林伯渠召集了居住在延安的文人雅士，成立怀安诗社的具体场景："敞筵征宴花当屋，飞笺召客客不速。籍贯分占南北省，觥觥声名归耆宿。"接着，该诗提到了一些颇有影响力的诗社成员，并高度赞赏

---

① 笔者注：原诗无题目，题目为笔者所加。诗见李木庵编著《窑台诗话》，湖南人民出版社1984年版，第75页。
② 李石涵编：《怀安诗社诗选》，陕西人民出版社1980年版，第6—7页。

第四章 怀安诗社的创作成就之一：李木庵研究

了他们的文艺才能，如吴贡士（吴汉章），鲁、汪（即鲁佛民和汪雨相），白、施（白钦圣和施静安），谢傅（即谢觉哉），朱夫子（朱婴），吴媛（吴缣），戚叟（戚绍光），高侯（高自立）等。再次，诗人联系到当时的社会现实，因为倭寇入侵，致使国家动荡分裂，"忍令河山成破釜"，"至今江南锦绣地，染遍倭儿木屐装"，令人痛心不已；但好在"剩有西北一片土"，意即还有以延安为中心的陕甘宁边区政府，在中国共产党的领导下，努力建立抗日民族统一战线，积极抗日，勇于收复失地。最后，该诗表达了怀安诗人积极发挥诗社作用，以文学创作干预社会现实，通过吟咏诗歌参与抗日战争的愿望，故有"独向吟坛张旗鼓，好把诗魂壮国魂"之句，并说道："待到他日八路雄师收京还，定当持杯舞剑引吭高歌斩楼兰。"更是运用诗歌中少见的十余言的长句来抒怀言情，可谓豪气冲天，壮志凌云。总之，该诗集中展示了怀安诗人不尚空言、为时为事的诗论主张。

再如《三十年除夕偶成》一诗云：

> 自由乡里度新年，白发红颜共蹁然。
> 饯岁岂须元亮酒，联吟何必薛涛笺。
> 长生果祝星云寿，红枣汤过鲈脍鲜。
> 除旧更新边塞好，明天又听凯歌旋。[①]

《怀安诗选》选录该诗时题为《四一年除夕偶成》，尽管在两个版本中题目有别，但意思一致。这是因为《怀安诗社诗选》以民国纪年，《怀安诗选》则改为公元纪年。该诗题前有诗序云："是夕，张老曙时煮红枣汤、煨长生果饯岁，吴均、毕珩诸女同志围炉谈诗，笑语风生。"[②] 该序言既交代了创作背景，也暗示了该诗的主旨。诗歌首联

[①] 李石涵编：《怀安诗社诗选》，陕西人民出版社1980年版，第32页。
[②] 李石涵编：《怀安诗社诗选》，陕西人民出版社1980年版，第32页。

就描写了一幅美好的生活场景：在根据地这自由自在的国度里度过新年，老人和妇女都心情愉快、喜笑颜开。颔联用典，表达了乐观主义的生活态度：出句说饯岁没有必要用陶渊明曾酿曾饮之酒，饮用普通的酒水即可；对句讲联句吟诗无须薛涛所制之笺，书写在普通的纸张上，也无妨雅事。颈联进一步表达出乐观的心态，用普通常见的长生果（即花生）也可以祝贺新年，喝红枣汤也觉得其味道鲜美赛过鲈脍。意思是说，只要心情愉悦，再普通的饮食也都是美味佳肴。尾联叙事抒情，出句语带双关，表面上说到了阳历元旦便是新的一年，因而是"除旧更新"，实际上是说旧日的边塞地区，今天以延安为中心的陕北地区实行了"红色政权"，社会面貌、人际关系等一切都换了新的天地，故是"除旧更新"；对句则对八路军充满了信心和希望，认为明天就会又有胜利的消息传来。总之，该诗不仅语言优美流畅，对仗精工，且饱含深情，充满了革命乐观主义的精神。同时，该诗还传达出一种崭新的气象和面貌，一种对革命必胜的信心，对未来的殷切期待。

三 生产劳动诗

李木庵怀安诗中的生产劳动诗是反映根据地军民进行生产劳动、建设新生活的诗作，充分表现了根据地广大人民群众投身于生产劳动的热情和积极性，展示了根据地蓬勃发展的新气象，传达了对革命建设的自豪与自信。如李木庵的《开荒曲》两首、《纺毛词》四首、《纺纱词》五首等，都是这一类诗作。这些正面描写生产劳动并给予充分肯定与赞颂的诗歌，在以前的中国诗歌史上是很罕见的，[①] 故而也是难能可贵值得大书特书的。

[①] 笔者注：以笔者浅陋目光看来，在中国诗歌发展史上，正面描写并赞颂生产劳动的作品很少，大概只有陶渊明的十几首田园诗例外。其他如《诗经》中的农事诗、唐宋人的田园诗等，只能算是触及了一些乡村劳动生活的场景，诗人并没有身体力行参加劳动，也并没有发自内心地肯定劳动本身。

第四章　怀安诗社的创作成就之一：李木庵研究

如李木庵的《开荒曲》两首均描写并且赞颂了太行山的开荒热潮，其一云：

> 朝披露，晨踏霜，生产声中齐开荒，川原棋布变工队，苟脊星飞唐将班。大块逢中破，畸形掘两旁。跨步立风身爽健，挥锄耀日势飞扬。能掘深处草根绝，更打块子土细干。但喜壤肥适物性，何嫌地旷梢林长。农家计划曾多样，要数种棉与种粮。大好劳力凭组织，皇皇号召党中央。边地年辟千万顷，一日开荒三亩强。问谁更创新纪录，劳动英雄赛一场。赛一场，模范乡。①

诗中首先写道，广大人民群众很早就起来，披着露珠，踏着霜雪，去开荒垦田。他们人多势众，放眼望去，山坡、河川、沟壑等处处都是一伙一伙的变工队与扎工队，处处都是热火朝天的劳动场面。接着，该诗还描写了具体的劳动过程：群众把大的土块掘开，把不规则的土块掘到两旁。他们立在风中，身形矫健；他们挥舞锄头，气势飞扬。他们能把深处的草根掘出来，能把大土块整成细小的土粒。他们把荒山野地开发出来，使之变成肥沃的土壤。接着，诗人展望了美好的前景，人们在开垦出来的田地上种植棉花和各种粮食，一定会获得丰收。最后，诗人对广大人民群众积极响应党中央的号召，努力开垦出千万顷的荒地进行了充分的肯定与高度的歌颂。他们是在开荒，在劳动，这不但是响应党中央"自己动手，丰衣足食"的伟大号召，更是用自己勤劳的双手在建设新的政权，在开创新的生活，是用另一种方式支援中国的革命事业。

再如《纺纱词》五首，以纺纱为视角切入反映了根据地开展的大生产运动。其一云："咿呀不断纺车声，轮转纱长半欠身。姐妹班中群比赛，看谁细致看谁匀。"② 首句未见其人其事，先闻其声，可谓先

---

① 李石涵编：《怀安诗社诗选》，陕西人民出版社1980年版，第41—42页。
② 李石涵编：《怀安诗社诗选》，陕西人民出版社1980年版，第37页。

声夺人：听到连续不断的咿咿呀呀的纺车声，便知道有很多人在纺纱；次句描写贴切逼真：因为轮子转动，纱线较长，妇女们纺纱时不得不欠起身来。最后两句说，姐妹们在一起纺纱比赛，不但要比谁纺得更快，更要看谁纺得更细致，谁的丝线更为均匀。其二云："十日功夫愿未奢，五斤线纺不相差。约来邻姐结同伴，合作社中去换花。"① 妇女们经过十日的劳作，都纺了不少纱线；于是她们呼朋唤伴，一起约好去合作社里换棉花。能够自由支配和享用自己的劳动果实，相信她们一定都很有成就感，也都会感受到充实和快乐。其三道："一斤纱兑两斤棉，半是工资半本钱。积得余纱将布换，今冬衣着不愁添。"② 继续讲了劳动带来的成就，有现实的描写，也有对未来的展望，虚实结合，颇具匠心。其五指出，因为政府的大力提倡，家家户户的妇女都开展了纺纱的劳动，没有一家遗漏；同时，为了提高纱线的质量，还举行了一系列比赛，选出了一些劳动英雄做榜样，供大家学习。其他如《纺毛词》四首描写了纺毛活动，也别开生面，很有意趣。李木庵的这些生产劳动诗，不但具有较高的文学水平，也有一定的文献价值。尤其对于传统诗歌主题内容的丰富与发展，更加值得引人关注与探讨。

四 军政时事诗

李木庵怀安诗中的军政时事诗主要是关于当时国内外的政治、军事、经济、外交、社会问题等题材的诗作，反映了诗人对国内外社会现实问题的关注与忧虑，对国家民族美好未来的期盼，这是诗人现实主义精神最为集中的体现。如李木庵的《陕甘宁边区普选》三首、《制宪》四首、《纪边区议宪》、《八年抗战述》、《边区乡居杂咏》五首、《发国难财》等诗，都是这一类作品。

由人民代表选举各级政府官员的普选制度是中国历史上开天辟地

---

① 李石涵编：《怀安诗社诗选》，陕西人民出版社1980年版，第37页。
② 李石涵编：《怀安诗社诗选》，陕西人民出版社1980年版，第38页。

第四章 怀安诗社的创作成就之一：李木庵研究

的大事件，延安时期的陕甘宁边区政府曾多次举行。韩伟对延安的普选运动进行了高度的肯定，他说这"是一种特殊的民主化经验，也代表了中国共产党早期实现政治民主的艰辛探索……延安的普选运动及民主实践为中国的政治民主化提供了有益的历史镜鉴"。① 李木庵的《陕甘宁边区普选》三首正是描写普选的诗作，其一云："人民代表事业新，组织政权上下层。当选讵能无尺度？勤劳公正与持平。"② 首句的一个"新"字，正表明了普选制度是中国政治史上的一个创举：由人民代表选举各级官员，组成人民政府，这是中国历史上从来没有过的政治现象，值得大书特书；第三句以反问的形式告诉人们，普选必须遵循一定的标准，不能任意乱来，这个标准有三条，那就是：勤劳、公正与持平。能够真正秉持了这个尺度的普选，无论在任何时候，都是具有公平性与先进性的，都经得起历史的检验。其二云："大众群趋投票场，男男女女喜欲狂。有权选举谁甘弃？冒雪争前王老娘。"③ 该诗详细描写了人民群众对普选的拥护，普选真正调动了人民群众参政议政的积极性。该诗写道：放眼望去，人民群众三五成群，熙熙攘攘地都向投票场地跑去，个个争先恐后，个个喜笑颜开，欣喜欲狂。以前都是政府官员统治甚至欺压百姓，都是人民群众所厌恶的，现在自己有了权利，可以选举出自己认可的人担任政府官员，有谁愿意放弃呢？你看邻居王老娘，走在雪地上颤颤巍巍，但却一路如风，不甘落后。由王老娘这个个体，正可以看到人民群众对普选的衷心支持与爱戴。

如《纪边区议宪》④ 一诗对陕甘宁边区政府召开宪法起草会议，增加"民主作风"等提议，并确立新政权的基本原则予以了高度评

---

① 韩伟：《翻身：动员、反向民主与1937年陕甘宁边区普选》，《中山大学法律评论》2013年第2期。
② 李石涵编：《怀安诗社诗选》，陕西人民出版社1980年版，第39页。
③ 李石涵编：《怀安诗社诗选》，陕西人民出版社1980年版，第39页。
④ 笔者注：原诗无题目，题目为笔者所加。见李木庵编著《窑台诗话》，湖南人民出版社1984年版，第11页。

价。再如《制宪》四首，题目下有作者原注说："在后甘泉村，为迎接全国解放，中共中央法律委员会起草具有临时宪法性质的《中国人民政治协商会议共同纲领》。"① 这是作者参与制宪后的感想，充满了作者对国家民主政权的无限期待，对新中国的无限热望！而《八年抗战述》② 作为一首七言长诗，对中国进行的艰苦卓绝的八年抗日战争（1937—1945）进行了全面的记叙与总结，堪称民族抗日战争的伟大史诗。该诗写道，在日寇侵华的"国难临头"之际，某些"懦夫执政党中人"阴谋投降，不敢与敌抗争，致使"寇焰日披猖"，中华"民族存亡一发间"；"此时红军在陕北，主战独力河山誓"，此时红军举起了抗日大旗，为全国人民做出了榜样；红军的抗日战争理论从马列思想中发展而来，形成了独具特色的灵活多变的游击战争："敌进我退避其锋，敌驻我扰堕其气，敌疲我打歼其军，敌退我追击其溃。"凭借游击战，红军取得了一个又一个胜利，"解放人民超一亿"；而反观国民党正面战场，则是"蒋军百万尽溃泄。十余行省易版图，二万万民沦奴隶"。诗中有揭露，有赞颂，有对比，有例证，令人信服。

五 学习讨论诗

学习讨论诗是关于怀安诗人们学习马列著作与党的方针政策文件等的作品，反映了他们努力学习理论、提高思想境界、积极要求进步的思想觉悟，展示了此期党员干部崭新的精神追求和崇高的精神境界。怀安诗人大多本来就是学者，是各行业的领导者，有较高的思想觉悟和理论水平，而同时他们又虚心好学，一心要求上进，并努力通过学习提高个人的思想修养。在《怀安诗社诗选》中，还专门列出了一类"学习与讨论"的诗作。其中，李木庵的《读毛主席〈论联合政府〉书后》《毛主席〈在延安文艺座谈会上的讲话〉发表四周年》《整风学习》《论刑》《论诗韵，给怀安诗社同志建议》等，就是这类诗作中

---

① 李石涵编：《怀安诗社诗选》，陕西人民出版社1980年版，第242页。
② 李石涵编：《怀安诗社诗选》，陕西人民出版社1980年版，第117页。

第四章　怀安诗社的创作成就之一：李木庵研究

的优秀代表。

　　1945年4月23日至6月11日，中国共产党第七次全国代表大会在延安杨家岭举行。4月24日，毛泽东做了《论联合政府》的政治报告。该报告在深刻分析国内外局势的基础上，总结了中国共产党从成立尤其抗战以来的斗争经验，全面阐述了中国新民主主义革命的理论以及国家的前景，制定了正确的政治纲领与斗争策略，意义重大。李木庵的《读毛主席〈论联合政府〉书后》一诗，就是作者对该报告的解读和阐发。该诗结合《论联合政府》的报告，从摆在当时中国人民大众面前的"生死两条路"，即"专制与民主"开始说起，认为这两条截然不同的道路，前者为国民党反动派所喜，人民却难以接受，后者为国民党反动派所惧，却是广大人民所向往的、拥护的。接着，诗人认为抗战八年来，中国人民积累了丰富的斗争经验，概括成两句诗就是"败则由孤立，成则得民助"。① 而要想克敌制胜，只能发扬民主，摒除官僚恶习，"为民服务"，否则，就难以摆脱失败的厄运。接着，诗人呼吁，不同的党派之间应该抛弃仇怨，"合力群以赴"，群策群力，共谋国是。然后，诗人举了穿衣和治病两个比喻，认为现在的中国人民大众应该团结起来，共赴国难，才是复国之道。当然，这里诗人的主张，也是在阐发张扬毛主席《论联合政府》的本意。诗人指出，《论联合政府》把救国的"良方"公之于众，且既有大原则，也有具体措施，纲举目张，条分缕析，便于实施。最后，诗人认为《论联合政府》乃是一具"大木铎"，"声振宏露布"，如同怒涛、大风一样裂金碎石，能警醒世人做出正确的抉择。该诗对于今天我们解读《论联合政府》的报告，仍有较大的现实意义。

　　再如李木庵的《毛主席〈在延安文艺座谈会上的讲话〉发表四周年》一诗，则是在阅读、分析了毛泽东的《在延安文艺座谈会上的讲话》之后，对中国共产党文艺政策展开的讨论与阐发。作为怀安诗社

---

① 李石涵编：《怀安诗社诗选》，陕西人民出版社1980年版，第83页。

的社长，李木庵的文艺主张对于诗社的创作主张与创作实践，都有较大的作用与影响。该诗云：

革命文艺面工农，端其趋者首毛公。取材日常生活地，理论实践交相融。文化须与劳力合，学习人民在虚衷。服务政治大众业，解放区已叠敷功。真理能与时俱见，足令宇内尽风从。新陈事迹取断代，历史相演不相同。所贵先时作前导，方掇往绩以接踵。从兹南针锡文海，翻然服务主人翁。文运直扶国运上，民主光芒耀亚东。①

该诗开门见山地指出，毛主席首先提出革命文艺应该为工农兵服务，为人民服务，这个见解是深刻的、振聋发聩的。接着，诗人认为文艺作品来源于现实生活，并和一定的社会实践相融合。而在文艺服务人民大众，服务于现实政治上，解放区已经做出了很多实际工作，也取得了较大的成功。诗人认为，毛主席的这些主张都是正确的，堪称"真理"，能够使天下人积极响应。接着，诗人认为，尽管历史的发展情况不尽相同，但是毛主席能够高瞻远瞩，具有前瞻性地提出了关于文艺方针的高明见解，是难能可贵的。最后，诗人表达了对未来的无限憧憬，在毛主席所确立的正确的文艺方针的指引下，文运将会与国运一起蒸蒸日上，得到充分发展，并在亚洲东部放射出耀眼的光芒！经过时间的考验，七十余年后的今天，我们发现，李木庵的这些解读都是较为允当的，也是颇为了不起的。李木庵其他的学习讨论诗，大多和这两首一样，既解读到位，见解深刻，又颇有宋诗多议论、重理趣的味道，此不赘述。

六 酬唱赠答诗

酬唱赠答诗主要是怀安诗社诗人之间的相互酬唱之作，诗题中有

---

① 李石涵编：《怀安诗社诗选》，陕西人民出版社1980年版，第84—85页。

第四章　怀安诗社的创作成就之一：李木庵研究

明确的赠、答、和、送等字样，主要表现了他们之间深厚的革命友谊，也常兼有革命豪情的抒发。准确地讲，把这一类诗歌与前面五类并列是有些问题的。毕竟，前面五类诗歌，都是以作品的主题内容为标准来界定的。而酬唱赠答诗，则主要是以诗歌的创作背景与流播的角度而言的。如果论其主题内容，这类诗中自然会或多或少地兼有前面提及的山水景物、军政时事、个人情感，乃至家国理想、革命豪情等，故这类诗歌与前面几类有时会混杂在一起，故预作说明。但为了讨论上的方便，且《怀安诗社诗选》中也专门列出了"唱酬赠答"一类，故虽不免略有瑕疵，仍把这一类诗歌独立出来，做简要分析。

如李木庵的《焕南老以寄内长短句见示作此和之》[①]、《奉赠续范亭先生》两首[②]、《依韵奉和钱老留别之作》、《依韵和林老六十自寿诗》、《和谢老除日元韵》、《依韵和董老读钱老太微诗集之作并柬钱老》、《送刘少白返晋西北》等诗，都可以划归此类。此外，李木庵还有数量较多的挽诗、祝寿诗等，这些作品也均可看作赠答或酬唱而作，故也可当作酬唱赠答诗来对待。其中挽诗继承了中国古代悼亡诗悼念亡妻、寄托哀思的功能，但又有所发展，并不局限在夫妻之情，而是表达战友之情和革命友谊，常常还融入一定的国家民族大义，如李木庵的《挽鲁佛民》、《悼叶挺将军》、《悼黄齐生老友》两首、《挽戚老绍光》、《挽闻一多先生》等，均是这类挽诗。祝寿诗则常常借着祝寿的名义自勉勉人，以抒发革命豪情与同志友谊为主，如李木庵的《边区参议会与边区政府为诸老同志集体祝寿》《寿谢老六旬》《依韵和林老六十自寿诗》《贺林主席六旬寿庆》等，皆是如此。

除了上述几类诗歌之外，作为一个法学家，李木庵还有不少表现其法律思想的诗作，可称为法律诗。这是李木庵怀安诗对传统诗歌主题内容的一个重要开拓，体现了怀安诗人艺术创新的尝试和胆气。钱来苏的《怀安诸老》其四《李木庵》诗写道："群说荆州老法家，持

---

① 《解放日报》1941年10月16日第4版。
② 《解放日报》1942年2月21日第4版。

平等律斥奸邪。宪章祖述新民主，更有诗名遍迩遐。"① 既指出了李木庵的双重身份，即法学家与诗人，又揭示了他以诗歌阐发"新民主"的行为，还是比较贴合实际的。如其学习讨论诗中的《论刑》一诗，就全面地展示了他的法律思想。该诗云：

> 论治溯法史，钩稽申韩书。峻法维统治，使民怜以伏。
> 政权防反动，镇压势所需。其他诸犯行，非与生性俱。
> 半为生计迫，半为教育无。环境复多诱，社会责难逋。
> 醉梦罹法网，千载一唏吁。无刑固难致，徒戮亦非图。
> 首宜谋教养，去贫与去愚，化邪为良善，四野臻坦途。
> 勿囿旧观念，新知应普濡。②

该诗认为古代的严刑峻法主要是统治者为了维护其统治秩序而设立的，是不可取的。只有深入了解到犯人犯法的根源，有针对性地制定法律条文，才有可能杜绝罪犯的产生。建立在国家富强，人民富裕，且有文化教养之上的法律，才是好的法律，才是仁义的法律。作者曾自述该诗宗旨道："余久执刑名法术之业，默念新旧社会之不同，执刑宗旨也当有异其趣处。旧社会法意，概言之为报复主义，犯罪者反坐，加之于人者，也必施之于己。新民主主义之法意，对一般犯罪以教育为主，盖顾及社会、经济、教育诸因素不完善原因。余有论刑一篇以明其意。"③ 李木庵当时的这种"新知"，对于我们今天的法制建设，对于完善社会主义法律制度，也富有积极的现实意义。还有前文提及的《纪边区议宪》《制宪》两首诗，分别是为陕甘宁边区与新中国制定宪法而作，对于理解中华人民共和国成立之前的法律建设与法律制度，都有一定的认识价值。人们常说文如其人、诗如其人，李木

---

① 李石涵编：《怀安诗社诗选》，陕西人民出版社1980年版，第31页。
② 李石涵编：《怀安诗社诗选》，陕西人民出版社1980年版，第82—83页。
③ 李木庵编著：《窑台诗话》，湖南人民出版社1984年版，第31页。

庵以法学家身份创作诗歌，不可避免地于其中展露了法律思想，露出了其法学家的本色，这是值得注意的现象。

其实不管李木庵的哪一类诗歌，其基调都是一致的，即都表达了其作为一位怀安诗人的革命豪情，表现了对抗战胜利的赞颂，对未来美好生活的期盼，展示出了鲜明的时代特色，更表现了李木庵的艺术创造精神，这是时代精神的艺术表现。总之，李木庵怀安诗所蕴含的现代情志融入了抗日战争和解放战争的时代洪流，体现了鲜明的时代主题。总而言之，李木庵的怀安诗充分抒发了诗人的现代情志，折射出了鲜明的时代精神，与社会时代命运息息相关，故我们不能把李木庵视为一个纯粹的诗人，一个远离社会现实的艺术家。

第三节　李木庵怀安诗的艺术成就

李木庵作为怀安诗社的社长，与其他诗社成员相比，他创作的怀安诗不仅数量多，而且艺术成就很高，最能代表怀安诗社的创作水准。上文从主题内容角度出发，分析了李木庵的怀安诗作，从中已经能够充分看到其题材内容的丰富多彩，表现了其在主题范畴上的开拓精神。下面，笔者试从艺术继承、艺术手法以及艺术表现等方面，对其怀安诗的艺术成就作出具体的论述。

一　转益多师，自成一体

作为怀安诗社的社长，作为怀安诗人的优秀代表，李木庵在诗歌，尤其怀安诗创作上不拘一格，转益多师，形成了多样化的艺术风格。他能够学习借鉴中国古典的优秀诗人与名篇佳作，兼收并蓄，同时又能自出机杼，自铸伟词，形成了多样化的艺术风格。如李木庵诗歌艺术多向唐代的优秀诗人学习，并且留下了较为明显的痕迹，他的诗社社友曾多次指出了这一点。如谢觉哉以为李木庵更像中唐大诗人韩愈，他在《依韵奉酬李木老见示之作》一诗中说："钱如工部多忠愤，李似昌黎更苦思。中兴诗韵非余事，珍重山沟笔两枝。"① 认为钱来苏像杜甫（杜甫曾任校检工部员外郎，人称杜工部），诗多忠愤，多是对社会现实的批判；而李木庵更像韩愈（韩愈自言郡望为昌黎，人称韩昌黎），诗作多苦思苦吟锤炼而成，具有韩愈诗作奇崛峭拔的特点。而钱来苏认为李木庵更像李白，且诗有李商隐和屈原诗歌之特征。他在1946年创作的《奉答李木老赠别之作》诗云："怀安社里拜青莲，妙笔生花健若仙。体绍玉溪饶典丽，情符湘累托婵娟。同舟业建新华始，巨手风开文化先。我去君留应共力，那堪诗酒掷余年。"② 该诗把李木庵比作李白（李白号青莲居士），说他妙笔生花，才思泉涌，如有仙助。而唐代大诗人李白人称"诗仙"，才华横溢，诗歌豪放飘逸，如行云流水，说明李木庵在这一点上与李白相近。同时，李木庵在诗的体格上富丽典雅，继承了李商隐（李商隐号玉溪生）诗歌的特点；而情感怨愤，饱含深情，颇像屈原（屈原自投湘水支流汨罗江而死，后人便称他湘累）之作。

钱来苏的《追悼李老木庵同志》诗亦云："我初到延安，筵上遇青莲。怀安创诗社，林李互争先。君自大手笔，我敢望项肩……怀安一炬火，光耀照人寰。"③ 该诗也明确把李木庵比作李白，并对李木庵的诗歌创作进行了高度的肯定，认为在怀安诗社的成员中，只有他才能与林伯渠相互抗衡。朱婴的《延水纪事》一诗也说："为盟长者推木叟，青莲才调足相当。"④ 也把李木庵比作李白，认为李木庵和李白在诗才和诗风上颇有相近之处。后来，钱来苏在《回忆延安》六首其六中，又对李木庵诗作有了新的认识。他说："诗圣流风杜甫川，文章星斗耀延安。元勋朱董饶雄健，谢老精奇李谨严。"⑤ 意思是说，当年的延安承接唐代大诗人杜甫流亡陕北之流风遗韵，文星灿烂，光芒

---

① 《怀安诗选》，人民文学出版社1979年版，第133页。
② 李石涵编：《怀安诗社诗选》，陕西人民出版社1980年版，第238页。
③ 《怀安诗选》，人民文学出版社1979年版，第115—116页。
④ 《怀安诗选》，人民文学出版社1979年版，第9页。
⑤ 钱家楣选编，隗芾注释：《钱来苏诗选》，时代文艺出版社1985年版，第122页。

四射，其中朱德、董必武诗作以雄浑刚健为主，谢觉哉以精微奇妙著称，而李木庵诗则精细严密，他们均有自己的特色。

以上对李木庵诗歌的评价，均是李木庵同时人（也是怀安诗社社友）的认知和理解。他们经常在一起相互唱和，互相切磋诗艺，对彼此是了解的，他们的解读是可信的，也是符合实际情况的。总之，由此可以看出李木庵努力向中国古代优秀诗人学习创作经验和技巧，博采众家之长，并和他们有相近之处。具体来说，就是指李木庵的怀安诗既具备屈原作品情感的真挚深厚，李白诗歌的豪放飘逸，又具备杜甫律诗的精细严密，韩愈诗作的奇崛峭拔，还具有李商隐诗风的典雅富丽。故知李木庵怀安诗在艺术风格上丰富多彩、绚烂多姿，且能把这么多不同甚至略有矛盾的特质熔为一炉，自铸伟词，自成一体，故堪称20世纪旧体诗创作的一位大家。

二 写景叙事，饱含深情

众所周知，情感是诗歌的生命，是诗歌的灵魂。没有情感的诗歌是苍白无力的，在创作上是失败的。优秀的诗作大都抒发了人类某些共同的真情实感，能够引起读者的共鸣，并从诗歌中体悟到自我，因而具有穿越时空的艺术魅力。中国古人很早就指出了情感对于诗歌的重要性，如中国第一部历史文献《尚书》在《尧典》篇就提出了"诗言志"的文艺观，意即诗歌是抒发人们情志的。[①] 这个文艺观被朱自清先生评价为中国文论"开山的纲领"，[②] 对后代影响甚大。汉代的《诗大序》也指出诗为人类情志的体现："诗者，志之所之也，在心为志，发言为诗。情动于中而形于言，言之不足故嗟叹之，嗟叹之不足

[①] 笔者注：关于"诗言志"之"志"的解释众说纷纭，一般认为志与情是联系在一起的，有人认为志包括情感和志向，也有人认为志即情感。如唐人孔颖达的《礼记正义》所说："在己为情，情动为志，情志一也。"见李建中主编《中国古代文论》，华中师范大学出版社2007年版，第28页。

[②] 朱自清：《诗言志辨》，载朱自清《朱自清说诗》，上海古籍出版社1998年版，第4页。

故永歌之，永歌之不足，不知手之舞之，足之蹈之也。"① 西晋陆机也说："诗缘情而绮靡。"② 总之，在中国古代文人的认知中，情感是诗歌的第一要素，是根本的存在，即白居易的《与元九书》所说："感人心者，莫先乎情，莫始乎言，莫切乎声，莫深乎义。诗者：根情，苗言，华声，实义。"③

李木庵的怀安诗作在主题内容上既丰富多彩，同时也都饱含着作者的真情实感，体现了富有时代精神的个人情志。对此上文已有说明，下面再简要分析之。李木庵的怀安诗有时是写景抒情，有时是叙事抒情，更有不少诗作采用直接抒情，甚至在议论说理时，常常也能体悟到作者的情感。上文提及的山水风景诗大多是借景抒情的，虽然该类诗作以写景为主，但其中寄托着作者深挚的情感。如《延安新竹枝词》中的《延河》《杨家岭》《解放日报社》等词，《延安南园牡丹》《怀安诗社》三首、《骤雨延河陡涨水势奔放》等诗作，都对延安特有的山水景物进行了描绘，并借此表达了对革命圣地延安以及祖国河山的赞美和歌颂，也把自己的革命豪情，诸如乐观、自信、勇敢、无畏等表露无遗。前面提及的生产劳动诗和军政时事诗则更多的是叙事抒情，通过记叙生产劳动的过程或者军政时事事件来表现自己的情感。李木庵的《开荒曲》两首、《纺毛词》四首、《纺纱词》五首等生产劳动诗把根据地广大群众拥护革命、拥护党中央，积极参加大生产运动、自给自足、丰衣足食的革命情怀以及对美好生活的热切期盼之情，展露得淋漓尽致。而其《陕甘宁边区普选》三首、《制宪》四首、《纪边区议宪》、《八年抗战述》等军政时事诗，则把根据地军民拥护红色政权、亲身建设新政权的自豪、自信给予了充分表现。咏怀抒情诗以抒情为主，自然不言而喻。

---

① 《诗大序》，载李建中主编《中国古代文论》，华中师范大学出版社 2007 年版，第 107 页。
② 陆机：《文赋》，载李建中主编《中国古代文论》，华中师范大学出版社 2007 年版，第 107 页。
③ 白居易：《与元九书》，载李建中主编《中国古代文论》，华中师范大学出版社 2007 年版，第 212 页。

第四章　怀安诗社的创作成就之一：李木庵研究

而其学习讨论诗则以议论为主，重视道理的阐发，颇有宋诗重理趣的特点。中国古典诗歌中有两大典型，一为唐诗，一为宋诗。相对而言，唐诗情感浓郁，常意境高远；而宋诗更重理趣阐发，引人深思。钱钟书先生曾这样评价说："唐诗、宋诗，亦非仅朝代之别，乃体格性分之殊。天下有两种人，斯分两种诗。唐诗多以丰神情韵擅长，宋诗多以筋骨思理见胜。"① 类似唐诗的山水风景诗、咏怀抒情诗、酬唱赠答诗等以抒情擅长，自不待言。那么类似宋诗的学习讨论诗，是否有情感的抒发呢？答案是肯定的。如上文分析的李木庵的《读毛主席〈论联合政府〉书后》《毛主席〈在延安文艺座谈会上的讲话〉发表四周年》《论刑》等诗，分别抒发了诗人对新中国民主道路的期盼之情、对未来文艺发展繁荣的渴望之情、对广大人民的怜悯之情。故该类诗虽以议论说理为主，却也并不完全排斥情感的抒发。综上，不管李木庵的哪一类诗作，都能从中感受到一个无产阶级革命家的真情实感。

三　用典精当，含蓄蕴藉

文人在进行诗文创作时，常常会使用到典故。早在南朝齐梁时期，刘勰在《文心雕龙·事类》篇中就曾对用典做出过诠释。他说："事类者，盖文章之外，据事以类义，援古以证今者也。"② 意思是说，"所谓'事类'，是指文章除用自己的话之外，还借用古事以说明今义，援引古语以证明今理"。③ 今人据此对典故一词进行了界定和分类，即所谓"典故就是诗文中引用古代故事和前人用过的词语，有来历和出处的。一般分为事典和语典"。④ 使用典故，既能够使诗文语言精练，言之有据，又意味深长，含蓄蕴藉，发人深思，甚至产生相关

---

① 钱钟书：《谈艺录》，中华书局1984年版，第2页。
② 刘勰：《文心雕龙·事类》，载穆克宏、郭丹主编《魏晋南北朝文论全编》，上海远东出版社2012年版，第397页。
③ 穆克宏、郭丹主编：《魏晋南北朝文论全编》，上海远东出版社2012年版，第396页。
④ 范宁：《〈典诠丛书〉序》，载范之麟、吴庚舜主编《全唐诗典故辞典》（上），湖北辞书出版社1989年版，第2页。

的联想。当然，用典也不是越多越好，关键要看运用得是否恰当，能否妥帖地表达出作者的用意。对此，明朝人王骥德的《曲律》概括得非常精辟。他说："曲之佳处不在用事，亦不在不用事。好用事，失之堆积，无事可用，失之枯寂。要在多读书，多识故实，引得的确，用得恰当。"①王骥德虽是针对曲而言，但对诗文同样适用。

如前所述，李木庵等怀安诗人努力倡导诗歌语言的通俗化、大众化，并以之为武器服务于人民群众，服务于中国的革命事业。故李木庵的怀安诗其实更重视个人情感的抒发，而并不太看重典故的运用。但是，这并不是说，李木庵等怀安诗人不懂用典，不善典故。恰恰相反，李木庵等怀安诗人大多有深厚的古典文学素养，使用起典故非常娴熟。如李木庵的《怀安诗社》其三的颔联云："周兴百里由来渐，汉启一亭何用猜。"②出句和对句分别使用了《孟子》中周文王和《史记》中汉高祖刘邦的典故，用来说明延安虽小，但是在中国共产党的英明领导下，一定能够取得全国革命的胜利。以开创西周的周文王和建立汉朝的刘邦暗喻中国共产党的革命事业，较为确切。因为这两个典故前文已有具体分析，此不赘述。在《迎毛主席由渝返延》一诗中，李木庵再次使用了刘邦的典故："真勇藏锋形犹懦，大智沉机貌示呆。赢得一杯浇汉社，春风满面沛公回。"③该诗以汉高祖刘邦比喻毛泽东，歌颂其大智大勇。这个典故的运用也是很成功的，因为刘邦不仅是大汉王朝的开创者，更是汉民族中的英雄。后人常以汉朝或汉唐象征中国或中华民族，这里以刘邦借指中国革命的领袖毛泽东，是十分恰当的。

再如《三十年除夕偶成》一诗有云："饯岁岂须元亮酒，联吟何必薛涛笺。"④分别使用了"元亮酒"与"薛涛笺"的典故。元亮是

---

① 范宁：《〈典诠丛书〉序》，载范之麟、吴庚舜主编《全唐诗典故辞典》（上），湖北辞书出版社1989年版，第1页。
② 李木庵编著：《窑台诗话》，湖南人民出版社1984年版，第2页。
③ 李木庵编著：《窑台诗话》，湖南人民出版社1984年版，第54页。
④ 李石涵编：《怀安诗社诗选》，陕西人民出版社1980年版，第32页。

东晋大诗人陶渊明的字,他喜欢饮酒,也曾自己酿酒,作有《饮酒诗》二十首,其他诗作也多与酒相关,是中国文学史中第一个大量写作饮酒诗的诗人,萧统这样评价他的饮酒诗:"有疑陶渊明之诗,篇篇有酒;吾观其意不在酒,亦寄酒为迹也。"①薛涛是唐代著名的女诗人,她在恋爱期间,曾经自己亲自制作桃红色的小笺来书写情诗,后人效仿她,称之"薛涛笺"。这里使用这两个典故,意思是说钱岁无须饮用陶渊明之酒,普通的酒水也可;联句吟诗,亦无须誊抄在薛涛笺上,普通的纸张也不妨雅事。两个典故均表现了无产阶级革命家艰苦朴素的革命乐观主义精神,不但表达准确,而且意味深长。

再如李木庵论诗三首其一、其二云:

> 典诰敖牙原古语,国风雅颂亦民谣。言已翻新文则旧,空山愁煞注离骚。
> 穷则变通何可泥,深能浅出自多嘉。古人老去今人继,文艺原为时代花。②

这两首诗也使用了几个典故,且均能很好地表达出作者的用意。如"佶屈聱牙"是韩愈《进学解》评价《尚书》的话语,这里形容某些旧体诗的艰涩难读;《诗经》分为风、雅、颂三部分,且多为民歌民谣,这里是说诗歌应该有生活气息,通俗易懂;《离骚》是中国第一个爱国主义诗人屈原的代表作,古奥繁杂,现在注解起来相当困难;"穷则变,变则通,通则久"是《周易》中的话语,化用在这里表明作者认为旧体诗应该进行某些方面的变革,才能发挥其作用,为社会时代服务。两首小诗多处用典,均含蓄精练,恰切妥当,可见李木庵诗歌运用典故之高明。

---

① 萧统:《陶渊明集序》,载《陶渊明研究资料汇编》(上册),中华书局1962年版,第9页。
② 李木庵编著:《窑台诗话》,湖南人民出版社1984年版,第33页。

四 众体兼备，尤善歌行

李木庵在怀安诗社存续期间所创作的诗歌作品中，不但数量较多，而且众体兼备。其中有少量的新诗，更多的是旧体诗词。在旧体诗中，诸如古体诗和近体诗，都有大量的作品。而在近体诗中，李木庵尤其擅长七律与七绝的创作。其七律语言凝练，格律严整，对仗精工，意境高远，多有佳作，如上文重点分析过的《怀安诗社》三首其三、《三十年除夕偶成》等，均是如此。再如其《我偶默坐，得诗一律》[①]《迎元日，续笔二律》[②]《一九四五年除夕诗》，等等七律，也多寄意深远，颇耐细读精思。其七绝多讽刺时事，既简洁精练，言简意赅，又笔力矫健，入骨三分。如其《咏时》六绝，对蒋介石接受日寇投降的怪状进行了深刻的揭露与辛辣的批判。如其《咏溥仪》二首，则深刻揭示了溥仪的性格悲剧与社会时代悲剧。如其题谢觉哉的《什么集》四绝句，持论允当，见解独到，又能够联系社会现实，不发空言。

在古体诗中，李木庵尤其以七古著名。尤其在他七古中的一些歌行体作品，语言富丽流畅，气势纵横，既才华横溢，又挥洒自如，从中可以看到活脱脱的一个豪放飘逸的现代版"诗仙"。前面分析过他的《应林主席遂园延水雅集之宴，即日成立"怀安诗社"，赋此志盛，分呈与会诸君》一诗，就是如此。再如他的《秧歌舞吟》、《笋椿吟》、《神仙几歌》、《咏安眠果》、《抽丁苦》、《游杜甫祠感赋》、《钱老北行有日，诗以为贶》、《开荒曲》两首、《南征曲》、《献花诗》，等，都是优秀的歌行体作品。这些作品虽动辄数百字，但叙述起来从容不迫，或描写，或铺排，或议论，均游刃有余，能够很好地抒怀言志。如其

---

① 李木庵编著：《窑台诗话》，湖南人民出版社1984年版，第40页。原诗无题，题目为笔者所加。

② 李木庵编著：《窑台诗话》，湖南人民出版社1984年版，第47页。原诗无题，题目为笔者所加。

第四章 怀安诗社的创作成就之一：李木庵研究

《秧歌舞吟》一诗：

> 春风娜，春日和，一年一度闹秧歌。去年秧歌鲁艺好，今年秧歌好更多。秧歌本是农民舞，终岁无欢春首补。自从革命翻了身，剥削解除政民主。文艺面向工农兵，工农兵即文艺人。实践创造新艺术，从头到脚都是春。工农事业本神圣，物质文明交相竞，英雄队里不平凡，生产声中宜歌咏。高尚娱乐人人好，党政军民齐号召。制谱选词真个忙，旧瓶新酒由来妙。多少儿女笑妙才，身手色相一齐来，大班五十小十五，粉墨登场配锣鼓。人静场开宣序幕，发动行列起扭步，进二退一止且行，一去一来左右顾。划然腰鼓夹铜钹，舞步摇来尽合拍。管弦丝竹韵悠扬，歌喉宛转何清越。载歌载舞环场游，别有新声称杰作。宫商调响遏行云，舞蹈浑如龙凤跃。云璈迭奏大罗天，凝视谛听皆欢然。柳腰轻摆翻新样，广寒仙子到人间。就中节目更番换，舞态歌声难名状。岂止艺术能惊人，取材含义通万窍。干戈玉帛事当前，实边御侮切治要。教农教工教习军，要凭组织与领导。典型事例入选精，能动人处是逼真。为使观摩得启发，果然众志可成城。请君多看秧歌舞，请君多听秧歌谱。拥军拥政更爱民，霓裳羽衣何足数。霓裳曲只悦君王，独乐荒政隳纪纲。何如秧歌通俗又雅观，大众化者百姓欢。君不见边区鼓乐响阗阗，丰衣足食过新年。又不见世界纳粹如山倒，无产阶级抬头了。普天同庆齐欢笑，明年秧歌更热闹。更热闹，诩政教。①

该诗有近 500 字，表面上看是在歌咏秧歌舞，无关大局，实则不然。该诗既把秧歌舞与人民群众翻身解放做主人联系在一起，又认为秧歌舞体现了中国共产党的文艺政策，即"文艺面向工农

---

① 李石涵编：《怀安诗社诗选》，陕西人民出版社 1980 年版，第 44—45 页。

兵"，为工农兵服务，为人民大众服务。同时，人民群众通过秧歌舞，放松了自我，得到了欢娱，又"拥军拥政更爱民"，故秧歌舞比起只能取悦君王的"霓裳羽衣舞"，高明了何止百倍、千倍！同时，边区人民扭秧歌，欢欢乐乐过新年，又是在第二次世界大战胜利结束、无产阶级"抬头"的1945年底，意义更是非凡。最后，诗人展望美好未来，充满了无限的崇敬之情。而该诗既是歌咏秧歌舞，则免不了对秧歌舞的描绘。而这个描绘又是如此真切、细腻、逼真，富有生活气息。说明诗人并非一个旁观者，本身也应该是参与舞蹈秧歌的一员。这与以"旁观者"身份写诗，确有天壤之别。

此外，李木庵还有一些词作和一些民歌民谣等，词如《沁园春·延水识荆》、《延安新竹枝词》二十三首、《纺纱词》五首、《纺毛词》四首等，民歌民谣如前面提及的《延安思》《战旱谣》等。平心而论，李木庵的这些作品，在艺术表现上是较为逊色的。尽管如此，这些作品却也多是立足现实、缘事而发的，其中不乏有所寄托、有所批判的佳作。

第五章 怀安诗社的创作成就之二：谢觉哉研究

谢觉哉是"延安五老"之一，"老"是延安时期对年龄高、资历深、威望大且革命立场坚定者的尊称。续范亭于1942年创作的《延安五老》一诗中，明确把徐特立、吴玉章、谢觉哉、林伯渠、董必武称为"延安五老"。① 而在朱德1942年所作的《游南泥湾》一诗中，则把自己与徐特立、谢觉哉、吴玉章、续范亭并称"五老"，但并没有明确说是"延安五老"。他说："轻车出延安，共载有五老。"② 1979年，中国青年出版社出版《十老诗选》，则又扩充至十人。然而不管是五老还是十老，他们全部都是怀安诗人，且谢觉哉都名列其中。可见在延安时期，谢觉哉具有较高的影响力。下面即以谢觉哉为例，探讨怀安诗社的创作成就。

第一节 谢觉哉生平与怀安诗创作

谢觉哉学名维鋆，字焕南，早年也曾写作焕兰，别号觉斋，辈名泽琛，名号希深。觉哉是在大革命失败后，他转入地下活动时使用的名字，并得到了人们的认同。1884年4月27日（农历四月初三），谢

---

① 《怀安诗选》，人民文学出版社1979年版，第21—24页。
② 李石涵编：《怀安诗社诗选》，陕西人民出版社1980年版，第65页。

觉哉出生于湖南省宁乡县。1971年6月15日，谢觉哉病逝于北京，享年87岁。谢觉哉是晚清秀才，更是一位久经考验的无产阶级革命家、宣传家。同时，他还是中国司法和政权建设理论的创始人和实践者，也是一位较为杰出的杂文家，一位优秀的旧体诗人。总之，他的成就是多方面的。

一 谢觉哉的生平经历

谢觉哉四岁即入家塾，发蒙读书，十一岁时就把"四书五经"都读完了。1899年，谢觉哉与何敦秀结婚。1902年春天，谢觉哉到小金陀馆私塾学习，阅读了大量的中国古典诗词作品和古典名著，并结识了何叔衡、王凌波、姜梦周[①]等。还不到二十岁，谢觉哉就成了乡亲们眼中了不起的"儒者"。1905年（清光绪三十一年），带着父母的期盼和家族的希望，谢觉哉考中了秀才。他也由此成为中国传统科举考试制度下最后一科的秀才，尽管他自己对考秀才一事颇有不满，但这毕竟是他走向社会的开端。

1906年，谢觉哉做了一个教馆的塾师。1908年，谢觉哉不再做塾师，决定跟随岳父学习中医。但在行医的过程中，他充分感觉到"社会的病大于人体自身的病"，[②] 于是决定放弃学医。1910年春天，谢觉哉再次开始了教书生涯，在安化县培婴学校担任国文与历史课教员。培婴学校主张新学，其校长接触过同盟会会员，有强烈的反清思想。谢觉哉在这里深受影响，对时局予以了较多的关注。

1911年，谢觉哉到了长沙，考入了湖南商业教员讲习所。此时，他对新学产生了浓厚的兴趣，阅读了大量的中外进步书籍，并逐渐转变为一名新文化战士。1913年7月，谢觉哉以优异的成绩从湖南商业专科学校毕业。随后，应姜梦周校长之邀，到宁乡县云山学校担任训导主任，并兼任国文、历史、地理课教员，一直到1925年才最终离开

---

① 笔者注：他们四人，后来合称"宁乡四髯"。
② 《谢觉哉传》编写组编：《谢觉哉传》，人民出版社1984年版，第12页。

云山。在此期间，1920年8月，谢觉哉曾应何叔衡之约到长沙主编《湖南通俗报》，并认识了毛泽东。1921年1月，谢觉哉加入了新民学会。1923年底前后，加入了国民党。1925年，由何叔衡、姜梦周介绍，加入了中国共产党。同年，谢觉哉到中共湘区委员会培育革命人才的长沙湘江中学任教。

1927年冬，谢觉哉到了武汉，同徐特立一起编印《大江报》。不久，谢觉哉又到了上海，负责主编党中央刊物《红旗》和《上海报》。这一时期，他写了很多文章揭露蒋介石的反动面目，鼓舞革命者同反动派做坚决的斗争。1931年秋，谢觉哉到了湘鄂西苏区，任省委政治秘书长，并兼文化部副部长。1933年，谢觉哉被调到中央苏区，先任毛泽东同志的秘书，后任中央工农民主政府秘书长，其后，又参加了长征。

1935年，红军到达陕北后，谢觉哉历任中央政府西北办事处内务部长、秘书长、司法部长，代理最高人民法院院长、审计委员会主席等职。1939年2月，谢觉哉任中共中央党校副校长。1940年10月，党中央成立了陕甘宁边区中央局，谢觉哉调任中央局副书记，兼任陕甘宁边区政府秘书长。1941年9月，谢觉哉调到陕甘宁边区参议会工作，稍后当选副议长，并一直任职到1947年春撤离延安。1945年11月，陕甘宁边区政府成立宪法研究会，谢觉哉、李木庵等七人为宪法起草人，其中谢觉哉为负责人。1946年6月，在宪法研究会基础上，成立了中央法律问题研究委员会，谢觉哉任主任委员。

1947年3月7日，谢觉哉离开延安；3月22日，辗转到达了山西临县的后甘泉村。12月7日，谢觉哉参加了中央在陕北米脂县杨家沟召开的中央工作会议。1948年4月7日，谢觉哉离开后甘泉村，前往河北西柏坡。8月，谢觉哉担任华北人民政府委员兼司法部部长。1949年2月，谢觉哉到达北京。8月，谢觉哉出任新中国第一所政法大学——中国政法大学校长。10月1日，谢觉哉登上天安门城楼，参加了开国大典。

1949年10月19日，中央人民政府委员会第三次会议任命谢觉哉为中华人民共和国政务院委员、中央人民政府内务部部长、中央人民政府法制委员会委员、政务院政治法律委员会委员等。1956年5月14日，谢觉哉从北京出发赶赴延安视察。1959年4月，谢觉哉被选为最高人民法院院长。1964年底1965年初，谢觉哉当选全国政协副主席。1971年6月15日，谢觉哉病逝于北京。董必武挽词道："长征老战士，文革病诗人。"[①]

二 谢觉哉怀安诗创作概述

从上文可知，谢觉哉一生是革命的一生，是为人民大众努力奋斗的一生。正如怀安诗人钱来苏在《怀安诸老·谢觉哉》一诗所评价的那样："曾因救国献身家，又为人群解枻枷。万里归来欣老壮，争求民主造新华。"[②] 而同时，谢觉哉的一生也是异常勤奋的一生。在完成革命工作以及其他政治任务之余，谢觉哉还有着非常丰富的著述，给后人留下了宝贵的精神财富。如马连儒所说："谢觉哉同志一生坚持写日记，共约一百五十万字。一生著述据不完全统计约有一千多篇一百多万字，诗、词、题联一千五百多首。"[③] 的确，其著述的数量是非常大的，样式也是相当丰富的。因而，马连儒认为"他的一生是勤奋的一生，革命的一生，战斗的一生"[④]。而笔者所关注的，是在怀安诗社存续期间，谢觉哉所创作的旧体诗词的情况。

据笔者统计，《怀安诗选》选录怀安诗242首，其中录存谢觉哉诗歌43首，录存数量仅次于李木庵（计有64首）与钱来苏（计有51首）二人。《怀安诗社诗选》共收录怀安诗544首，录存谢觉哉怀安

[①]《谢觉哉传》编写组编：《谢觉哉传》，人民出版社1984年版，第298页。
[②] 李石涵编：《怀安诗社诗选》，陕西人民出版社1980年版，第31页。
[③] 马连儒：《作者简历》，载马连儒注《谢觉哉诗选》，湖南文艺出版社1986年版，第2页。
[④] 马连儒：《作者简历》，载马连儒注《谢觉哉诗选》，湖南文艺出版社1986年版，第2页。

诗作多达75首，也是该诗选录存诗歌第三多的诗人。① 《窑台诗话》录存谢觉哉诗歌37首，多不见于《怀安诗选》与《怀安诗社诗选》。《谢老诗选》收录谢觉哉诗歌242首，其中能够称为怀安诗的有83首。《谢觉哉诗选》收录谢觉哉诗歌403首，其中怀安诗176首。此外，在《谢觉哉日记》中，也录存了其许多的旧体诗词作品，其中怀安诗的数量也较多。仅就以上典籍而论，除去重复，谢觉哉创作的怀安诗至少也有二三百首。综上可知，同李木庵一样，谢觉哉也是怀安诗社中较为多产的诗人之一。

第二节 谢觉哉怀安诗的内容分类

同李木庵一样，谢觉哉怀安诗的主题内容也是多元化的，是相当丰富多彩的。马连儒曾说："透过他的日记、著述、诗词、书信，我们可以看到他历史的步伐、跋涉的征程、力量的源泉、行动的保证。他一生无私、纯洁、磊落、光明。这一切证明，他不愧为一个民族的、时代的、阶级的象征。"② 同样，透过谢觉哉所创作的怀安诗作，我们也能窥一斑而知全豹，看到一个坚定的无产阶级革命家的博大胸襟与高尚情操，领略到其对中国革命事业的高度自信与无限忠诚。为了讨论的方便，笔者不再另外分类，而是计划与探讨李木庵怀安诗主题内容时一样，也暂时把其诗作分为山水风景诗、咏怀抒情诗、生产劳动诗、军政时事诗、学习讨论诗和酬唱赠答诗等几类，然后对每类诗作举例并略作探析。下面，试论析之。

一 山水风景诗

谢觉哉怀安诗中的山水风景诗多是以描写讴歌陕甘宁边区乃至祖

---

① 笔者注：据笔者初步统计，《怀安诗社诗选》录存怀安诗最多的是李木庵，计有122首；其次是钱来苏，计有84首；第三就是谢觉哉，计有75首。
② 马连儒：《谢觉哉评传》，湖南人民出版社1989年版，"后记"第407页。

国大地的自然风光、山水景物为主,并借以抒发诗人的革命情怀,表现革命者的高尚情操与仁爱胸襟。如他的《喜雪》《立寓前看雪口占》《大雪》《出岢岚城地开阔得句》《南泥湾纪行》十二首,《夜起步月》《偶题》(1944.9.6)①《至聂营途中所见》《口占》《访城工部于王家沟》《往三交会陈毅同志途中得句》《游滹沱河畔》等,就是这类诗作。如其《喜雪》诗云:

> 绝似江南雪,初临塞北春。飘来湿帘幕,望去泻琼银。
> 余燠昨宵火,沾花处士巾。天公为涤秽,村市少游人。②

这是一首五言律诗,表现了诗人对延安春雪雪景的喜爱之情。该诗首联就开门见山,说自己没想到塞北的雪竟然和江南的雪一样,也是晶莹有光、水汽氤氲的。它于初春时节降临人间,润泽大地。所谓"春雨贵如油",春天降下的雨雪,都预示着丰收的年景,给人民大众以无限的希望。颔联描写雪景,并紧扣首联所说"江南雪"具有滋润的特点:出句说纷纷扬扬的雪花打湿了帘幕,自然也覆盖了草木与庄稼,大地上的自然万物都得到了滋润;对句说远远望去,飘洒的雪花如同碎玉银粉,山河大地到处都洁白无瑕,风光无限。颈联出句说昨日元宵节的灯火尚有余热,也已经被大雪所覆盖;对句描写人们对春雪的喜爱,写了读书人纷纷走出户外,任那飘雪打湿了头巾,也不愿回到房中去。尾联说在延安的"涤秽日"降下瑞雪,使村市中不少打算外出的人,也都待在了家里。一场大雪,不但为山川河流披上银装,壮丽无比,而且也带来了丰收的希望,表现了人们对于美好生活的憧憬与向往之情。

再如谢觉哉的《出岢岚城地开阔得句》诗云:

> 路直四开阔,轮蹄得得轻。风吹情若醉,雨过野初耕。

---

① 笔者注:因为作者有同题之作,故标注创作时间,以示区分。后同。
② 周振甫、陈新注释:《谢老诗选》,中国青年出版社1980年版,第29页。

第五章 怀安诗社的创作成就之二：谢觉哉研究

左挹层云接，右肩积雪明。广原春日好，宁静不闻声。①

这是一首五言律诗，作于1948年4月16日，书写了诗人轻松愉快的心境，表达了革命即将胜利的喜悦之情。从题目中可知，本诗乃是诗人一行从山西岢岚城出发之后，看到眼前地势开阔，顿觉胸中郁闷之气一扫而空，于是有感而作。首联紧扣题目，说眼前道路笔直，四周平坦，视野开阔，不管是车辆还是马匹，行驶在路面上，都备觉轻快。这里其实暗示了与以前生活环境的对比，在出岢岚城之前，诗人于1947年3月撤离延安之后，转战在陕北以及山西吕梁山区一带时，基本都是在狭窄的山沟里活动，视野受限，心情郁闷。现在忽然看到了广阔的平原，心情之开朗愉快，内心之激动，自然不言而喻。从更深一层来讲，也暗示了中国革命事业的道路越走越开阔，越走越顺畅，并必将取得最后的胜利。颔联与颈联写景，也是在抒发自己愉悦的心情。颔联写道，微风吹来，自己就像喝醉了酒那样，心情畅快无比；雨过天晴，路边的田地正有农民在耕作，一派安居乐业景象。颈联说，向左边看，乃是一望无际的平原；而右边，是高高的山峰，山顶的积雪在阳光下散发着耀眼的银光。在尾联中，诗人直接称赞说，广原的春天真的是非常美好，到处都那么宁静祥和，没有一丝喧嚣杂乱。为什么会如此美好宁静呢？如果这么一问，我们自然明白，原来这里已经是解放区了，百姓早已经没了新中国成立之前背井离乡的痛苦，没有了被压迫剥削的灾难，也没有了水深火热的生活，代之的是自由、平等与快乐，是安居乐业。故该诗虽然以写景为主，但透过景物的表面，我们自然也能够体察到诗人看到中国革命胜利曙光时的快慰与欣喜，感受到那力透纸背的自信与赞美之情。其他如《南泥湾纪行》十二首等诗，也多是写景状物的佳作。因为后文还要提及，此不赘言。

---

① 马连儒注：《谢觉哉诗选》，湖南文艺出版社1986年版，第93页。

二 咏怀抒情诗

谢觉哉怀安诗中的咏怀抒情诗常常以具体事件、具体事物或山水风景等为媒介，抒发个人的情怀，这类诗词言之有物，在情感上也多不落俗套。如其《次韵和木痷诗》《贺周小鼎和希均结婚》《自寿偶成》《春雪》《感旧》《六十自寿》《减字木兰花·发白偶感》《浪淘沙·中秋傅连暲同志五十初度》《瑞鹤仙·喜病起》《有感》（1945.6.6）《乙巳入泮四十年有感》《哭霭英》《太微赠诗依韵率答》《忆云山》《忆内》《次韵答钱太微叟赠诗》《晨起偶动怀乡之感》《得放儿光山来信》等作品，均以咏怀抒情为主。如其《六十自寿》诗云：

> 匆匆六十年，华发压双肩。未肯容颜老，犹争意象鲜。
> 外色形豹变，内蕴旨蝉联。沙与金俱下，荣兼愧未镌。
> 孤才知极直，钻研识弥坚。不羡松乔寿，重研马列篇。
> 放之弥六合，卷也得真筌。战斗涂膏地，操存欲晓天。
> 劝农祈大有，听雨且高眠。待补当年阙，还过日六千。①

六十年一个甲子，六十年一个轮回。孔子云："三十而立，四十而不惑，五十而知天命，六十而耳顺，七十而从心所欲，不逾矩。"②当一个人经历了六十年的风雨岁月，恰好六十整寿的时候，岂能没有感慨？所以在中国古典文学史上，留下了很多六十岁抒情言志的佳作，更何况谢觉哉是一个志向高远的革命家，且兼思想家、文学家，自然有很多话要讲，很多情感要抒发。其《六十自寿》正是借自己六十寿诞这个契机，表达了较为微妙复杂的人生感慨，闪耀着信仰的光辉。该诗是一首五古，开头四句就开门见山，说自己六十岁了，虽然满头

---

① 马连儒注：《谢觉哉诗选》，湖南文艺出版社1986年版，第26页。
② 杨伯峻译注：《论语译注》，中华书局1980年版，第12页。

白发,容颜老去,但却雄心犹在,仍然在文学创作上努力追求新的意象、阐发新的思想,说明了自己人老心不老,表达了自己继续为中国革命事业奋斗的决心。接着四句承上而来,说自己虽然外表改变,但是内在的思想意志坚定如一;在过往的岁月中,自己虽略有所成,但也有不足与缺失,故自己在思想认识上是荣耀与惭愧并存。接下来的八句是全诗的核心所在,诗人说自己不羡慕那些所谓神仙如赤松子、王子乔等的长寿,而是希望趁着余生,努力钻研马列主义著作,提升自己的人生境界,为中国的革命事业继续做出自己微薄的贡献。而"战斗涂膏地,操存欲晓天"堪称全诗的警句,其中既有对中华大地仍战乱不息、民众生存艰难的同情,也有对未来国泰民安、生活美好的憧憬与信心,更有自己甘愿为理想献身的崇高情怀。虽然只有短短十个字,但意蕴丰厚,情感浓烈。该诗最后四句展望未来,希望自己再活二十年;而在这二十年中,自己将会努力改正以前的缺点与不足,以一个更好的状态服务中国的革命事业。诗中虽有"听雨且高眠"的闲雅,但整个基调仍以昂扬奋进为主。

《感旧》一诗作于1943年5月4日,也是典型的咏怀抒情诗。作者在诗序中说明了创作该诗的缘由,因为读了白居易的《感旧》诗,回忆起以前在小金陀馆私塾学习时结交的三位好友:何叔衡、姜梦周、王凌波,他们和作者并称"宁乡四髯",相互之间友情深笃。可惜的是,他们三人为了中国的革命事业,均英年早逝。其中何叔衡是被国民党反动派杀害的,姜梦周是突围时战斗牺牲的,王凌波是生病而去世的,作者思之"凄然",故作该诗。该诗是一首七古,采用了分总结构展开叙述。诗歌首先分别对姜梦周、何叔衡、王凌波的人品才华进行了充分的肯定,并对他们的英年早逝深感惋惜和痛悼。接着,诗人追昔抚今,想到少年时的好友只剩下了自己,且已年迈体衰,不由感慨莫名。最后,诗人认为他的好友并没有白白牺牲,正是他们的英勇奋斗和无畏献身,才为中国革命事业的顺利发展奠定了坚实的基础,才使人民大众看到了希望和光明,所谓"前仆一兮后起百,伫看旷宇生光辉",① 就是这个意思。该诗感情深厚真挚,虽思念亡友但并不沉浸于凄凉悲伤,而是能够宕开去,让读者收获憧憬与希冀,迥异于传统悼亡诗的情感表达,堪称革命者悼念朋友的上乘之作。

三 军政时事诗

在中国古典诗词批评史上,一般都是持有诗庄词媚观念的,即多用诗歌来抒情言志,描写重大题材,故诗歌显得较为庄重;而词则更多用来抒发个人的隐秘情怀,描写风花雪月、伤春悲秋等内容,偏重于娱乐、消遣。但是这种观念,从苏轼等开始则发生了重大转变。如苏轼以诗为词,扩大了词的书写内容,拓展了词境,词体就变得无事不可入,无情不可表现,一改"词媚"之风气。但是苏轼的观点虽然在当时以及后世都产生了很大的影响,却并没有得到时人与后人普遍的认可,反而遭到较多的批判,以至于明清以来,诗庄词媚的传统观念仍然占据着主流地位。怀安诗人能够打破传统观念的束缚,继承发扬了苏轼以来"以诗为词"的书写传统,以词描写军政时事,体现了革命家大无畏的精神状态。其中,谢觉哉、李木庵、陈毅等,均是其中较为突出的代表。谢觉哉作于1943年的《浣溪沙·卖尽江山犹恨少》二首,便是典型的例子。为了更好地分析鉴赏,现把这两首词转录于下:

其一
以地事敌敌不饱,辽沈察冀早送了,犹斥催战论太早。
十年内战作虎伥,两面外交入狼抱,卖掉江山已不少。
其二
抗战六年总检讨,内政不修战力小,蒋汪关系颇微妙。
大军西撤压边区,似为边区治太好,"卖尽江山犹恨少"。②

---

① 马连儒注:《谢觉哉诗选》,湖南文艺出版社1986年版,第27页。
② 周振甫、陈新注释:《谢老诗选》,中国青年出版社1980年版,第13页。

这两首词以当时国内军政大事为题材，尖锐而深刻地批判了国民党反动派"消极抗日、积极反共"的卖国政策。作者创作该词的1943年，是世界反法西斯战争发生转折的前夕，国际势力对此都有很深的感受，故日本帝国主义为摆脱困境，加紧了对国民党反动派诱降的步伐。蒋介石集团亦心领神会，故一方面和汪精卫集团勾勾搭搭，一方面发动了第三次反共高潮，不但调集军队围攻陕甘宁边区，而且展开了炮击，甚至计划夺取延安。正是在这种背景下，诗人阅读了郑板桥的《念奴娇·金陵怀古十二首·弘光》词后，有感而作。在其一中，诗人精当地指出，"以地事敌敌不饱"，因为敌人是贪婪的，是永远不会满足的，国民党反动派把国家神圣的领土送给日本侵略者，送得再多，侵略者也不会满足，只会提出更大的要求。所以国民党"攘外必先安内"的做法，实际上是为虎作伥。故其白白送了辽沈察冀给敌人，"卖掉江山"只能是引起侵略者更大的贪婪。其二揭示抗战全面爆发六年来，国民党反动派内政不修、战力弱小的原因，那是因为其政治外交上的原则性错误。国民党反动派不思反击入侵的外敌，反而和外敌一起绞杀国内的革命力量，这注定了他们之间既相互勾结、相互利用，同时又相互提防、相互斗争的关系，而这种关系则注定了其必然失败的结局。故其"卖尽江山犹恨少"，但是卖掉再多的土地也没有用，因为侵略者是贪得无厌的，是永远不会满足的。这两首词从根本上揭示了国民党反动派的短视与愚昧，揭露了其政策性的失误，同时也对其资敌卖国的行径进行了无情的批判。

其他如《满庭芳·读板桥词有感》《满江红·闻日寇窜宁乡》二首、《西江月·无题》《清平乐·听陈云同志报告有感》《菩萨蛮·野三坡》《浪淘沙·送陈皇英同志南征》《沁园春·食报》《水龙吟·次韵答曙时同志赠词》等词作，均是谢觉哉以诗为词表现重大题材的作品。至于运用诗歌描写军政时事题材，阐发个人对时局的见解，谢觉哉更是驾轻就熟。如其《抗日战争胜利》《喜收复延安》《看大儿廉伯自蒋管区来信》《挽杜斌丞先生》《贻祸》二首、《书事》《赤极左危害》四首、《次韵李丹老诗》三首、《白黑蛉子》《欢迎董老》《感成》二首等,均是这样的诗作。如《白黑蛉子》一诗,乃是因为作者身上生了疮,认为是白蛉子或者黑蛉子叮咬导致的,于是有感而发创作了该诗。诗歌从蛉子体小飞起来没有声响写起,说它们常常会冷不防袭击人们,而且嘴巴尖尖,很快就能得口,并且被它们叮咬后,伤处便会化脓成疮,后果相当严重。后面四句评价说:"惯于放暗箭,不敢耍明枪。特务而宵小,阴狠两擅长。"① 这是在说蛉子,更是把批判的矛头对准了国民党反动派的特务们,说他们像蛉子一样,阴险歹毒,惯于躲藏在暗处搞破坏。该诗虽然表面上是在咏物,实则是一首讽刺诗,故可以划入军政时事诗中。其他同类诗作也常是借题发挥,涉及了军政时事的题材内容,此不赘言。

四 学习讨论诗

如前所述,学习讨论诗是怀安诗人们在提高个人思想觉悟、品德修养,在学习马列著作与党的方针政策文件等活动中,有感而发的一些诗作,并在《怀安诗社诗选》中单列为一类。如谢觉哉的《在范亭处谈毛主席的思想方法》《纪念"七一"徐老讲从群众中来到群众中去》《记毛主席谈话》《与钱老论新旧体诗》二首、《枕上得句》三首、《偶成》等诗,就都可以划归到此类中去。如其《在范亭处谈毛主席的思想方法》一诗,就是作者在另一位怀安诗人续范亭的住处,讨论起毛泽东哲学的思想方法,深有感触,于是发而为诗云:

> 道在不沾亦不脱,思能入旧又全新。万流争赴虚如海,一镜高悬净不尘。
>
> 践实体诚非别术,沉机观变竟通神。公余一卷延园静,又是梨花压葛巾。②

---

① 马连儒注:《谢觉哉诗选》,湖南文艺出版社1986年版,第40页。
② 马连儒注:《谢觉哉诗选》,湖南文艺出版社1986年版,第54页。

第五章 怀安诗社的创作成就之二：谢觉哉研究

这是一首典型的学习讨论诗，从诗题中即可明确看出。该诗首联概括了毛泽东思想的特点，其实也是一切真理的特征：毛泽东思想来源于社会现象与自然万物，是对社会现象与自然万物的总结概括，既不牵扯任何具体事物，也不会遗漏任何事物；其思想从旧的思想（即传统思想）发展演变而来，同时又展现出全新的面貌。颔联用了两个比喻，既是对毛泽东思想的解说，也是赞誉。诗人认为，毛泽东思想博大如海，容纳万千支流，是讲其思想的包容性、一般性、规律性；同时又明亮如镜，高悬空中，则是讲其思想的精微与高深。颈联出句说毛泽东思想来源于社会实践，同时又能影响并指导社会的发展；对句说其既是一般规律，也实事求是，能够根据事物的变化，具体问题具体分析，故掌握了毛泽东思想的人，便有如神助，在复杂多变的社会中游刃有余。尾联以写景结束，给读者留下了广阔的思考空间。全诗阐述了作者对毛泽东思想的体悟，由于运用了比喻、写景等方式，故显得生动、活泼，没有流于一般哲理诗的生涩、枯燥，别有一番趣味。

再如谢觉哉的《枕上得句》三首，也是学习讨论类的诗作。第一首重点阐发了人们学习能够获得进步的方法，那就是虚心，所谓"何物挡君前进路，最难二字是虚心"。[①] 人们多有成见，常常会根据自己的生活经验来判断，这严重阻碍了学习的效果；只有抛弃个人的偏见，努力接受不同的思想、观点，才能清除提升思想认识道路上的拦路虎，真正有所提高，有所成就。第二首讲了人们相互理解、相互接受的困难，前两句说要想知道对方接受你的思想的成效，既要看具体是何事，还要看接受的具体对象，更要看他接受的态度是怎样的。是虚心接受，还是阳奉阴违，最后两句说世间真知很少，相互之间接受起来非常困难，所谓"是非全面真知少，话不投机半句多"。[②] 为什么会"话不投机"呢？还是因为人们之间存在成见、偏见，和自己相同或相近的思

---

① 马连儒注：《谢觉哉诗选》，湖南文艺出版社 1986 年版，第 67 页。
② 马连儒注：《谢觉哉诗选》，湖南文艺出版社 1986 年版，第 68 页。

想、观点，就容易接受，而和自己相左的思想、观点，则不愿听取，更不愿意接受，才会导致这样的结果。第三首首句就化用《尚书》的话语"人心惟危，道心惟微，惟精惟一，允执厥中"，① 大意是说人心是复杂的，变化莫测的，甚至是险恶的；而道心是精深微妙的，是很难把握的。只有专心致志，精诚钻研，并保持中道，才能有所体悟而不至于偏离大道。这里虽然表面上是就一般意义上的思想道理而言，其实是谢觉哉学习讨论过程中的真实感受。毕竟，社会现象是复杂多变的，思想认识也是不断进步的。如其所说"竹号中空仍有节，棕径外剖始无皮"，② 竹子虽然号称中空，但是在竹节之处，仍然是实的，故说其中空，并不完全准确；一般的树木都有外皮，而棕榈树树干最外面则包裹着一层毛状的东西，把这些毛状物剥掉，则会再长出来，故可以说棕树无皮。由此可知，世间事物是很复杂的，有些常识性的东西，未必就符合事实。再如其《纪念"七一"徐老讲从群众中来到群众中去》一诗，也是此类作品。该诗是诗人参加纪念"七一"建党庆祝活动时，听了另一位怀安诗人徐特立关于群众工作的讲话，很有启发，于是就创作了该诗。该诗语言风趣通俗，晓畅易懂，自不用笔者饶舌分析。

五 酬唱赠答诗

如前所说，酬唱赠答诗这类诗作与前面几类在划分的标准上并不一致，但是为了讨论的方便，且该类诗在《怀安诗社诗选》中也被专门设为一类，故略作探析。如谢觉哉的《次韵和木痷诗》《次韵答辟安》《答瑾玎》《次瑾玎吊凌波韵》《古历二月十五日林老伯渠生日寿诗》二首、《读林老自寿诗奉答》《夜次韵答林老见赠之作》《再答林老》《阅林老和诗迭韵答》《答林老题〈什么集〉》二首、《赠王书义》《和木痷病起》《太微赠诗依韵率答》《答木痷》《和林老自寿诗次韵》

---

① 冀昀主编：《尚书》，线装书局2007年版，第20页。
② 马连儒注：《谢觉哉诗选》，湖南文艺出版社1986年版，第68页。

《得木痷信,知林诗已自易数句,赓韵再贺》《生日依韵酬林老见赠之作》《次韵答钱太微叟赠诗》《次韵李丹老诗》三首等作品,从诗题上就能看出其创作的背景或赠予的对象等,自可归入酬唱赠答诗中。而如果从主题内容上来分析,则亦不外乎咏怀抒情,或抒发革命情怀,或表现军政时事,或讴歌赞颂,或揭露讽刺,不一而足。如谢觉哉 1945 年 3 月 22 日创作的《太微赠诗依韵率答》一诗,从诗题上看,毫无疑问属于酬唱赠答诗;如果细读其内容,发现其也可归入军政时事诗中;同时,诗人又借以抒怀,抒发了老骥伏枥、革命必胜的豪情,故也可以看作咏怀抒情诗。总而言之,笔者对于谢觉哉怀安诗的分类,仅是为了讨论的方便而展开的,并非一成不变的。故看到有些作品可以归入其中的两类甚至三类中去,也不必惊讶乃至发出质疑,此请读者见谅。

通过对谢觉哉诗歌在题材内容上的梳理,发现其与李木庵相比,题材内容上虽大体相同,但也颇有差异,这个差异主要是在"生产劳动诗"上。如前所说,李木庵的生产劳动诗很有特点,也有较多著名的作品,如《开荒曲》两首、《纺毛词》四首、《纺纱词》五首等。这些作品,多以一个普通劳动者的视角切入,充分表达了劳动者的感受,在中国诗歌史上意义重大。但是在谢觉哉的诗歌中,却很少触及生产劳动的内容。偶有一些作品涉及乡村、田园或者劳动生活,也多是以一个高高在上的鉴赏者身份来创作,没有触及劳动者内心的感受以及心理活动。平心而论,在这一点上,谢觉哉比起李木庵来颇有不如。如其《阳湾小住》一诗云:"野树密藏雉,荒溪清不鱼。黍粱蔬果稻,高下绿齐铺。水远逶迤溉,苗疏次第锄。饱余无所事,陇畔立斯须。"① 该诗前六句写景,纯是以一个欣赏者的角度来观察;最后两句更是暴露了自己的立场,说自己吃饱喝足无所事事,就在田间地头站上一会儿。这固然表现了南泥湾建设所取得的巨大成就,能够让人们

---

① 马连儒注:《谢觉哉诗选》,湖南文艺出版社 1986 年版,第 34 页。

丰衣足食；但是作者与劳动者之间的距离与隔阂，也是很明显的，因为那些劳动成果，并不是诗人自己参与创造的，诗人自己既不是参与者、创造者，甚至不是见证者，最多算是一位旁观者。再如其《寄内·调寄望江南》四首，也是这样的作品。该组词以思念妻子为主题，描写了优美的田园风光，其中第三首涉及了一些生产劳动的内容，该词云："家乡好，婆婆一人居。庭前烧锅兼扫地，园里扯草又割蔬。喂只大肥猪。"① 该词叙及了五种不同的劳动生活，即烧锅、扫地、扯草、割蔬、喂猪，这些劳动场景，是农村最常见的，也是很难引起人们注意的；但是，当作者把它们写进词中，则具有重大的象征意义，它们把作者对妻子的思念，对妻子日常劳动生活的追忆，一一呈现在读者面前，使该词生活气息浓厚，很接地气。可是，该词仅是表现了词人对妻子（即劳动者）的思念，对家乡的怀恋，而妻子（即劳动者）本人的思想情感以及心理活动，则没有进行丝毫的正面描写。故在这些词中，作者虽然也描写了劳动生活，表达对劳动者的赞赏，但作者自己却仅仅是一个旁观者而已。

第三节　谢觉哉怀安诗的艺术贡献

谢觉哉在《依韵奉酬李木老见示之作》一诗中曾谦虚地说："钱如工部多忠愤，李似昌黎更苦思。中兴诗韵非余事，珍重山沟笔两枝。"② 大意是说，怀安诗人钱来苏如同杜甫，多忠君爱国之情；社长李木庵则酷似韩愈，多苦吟锤炼之作；故振兴怀安诗社的诗词大业自有李木庵和钱来苏二位诗人来践行，自己与他们相比还差得很远。其实，我们知道，谢觉哉诗才敏捷，出口成章，常常口占作诗，如其《立寓前看雪口占》、《口号八句》、《昨夜偶然想到白坚枕上口占》三首、《口占》、《枕上口占》二首等，均是在怀安诗社存续期间、即兴

---

① 《解放日报》1941年10月16日第4版，署名焕南。
② 《怀安诗选》，人民文学出版社1979年版，第133页。

而作的诗作。且更为重要的是,谢觉哉作为怀安诗社的发起人之一,不但创作了二三百首怀安诗作,而且主题内容丰富多样,并展现出了较高的艺术水准,在怀安诗社中有着举足轻重的地位。下面结合其作品,试论析其在艺术上的突出贡献。

一 语言风格多样化,有大家风范

如前所述,谢觉哉一生非常勤奋,共创作了1500多首诗词、题联。而在怀安诗社存续期间,他创作的旧体诗词也有二三百首之多。这些作品在语言风格上丰富多彩,表现了一个诗词大家的艺术风范。众所周知,历史上的诗词大家,虽然常以某种风格著称,实际上他们的艺术风格都是多样化的,而非单一的。如唐代大诗人、号称"诗仙"的李白,一般认为其诗风豪放飘逸,其实他也有清新俊秀、真率纯美,乃至沉郁顿挫的一面,只是这类作品很少而已;如唐代大诗人、号称"诗圣""诗史"的杜甫,多评价其诗沉郁顿挫,其实他也有萧散自然、清新明丽,乃至豪放爽朗等风格的作品;再如宋代大文豪苏轼,一般认为其是豪放派词人的突出代表,但其实苏轼的婉约词数量更多,成就也非常突出;再如宋代著名女词人李清照,虽然被尊为婉约词的正宗,其实她也有偏重于豪放风格的词作。总之,真正的诗词大家,其艺术风格都绝非单一的。而谢觉哉、李木庵等怀安诗人,也均能够做到这一点,颇有中国古代诗词大家的风范。

钱来苏在《回忆延安》六首其六中曾对怀安诗社的几位诗人做出过评价,他说:"诗圣流风杜甫川,文章星斗耀延安。元勋朱董饶雄健,谢老精奇李谨严。"[①] 其中,他认为谢觉哉诗歌以精微奇妙著称,自非虚言。如谢觉哉1942年9月创作的《次凌波遗韵》二首,正是其典雅精工、辞采华美风格之代表,赞一句"精微奇妙",亦颇允当。如其一云:

---

① 钱家楣选编,隗苪注释:《钱来苏诗选》,时代文艺出版社1985年版,第122页。

小金陀馆集群仙,白帽轻衫最少年。谊是难兄与难弟,分无王后与卢前。

读书中夜刘琨舞,揽辔长途范滂前。四十二年交谊重,人如可赎岂论钱。①

作为一首七言律诗,该诗对仗工整、辞藻富丽自不待言,而其化用前人语典、事典为我所用,自然成文,也甚为巧妙。该诗短短八句,至少使用了六个典故。尤其中间两联,句句用典。如颔联出句化用《世说新语》陈元方与陈季方"难兄难弟"的典故,说自己与王凌波情同兄弟,不分彼此;对句化用《旧唐书》中载录"初唐四杰"之一的杨炯"愧在卢(指卢照邻)前,耻居王(指王勃)后"的话语,表明他们均才华出众,难分高下。颈联出句化用《晋书》记载祖逖与刘琨"闻鸡起舞"之事,描述了王凌波的发愤图强、自强不息;对句化用《后汉书》范滂"登车揽辔,慨然有澄清天下之志"的事迹,说明王凌波年轻时就志向远大,很有抱负和理想。如此密集地运用典故,既能完美契合自己的叙事言志,又无牵强附会、生搬硬套之感,足见诗人高超的艺术表现功力。与此相近,《次凌波遗韵》其二在用典上也颇具匠心,该诗云:

海仇山恨累年年,誓做人豪不做仙。学得屠龙才待用,惯于履虎气无前。

横流共击祖生楫,避难曾分鲍叔钱。我已鬓霜君又死,天涯垂泪哭乡贤。②

和其一一样,该诗中间两联也是句句用典。其中,颔联出句反用《庄子》中朱泙漫学习屠龙术之事,认为王凌波身具高超的技艺与才

---

① 周振甫、陈新注释:《谢老诗选》,中国青年出版社1980年版,第11页。
② 周振甫、陈新注释:《谢老诗选》,中国青年出版社1980年版,第11页。

第五章 怀安诗社的创作成就之二：谢觉哉研究

能；对句化用《周易》"履虎尾"语描写环境险恶，而王凌波能敢于与敌人斗争，勇气可嘉。颈联出句化用《晋书》祖逖"中流击楫"事迹，对句化用《史记》管仲与鲍叔经商分钱之事，说明诗人与王凌波不仅有共同的理想抱负，而且双方情谊深厚，堪称知己。再如《次韵答辟安》诗的颈联"越石宵中舞，灵均泽畔吟"[1]，《次瑾玎吊凌波韵》一首的颔联"苏武节犹在，君苗砚又焚"[2]，《再叠前韵寄瑾玎》的颔联"伏波老去身弥健，苏武归来志益坚"[3]，等等诗句，都是这样风格的作品，无须饶舌。

与此相对应，谢觉哉也有大量语言上通俗浅近、明白晓畅的诗词作品，这体现了诗人也具有不同于"精微奇妙"特点的另一种艺术风格。如其《寄内·调寄望江南》四首、《朵朵红云直向东》八首、《夜起步月》、《大雪》、《记毛主席谈话》、《游滹沱河畔》、《纪念"七一"徐老讲从群众中来到群众中去》等，均是如此。其《寄内·调寄望江南》四首云：

家乡好，屋小入山深。河里水清堪洗脚，门前树大好遮阴。六月冷如冰。

家乡好，吃得十分香。腊肉干鱼煎豆腐，细茶甜酒嫩盐姜。擦菜打清汤。

家乡好，婆婆一人居。庭前烧锅兼扫地，园里扯草又割蔬。喂只大肥猪。

家乡好，何日整归鞭。革命已成容我懒，田园无恙仗妻贤。过过太平年。[4]

---

[1] 马连儒注：《谢觉哉诗选》，湖南文艺出版社1986年版，第15页。
[2] 马连儒注：《谢觉哉诗选》，湖南文艺出版社1986年版，第20页。
[3] 马连儒注：《谢觉哉诗选》，湖南文艺出版社1986年版，第69页。
[4] 《解放日报》1941年10月16日第4版，署名焕南。

该组词不饰用典，不加雕琢，语言朴素自然，明白如话，仿佛直接从胸肺中流出。即使对于今天的一般读者而言，也几乎没有任何语言文字方面的障碍。但是作者那对妻子深深的思念之情，对家乡的拳拳之意，却力透纸背，使朴素的语言具有较为强大的艺术表现力，体现了作者驾驭语言文字的高超能力。虽然这类诗词在谢觉哉的怀安诗中也占有较大比例，但因为浅近易懂，故笔者亦不再赘述。

二　主题鲜明突出，寄寓深刻

作为一个有着坚定信仰的无产阶级革命家，谢觉哉的文学创作与其为人处世一样，均能深深植根于中国的社会现实与中国的革命事业之中。故而其怀安诗作内容充实，主题鲜明突出，不发空言，不做无病之呻吟，而多针砭时事，言之有物，寄寓情怀，发人深省。其诗作或抒情言志，体现自己的人生理想，或赞颂中国革命事业，表达革命必胜的信念，或揭露批判敌人的罪恶，表现自己爱憎分明的阶级立场。总之，谢觉哉的怀安诗立足于社会现实，折射出了现实主义的创作态度与创作方法。如上文提及的《寄内·调寄望江南》四首，虽然语言明白如话，但其蕴含的感情却异常深厚，所表达的主题也非常明确；而如《次凌波遗韵》二首，虽辞采华美，精工典雅，在艺术风格上迥异于《寄内·调寄望江南》四首，但其用情之深厚，主题之突出，与《寄内·调寄望江南》四首亦无二致。再如其《次林老诗韵奉酬木庵老见示之作》云：

　　战侣三停剩一停，河山破碎鬓星星。
　　长风揽辔心犹壮，净土埋忠骨亦馨。
　　菱镜十年惊改影，莱衣万里效趋庭。
　　乡愁国恨心头积，拟向灵修乞永龄。[①]

---

① 李石涵编：《怀安诗社诗选》，陕西人民出版社1980年版，第16—17页。

第五章 怀安诗社的创作成就之二：谢觉哉研究

　　该诗题目中云"次林老诗韵"，乃是依据林伯渠在怀安诗社成立时即席创作的两首诗（五律、七律各一首）中的七律原韵而作。林伯渠的这两首诗堪称怀安诗社的首唱，且主题明确，风格独特，艺术成就较高，故怀安诗人唱和者甚多，而谢觉哉的这首唱和诗就是其中较为出色的作品。该诗首联出句说战友牺牲了 2/3，只剩下了 1/3 还在继续战斗，可见战争之残酷到了何等地步！亦可见诗人内心是何等的伤痛！对句说由于外族（即日寇）入侵，导致国家残破，人民大众生活在水深火热之中，而诗人等老一辈无产阶级革命家忧心国难，救亡图存，不怕牺牲，不辞辛劳，一个个都鬓发花白，该句表达了诗人的拳拳爱国之心，殷殷忧国之意。颔联出句化用《南史·宗悫传》宗悫语"愿乘长风破万里浪"与《后汉书·范滂传》范滂"登车揽辔，慨然有澄清天下之志"的典故，表达了活着的人们没有被苦难与危险吓倒，仍然斗志昂扬；对句则对牺牲的先烈们表达了自己的尊敬与敬仰之情，认为他们必将流芳百世，为后人所铭记。在颈联中，诗人曾分别自注云："山妻信惊我须鬓全白。"[①] "放儿自故里来。"[②] 说明该联出句写自己容颜衰老，对句写儿子从故乡来到延安，侍奉在自己身边。尾联出句总结全诗内容，以"国恨乡愁"说明了自己过早衰老的原因；对句展望未来，希望神灵（即灵修）能够让自己活得久一些，这样自己就可以勠力于国恨家仇，同敌人斗争到底，直至敌人彻底败亡。该诗虽是唱和之作，但其中忧国忧民、尽忠国事的情感却异常浓烈，给读者留下了深刻的印象。

　　如果说《次林老诗韵奉酬木庵老见示之作》是正面抒发诗人的情怀抱负，那么《满庭芳·读板桥词有感》、《满江红·闻日寇窜宁乡》二首，以及前文提及的《浣溪沙·卖尽江山犹恨少》二首、《白黑蛉子》等，则是在揭露批判国民党反动派与日寇侵华罪恶的基础上，表达自己的爱国之情与忧民之意。如谢觉哉的《满江红·闻日寇窜宁

---

① 《谢觉哉日记》（上），人民出版社 1984 年版，第 338 页。
② 《谢觉哉日记》（上），人民出版社 1984 年版，第 338 页。

乡》二首其一云：

> 我梦家乡，便想到家乡梦我。第一是众老乡亲，两眉深锁。雏孙想象阿公容，大儿恐亦二毛可。更开门七字柴米盐，不易举。
> 多少人，冻与饿；又遭上，大兵火。看大沩岭东，回龙铺左。豪吏缚民如缚鸡，将军避敌如避虎。老乡们挽着老和幼，何处躲？①

如前所述，该词是谢觉哉以诗为词、表现重大题材的代表作之一。词的上片，从自己对故乡的思念写起。当词人得知暴虐的日寇侵略到家乡，对家乡的怀念，对家乡人民大众安危的担忧，使他不由自主地便忧心如焚。想一想，家乡的父老乡亲，赤手空拳，手无寸铁，面对全副武装的日本侵略者，都眉头紧锁，不知所措。本来，在国民党反动派的黑暗统治下，他们能够生存下来就已经很不容易了，日常的柴米油盐酱醋茶，已使他们异常艰难，不知道有多少人被冻死、饿死。然而更加不幸的是，他们又遭遇了侵略战争，亲身经历战火的荼毒。看看故乡的大地，到处都是妻离子散、家破人亡的惨象。本来应该保护他们的国民党将领以及地方豪强势力，却畏敌如虎，一听到日寇的消息就望风而逃，有的甚至到处抓捕百姓。在这种状况下，广大扶老携幼的乡亲，到底去哪里躲藏呢？何处才能有一方净土，让他们安居乐业？如果说这首词主要从人民大众的痛苦灾难一面来表现，那么，其二则重点表达了人民大众的抗争精神。其中"中国若亡，'除非湖南人尽死'""湖南官，胆如鼠；湖南民，气腾虎"②几句，就把湖南人民不屈不挠、勇于抗争的精神淋漓尽致地表现了出来，且从中亦可看出词人坚持革命斗争，并坚信中国革命必将获得最终胜利的理想信念。

---

① 马连儒注：《谢觉哉诗选》，湖南文艺出版社1986年版，第32页。
② 马连儒注：《谢觉哉诗选》，湖南文艺出版社1986年版，第33页。

三　运用多种修辞手法，异彩纷呈

中国古典诗词中有许多成熟有效的艺术表现手法，它们既极大地提高了诗词的艺术表现力，同时也使诗词丰富多彩，缤纷灿烂，具有令人目不暇接的艺术美。如从《诗经》就开启的赋、比、兴的艺术表现手法，从屈原等的《楚辞》中所开启的香草美人的比兴、象征手法，再如古典诗词常用的比喻、用典、对比、夸张等的修辞方法，都能不同程度地提升诗词的艺术水准。为了讨论的方便，下面结合谢觉哉的怀安诗作，仅从修辞手法的角度作简单论析。

首先，谢觉哉的怀安诗词，常常运用比喻的修辞方法增加表达效果。如《满江红·闻日寇窜宁乡》二首其二云："湖南官，胆如鼠；湖南民，气腾虎。"① 这里把湖南的国民党官员比作老鼠，形象地写出了他们胆小如鼠、畏敌惧敌之情状；同时把湖南人民比作老虎，写出了他们面对侵略者无所畏惧、勇于反抗的精神。这几句词既有比喻，也有对比，既真实贴切，入木三分，又尖锐辛辣，毫不留情，富有极高的艺术表现力。再如《悼毛泽民、陈潭秋二同志》中的诗句："天际明如火，寰中乱似糜。"② 其中既有两处明确的比喻，又形象地写出了当时混乱不堪的国内环境，点出了毛泽民、陈潭秋同志牺牲的背景，并为他们的牺牲惋惜不已。又如《挽任作民同志骈》说："心如石，气如虹，入水不濡，入火不热。"③ 用比喻的手法，形象地写出了任作民同志革命意志坚如铁石，斗争精神气势如虹的情形。其他如《立寓前看雪口占》《喜雪》等诗中以美玉比喻雪景，《古历二月十五日林老伯渠生日寿诗》中以孤立挺直、不畏霜雪的松树比喻林伯渠的革命节操，《自讼》诗以剥笋、抽纱比喻人们对自己的认识和检讨应逐层深入，《白黑蛉子》诗中以蛉子比喻国民党反动派阴险狡诈的特务，等

---

① 马连儒注：《谢觉哉诗选》，湖南文艺出版社1986年版，第33页。
② 马连儒注：《谢觉哉诗选》，湖南文艺出版社1986年版，第68页。
③ 马连儒注：《谢觉哉诗选》，湖南文艺出版社1986年版，第18页。

等，均形象生动，贴切逼真，给读者留下深刻的印象。

其次，谢觉哉的怀安诗作，也经常借助对比的修辞方法突出表达效果，体现自己鲜明的爱憎态度，如上文提及的《满江红·闻日寇窜宁乡》二首其二中的对比运用。再如《贻祸》二首其一云："吏富民无裤，人穷佛有龛。"① 众所周知，阶级对立、贫富悬殊历来都是造成社会动乱的一大根源，是社会不稳定的主要因素，同时也是许多古典诗词经常表现的一大主题。而谢觉哉的这两句便从这一主题切入，把官吏的富有与人民的贫穷联系在一起，说明人民的贫穷——穷到连裤子都穿不起，正是因为官吏的剥削与欺压，把批判的矛头直接对准了国民党反动派的黑暗统治。对比手法的成功运用，则有力地强化了这一点。再如《次必武同志读来苏集韵》一诗中"新政共建设，旧污付焚燹"②的诗句，把新政权与旧政权对比，认为大家应该勠力同心，共建新的政权；同时把腐朽的旧政权付之一炬，彻底毁灭。再如《满江红·闻日寇窜宁乡》二首其一中的"豪吏缚民如缚鸡，将军避敌如避虎"两句，则是既有比喻，又有对比；而如《答钱老拯论新诗二首》其一中的"旧诗古奥识者稀，新诗散漫难上口"，则以对比为主，对此前文均已有所分析，此不赘述。

最后，谢觉哉还经常运用典故，化用前人的事典、语典，使诗词语言精练，言简意赅，同时又意蕴深厚，回味不尽，这也是谢觉哉怀安诗在艺术创作上的一大特色。关于这点，在本节第一点中已经有所涉及，此不重复分析。而如其《欢迎董老》一诗中的"幡然天际云车开，延山延水欢如雷"，③《偶题》（1944.9.5）诗中的"人们应被山灵笑，如此风光住者稀"④ 等诗句，均赋予了自然物以人的情感，运用了拟人的修辞手法，生动活泼，意趣横生。再如其《忆内》诗中的

---

① 马连儒注：《谢觉哉诗选》，湖南文艺出版社 1986 年版，第 39 页。
② 马连儒注：《谢觉哉诗选》，湖南文艺出版社 1986 年版，第 97 页。
③ 马连儒注：《谢觉哉诗选》，湖南文艺出版社 1986 年版，第 45 页。
④ 马连儒注：《谢觉哉诗选》，湖南文艺出版社 1986 年版，第 40 页。

"愁添白发三千丈,路隔蓬莱一万重",① 《抗日战争胜利》诗中的"伏尸流血五千里,尝胆卧薪一百年",② 《无题》诗中的"成仁取义安闲甚,十四年前一瞬间"③ 等诗句,则是使用了夸张的艺术手法。至于对仗的修辞方法,在其五律与七律中俯拾即是,自不必多费唇舌。

四 讲究色彩、布局等,富有画意

中国古典诗词很多都具有诗情画意之美感,这是中国传统诗词具有永久魅力的原因之一。尤其一些优秀的文学家,常常能够打通不同艺术门类之间的樊篱,融合不同艺术门类的表现技巧,使其诗词呈现出独具特色的艺术美。苏轼曾在《书摩诘蓝田烟雨图》中评价说:"味摩诘之诗,诗中有画,观摩诘之画,画中有诗。"④ 虽然这里苏轼是在评价王维的绘画,但其诗中有画、画中有诗的论断,揭示出了诗画相同的现象和道理,历来为人们所重视。中国古代许多伟大的诗人,如陶渊明、谢灵运、王维、孟浩然、苏轼、辛弃疾等,其诗词都具有画意。谢觉哉等怀安诗人学习借鉴了中国古典诗词的优良传统,其怀安诗中的山水风景诗,也多蕴含着体味不尽的画意,下面试探析之。

众所周知,绘画以色彩、光线等为其语言艺术,以表情达意,体现画家的品德、志趣。谢觉哉的怀安诗能够充分调动绘画的这些艺术手段,塑造意境,传达情怀。如其《感赋答国仁》一诗,就充分调动了色彩与光线明暗艺术,该诗云:

女峰螺岭记寻春,竹翠桃红掩映新。
应识殷生昔栽树,难逢向氏旧游人。
长溪鱼跃花飞柳,夹岸莺啼芽绽春。

---

① 马连儒注:《谢觉哉诗选》,湖南文艺出版社1986年版,第48页。
② 马连儒注:《谢觉哉诗选》,湖南文艺出版社1986年版,第62页。
③ 马连儒注:《谢觉哉诗选》,湖南文艺出版社1986年版,第71页。
④ 苏轼:《书摩诘蓝田烟雨图》,载郭绍虞主编《中国历代文论选》(第二册),上海古籍出版社1979年版,第305页。

> 载得东风归故里，青山白发两情亲。①

该诗是一首七律，诗前有小序揭示了主题："阅国仁'来年寿席移乡里'，想起住过十年的云山，何日重游，赋此。"② 诗人年轻时，曾在宁乡县云山学校做了十年的教师，这里给风华正茂的诗人留下了太多美好的回忆。而创作该诗时，诗人离开云山已有二十余年。但是时间并没有磨灭诗人对云山的记忆，更没有磨灭对云山的思念。首联写到，在诗人的记忆中，云山的风物是非常美好的，色彩也是非常鲜艳的。那是一个春天，在女峰螺岭，处处都是翠绿的竹子，处处都是红艳艳的桃花，红绿相间，格外耀眼。颔联云，在阳光的照射下，长溪的水面波光粼粼，而水面的颜色，也会随着光线的强弱而发生很大的变化，有时是白色，有时又成了碧绿，有时还会变成金黄色。偶尔还会有一条条鱼儿跃出水面，既打破了水面的平静，也使水面的色彩、光线都发生了改变。水面上，落红与柳絮齐舞。而在长溪的周围，绿树成荫，树林里传来阵阵莺啼。颈联以动静结合的手法描写云山风物，展示了云山的勃勃生机。尾联想象自己暮年返乡，其中"青山白发"之对照，色彩艳丽。再如《偶题》（1944.9.6）诗云："秋草萋萋覆短墙，秋花浅白又深黄。休言微物无知识，一路葵花尽向阳。"③ 诗中碧绿嫩黄相间的秋草，浅白与深黄相衬的秋花，还有金黄色的葵花，十分显眼。还有《参观故宫博物馆》诗中"碧瓦红墙剩故宫"④ 的首句，入眼即是碧瓦红墙，尽显故宫的雅致与庄重。而《喜雪》《大雪》等诗中扑面而来的银白色，则给人一种清冷之感。至于《送别前方诸同志》诗中的"廿载碧凝贞士血，三秋红绽女儿花"，⑤ 则是以文化意象中的颜色，表达诗人的崇敬之情。

---

① 周振甫、陈新注释：《谢老诗选》，中国青年出版社1980年版，第36页。
② 周振甫、陈新注释：《谢老诗选》，中国青年出版社1980年版，第36页。
③ 马连儒注：《谢觉哉诗选》，湖南文艺出版社1986年版，第40页。
④ 马连儒注：《谢觉哉诗选》，湖南文艺出版社1986年版，第105页。
⑤ 周振甫、陈新注释：《谢老诗选》，中国青年出版社1980年版，第41页。

第五章 怀安诗社的创作成就之二:谢觉哉研究

我们还知道,绘画是空间艺术,讲究其景物之间的经营位置,布局构图,以及虚实相生等技巧。谢觉哉的怀安诗以画入诗,其笔下山水景物的布局也显得错落有致,虚实相生,富于图画美。如其《游团城、北海》一诗,既有色彩、光线效果,更讲究景物的布局结构。该诗写道:"卍字回廊映水红,巍巍白塔立当中。玉缸绿浸参天桰,又向丛林访九龙。"① 该诗开门见山,映入眼帘的就是红色的卍字回廊,回廊四面皆水,水面倒映着回廊,也都变成了红色。碧绿的湖水在游人的眼中,呈现出一片片的红色,这自然是光影叠加的效果。如果说卍字回廊是近景,那么白塔便是远景:诗人的目光正在欣赏着卍字回廊,偶一抬头,便看到了巍峨的白塔,它高高耸立,气势非凡,吸引着诗人。一转眼,诗人又看到了高大参天的、碧绿的桰树(即桧树),它们和碧绿如玉的玉缸(笔者注:玉缸即盛满水、放在建筑物旁边用以防火、灭火的一种水缸)融为一体。诗中,半红半绿的湖水,红艳艳的回廊,洁白的白塔,碧绿的桧树与玉缸,五光十色,相映成趣。如果说前面三句均为实写,那么,该诗末句"又向丛林访九龙"则又转为虚写,并触及了没有正面出现在诗中的景物。如此,则该诗有实写,有虚写,虚实结合,相得益彰。《游团城、北海》乃是诗人游览了风景名胜而作,自然有色彩、光线与景物的布局,探讨其中的画意,也许还不能使人完全心悦诚服。如此,请再看《游滹沱河畔》一诗:

烟抹远山树若无,岸横沙际麦平铺。
夕阳影里扶筇立,一水湾头看钓鱼。②

先说该诗的色彩、光线描写之高明。从字面上来看,该诗没有出现一种明确的色彩,其实却暗暗点明了好几种颜色。该诗作于1946年6月10日,其时正当夏季,那远处的高山应当是绿意盎然的,但是由

---

① 马连儒注:《谢觉哉诗选》,湖南文艺出版社1986年版,第105页。
② 马连儒注:《谢觉哉诗选》,湖南文艺出版社1986年版,第95页。

于距离较远，且有淡淡的雾气，连山上的树都看不清楚，整体上看，远山仿佛一团略显绿意的灰色。近处的滹沱河碧波荡漾，流水淙淙；河岸边是白色的沙滩，沙滩的外边是一望无际的麦田。此时的麦子快要成熟了，微风吹过，金黄的麦浪翻滚，充满了丰收的喜悦。诗人看着这辽阔的麦田，流连忘返，一直到傍晚，在夕阳的照射下，远山、麦田与沙滩，都被镀上了一层金黄色。其实诗中还有一种颜色，那就是诗人手中筇杖（即竹子做的拐杖）的暗黄色。再看该诗的景物布局。诗中有远景，即远山与山上模糊不清的树木；有近景，即眼前的滹沱河与沙滩；还有由近及远、不断延伸的景物，即河流与麦田。其中的河流与麦田，也是虚实相生的，看到的是目光所及之处；看不到的，仍然是河流与麦田，可以在想象中加以补充。而诗中的抒情主人公扶杖而立，观看渔翁垂钓，则是这个画面中的人物；在他的身后，还拖着一个长长的影子，画面感极强。其他如《阳湾小住》《早起》《出岢岚城地开阔得句》等，也是此类诗作，读者阅后自知，此不赘述。

五 众体皆备，尤其擅长近体诗

通过浏览谢觉哉众多的怀安诗作，发现其与李木庵一样，堪称众体皆备。早在 1944 年 11 月，谢觉哉就曾把自己的作品汇集起来，编成了一个集子，与怀安诗社诸位诗人交流观摩。李木庵提及谢觉哉编撰的《什么集》时，曾这样说："集中有旧体诗、新体诗，更有长短词曲以及其他，什么都有，问取个什么集名为好？林老答：既是什么都有，就以'什么'二字为名吧。此名不但别致，且含义亦深。"[①] 从李木庵社长的描述中，可知早在延安时期，谢觉哉的诗歌作品在体裁形式上就已经相当丰富了。但是认真比较起来，二人也有较大的区别，即在众多的诗体中，李木庵更擅长古体诗创作，且其歌行体作品的成

---

① 李木庵编著：《窑台诗话》，湖南人民出版社 1984 年版，第 54 页。

就非常突出，颇有李太白之风范；而谢觉哉的古体诗创作成就一般，但在近体诗以及词的创作上则较为娴熟，质量更高，贡献也更大。总之，谢觉哉不但创作了大量的古体诗和近体诗，还有数量众多的词，以及一些骈文、挽联等，作品的体裁样式较为丰富多样。关于谢觉哉近体诗与词的创作，前文讨论时多有引用，且做过不少探析，这里就不再啰唆了。

至于其《什么集》的得名过程，谢觉哉自己的描述与李木庵所说，却颇有不同。他说："一九四四年，请吴缄把随笔上的诗抄出，写了几句序言，有'哼一哼而已，用不着加上名字——甚么集。'不知谁告诉钱老，误以'甚么'为集名，有甚么集赞之作。"① 谢觉哉认为该集得名来自钱来苏，且是失误所致，歪打正着；而如前所说，李木庵则以为是来自林伯渠，且是主动命名，并分析了该名的好处。这桩公案，笔者一时无法辨别谁对谁错，也许谢觉哉本人的说法更接近于事实真相。不过早在 1945 年 3 月 1 日，林伯渠就创作了《题什么集》二首，对谢觉哉进行了充分肯定。其一云："清词如海复如潮，健笔春秋百宝刀。认得㳇山真面目，苍松翠柏已凌霄。"② 该诗既赞美了谢觉哉诗歌辞藻优美，才华横溢，又认为其有深刻的思想性，是文学性与思想性相结合的优秀作品。其二道："走遍南北又西东，恰有乡心处处同。珍重识途老马力，莫将肝胆铸秋虫。"③ 该诗认为谢觉哉诗歌除表达了与自己一致的思乡怀土之情外，还有投身革命的忠诚与志气（即诗中的"肝胆"），并希望这种忠诚与志气能保持下去，不会因为创作诗文作品而有所损害或减弱。

而无论在钱来苏个人的诗集中，还是在李木庵的《窑台诗话》中，其对谢觉哉的《什么集》的评论诗，都是置于林伯渠评论诗之后的。在钱来苏自印本诗集《孤愤草初喜集合稿》中，首先排列的是

---

① 《谢觉哉日记》（下），人民出版社 1984 年版，第 1246 页。
② 周振甫、陈新注释：《林伯渠同志诗选》，中国青年出版社 1980 年版，第 75 页。
③ 周振甫、陈新注释：《林伯渠同志诗选》，中国青年出版社 1980 年版，第 75 页。

《和林老题谢老诗集原韵》两首，其后才是《赠谢老》两首。① 在李木庵编撰的《窑台诗话》中，也是先排列林伯渠对《什么集》的题诗两首，之后又排列钱来苏用林伯渠原韵评论的《什么集》的诗歌两首。② 这均说明，林伯渠应该比钱来苏更早看到谢觉哉编撰的《什么集》，也更有可能是林伯渠命名了该诗集。当然，不管是林伯渠，还是钱来苏与李木庵等，均对谢觉哉诗歌进行了充分的肯定与高度的评价。林伯渠的评价前文已有简单说明，钱来苏的《和林老题谢老诗集原韵》两首其一云："乾坤正气存心史，肝胆崚嶒贯绛霄。"③ 其二有："老气独吞大海东，争持民主五洲同。"④ 都提及了谢诗中鞭挞邪恶、赞颂革命、追求民主的浩然正气，这种气概自然就使谢诗高人一等。而在《赠谢老》两首其一中，同样描述了谢诗中的凛凛气势，表现了钱来苏对谢诗中蕴含气骨的高度认同。在其二中，则又对谢诗的创作方法与技巧进行了首肯。

社长李木庵的《题谢老诗集》四首，则对谢觉哉诗歌进行了全面的评价。笔者移录于下，当作对谢诗的一个小结。该诗云：

其一
文章气焰上干霄，运会交流天际潮。
举手劈开新世界，挥来板斧与镰刀。

其二
跳丸不息自西东，离合兴亡异代同。
谁识勤王安内计，赢将史笔斗秋虫。

其三
嗔燕调莺若有意，挪杨揄柳亦多姿。

---

① 钱来苏：《孤愤草初喜集合稿》（自印本），1951年，第269页。
② 李木庵编著：《窑台诗话》，湖南人民出版社1984年版，第54—55页。
③ 钱来苏：《孤愤草初喜集合稿》（自印本），1951年，第269页。
④ 钱来苏：《孤愤草初喜集合稿》（自印本），1951年，第269页。

清才应是玉堂客，我识三生杜牧之。
其四
诛奸斥伪董狐志，补衮悬阙杜陵思。
经纶时寓浩歌里，剩有东山笔一枝。①

  《题谢老诗集》四首其一与钱来苏的评谢诗一样，着眼点同样都在谢诗中蕴含的充沛气势，以及诗歌中的关于中国革命的新内容。其二既肯定了谢诗创作上娴熟自如的技巧，更揭示了谢诗关注社会现实、描述中国革命斗争的一面，认为其具有史诗般的性质。其三认为谢诗内容丰富多样，多彩多姿，谢觉哉才华横溢，不输古代的翰林院学士，并以晚唐著名诗人杜牧作比。其四认为谢诗秉笔直书，诛奸斥伪，如同春秋时期晋国的著名史学家董狐；忧国忧民，补衮悬阙，恰似唐代的大诗人杜甫；谢诗为时为事而作，具有强烈的政治关怀，尤为难能可贵。总之，李木庵认为谢觉哉诗歌能够"镕经铸典，以古利今，清词如海，健笔凌云，绮密瑰妍，庄谐并用，沉雄处如魏武横槊，奇矫处如鹰鹫巡天，皆不朽之作"。②对其诗歌的艺术贡献，做出了极高的评价。

---

① 李石涵编：《怀安诗社诗选》，陕西人民出版社1980年版，第202页。
② 叶镜吾：《怀安诗社概述》，载李石涵编《怀安诗社诗选》，陕西人民出版社1980年版，第297页。

第六章　怀安诗社的创作成就之三：
怀安诗名篇解读

第四、五两章均通过个案研究的形式探讨了怀安诗社的创作成就，下面试从怀安诗名篇解读的角度切入，具体考察某些怀安诗的创作过程与艺术魅力。在怀安诗社运行的八年时间内，怀安诗人创作了数以千计的旧体诗词作品，也涌现出了不少传唱一时且产生了较大影响的名篇佳作。如前面提及的怀安诗社成立时的联吟酬唱，还有怀安诗人的消寒诗、消暑诗、祝寿诗、挽诗、送行诗等。但是与此相比，笔者认为由朱德首唱的南泥湾记游诗、陶承首创的红云曲以及罗青等的延安颂诗等，更具有典型性，也更能够代表怀安诗社的创作成就，故更值得注意。下面，笔者计划以这三类诗作为例，进行较为细致的探析。

第一节　朱德与南泥湾记游诗

中国革命史上的延安时期，尤其在 1940 年和 1941 年这两年里，由于国民党反动派对陕甘宁边区暨八路军抗日革命根据地实施了军事打击、政治孤立、经济封锁等行为，致使边区经济一度陷入窘境。毛泽东的《抗日时期的经济问题和财政问题》一文曾提到当时的情况："我们曾经弄到几乎没有衣穿，没有油吃，没有纸，没有菜，战士没有鞋袜，工作人员在冬天没有被盖。国民党用停发经费和经济封

第六章　怀安诗社的创作成就之三：怀安诗名篇解读

锁来对待我们，企图把我们困死，我们的困难真是大极了。"① 正是在这种异常艰难的背景下，中国共产党号召军民开展了大生产运动，倡导"自己动手，丰衣足食"。1941年旧历春节刚过，朱德总司令就亲自到南泥湾勘查，并决定在此地屯垦开荒。1941年3月，八路军三五九旅进驻南泥湾，一边练兵，一边屯田垦荒；6月，朱德总司令对南泥湾大生产做了具体指示。到了1942年7月，南泥湾垦荒已经取得了非常可喜的成绩；至于后来终于摆脱了"烂泥湾"的称号，改造成了"陕北的好江南"，更是为世人所熟知。南泥湾是中国共产党大生产运动中的一个成功的范例，为中国的农垦事业做出了突出贡献。也正是在开荒过程中，培育和形成了以艰苦奋斗、自力更生为核心的南泥湾精神，而南泥湾精神也正是延安精神的一个重要组成部分。

一　朱德《游南泥湾》诗阐微

从上文可知，朱德总司令是南泥湾大生产运动的领导者、参与者，更是见证者，他为南泥湾建设做出了重要贡献。当南泥湾大生产运动取得了初步成效后，朱德总司令又亲自撰写诗歌，予以了充分的肯定与赞扬。即在1942年7月10日，朱德与徐特立、谢觉哉、吴玉章、续范亭等怀安诗人视察南泥湾军队生产建设，全面考察了南泥湾后，为南泥湾的建设成就所感动，于是挥笔创作了五言长诗《游南泥湾》。为了更好地分析鉴赏该诗，现把其转录如下：

> 一九四二年七月十日，与徐特立、谢觉哉、吴玉章、续范亭四老同游南泥湾。
>
> 纪念七七了，诸老各相邀。战局虽紧张，休养不可少。
> 轻车出延安，共载有五老。行行卅里铺，炎热颇烦躁。

---

① 毛泽东：《抗日时期的经济问题和财政问题》，载《毛泽东选集》（第三卷），人民出版社1991年版，第892页。

远望树森森，清风生林表。白浪满青山，绿叶栖黄鸟。
登临万花岭，一览群山小。丛林蔽天日，人云多虎豹。
去年初到此，遍地皆荒草。夜无宿营地，破窑亦难找。
今辟新市场，洞房满山腰。平川种嘉禾，水田栽新稻。
屯田仅告成，战士粗温饱。农场牛羊肥，马兰造纸俏。
小憩陶宝峪，青流在怀抱。诸老各尽欢，养生亦养脑。
熏风拂面来，有似江南好。散步咏晚凉，明月挂树杪。[①]

朱德总司令的《游南泥湾》是一首长篇五言古体诗，全诗正文36句，180字。其序言简明扼要，交代了具体的时间、人物与事件，说明了创作该诗的背景。该诗开篇四句开门见山，直奔主题，说明了创作该诗的时间以及原因。诗人和几个老同志刚刚参加完纪念"七七事变"的一系列活动，身心疲惫，于是相互约定去南泥湾游览；尽管目前战局紧张，工作繁忙，但是去游览一下南泥湾，看看那里大好的景象，可以换换环境，调节心情，休养也是不可或缺的，正如列宁所说"谁不会休息，谁就不会工作"。这表现了老一辈无产阶级革命家藐视困难、胸怀宽广的革命豪情，同时也为全诗奠定了下一个轻松愉快的基调。接着四句描述行程，欲扬先抑。诗人一行五位老人，坐着轻车，从延安出发，到达三十里铺的时候，正当中午，艳阳高照，感觉到炎热烦躁。本来诗人一行是出来游览休养的，坐着轻车也很轻快舒适，没有负担，这里却说"炎热颇烦躁"，似乎与全诗基调不相一致，实际上是诗人欲扬先抑，故意卖了一个关子，毕竟"文似看山不喜平"嘛。

接着四句描述远望南泥湾之景象，已经是清爽之气迎面而来，令人精神一振。试看那茂密的树林使南泥湾披上了绿装，郁郁葱葱，青翠欲滴；清风吹来，桦树树叶翻起了层层白浪，银光闪闪，耀眼生辉；倾耳细听，从碧绿的树丛中传来阵阵黄雀悦耳的鸣叫声。好一派生机

---

① 《朱德诗选集》，人民文学出版社1977年版，第12—14页。

第六章　怀安诗社的创作成就之三：怀安诗名篇解读

勃勃的景象，不由得令人心旷神怡，浑然忘却了先前的炎热烦躁。接下来四句继续描写行程及所见，首先化用了"孔子登东山而小鲁，登泰山而小天下"①的典故，描写了自己登上万花岭极目远眺，视野开阔，抒发了诗人豪迈奔放、舒爽喜悦之情。然后近观万花岭，只见高大的树木丛林郁郁葱葱，遮天蔽日，同时也听人说起，在万花岭上，经常有虎豹等野兽出没。由此，很自然地就转入对以往的回忆。

接下来四句承上文而来，既是回忆南泥湾的过去，更是再一次的"抑"，也是为后文的"扬"做出铺垫。诗人写道，去年来的时候，放眼望去，到处是一片荒草，荆棘丛生，破败不堪；夜晚没有宿营的地方，四处寻找，连一孔破窑洞也找不到，真是荒无人烟。如此荒芜的地方，经过一年的建设，如今又是怎样的呢？诗人没有再卖关子，接下来的八句便进行了详细的正面的描述，叙说了南泥湾的新面貌，既开辟了新市场，成为货物集中贸易之地，又在半山腰上建满了窑洞，一排排鳞次栉比；平地上种满了庄稼，水田里栽满了水稻；垦荒种田初有成效，战士都已经能够吃饱了；农场里喂养的牛羊肥肥壮壮，用马兰草造出的纸张也很受欢迎。这里处处是庄稼，到处是牛羊，充满了生机与希望。今昔对比，可见南泥湾之巨大变化，亦可感受到诗人内心的喜悦与赞叹！最后八句以点带面，通过傍晚在陶宝峪休憩，继续描述南泥湾景色之美。游览了南泥湾，天色已晚，诗人一行便在陶宝峪休息。此时明月当空，树影婆娑，周围水流潺潺，凉风习习，大家都轻松愉快，谈笑风生，认为南泥湾风光如同江南一样美好！行文至此，诗人对南泥湾以及劳动建设的赞美之情，也达到了顶点。

就艺术层面而言，笔者认为该诗最大的特点就是"以文为诗"。早在唐代，杜甫、韩愈、孟郊等就曾借鉴散文创作的艺术手法创作诗歌，留下了较多"以文为诗"的名篇，其中尤以韩愈最为典型。如韩愈的《山石》《南山诗》《八月十五夜赠张功曹》《月蚀诗效玉川子

---

① （清）焦循撰，沈文倬点校：《孟子正义》（下），中华书局1987年版，第913页。

作》《嗟哉董生行》等诗，都是颇有代表性的例子。朱德的《游南泥湾》诗的散文化也很明显，从诗题中的"游"字，便足可看出它如同一篇游记。事实也的确如此，从地点上看，该诗从"出延安"，到"登临万花岭"，再到"小憩陶宝峪"，地点交代非常明确，移步换景，生动地记叙了诗人一路上的所见、所闻、所感。时间上虽不明显，但也有迹可循。到达三十里铺时，气候炎热，说明正当中午时分，那么出发时，应该是在早上；"散步咏晚凉"，说明在晚上，那么前面游览南泥湾时，应该在下午。经过梳理，可知诗人一行早上从延安出发，中午到达三十里铺，下午参观南泥湾，先在万花岭俯瞰，后又去了山腰平地，并考察了农场与马兰草造纸厂等，晚上在陶宝峪散步休息。

该诗另一个较为突出的特点，就是成功运用了对比手法，使全诗一波三折，情感上也跌宕起伏，引人入胜。诗人一行"轻车出延安"，带着希望去休养，心情本来是轻松愉快的。接着欲扬先抑，到三十里铺时，则"炎热颇烦躁"。走了几十里路，未到目的地，且由于艳阳当空，气候炎热，诗人一行免不了感到烦躁，这也是人之常情。继续前行，远远望见了南泥湾郁郁葱葱的树林，更有清风吹来，鸟鸣声声，顿时感到神清气爽，此为"扬"。接着诗人欲扬再抑，回忆起去年来此地时的荒凉，不免唏嘘不已，此时诗人在情感上是低沉的、悲伤的，此为"抑"。接着，诗人为南泥湾眼前的新面貌所吸引、所感动，心情是激动的、欢快的，此为"扬"。傍晚时分，在陶宝峪散步，美景当前，诗人不由发出赞叹说，南泥湾"有似江南好"，此为进一步的"扬"。从以上梳理可以看出，全诗由"扬"到"抑"，到再"扬"再"抑"，到"扬"而再"扬"，不停地对比，波澜起伏，真正做到了"文似看山不喜平"，由此可知诗人创作此诗时的匠心独具。

《游南泥湾》一诗在语言表达上明白晓畅，通俗易懂，不致力于追求华美雅致，却也诗意盎然。全诗虽有几处用典，却不着痕迹，不显雕琢之功。该诗一韵到底，虽稍显单调，但在总体格调上欢快活泼，景物描写与情感的表达也水乳交融。该诗表现了老一辈无产阶级革命家对南泥湾大生产运动的赞美之情,对南泥湾巨大改变的骄傲与自豪,体现了他们艰苦奋斗、勇于开拓的革命精神。总之,《游南泥湾》以诗的语言赞扬了南泥湾大生产运动的巨大成就,不但具有较高的文学价值,更有巨大的政治意义,它宣告了中国共产党人的伟大力量,更宣告了国民党军事打击与经济封锁的彻底破产。李木庵曾这样总结朱德总司令诗歌的特点,他说:"朱总司令的诗,辞气慷慨,规模雄伟……凛凛乎抗日民族英雄革命元戎的风概,充满着无限的生命。"① 以此来评价《游南泥湾》,也颇为精当。

二 其他怀安诗人的南泥湾记游诗

朱德的《游南泥湾》一诗的横空出世,在当时引起了巨大的社会影响,更引起了怀安诗人的强烈反响。如在 1943 年,贺敬之为歌曲《南泥湾》作词时,应该是借鉴吸收了朱德的《游南泥湾》一诗。因为该歌曲中的几处核心词句,很明显是从《游南泥湾》诗中而来的。如歌曲中的"到处是庄稼,遍地是牛羊",② 与诗中的"平川种嘉禾,水田栽新稻"和"农场牛羊肥"意思一致;歌曲中的"陕北的好江南",③ 与诗中的"有似江南好"意义完全一样;歌曲中的抚今追昔,正是诗中的今昔对比,歌曲中的"往年的南泥湾,处处是荒山没呀人烟",④ 与诗中的"去年初到此,遍地皆荒草。夜无宿营地,破窑亦难找",也没有太大的区别。通过以上分析,笔者认为,贺敬之后出的歌曲《南泥湾》,在词句上学习并借鉴了朱德的《游南泥湾》诗,应该是没有问题的。但今天看来,这首歌曲的影响力更大,几乎达到了

---

① 叶镜吾:《怀安诗社概述》,载李石涵编《怀安诗社诗选》,陕西人民出版社 1980 年版,第 297 页。
② 贺敬之词,马可曲:《南泥湾》,载刘润为主编《延安文艺大系·音乐卷》(上),湖南文艺出版社 2015 年版,第 23 页。
③ 贺敬之词,马可曲:《南泥湾》,载刘润为主编《延安文艺大系·音乐卷》(上),湖南文艺出版社 2015 年版,第 23 页。
④ 贺敬之词,马可曲:《南泥湾》,载刘润为主编《延安文艺大系·音乐卷》(上),湖南文艺出版社 2015 年版,第 23 页。

妇孺皆知、人人传唱的地步。一般认为，南泥湾是"陕北的好江南"的说法，来源于歌曲《南泥湾》，却不知"陕北的好江南"其实来源于朱德的《游南泥湾》诗中的"有似江南好"；而朱德的《游南泥湾》诗，相对来说，则知道的人要少得多。

朱德的《游南泥湾》诗问世之后，怀安诗人林伯渠、吴玉章等纷纷作诗唱和，谢觉哉、续范亭也都作有十余首关于南泥湾的诗歌。这类作品现存三十多首，均传唱一时，产生了一定的社会影响，使广大人民群众对开垦南泥湾、建设南泥湾所取得的巨大成就，有了更形象、更深刻的了解。后来出版的《怀安诗选》设有"南泥湾行"栏目，《怀安诗社诗选》专门开辟"南泥湾纪游"一类，都专门来收录这些诗歌作品。下面，试对其他怀安诗人的南泥湾纪游诗作简要评析。

（一）林伯渠《和朱总司令游南泥湾诗》三首

林伯渠是怀安诗社的发起人，也是怀安诗创作上的首唱者。正是他登高一呼，建立了怀安诗社；也是他诗兴大发，在宴会上即席创作了五律、七律各一首，于是便有了最早的怀安诗。故林伯渠在怀安诗社中具有举足轻重的特殊地位，抛开其时为陕甘宁边区政府主席的政治身份之外，其诗歌创作的成就也非常之高，并得到了怀安诗人的普遍认可。如李木庵称之"诗笔豪健"，[1] "豪气激发，不掩于声律之外，忠党爱国之情，揽辔澄清之概，跃然纸上"。[2] 不但评价甚高，而且充盈着钦佩与崇敬之情。钱来苏的《追悼李老木庵同志》诗云："怀安创诗社，林李互争先。"[3] 认为林伯渠与李木庵是怀安诗人中最有成就的两位，他们的诗作交互领先。林伯渠的《和朱总司令游南泥湾诗》三首虽然题目上明确为"和诗"，但是既未用朱德诗歌之原韵，且其一、其三在字数、句数上也与朱诗不一致，仅仅是在句式上都为五言

---

[1] 李木庵编著：《窑台诗话》，湖南人民出版社1984年版，第37页。
[2] 叶镜吾：《怀安诗社概述》，载李石涵编《怀安诗社诗选》，陕西人民出版社1980年版，第297页。
[3] 《怀安诗选》，人民文学出版社1979年版，第115页。

诗而已。

该组诗其一主要赞颂朱德总司令率领广大将士开垦南泥湾的伟大业绩。诗歌开篇即说盛夏到来，草木生长，延安南面的山岭上树木成林，郁郁苍苍，重障叠翠，景色非常壮美；大自然创造万物，谁能说塞北的景象不如江南？接着叙说朱德总司令带领广大八路军将士在黄河岸边御敌，非常怜悯将士的衣食不足，于是就率领着英勇的将士"开垦南泥湾"。然后，该诗详细描写了开垦的过程以及所取得的巨大成效："荷犁释甲胄，把锄卸刀镮。胼胝一年际，良田万顷圜。禾黍盈野绿，瓜菜满阡斑。地灵人亦杰，贸易兴阛阓。秋收喜在望，丰年乐未悭，岂仅军食足，更可舒民艰。"① 最后，诗人充分肯定了开垦南泥湾政策的英明与伟大，说"以此长期战，何怕倭强顽"，意思是说只要长期坚持"自己动手，丰衣足食"的大生产运动，不论日寇多么顽固，都不可怕，都能取得最后的胜利！

组诗其二则主要讴歌三五九旅与炮兵团在开垦南泥湾过程中所做出的巨大贡献。开垦南泥湾，如果说朱德总司令是领导者，那么三五九旅与炮兵团的广大将士就是具体实施者，故三五九旅与炮兵团的历史功绩是不容忽视的。该诗从农民与士兵乃是一家，农民可以成为士兵，士兵亦可务农说起，接着提到三五九旅与炮兵团如何分工合作开垦南泥湾，发展纺织、造纸等工业，最后赞扬红军能够打破环境的束缚，自给自足创造美好生活。其三在肯定南泥湾建设的基础上，对诸位怀安诗人创作诗歌赞颂南泥湾的业绩非常赞赏，最后认为南泥湾的"兵农策"是成功的，可以"天下推行之"！组诗三首都是五言诗，语言晓畅典雅，有记叙，也有议论，更有抒情，虽然在主题内容上各有侧重，但是在赞颂开垦南泥湾的伟大功绩上是一致的，是一以贯之的。

（二）吴玉章《和朱总司令游南泥湾诗》

如前所述，吴玉章也是"延安五老"之一，且时为延安大学的校

---

① 李石涵编：《怀安诗社诗选》，陕西人民出版社1980年版，第66页。

长，在延安时期具有较大的影响力。尽管其参与诗社活动不是很多，但其诗歌之气势、所蕴含之精神却令人瞩目。如李木庵所说："吴老诗之投怀安诗社者仅数首，如《和瑾玎祝余七十寿》诗，何等气魄，直如黄汉升之勇毅冠三军也。"① 吴玉章的《和朱总司令游南泥湾诗》与林伯渠的《和朱总司令游南泥湾诗》三首一样，虽然都明确题为"和诗"，也是既未用朱德的《游南泥湾》诗之原韵，且其字数句数也不与朱诗一致，仅仅是在句式上都为五言诗而已。不过在用韵上，吴诗多次换韵，比起朱诗的一韵到底，显得更为灵活自由。该诗篇幅较长，计有92句、460字，几乎是朱诗的三倍。故这里只做简单分析，不全文摘录了。

该诗首先从国内外局势说起，全面抗日战争爆发五年来，日寇气焰仍然嚣张，中国共产党坚持敌后抗战，"艰难出奇策"，既认识到了斗争的长期性，也与国内其他民主党派结成同盟，共同抗日；接着，诗人表达了对当前战争局势的乐观与憧憬："今年平德寇，明年歼日兵，胜利已不远，努力接光明。"② 然后，诗人对在"朱毛"领导下的陕甘宁边区的一系列主张予以了充分的肯定，诸如在思想上开展整风运动，在经济上自给自足，"自己动手，丰衣足食"，在政治上团结一切能够团结的力量，结成抗日民族统一战线共同抗日等。其中，诗人对"屯垦"南泥湾进行了详细描述，尤其是把重点放在一年来的成效上：

> 平原种嘉禾，斜坡播黄麦。牛羊遍乡野，鸡犬满家室。
> 窑洞列山腰，市廛新设立。农场多新种，工厂好成绩。
> 四方众来归，群策复群力。工农各得所，士兵勤学习。

---

① 叶镜吾：《怀安诗社概述》，载李石涵编《怀安诗社诗选》，陕西人民出版社1980年版，第297页。
② 李石涵编：《怀安诗社诗选》，陕西人民出版社1980年版，第68页。

空气常清新,疗养可勿药。人人称乐土,家家皆足食。①

这一段诗意盎然的描写,给人们勾画出了一幅"桃花源"般的理想生活场景;而拥有这样美好生活场景的南泥湾,不愧被称为人间的"乐土"。试看平原上种满了禾稻,斜坡上播植了黄麦。漫山遍野都是放牧的牛羊,家家庭院里都是喂养的鸡犬。山腰上有一排排窑洞,还开辟了新市场,生意红火。农场里有很多新的种子,工厂做出了很好的成绩。广大工农兵四方来归,群策群力开发建设南泥湾。工人能安心工作,农民能安心务农,士兵在操练之余,还有时间学习文化知识,可谓各得其所。这里空气清新,人生病了不用服用药物,经过疗养自然能好。家家户户丰衣足食,人人称赞这里是"乐土"。最后,诗人认为开垦南泥湾的成功,虽然不过是"朱毛"治理国家大事的"牛刀小试",但推行开来,也会为中华的富强奠定下坚实的根基。诗歌虽长,但层次明晰,脉络清楚。该诗语言虽朴实无华,明白晓畅,却能很好地把记叙、议论与抒情融为一体,显示了作者在驾驭语言上的高超功力。

(三) 续范亭《南泥湾杂咏》十三首

续范亭(1893—1947),山西省崞县(今原平县)人。他早年曾是同盟会会员,参加过辛亥革命。他也是一位国民党的资深党员,更是著名的抗日爱国将军。九一八事变爆发后,续范亭即积极呼吁抗日。1935年12月16日,因为痛恨国民党消极抗日的卖国政策,续范亭在中山陵剖腹自杀,以明心迹,后因为被救未死。1937年9月,他在担任第二战区民族革命战争战地总动员委员会主任委员期间,曾与中国共产党合作,创建了山西新军。1939年,他还指挥了反击国民党顽固派的战斗。1940年,续范亭任晋西北军区副司令员。1941年3月来延安,后住在交际处。1947年9月病逝于山西,后根据本人遗愿,被追

---

① 李石涵编:《怀安诗社诗选》,陕西人民出版社1980年版,第69页。

认为是中国共产党正式党员。

续范亭的《南泥湾杂咏》十三首[①]并不是朱德的《游南泥湾》一诗的和诗,但却是在朱诗的影响之下创作的。从诗体上说,这十三首诗中有五言诗,更多的是七言诗(包括杂言诗)。从主题内容上看,该组诗与上文分析的朱诗、林诗和吴诗均没有多大区别,都以颂扬开垦南泥湾的业绩为中心,并借以赞扬中国共产党英明的领导与中国的革命事业。组诗之前的长篇序言特别值得注意,该序云:"七七纪念后三日,予随朱德总司令来南泥湾休养,同来者有徐、吴、谢三老等二十余人。南泥湾,土人亦称南阳府,或因南延二字误为南阳,今已作通称。据云,此地方圆百余里,同治回民起义以前颇繁盛,约数千户,历经变乱,七八十年几无人烟。去年四月,朱总司令领导军民开发,斩荆辟草,一载有余。现除军队不计外,已有三百余户。地沃林广,已成延安资源之区;山深气清,更宜休养。予拟作三月之居,养病亦养性,诚佳境也。偶成韵语,录之以为纪念。"[②] 在该序中,诗人对创作该组诗的背景、南泥湾的历史和现状,以及组诗的主旨等问题均有提及。尤其对如今南泥湾环境之优美,空气之清新,做了重点描绘。

因为该组诗较多,这里只对第一首做简要评析。该诗如下:

> 抗日何所恃?忠贞与汗血。巩固根据地,首要在建设。
> 我闻南泥湾,朱公新开拓。林深多虫豸,地险少人迹。
> 公来详指画,决心务垦殖。去年无烟火,今年三百户。
> 四方难民辟草莱,八千壮士斩荆棘。
> 辛勤一载成绩著,由来经济重劳力。
> 农场马场造纸厂,屯田牧畜兼工业。

---

① 笔者注:在《续范亭诗文集》一书中,设有"南泥杂咏"一节,收录诗歌19首。见续范亭《续范亭诗文集》,上海人民出版社1958年版。
② 李石涵编:《怀安诗社诗选》,陕西人民出版社1980年版,第71—72页。

第六章 怀安诗社的创作成就之三:怀安诗名篇解读

方圆百里虎狼区,顿成资源之所出。①

《怀安诗社诗选》在选录续范亭的《南泥湾杂咏》组诗十三首时,每首诗均没有标注题目。而《怀安诗选》选录了四首,则每首均有题目,其中第一首题为《如是我闻》。在佛家那里,"如是我闻"为"经典之开头语,是佛经五种征信之一……以表示此下所诵的内容乃直接从佛陀处所亲闻"。② 题目的意思是说,诗中所写的都是可信的。从形式上看,这首诗前半部分是五言诗,后半部分是七言诗,可归入杂言诗中。从内容上说,这首诗堪称十三首诗的总纲。该诗开篇自问自答,认为抗日战争依靠的是广大人民群众的忠贞和血汗;而巩固革命根据地,生产建设才是首要之务。接着,诗人说南泥湾乃是朱德总司令带领将士开拓出来的,这里原来树林茂密,虫子很多,人迹罕至。朱德总司令到此地之后,认真研究,详加规划,决定在这里开垦种植。经过一年的开荒,从去年的荒无人烟,到今年已经有了三百多户。然后,诗人说四方难民和八千将士一年来齐心协力,他们披荆斩棘,除掉杂草,种植谷物,取得了非常显著的成效。如今这里有了农场、马场和造纸厂,有了良田,发展了畜牧业,形成了工业等。最后,诗人总结说,南泥湾方圆百里本是虎狼出没的荒凉之地,如今变成了物产富饶的资源中心。

该诗形式自由,用韵灵活,语言朴素,平淡无奇,虽诗味不强,但遣词造句饱含深情,需要读者精心细读,才能发现其可贵之处。对此,李木庵曾做出过较为恰切的论述。他说:"续老诗质而自然,且多变体,似粗而非粗处,似拙而非拙处,乍读之,似不经意之作,乃细玩之,始觉其工耳。"③ 其《南泥湾杂咏》其一,也有这样的特点。

---

① 《怀安诗选》,人民文学出版社 1979 年版,第 70 页。
② 赖永海主编:《佛教十三经·金刚经》,中华书局 2013 年版,第 13—14 页。
③ 叶镜吾:《怀安诗社概述》,载李石涵编《怀安诗社诗选》,陕西人民出版社 1980 年版,第 298 页。

细品该诗，作者的自豪与赞美之情，力透纸背。今天读来，仍能清楚地感受到当初南泥湾建设的巨大成就，感受到诗人的震撼与激动。

（四）谢觉哉《南泥湾纪行》十二首

上文提及的林伯渠、吴玉章和续范亭三位怀安诗人的南泥湾记游诗，都是在朱德《游南泥湾》问世不久创作的，应该是在1942年7月完成的。而谢觉哉的《南泥湾纪行》十二首，则作于1944年8月12日至9月7日。虽然谢觉哉也和朱德总司令一起考察了南泥湾，而且他自己也是一位多产的诗人，却不知何故，当时他却未创作关于南泥湾的诗歌；直到两年多之后，再次去南泥湾居住时，才集中创作了《南泥湾纪行》诗。《怀安诗选》和《怀安诗社诗选》均以《南泥湾》为题选录了相同的四首诗，《谢老诗选》以《南泥湾纪行》为题，并在括号内注明"十二首选六"。题下有序云："在抗日战争时期，三五九旅响应毛主席'自己动手，丰衣足食'的号召，开辟南泥湾生产基地，成为边区发展生产，保障供给的先进典型。南泥湾纪行记载了当时大生产运动的情景。"[1] 该序对《南泥湾纪行》十二首的创作背景与主要内容，都有比较明确的交代。这对于今天我们理解这组诗的主题，有很大的帮助。

由于上文对谢觉哉及其诗歌曾设有专章进行讨论，这里就不再对其《南泥湾纪行》十二首进行全面分析，而是仅对其1944年8月13日创作的《阳湾小住》两首做简单介绍。这两首诗均为五言诗，都以写景为主。其一云："车行九十里，来此阳湾居。向南窑孔五，七尺瓦檐舒。静坐看云鸟，闲谈及鬼狐。微风吹午睡，椅畔落奇书。"[2] 该诗开篇两句即交代行程，说坐车走了九十里路，来到这个阳湾居住。接着两句描写住宅，说有南向的五孔窑洞，窑洞门有七尺宽敞，窑顶铺着瓦，瓦向两边舒展。然后描述自己悠闲的生活，说自己或者静坐在窑洞门口，观看天上的浮云、飞鸟，或者与一二好友，闲谈鬼狐野

---

[1] 周振甫、陈新注释：《谢老诗选》，中国青年出版社1980年版，第23页。
[2] 李石涵编：《怀安诗社诗选》，陕西人民出版社1980年版，第70页。

闻。最后两句说中午时分,在微风的吹拂中,自己不知不觉睡着了,而奇书从枕畔滑落下,都不知道。该诗描写了诗人悠闲自得的生活场景,抒发了惬意自得之情,从而赞美了南泥湾环境的清雅优美。其二主题与此相近,该诗云:

    野树密藏雉,荒溪清不鱼。黍粱蔬果稻,高下绿齐铺。
    水远逶迤溉,苗疏次第锄。饱余无所事,陇畔立斯须。①

  该诗开篇两句写道,野树茂密繁盛,林中隐藏着许多野鸡;荒野的小溪流水淙淙,不过溪水清浅,里面没有鱼儿生存。接着两句说从水田到平原,再到山坡,种植着各种庄稼和蔬菜。然后诗人说,水渠从近到远,绵延不绝,不管是庄稼还是蔬菜,都能得到灌溉,不会干旱;同时,管理蔬菜和庄稼的人们都很勤快,能够及时锄草。最后两句,诗人说自己吃饱了饭,清闲无事,于是便到田间地头,在田埂上站一会儿。该诗前六句写景,景中含情;最后两句叙事,表面上看似乎是说自己饱食无事,实际是写南泥湾环境优美,土地肥沃,物产富饶,到处都充满了希望。总体来看,这两首诗在语言上均清新俊朗,不饰用典,且有意不求对仗工整,辞藻华美,而是自然成文,以此与诗人此时闲散自得、浑朴无欲的心情相对应,展示了较高的艺术表现力。

  此外,其他怀安诗人如姜国仁等,也曾创作过相关题材的作品。如姜国仁1943年所作的《浪淘沙·游南泥湾》,就是其中较有特色的一首词。该词云:"久慕南泥湾,首长同车,青山叠叠树参差。黄土高原林不少,此地真佳。窑洞垒山涯,尽是军家,劈山种稻胜南华。主席阅兵齐列阵,雄势堪夸。"② 该词既有与其他诗作相同的关

---

① 李石涵编:《怀安诗社诗选》,陕西人民出版社1980年版,第70页。
② 陕西省地方志办公室编:《历代咏陕诗词曲集成·近现代部分》(下),三秦出版社2007年版,第189页。

于南泥湾自然环境的描写与赞美,也有其他作品中少见的夸张南泥湾军队的内容,故颇具新意。在语言风格上,该词朴素清新,自然流畅,明白如话中充盈着真挚的情感,体现了作者对中国革命的自信心与自豪感。总之,由朱德总司令所开创,其他怀安诗人竞相酬唱的南泥湾记游诗,正是怀安诗人以诗咏史、以史为诗创作主张的具体实践。这类作品不仅具有较高的文学价值,更具有较高的史料价值与文献价值。

第二节 罗青与延安颂诗

罗青(1902—?),江苏省江都县(今属扬州)人。1926 年,他就加入了中国共产党,是我党早期的党员之一。1927 年和 1936 年,他两度被国民党反动派逮捕入狱,均英勇不屈,体现了一个共产党员应有的革命意志和坚定性。1937 年,他在安徽省总动员会任总干事等职。1941 年 7 月,他被选为晋冀鲁豫边区临时政府委员。1943 年 2 月,他担任晋冀鲁豫边区政府第一厅副厅长等;9 月,赴延安考察。1945 年,罗青再次来到延安。1946 年 4 月,罗青任北方大学秘书长。罗青在延安生活期间,对延安的山山水水、一草一木都充满了深情厚谊,于是作诗抒怀,并把诗作呈给了怀安诗社社长李木庵,故他也是怀安诗社的成员之一。

一 罗青的延安颂诗解读

对于罗青创作"延安颂诗"的背景和动机,李木庵曾做过这样的描述,他说:"延安古为塞上,素称荒瘠。一九三五年,中央红军北上抗日,以此为后防,从事生产与文化之建设。四方来归,日臻繁盛,大改旧观,民歌乐土,已成为民族复兴发轫地。旅延安之娴吟事者,多为延城之新气象歌颂。日昨,罗青同志以近作《延安四咏》见示,描写真切,诗笔健爽,闻原拟为八景之作,因奉命回豫鲁边区负责教育,匆促就道,只成其四,每诗系以释语。"① 作为一个边塞古城,延安从荒凉贫瘠发展到繁荣昌盛,从偏僻边缘成为战争期间的中心城市,更成为中华民族复兴的发轫地,其伟大转变源自中国共产党的英明领导和广大军民的艰苦奋斗,故对其赞美歌颂乃是人之常情。相反,若对此历史功绩视而不见,听而不闻,才是对中国共产党革命事业的无知与否定。正是在这样的历史背景下,罗青创作了《延安四咏》组诗,"为延城之新气象歌颂",李木庵称之"延安颂诗"。② 如李木庵所说,罗青本来计划创作八首诗,歌颂延安的八处景致,但是因为时间匆忙,只来得及作了四首。这四首均为七言律诗,分别歌咏了杨家岭、延河、桃林和清凉山。下面逐一赏析,首先来看第一首:

(一) 咏杨家岭
南距延城五里遥,马龙车水过前郊。
沿沟巨厦红旗舞,排岭层窑翠羽飘。
革命中枢宏策划,觉民大众仰针标。
东方圣城光千丈,举世盛尊主席毛。③

第一首诗赞颂杨家岭,并借赞颂杨家岭而赞颂中共中央与毛主席。杨家岭曾为中共中央领导人在延安的驻扎地(1938.11—1947.3),毛泽东同志从1938年11月到1943年5月就在此居住。罗青自云:"具有历史意义的中共第七次代表大会即于此举行……人以此为领导广大人民决定建国大计之处,誉之为东方圣地。"④ 这里不但历史意义重大,而且景色优美壮观,如罗青所说:"两边山上凿有层层窑房,窗槛相望,俨若重楼。而山花野草,点缀其间,尤为美观。"⑤ 该诗首联

---

① 李木庵编著:《窑台诗话》,湖南人民出版社1984年版,第18页。
② 李木庵编著:《窑台诗话》,湖南人民出版社1984年版,第18页。
③ 李木庵编著:《窑台诗话》,湖南人民出版社1984年版,第19页。
④ 李木庵编著:《窑台诗话》,湖南人民出版社1984年版,第19页。
⑤ 李木庵编著:《窑台诗话》,湖南人民出版社1984年版,第19页。

从杨家岭的地理位置写起,说杨家岭距离延安城北关五华里,岭前车水马龙,人来人往,非常繁华。颔联以写景为主,试看杨家岭两边山上,一排排窑洞,鳞次栉比,犹如一座座高楼,矗立在半空;山坡上与窑洞四周,红旗招展,迎风飘扬,绿树叠翠,郁郁葱葱,异常壮观。颈联说杨家岭是中国革命的中枢所在,中共中央与毛主席在这里高瞻远瞩,制定中国革命的大计,为全党全国人民指明了斗争的方向。尾联赞颂延安是"东方圣城",光芒千万丈,为世人所瞩目;毛主席是人民救星,受到举世的尊崇。全诗对仗工整,语言富丽,格调雄健,既歌颂了杨家岭,更歌颂了党中央与毛主席的英明与伟大,并为后面的三首诗定下了赞颂的基调。总之,该诗融情于景,情景交融,是延安颂诗中的一篇佳作。

(二) 咏延河
两度秋风两度春,延河四望景环生。
漫山灯焰疑香岛,浴塔朝光认赤诚。
夹水弦歌风送爽,倚山营幕角连声。
堤边纵少千行柳,也胜秦淮蜷白门。[①]

第二首诗歌颂延河,并借以歌颂延安的美好风光。延河是黄河的一级支流,也是延安的标志性景点。因为延安是中国革命的圣地,延河便被人称为"中国革命母亲河"。罗青认为延河两岸景色最为秀丽,足可与南京的秦淮河相媲美,他说:"延河两岸,风景最佳……晚间,灯火漫山,颇似香港,外人有称延安为赤都者,城东南有古塔一座,每当朝阳上升时,穿越山沟,光照塔顶,红梁城垣,蔚为奇观。中央党校、总司令部、联防司令部驻扎于河之两岸。雄越之歌声与号声,抑扬水上,每值夕阳西下时,临流散步者,三五结伴,其风光较之南

---

① 李木庵编著:《窑台诗话》,湖南人民出版社1984年版,第19页。

第六章　怀安诗社的创作成就之三：怀安诗名篇解读

京秦淮河，未遑多让。"① 该诗首联写景，说站在延河岸边，举目四望，皆有无限之风光，令人目不暇接。颔联继续写景，出句说延河的傍晚，灯火辉煌，犹如香港；对句说早晨的宝塔，沐浴朝晖，霞光万道，疑为人间仙境②。颈联融叙事与景物描写为一体，延河岸边清风凉爽，不但送来了中央党校师生琅琅的读书声，也送来了四周山坡上军营中的号角声。尾联赞扬道，即使延河两岸没有千百行柳树，但其风光也胜过南京的秦淮河。该诗以写景为主，但景中含情，不仅写出了延水两岸的风光，更突出了其重要的历史价值与政治意义，其中以南京的秦淮河与延河比较，便足见高明。因为南京是旧王朝的都城，虽然今天仍然繁华，但主要以奢靡与堕落著称；而延安是中国革命的圣地，承载着中国人民的希望，是进步的象征，故南京自然不能与延安同日而语。那南京秦淮河的象征意义，自然也无法与延河相比了。

（三）咏桃林

晚凉天气小桃林，灯月交辉集众宾。
悠韵弦声风细细，婆娑舞态月盈盈。
为联儿女工农谊，不失英雄战斗心。
一片欢娱无限兴，人间疑是到天庭。③

第三首诗咏赞王家坪之内的桃林，并借以咏赞中国的革命事业。王家坪在延安城的西北方向，与延安城隔河相望。这里依山傍水，林木茂盛，环境优雅。从1937年中共中央进驻延安之后，中央军委和总部机关就设在了王家坪。从1941年春天到1945年8月，朱德总司令就住在王家坪。而桃林，便是因为王家坪种植了较多的桃树而得名。

---

① 李木庵编著：《窑台诗话》，湖南人民出版社1984年版，第19页。
② 笔者注：赤城本是山名，即土石色赤而状如城堞的山，也指帝王的宫城，或传说中的仙境。这里表面上是说延河两岸风景绝佳，如同仙境，实际上是说延安乃是红色政权之都城，即是赤都、赤京之意。
③ 李木庵编著：《窑台诗话》，湖南人民出版社1984年版，第19—20页。

罗青解释说:"总司令部驻王家坪,数年来就地辟园,栽培花木,桃最多,故名桃林。复于林内加建小院,为公余游宴谈弈之处。每于夏秋周末佳日,举行联欢舞会,参加者为各机关人员,华灯明月之下,树影扶疏,其乐融融。"①该诗首联就点明了时间、地点与人物,说在一个气候凉爽的周末傍晚,在王家坪的小桃林旁边,灯月交辉,嘉宾云集,原来这里正举行一场联欢舞会。颔联正面描写舞会场面,出句说微风习习,不时送来阵阵悠扬的弦乐;对句说月华明灭,倾洒在一对对婆娑舞动的身影上。此情此景,是多么的和谐,多么的美好。颈联正面叙述了联欢舞会的功能,说舞会不但让工、农、兵子弟得到了娱乐,陶冶了情操,而且增加了他们之间的友谊,增强了战士们保家卫国的决心。尾联直抒胸臆,赞叹之情喷薄而出,说联欢舞会给工、农、兵子弟带来了无限的欢乐和愉悦,他们在这里的生活,就如同在仙境一般,那么称心快活,那么自由自在。该诗以工、农、兵子弟之间自然和谐的情谊和愉快自由的生活场景,赞颂革命圣地延安的和乐美好,歌颂中国共产党的革命事业。这比用直白的说教、抽象的道理,或者冰冷的数字,更容易让人们接受。

(四) 咏清凉山
名山高耸号清凉,带水牸城望八荒。
畿辅受降狼狈踞,爷台肇衅鼠狐藏。
僧亡佛堕怜萧寺,纸贵文雄傲洛阳。
独此一匡干净土,月明松下晚潮香。②

第四首诗颂扬清凉山,并揭露国民党反动派的罪恶统治,讴歌革命圣地延安的美好生活。清凉山也是延安的标志性景点,被称为红色延安的"新闻山",因为延安时期的新华广播电台、新华通讯社、

---

① 李木庵编著:《窑台诗话》,湖南人民出版社1984年版,第20页。
② 李木庵编著:《窑台诗话》,湖南人民出版社1984年版,第20页。

解放日报社、中央印刷厂、新华书店等均设在此山。该诗首联就说清凉山乃是一座名山，它巍峨高耸，插入云端；而延河水像一条玉带一样，缠绕着它，延安城和它隔河相望，成掎角之势；站在山顶，远眺八荒，则对延安的地势险要，自古以来为兵家必争的形胜之地有了更真切的体认。① 颔联、颈联均通过对比，凸显延安在中国革命事业中具有举足轻重的地位。颔联以南京的清凉山与关中的爷台山正面衬托延安的清凉山，其时南京为敌伪顽沆瀣一气、相互勾结并狼狈为奸之地，而爷台山也为顽军所侵占，故这两座名山怎么能够与延安的清凉山相比呢！彼邪此正，彼浊此清，彼乱此宁。颈联出句说延安清凉山上的佛寺已无僧人，非常萧条；对句说延安清凉山上出版的报纸杂志宣传中国革命的理论与斗争事迹，为世人争相阅览，自能傲视曾造成洛阳纸贵的左思的《三都赋》。尾联直抒胸臆，出句感叹现在的国内，只有清凉山下的延安才是一方净土，寄托着中国人民大众的希望；对句以景物描写作结尾，明月朗照下的清凉山上，郁郁葱葱的松林树影婆娑，微风中送来延河晚潮水气的清香，令人陶醉，流连忘返。

综上可知，罗青的组诗《延安四咏》从赞颂延安的自然风光出发，进而以讴歌中国共产党以及中国的革命事业为主题，立意鲜明集中，立场坚定明确，表现了一位老一辈无产阶级革命家的伟大胸怀。他的这四首七言律诗，均对仗工稳，语言典雅凝练，耐人寻味。其中有景物描写，有情感抒发，均能做到情景交融，浑然一体，不露斧凿痕迹。在创作方法上，既有正面的描写与歌颂，也有反面的衬托与揭露，在对比中自然能把握到作者的情感倾向。总之，该组诗展现了较高的艺术水准，是怀安诗中的上乘之作。

---

① 笔者注：对于延安之地势险要，自古以来便有明确的描述。《延安府志》卷八《舆地志》综引古籍，说延安"形胜之地，为五路襟喉……其城据山，四面甚险，边陲之郡"。"处万山夹谷之中，水势分南拱北冲之要，三山鼎峙，二水带围，观风者占为胜概"。又说延安"东距黄河，西接宏化，京兆踞南，沙漠界北，控奇扼险，果秦之上郡也"。见（清）洪蕙纂修《延安府志》（清嘉庆七年刊本，影印本），成文出版社有限公司1970年版，第215页。

二 其他怀安诗人的延安颂诗

所谓爱美之心，人皆有之。对于美好的人和事物，对于正义与光明的事业，人们总是会情不自禁地发出赞叹的声音，或升华为诗词曲赋，乃是非常自然的事情。延安颂诗，便是这样的作品。如果不加分辨，提到颂诗就一律斥为歌功颂德、粉饰太平，则不免失之于简单粗暴，失之于武断冲动。本书第三章第一节论及怀安诗人的诗论主张与创作实践时，曾提及延安颂诗，可以参考。其实，不仅是罗青，还有很多怀安诗人都创作过延安颂诗。如前文探讨怀安诗社社长李木庵时，所提及的《延安新竹枝词》《骤雨延河陡涨水势奔放》等，其中既有对延安特有景观的描写，也充盈着颂扬之意，均可看作延安颂诗。再如上文提及的朱德的《游南泥湾》诗及其唱和之作，也可看作广义的"延安颂诗"。而陈毅的《延安宝塔歌》《七大开幕》和李建侯的《延城感怀》五首等，则是与罗青的《延安四咏》在艺术格调上较为相近的明确集中颂扬延安的诗作，同时也均是怀安诗人寄寓美刺褒贬、为时为事诗论主张在创作实践上的具体表现。

（一）陈毅的延安颂诗

陈毅同志是一位无产阶级革命家、军事家，更是一位非常著名的诗人。他一生写有诗词数百首，有的作品后来甚至入选了中学语文教材，产生了很大的社会影响。他的《延安宝塔歌》作于1944年春天，是一首长篇咏物诗，在体裁上属于古体诗。为了更好地解读该诗，现把全诗摘录如下：

> 延安有宝塔，巍巍高山上。高耸入云端，塔尖指方向。红日照白雪，万众齐仰望。塔尖喻领导，备具庄严相。犹如竖战旗，敌军胆气丧。又如过险滩，舵手平风浪。又如指南针，航海必依傍。再视塔尖下，千万砖块放。层层从地起，累累逾百丈。大小不同等，愈下愈稳当。塔脚宽且厚，塔腰亦粗壮。方知塔尖高，

第六章　怀安诗社的创作成就之三：怀安诗名篇解读

群砖任鼎杠。塔尖无塔脚，实在难想象，塔脚无塔尖，塔亦不成状。延安劳模会，其理正一样。君不见劳动经验有万科，模范创造应讴歌。条条经验个人得，系统推行领导多。吾党军政善料理，而今生产执斧柯。新人新物新政策，抗建由我不由它。①

该诗从内容上看，可分为两大部分，第一部分赞颂延安的宝塔，第二部分赞颂延安大生产运动中的劳模。其中第一部分又可分为三个层次：首先描写了宝塔周围壮观的景色，你看在那巍峨高峻的嘉陵山上，高高的宝塔耸立在云端，山顶白雪皑皑，在红日的照射下，晶莹剔透，异常壮丽；其次，诗人展开了天马行空的想象，连用了四个比喻，如把塔尖比作领导，把领导的作用比作竖战旗、舵手与指南针等，热情讴歌了中国共产党与毛泽东主席的英明领导，正是在党和毛主席的英明领导下，才取得了抗战和对国民党反动派中一个又一个的胜利；最后，诗人又以塔尖和塔脚为喻，赞颂了人民群众的重要作用，认为他们才是这个时代真正的英雄，同时，还阐述了领导和人民群众的辩证关系，发人深省。第二部分，诗人从塔尖和塔脚的关系出发，歌颂了在延安大生产运动中涌现出的劳模们。在陕甘宁边区遭到日寇袭击、国民党政治孤立、军事打击与经济封锁的困境下，广大人民群众在中国共产党与毛主席的领导下，开展了轰轰烈烈的大生产运动，既挽救了危机，挽救了中国革命，更是对国民党的有力回击。"抗建由我不由它"一句诗，充分体现了诗人对中国革命的高度自信！借由对宝塔的赞颂，表达了对中国共产党与毛主席英明领导的赞颂，对广大人民群众的赞颂，以及对中国革命事业的赞颂。在艺术上，该诗也取得了不俗的成就。其一是形式上为咏物诗，而托物言志，寄托深远。其二是体裁上为杂言诗，或五言、或七言、或十言，自由奔放，情感热烈浓郁。其三是借鉴发扬了自《诗经》以来古典诗歌常用的赋比兴手

---

① 《陈毅诗词选集》，人民文学出版社1977年版，第84—86页。

法，有平铺直叙，有比兴寄托，语言上既简洁凝练，又形象贴切。总之，该诗堪称延安颂诗中的一首经典之作。

相比《延安宝塔歌》，陈毅的另一首延安颂诗——《七大开幕》则名气更大，传诵更广。今天，在革命圣地延安的清凉山上，仍然镌刻着这首诗中的名句"万众瞩目清凉山"。来到延安的国内外游客，离清凉山很远，都能看到这七个红色的大字。到了晚上，由于灯光的效果，这七个字更是闪闪发光，分外显眼。该诗云：

> 百年积弱叹华夏，八载干戈伐延安。
> 试问九州谁做主？万众瞩目清凉山。①

这首诗题为《七大开幕》，说明诗人是为了中国共产党第七次全国代表大会的开幕式②而作的。首句即云"百年积弱叹华夏"，把华夏民族放在历史的纵轴上，回望从1840年鸦片战争以来，积贫积弱，遭到世界列强的侵略、欺凌，惨不忍睹，令人感叹而又无奈。一个"叹"字，寄托了中华民族的多少辛酸和血泪。接着诗人说"八载干戈伐延安"，自从日本侵华以来，尤其是1937年七七事变之后，日寇全面入侵中国，中华民族到了亡国灭种的紧急关头；而国民党反动派不思抗日，叫嚣"攘外必先安内"，热衷于内战；唯有中国共产党以民族大义为先，高举抗日救国大旗，才让广大中国人民看到了希望。最后，诗人提出了一个问题"试问九州谁做主"，意思是说，在华夏大地上，谁能引领历史的潮流？谁能给人民以希望？谁才是真正的主人？最后，诗人自豪地说"万众瞩目清凉山"，清凉山是延安的标志之一，延安是中国革命的圣地，其实是在告诉世人，中国共产党和广大人民群众才是华夏大地真正的主人。该诗把中国的革命事业既放在

---

① 《陈毅诗词选集》，人民文学出版社1977年版，第94页。
② 笔者注：中国共产党第七次全国代表大会于1945年4月23日在延安杨家岭的中央大礼堂召开，陈毅同志代表新四军在大会上发言，并被选举为中央委员。

第六章 怀安诗社的创作成就之三:怀安诗名篇解读

历史的纵轴上,又放置在空间的横轴上,警醒世人,只有革命才能救中国,只有中国共产党才能担当起领导中国革命的重任。既赞颂了清凉山,赞颂了延安,赞颂了中国共产党和中国的革命事业,又把作者的革命豪情体现得淋漓尽致。总之,该诗气势磅礴,雄壮厚重,即使今天读来,仍然非常有震撼力。

(二)李健侯的延安颂诗

李健侯(1894—1954)原名宝忠,字健侯。他出生于四川,祖籍陕西米脂,从小就对乡党中的英雄人物李自成非常崇拜。1926年,李健侯开始撰写历史小说《永昌演义》,历经四年方始成书。全书计有40回,38万多字,详尽地描述了李自成起义的全过程,既讴歌了李自成的英雄形象,又深刻地揭示了社会的黑暗现象。1934年,他参与编纂的《米脂县志》。1942年,其《永昌演义》一书由李鼎铭带到延安。毛泽东阅读后大为赞赏,并手抄一部,还提出了以新的历史观改写的建议。[①] 后来由于种种原因,该书并未改动。1944年,李健侯到达延安,得到了毛泽东的热情接待,并奖励给他边币200元。1947年,胡宗南率军占领了延安后,他又依附于国民党的军队,并担任米脂军政联合督察处主任(即代县长)一职。后来,李健侯随同胡宗南军队撤走,新中国成立后定居西安,1954年去世。1984年,《永昌演义》分别由新华出版社和光明日报出版社出版发行。

李健侯的为人处世虽受到一定争议,但其《延城感怀》组诗五首的主题却非常明确,那就是由赞颂延安出发,从而赞颂中国共产党领导的中国革命事业,是典型的延安颂诗。该组诗最早发表于1942年2月21日《解放日报》的第4版,后被李木庵收录在《窑台诗话》中;

---

① 笔者注:毛泽东于1944年4月29日在写给李鼎铭的信中,谈到了《永昌演义》。他说:"此书赞美李自成个人品德,但贬抑其整个运动。实则吾国自秦以来二千余年推动社会向前进步者主要的是农民战争,大顺帝李自成将军所领导的伟大的农民战争,就是二千年来几十次这类战争中的极著名的一次。这个运动起自陕北,实为陕人的光荣,尤为先生及作者健侯先生们的光荣。此书如按上述新历史观点加以改造,极有教育人民的作用,未知能获作者同意否?"见王树山、王建夫编著《毛泽东书信赏析》,山东人民出版社2004年版,第295页。

不过《窑台诗话》在录存该诗组时,与《解放日报》发表时相比,诗中的个别字句以及某些诗作排列的顺序,均有一些改动,当然主题未变。这五首七律各有侧重,第一首从整体上歌颂了延安颇有古代太平盛世时期特点的社会风貌,该诗云:

> 岁崩山间结构雄,携锄负笈满延中。
> 士阶再见唐尧世,掏穴犹存太古风。
> 岂但文公衣大布,时看壮士挽强弓。
> 艰难正是兴邦日,驱寇还期禹甸同。①

首联出句云,延安群山高大险峻,蜿蜒起伏,自古以来为兵家必争的雄关要塞;对句说,放眼望去,在延安的大地上,到处都是拿着锄头劳作和背着书籍求学的工农兵子弟,呈现出一派繁华昌盛的景象,生机勃勃。颔联出句说延安如今再现了唐尧时期那样的太平盛世,社会安定,百业兴旺,人民安居乐业;对句说人民大众挖穴而居(笔者注:即居住在窑洞中),和谐相处,颇有太古时期的遗风。颈联说不但中国共产党的领导人毛泽东主席穿着粗布衣服,勤俭节约,严于律己,而且勤俭节约、艰苦朴素的作风成为延安的风气;而人民军队兵强马壮,人人都能拿起武器保家卫国,英勇不屈。尾联联系现实,整体上来看,中国如今正处在统治黑暗、外寇入侵的多灾多难的时期,但国家的灾难也激励着仁人志士和广大人民立志奋发图强,努力战胜困难,为振兴国家而奋斗;而延安正是乱世中的"桃花源",这里是天下为公、人人平等的"大同"社会,是中国未来的希望所在,只有驱逐日寇,中国才能真正统一,其他地方才能都像延安一样政治清明,社会稳定发展。整体看来,全诗饱含深情,而较少冷静客观的描述,对中国共产党领导下的延安心怀崇敬,不吝褒扬,其赞颂之意,溢于

---

① 李木庵编著:《窑台诗话》,湖南人民出版社1984年版,第24页。

第六章 怀安诗社的创作成就之三:怀安诗名篇解读

言表。

第二首云:

> 滔滔辽海起鲸波,破碎神州动鼓鼙。白下久衔秦桧璧,穷途犹奋鲁阳戈。沙场转战征夫苦,廊庙清谈策士多。垂老请缨心尚热,中流击楫发高歌。①

该诗首联痛心外敌入侵,国家动乱,山河残破;颔联用典,既揭露叛国资敌汉奸之罪恶,也赞颂人民奋起抗争之决心;颈联既怜悯转战沙场将士的辛苦,也叹服仁人志士、社会贤达对国家的贡献;尾联表达自己老骥伏枥,报国心切,愿效仿中流击楫的祖逖奋发图强,努力有所作为。第三首云:

> 山势回环水势东,登高长啸浴东风。雄城屼峙荒烟外,新市喧阗夹谷中。创建几经开筚路,刍荛无补愧宾鸿。遥闻画角声悲壮,破敌长怀将士功。②

该诗首联描绘延安的山川地势,抒发自己的壮怀激烈之情;颔联既赞颂延安为边塞雄城,又叙及延安新市场的热闹红火;颈联在描述延安当今革命形势来之不易的基础上,谦称自己虽被待为上宾,却毫无贡献;尾联听到军号声声,赞叹杀敌报国的广大将士。第四首对延安实行的精兵简政策略甚为赞赏,认为这是革命胜利、挽回国运的壮举。第五首对中共中央与毛主席长征胜利到达陕北十个年头的戎马战争和艰苦奋斗进行了充分的肯定,并表示自己也要为国家兴亡担负起应有的责任。这五首诗虽描写的具体内容各有不同,但有一个一以贯之的主题基调,那就是赞颂,即对延安时期中国革命的伟人与伟业不

---

① 李木庵编著:《窑台诗话》,湖南人民出版社 1984 年版,第 24—25 页。
② 李木庵编著:《窑台诗话》,湖南人民出版社 1984 年版,第 25 页。

咨赞美之词。且该组诗均为七律，对仗工稳，用典允当，言简意赅，风格上"豪放俊拔，凛然风概"，①体现了较高的艺术水准。

第三节　陶承与红云曲

陶承（1893—1986）原名刘桃英，湖南长沙人，中国共产党党员，被后人称为"革命母亲"。②1927年，她就参加了革命工作。1928年，其丈夫欧阳梅生牺牲。1939年秋，她到重庆八路军办事处工作，后调到四川璧山第五儿童保育院。1943年7月，陶承到达延安，加入了怀安诗社，跟随谢觉哉、张曙时等老同志学习创作旧体诗词。到了1982年，九十高龄的陶承作诗回忆怀安诗社时，曾动情地说："四十年前学写诗，怀安诗社十老师。延安窑洞吟歌日，烽火关河战乱时。徐林董续传风范，谢李钱熊命课题。湘水多情余楚女，江山如画鬓如丝。"③从中足见其对怀安诗社的感情之深厚。陶承在其所著的《祝福青年一代》一书的不少文章中，保存了不少诗作；而在该书《感怀诗抄》部分，还集中录存其57首诗歌。在这57首诗中，能称为怀安诗的有12首。而在这些怀安诗中，当数《红云曲》三首最为著名。

一　陶承《红云曲》三首的创作背景

《红云曲》是怀安诗社女诗人陶承的首创，并得到了怀安诗人的热烈响应和积极唱和，一时之间产生了较大的社会影响。陶承在《怀安诗社杂忆》一文中，曾自叙了《红云曲》三首的创作背景。她说："一九四八年春，我军英勇奋战，聚歼胡宗南二十余万残部，胜利地

---

①　李木庵编著：《窑台诗话》，湖南人民出版社1984年版，第21页。

②　笔者注：陶承的丈夫和三个儿子都积极参加革命工作，其丈夫欧阳梅生与长子欧阳立安、三子欧阳稚鹤先后英勇牺牲，但她化悲痛为力量，一直坚守在革命战线上，故后人尊敬地称她"革命母亲"。

③　陶承：《怀安诗社杂忆》，载陶承《祝福青年一代》，湖南人民出版社1983年版，第131—132页。

第六章 怀安诗社的创作成就之三：怀安诗名篇解读

收复了延安。捷报传来，令人欢欣鼓舞！我写了三首《红云曲》，每首都以'朵朵红云直向东'起句，抒发我当时的喜悦之情。这些诗，本极平常。但一些老同志读后，纷纷唱和互勉。"① 陶承的叙述，透露了以下几个重要的背景信息。

一是人民解放军胜利收复延安。延安的沦陷和收复，都是中国革命史上的重大历史事件。延安是中国革命的圣地，以延安为中心的陕甘宁边区是中国革命的大后方和枢纽，它寄托着全国人民的希望。在民族抗日战争和人民解放战争中，以延安为中心的陕甘宁边区均起到了至关重要的作用。在人民解放战争时期，当国民党反动派对解放区的全面反攻失败后，就转向了对陕甘宁边区的重点进攻。国民党将领胡宗南率领20多万军队，气势汹汹，直扑延安；而此时，陕北解放军仅仅有2万多人，兵力悬殊。就是在这种极端恶劣的形势下，中共中央才不得不于1947年3月主动撤离延安，怀安诗社的成员也随之撤离。国民党军队虽然得到的是一座空城，但却借此大做文章，极力诋毁中国共产党及革命事业。正是在这种情况下，以毛泽东为首的中共中央虽然撤离了延安，但是却绝不东渡黄河，而是坚持留在陕北转战。故在1948年4月22日，人民解放军之西北野战军胜利

---

① 陶承：《怀安诗社杂忆》，载陶承《祝福青年一代》，湖南人民出版社1983年版，第129页。笔者注：关于陶承的《红云曲》三首创作的具体时间，存在着一些争议，主要有三种观点。一是1948年春天，具体应为1948年4月22日，来源于陶承在《怀安诗社杂忆》一文中的叙述，因为这是收复延安的时间；二是1947年，具体月份不详，来源于陶承《感怀诗抄》中对《红云曲》创作时间的标注，且该组诗前后的诗作也均为1947年；三是1948年2月22日或之前，来源于谢觉哉在《谢觉哉日记》中的记载。谢觉哉在1948年2月22日的日记中记载道："陶承来诗有'春来又转他乡去，朵朵红云直向东'句很美，诌几句答之。"[见《谢觉哉日记》（下），人民出版社1984年版，第1186页] 考虑到陶承的《怀安诗社杂忆》（写于1982年4月）与《感怀诗抄》后出，其所说均不可全信；谢觉哉有写日记的习惯，且后来出版的《怀安诗选》《怀安诗社诗选》两书也均把《红云曲》置于"后甘泉村"部分，而1948年4月22日，怀安诗人已转移到河北省，已经不在山西的后甘泉村了，故谢觉哉所说更合理。但《红云曲》为陶承听到人民解放军战争胜利消息后所首创，应无疑义。陶承一直在跟随谢觉哉、张曙时等学习作诗，陶承把自己不太成熟的作品送给谢觉哉审阅，让其提意见，并按照谢觉哉的意思修改完善，修改稿和初稿之间跨度较长，也很正常。故笔者仍以陶承所述为依据，概述《红云曲》三首的创作背景。

收复延安,其象征意义要远远大于其实际军事意义。正是胜利收复延安这一重大历史事件,促成了陶承创作《红云曲》的历史大背景。

二是陶承个人的喜悦之情。如前所述,延安是中国革命的圣地,寄托着全国人民的希望。尤其在延安战斗和生活过的人们,对延安的感情更是深厚。陶承作为一个革命者,从1943年7月来到延安,至1947年3月被迫离开延安,在延安生活了近四年时间,对延安充满了深情厚谊。她在延安进行革命工作,参加生产劳动,并加入怀安诗社,学习作诗,生活充实而快乐。如她所说:"工作、劳动之余,我们和老同志常常聚会在窑洞前的台阶上,以诗唱和,充满了战斗的欢乐。"①"虽然当时生活艰苦……但精神乐观得很。"② 此后,每当回忆起延安,她都充满了深情。直到1982年,陶承还作诗回忆延安:"一别延安四十年,几回梦中思依然。延水滔滔歌不绝,宝塔巍巍映蓝天。月夜窑洞聆教诲,清晨结伴垦荒原。而今四化传捷报,古城处处换新颜。"③ 一个对延安深有感情的革命者,对于延安的沦陷,自然是痛苦万分。而延安的胜利收复,则必然会无比的欣喜和高兴。诗人这种心情的起伏变化,直接促成了《红云曲》的创作。

三是陶承有旧体诗词创作的氛围和传播的途径。是否有旧体诗词创作的氛围,是否有旧体诗词传播的途径,这对于诗人的旧体诗创作也是相当重要的因素。如前所述,在延安时期的延安诗坛上,以怀安诗社的成员为主体,还有毛泽东、萧军、吕振羽等很多人进行旧体诗词的创作,在当时产生了较大的影响。尽管由于国民党反动派军队的逼迫,中共中央于1947年3月中旬主动撤离了延安,怀安诗社的主要成员也随之撤离。但是怀安诗社并没有因为撤离延安而就地解散,怀

---

① 陶承:《怀安诗社杂忆》,载陶承《祝福青年一代》,湖南人民出版社1983年版,第122页。
② 陶承:《春节话家常》,载陶承《祝福青年一代》,湖南人民出版社1983年版,第91页。
③ 陶承:《观于蓝同志延安留影有感》,载陶承《祝福青年一代》,湖南人民出版社1983年版,第213页。

安诗社一直存在,怀安诗人在社长李木庵的主持下,仍然坚持着旧体诗词的创作活动。关于此点,本书第二章第二节"怀安诗社的活动历程"有详细描述,此不多说。此时的陶承,虽然先转移到吕梁军区临县的后甘泉村(在今山西省临县),后转移到冀西平山县西柏坡村(在今河北省平山县),但仍然和怀安诗社的主要成员如谢觉哉、李木庵、张曙时、吴均等生活在一起。故她还有创作旧体诗词的文化氛围,还有传播旧体诗词的途径,即有一个较为稳定的诗词交流的圈子。正是如此,在人民解放军胜利收复延安的消息传来,陶承才能在极度兴奋的心情下,把喜悦的情感诉诸笔端,化激情为艺术,创作出了《红云曲》三首这样的杰作。

二 陶承《红云曲》三首鉴赏

为了更好地鉴赏陶承的《红云曲》三首,先把其摘录如下:

其一
朵朵红云直向东,荷花出水满池中。
迎风娇艳清香意,白藕莲心味更浓。
其二
朵朵红云直向东,黄河对岸炮轰轰。
消灭刘勘几个旅,人民军队是英雄。
其三
朵朵红云直向东,传来捷报喜重重。
土改狂潮灭封建,南北东西正反攻。[1]

陶承的《红云曲》三首组诗均以"朵朵红云直向东"起句,其后

---

[1] 陶承:《感怀诗抄》,载陶承《祝福青年一代》,湖南人民出版社1983年版,第196—197页。

的唱和之作也是如此。①《红云曲》之所以能够成功，能够得到人们的赞赏和唱和，和这个起句的成功是分不开的。如谢觉哉所说："陶娘妙语安天下，个个红云曲唱来。"② 便是看到怀安诗人纷纷唱和《红云曲》，有感而发的称赞。那么，这个起句"妙"在何处呢？首先，"朵朵红云直向东"这七个字的起句，在语言表达上通顺流畅，简洁明快，犹如脱口而出，不加修饰而浑然天成，不见斧凿的痕迹，故其能琅琅上口，为人所传诵。其次，是该起句所描绘的"红云"意象，含义丰富，能让人产生很多联想，令人耳目一新，备感惊奇。"红云"本意是红色的云，乃是一种自然景象，是冷空气与相对较暖和的空气相对运动形成的景观。而红色又是革命的颜色，是革命的象征，中国共产党建立的政权被称为"红色政权"，农民武装被称为"红军"，革命根据地被称为"红区"或"苏区"，革命圣地延安更是被人们称为"赤京"③"赤都"④者，故"红云"很容易被读者联想为革命的云。红军顺利收复"赤都"延安，和"红云"意象自然契合，可谓妙语天成。再次，如果进一步探究，"红云"还有更深的含义。在中国古代传说中，红云又可比作仙境，因为传说仙人所居之处，常有红云环绕。而"朵朵红云直向东"，红云汇聚在东方（笔者注：中国既在亚洲之东方，也在世界之东方），又可以解读为东方的中国，将为世界的仙境，将为人间的乐土，这不正是中国无产阶级革命家所努力奋斗、苦苦追求的结果吗？故"红云"的意象，又可以理解为革命者的期盼和

---

① 笔者注：如前所述，若以谢觉哉所说为准，则陶承的《红云曲》早期版本并非以"朵朵红云直向东"起句，"朵朵红云直向东"被放在了第二句。在谢觉哉的日记中，其《红云曲》八首只有前六首是以该句为首句，第七首、第八首该句均在第二句。见《谢觉哉日记》（下），人民出版社1984年版，第1186页。

② 陶承：《怀安诗社杂忆》，载陶承《祝福青年一代》，湖南人民出版社1983年版，第130页。

③ 李木庵《送柳湜厅长飞渝》诗有"塞上星云拱赤京"句，《送毕珩（女）同志赴热河》诗有"自来赤京瞬六载"句等，均称延安"赤京"。见李木庵编著《窑台诗话》，湖南人民出版社1984年版，第61、63页。

④ 罗青《延安四咏》之二《咏延河》释语云"外人有称延安为赤都者"。见李木庵编著《窑台诗话》，湖南人民出版社1984年版，第19页。

第六章 怀安诗社的创作成就之三:怀安诗名篇解读

希望。最后,"红云"意象还常常会让读者联想起"紫气"。传说老子将要归隐,路过函谷关,随之而来的便是大片的紫气——紫色的云气。紫气和圣贤相联系,是吉祥的象征。而红云和紫气何其相似!故红云也有吉祥之意,是胜利和欢庆的象征。古有"紫气东来"的传说,今有"红云向东"的诗句,二者足可媲美。综上可知,"红云"意象具有多重含义,能给读者留下巨大的思考空间,亦能充分彰显汉语含蓄蕴藉之魅力。

故起句之巧妙,是陶承的《红云曲》成功的重要因素。此外,该组诗三首相辅相成,相互联系,形成了一个有机的整体,也为其增色不少。众所周知,组诗是诗歌一种特殊的表现形式,即由同一诗题领起,下面由数首乃至数十首诗歌组成。这种组诗的形式,中国古已有之,最迟在魏晋时代如阮籍、陶渊明等,已经能够熟练进行组诗的创作,并达到了很高的艺术水准。陶承的《红云曲》组诗,三首诗既分工明确,各有侧重,又浑然一体,不可分割。整体看,组诗由近及远,从小到大,逻辑层次十分清晰。第一首以写景为主,描绘的乃是眼前之景物,天上红云朵朵,向东方飘去;地上满池的荷花竞相开放,[①]或洁白、或粉红、或深红,娇艳欲滴,美不胜收;微风吹过,送来阵阵浓郁的清香,使人陶醉,流连忘返。这里,诗人充分调动了读者的视觉与嗅觉,为眼前一派花团锦簇、生机勃勃的景象所感动。故第一首诗乃是以乐景衬托乐情,为后两首诗中的胜利消息埋下伏笔。

第二首、第三首诗均以叙事为主,有实有虚,虚实结合展开创作。第二首诗中,因为听到黄河对岸传来隆隆的枪炮声(实写),便自然想象到在陕北地区,人民解放军是如何英勇奋战、围歼敌人的(虚写)。国民党高级将领刘戡在宜川战役中兵败自杀,人民解放军顺利占领了宜川,为收复延安打下了坚实的基础。故作者称扬人民军队的

[①] 笔者注:按照荷花花期来看,阳历4月22日在山西省、河北省等北方地区,荷花一般应该还未开放,也许个别早的已有了花骨朵。如果是2月22日或之前,则更没有荷花盛开了。但是诗人所写之景物,未必为实景,也可以是想象中的。

战士，个个都是英雄好汉。在第三首诗中，诗人从胜利收复延安一事中跳出来，眼光放到了全国各地。"传来捷报喜重重"，意思是说捷报连连，喜事重重，其中不但有收复宜川的捷报，有收复延安的捷报，更有来自全国各地的捷报，这是实写。最后两句"土改狂潮灭封建，南北东西正反攻"是虚写，意思是说人民解放军在全国各地，在东西南北都展开了反攻，都取得了胜利；中华人民共和国成立后的地方实行土地改革，彻底消灭了国民党保留的封建社会的土地制度。一句话，国民党离灭亡已经不远了，人民期盼的美好社会与美好生活很快就要实现了。这是作者的心声，更是革命者的心声！

总之，陶承的组诗《红云曲》三首作为一个有机整体，不能割裂开来，不宜摘录出其中的一首两首来欣赏。组诗语言明快流畅，形象鲜明生动，不饰用典而含义丰富，格调欢快喜庆。在写作手法上，有正面描写，有侧面虚写，虚实结合，巧妙别致。有景物描写，借景抒情，情景交融；有正面叙事，有联想叙事，均饱含深情，把一个革命者的美好期盼表现得淋漓尽致。组诗三首各有侧重，整体看由近到远，从小到大，由身边景写到身外事，由收复延安写到全国反攻，思路清晰，眼界开阔。故《红云曲》三首组诗在艺术表现上是高明的，在情感抒发上也是极为成功的。故该组诗一出，便风靡一时，不但得到了怀安诗人的喜爱和赞颂，而且纷纷唱和。

三　陶承《红云曲》三首的唱和之作

据现有文献考证，陶承的《红云曲》三首的唱和之作，共有22首。其中谢觉哉8首，钱来苏10首，张曙时2首，吴均2首。在怀安诗社诸诗人之中，谢觉哉应该是较早看到陶承的《红云曲》的人，并且可能还给陶承提出过修改意见。陶承按照谢觉哉的意见，进行了一番加工润色，便是我们今天看到的《红云曲》三首。做出这样的猜测，并非胡乱臆想的，而是有着充分依据的。一是陶承在《祝福青年一代》一书中多次提及自己向谢觉哉、张曙时等老同志学习写诗，并

第六章　怀安诗社的创作成就之三：怀安诗名篇解读

听从他们的建议修改自己的诗作，故谢觉哉帮助修改《红云曲》也属正常情况。二是谢觉哉在日记中提及陶承曾经写了《红云曲》给他看。1948 年 2 月 22 日，谢觉哉在日记中写道："陶承来诗有'春来又转他乡去，朵朵红云直向东'句很美，诌几句答之。"① 谢觉哉看到《红云曲》后，诗兴大发，禁不住连写了八首红云诗。钱来苏见到后，便误以为谢觉哉是《红云曲》的首创者，所以他创作的十首红云诗题为《和谢老红云曲》。② 三是在后来出版的书籍中，不管是陶承的《祝福青年一代》的《感怀诗抄》，还是《怀安诗选》《怀安诗社诗选》，以及谢觉哉的诗集，选录《红云曲》及其唱和之作时，起句都是"朵朵红云直向东"。但这明显不是早期《红云曲》的版本，因为陶承给谢觉哉的红云诗，以及谢觉哉的八首唱和之作中的两首，"朵朵红云直向东"都不是起句，而是第二句。这说明我们今天看到的《红云曲》及其唱和之作，后来都经过了修改，属于"修改版"。③

（一）谢觉哉的《红云曲》八首

首先来看谢觉哉的《红云曲》八首。第一首写人民解放军胜利反攻，捷报频传，欢庆之意不言而喻；接着说"天欲曙时千户启，人来苏望九州同"，④ 以天明时分，千家万户开门出户这个富有象征意义的景象，来说明中国人民的好日子就要到来了，人民群众都在盼着解放，盼着国家的统一和富强。第二首写被解放的人民群众有了土地，成为国家的主人后，积极支援前线的战争；而接连几天的瑞雪，更预示着来年的丰收，预示着未来的美好生活。第三首写塞北盛产大豆、高粱，与江南的鲈鱼、莼菜相比，毫不逊色。第四首写怀安女诗人陶承，说

---

① 《谢觉哉日记》（下），人民出版社 1984 年版，第 1186 页。
② 李石涵编：《怀安诗社诗选》，陕西人民出版社 1980 年版，第 254 页。
③ 笔者注：作者对自己创作的作品，甚至公开传播或发表过的作品不满意，进行再次修改后再公开发表，在现当代文学史上是较为常见的现象。怀安诗也不例外。
④ 《谢觉哉日记》（下），人民出版社 1984 年版，第 1186 页。笔者注：此处以《谢觉哉日记》所载为准，《怀安诗社诗选》选录《红云曲》八首时，不但前后顺序有所调整，且把诗句也调换了。

她喜事重重，因为她的儿子刚刚成亲，家里很快要添丁进口了。第五首描绘怀安诗人钱来苏，说他骑在马上威风凛凛，顾盼生姿；他的布袋中装着千百首诗，在黑水湾头大声吟唱，意气风发。第六首写怀安诗社社长李木庵，说他年龄虽大，但不失英雄本色；他自己制曲，自己演唱，比在云端斩杀孽龙为民除害还要快活自在。第七首写刘家嫂子要生孩子了，早早准备好香汤和襁褓；在路过平型关的时候，孩子出生，一声啼哭洪亮之极，响遏行云。第八首写林伯渠与黄姥，说他们从容不迫，安闲自在，如同菩萨浮现在云端，左右有金童玉女侍奉着。这八首诗有的记事，有的写人，事是快乐的事、喜庆的事，人是欢乐的人、自在的人，都充满了洋洋的喜气。格调欢快，语言活泼流畅，与陶承的《红云曲》三首一脉相承。

（二）钱来苏的《和谢老红云曲》十首

钱来苏（1884—1968），名拯，字来苏，浙江杭县（今杭州）人。他于1943年到达延安后，即加入了怀安诗社，并堪称怀安诗社的一大主力。他不仅诗作数量很多，而且成就突出，故影响很大。李木庵曾这样评价他："钱老才气纵横，镕新冶旧，各体皆备，满目琳琅，而篇什之丰赡，为古今诗人中所罕见，其中如《惜诵》《吐苦水》各篇为延安诸老之真赏，非虚誉也。"[①] 对他的诗歌成就做了高度的评价和充分的肯定。

钱来苏作有《和谢老红云曲》十首。其中的第一、第二和第五首均和解放战争的战事有关，主要写了人民解放军自从转入全国性大反攻以来，战无不胜，所向披靡，故捷报频传，老少无不喜笑颜开，期待着一个崭新的中国！第三首写道，驰马挥鞭、气势如虹、冲寒冒雪、踏破冰山、猎虎驱熊、勇不可当，既是写自己的豪情，更是在描写人民军队的飒爽英姿、英勇无敌。第四首说甘泉十老信心满怀，从容自若，其中最为引人注目的乃是鹤发童颜的谢觉哉。第六首说国民党反

---

① 叶镜吾：《怀安诗社概述》，载李石涵编《怀安诗社诗选》，陕西人民出版社1980年版，第297—298页。

动派欠下的血债，一定要用鲜血来偿还。第七首通过描写怀安诗社的几位诗人，来展示人民军队的兵强马壮；你看，王公（王明）精神健旺，张公（张曙时）高大魁梧，木老（李木庵）清瘦秀雅，谢老（谢觉哉）丰神俊朗。第八首写自己到了年老才终于认识到，推动历史的车轮滚滚前进的乃是人民群众，他们才是社会历史的主人公。第九首写听说毛泽东主席要渡河东来，甘泉十老前去欢迎；张曙时、李木庵等在前面带路，陈老（姓名不详）、谢觉哉等殿后，大家如同众星捧月一般，把毛主席迎接回来。最后一首说因为迎来了一个大丰收的年景，所以农民们齐声赞颂，而这都是人民救星（笔者注：救星应指中国共产党和毛主席）光辉灿烂、照耀神州大地带来的福气。钱来苏的《和谢老红云曲》十首除了描写喜庆的人事之外，还写到了人民军队的豪迈英姿，赞颂了中国共产党和毛主席的英明伟大，比起陶承和谢觉哉，在主题内容上均有所拓展。

  与钱来苏相比，张曙时和吴均的唱和之作，则在题材内容以及艺术格调上和陶承的较为一致。如吴均的《红云曲》其二云："朵朵红云直向东，延安收复建奇功。锐气百倍乘胜击，蒋贼垂亡旦夕中。"[①] 该诗所写收复延安一事，与陶承自叙创作的《红云曲》三首的背景遥相呼应。至于内容和风格上的特点，读者极易感知，此不赘述。

---

① 陶承：《怀安诗社杂忆》，载陶承《祝福青年一代》，湖南人民出版社1983年版，第130页。

第七章　怀安诗社的地位与影响

作为中国无产阶级革命文艺史上第一个创作旧体诗词的诗社，怀安诗社具有较为特殊的历史地位，也产生了较大的社会影响。其在历史上的地位与影响，可从文学与政治两个层面来考察。说到底，怀安诗社本质上还是一个进行诗歌创作的文学社团，其旧体诗创作不仅丰富了延安文学的体裁形式，也与其他文学体裁共同促成了延安文艺的繁荣局面，因而在延安文坛上占有重要的一席之地。同时，怀安诗社的成员还具有自觉的政治意识与政治担当，他们以诗社为阵地，以诗词为武器，团结了广大进步的爱国人士，助力了民族抗日战争和人民解放战争，充分显示了延安时期中国共产党人高度的文化自信。

第一节　怀安诗社在文学上的地位与影响

钱来苏曾经非常热情地讴歌怀安诗社道："怀安一炬火，光耀照人寰！"[1] 意思是说，怀安诗社就像一团熊熊燃烧的火炬，给人世间以及广大人民群众带来了光明，也带来了温暖，更带来了希望。这是对怀安诗社的充分肯定，更是对它的高度评价。笔者以为，作为怀安诗社的成员，钱来苏的这个评价虽然稍显夸张，但还是非常有道理的。

---

[1] 钱来苏：《追赠李木庵老同志》，载《怀安诗选》，人民文学出版社1979年版，第116页。

第七章 怀安诗社的地位与影响

下面试从文学的角度,对怀安诗社的地位和影响做简单探讨。

一 怀安诗丰富了延安文学的体裁形式,体现了其创作成就

延安时期是中国革命史上充满激情的时代,也是中国革命力量由弱小逐步发展壮大并夺取全国胜利的转折时期,同时也是文学艺术得到充分发展的时期。当时的延安是陕甘宁边区的中心城市。在民族抗日战争期间,延安是全国抗日根据地的中心;在人民解放战争时期,延安则是全国解放区的中枢与核心。当时以延安为中心的陕甘宁边区,实行的是新民主主义社会的"红色政权"。该政权在政治、经济、军事、新闻、文化以及学校教育等方面均推行了前所未有的重大变革,也取得了前所未有的历史性进展,为新中国的成立做出了良好的铺垫,打下了坚实的基础。在延安"红色政权"时期,延安文艺也逐渐发展并成熟起来,并且取得了灿烂辉煌的成就。

延安文学是延安文艺的重要组成部分。就延安文学的体裁形式而言,是相当丰富多彩的。而怀安诗人所创作的旧体诗词,也是其重要的文学形式之一,不容忽视。如艾克恩主编的《延安文艺史》所说:"文学方面,有诗歌、小说、报告文学、散文、故事等体裁。在诗歌中,有短小的抒怀诗,也有较长的叙事诗;有新诗,也有古体诗词和民歌。在小说中,既有短篇小说,也有长篇小说。"[1] 如果按照传统的文学观念,还常常把戏剧划到文学的范畴中去。而延安文艺在"戏剧方面更为丰富多彩,话剧、戏曲、歌剧、秧歌剧皆有佳作;戏曲中又有平剧、秦腔、眉户、道情等"。[2] 上文所说的"古体诗词"便是旧体诗,主要指的是以怀安诗社为重镇的诗词创作。如果从语体上来讲,延安文艺时期自然是白话文的时代,或者说是以白话文为主流的时代。前文提及,怀安诗社成立与发展的时候,正是在白话文与新诗已经确立起主流地位,并且进一步得到巩固的时期。在这样的大背景之下,

---

[1] 艾克恩主编:《延安文艺史》(上),河北教育出版社 2009 年版,第 24 页。
[2] 艾克恩主编:《延安文艺史》(上),河北教育出版社 2009 年版,第 24 页。

怀安诗社成员所创作的怀安诗,属于旧体诗词的范畴,展示了其不同于主流文学形式的另一面貌。从这个意义上讲,怀安诗不仅丰富了延安文学的体裁形式,更表现出了延安文艺具有开放性与包容性的特质。

不仅如此,怀安诗还能够以旧体诗形式融入时代洪流之中,展现出了不俗的创作实绩。故有人说:"写古体诗词这一支强大的队伍,和新诗的队伍,互相辉映,互相补充,并肩前进,汇合成了延安诗歌的滚滚洪流。"[①] 正是看到了怀安诗与新诗既相对独立,又相辅相成的一面。概而言之,怀安诗有较为系统的诗论主张(详见本书第三章),并与延安时期中国共产党文艺政策的纲领性文件——毛泽东《在延安文艺座谈会上的讲话》(1942年5月)的主导精神颇为一致。故怀安诗社尽管主要创作旧体诗词,却仍然能够在以新诗为主流的延安文艺时期成立并得到充分发展,并且产生了较大的影响。至于怀安诗社的创作实绩,可从其主题内容的丰富性与艺术成就的独特性来说明。而关于这两个方面,本书的第三章、第四章、第五章与第六章最能说明问题。对此前文已有详细论证分析,此不赘述。综上可知,怀安诗不仅丰富了延安文学的体裁形式,而且表现了延安文学的创作成就,在延安文艺史上具有不可替代的重要地位。

可能也会有人提出这样的疑问:在延安时期,创作旧体诗词的不只是怀安诗人,如毛泽东等不但创作旧体诗词,其影响也很大,但是笔者为什么却说怀安诗社是延安时期创作旧体诗的重镇,是旧体诗的典型代表?关于这一点,我们需要回到历史的现场来看问题,而不能站在今天的角度来考察。今天来看,毛泽东的确是创作旧体诗词的大家,在20世纪旧体诗词发展史上具有举足轻重的地位,这一点已为学界所接受,毋庸置疑。但是,如果我们回到历史的现场,回到延安时期来考察,则会发现当时的毛泽东虽然喜爱旧体诗词,也创作了一些

---

① 《延安文艺丛书》第五卷《诗歌卷·前言》,湖南人民出版社1984年版,第6页。

旧体诗词作品,① 但是当时他却大力倡导白话文与新诗,而且他的旧体诗词作品在当时也流播不广。这是因为毛泽东对自己的旧体诗词有一以贯之的态度,他在《关于诗的一封信》中,对臧克家等说:"这些东西,我历来不愿意正式发表,因为是旧体,怕谬种流传,贻误青年。"② 他还说:"诗当然应以新诗为主,旧诗可以写一些,但是不宜在青年中提倡,因为这种体裁束缚思想,又不易学,这些话仅供你们参考。"③ 原因很简单,作为当时党、政、军的主要领导人,毛泽东在艰苦卓绝的战争时期,不得不做出这样带有矛盾性的抉择——个人爱好并创作旧体诗词,但公开倡导大众化且力挺新诗。故在新中国成立之前,毛泽东的旧体诗词作品很少公开发表;即使发表,也常常是在作品完成较长时间之后。与此相比,怀安诗社的成立是大张旗鼓的,被当时中国共产党的主流媒体——延安《解放日报》与重庆《新华日报》公开报道;同时,怀安诗人集中创作了大量的旧体诗词作品,且他们的诗词作品也经常出现在《解放日报》上,还曾两次开辟专栏,刊发怀安诗作。如果再从诗词数量来说,毛泽东延安时期的旧体诗词仅有12首,怀安诗社成立后则只有4首,是根本无法与怀安诗相比的。故笔者以为,延安时期旧体诗词创作的重镇是怀安诗社,代表作品是怀安诗。

二 怀安诗是20世纪旧体诗发展史上的重要一环

如前所述,在体裁形式上,笔者把狭义的怀安诗界定为旧体诗。尽管怀安诗社也曾主张对其改革,努力使之通俗化,并拟定出了系统的"怀安诗韵",然而旧体诗的基本形式未变,基本要求仍在。同时,文学作品的艺术形式并不仅仅是形式,它常常还体现着一定的文化意

---

① 笔者注:关于毛泽东在延安时期创作的诗词作品,前文已有说明。具体可参考本书第一章第二节相关部分。
② 毛泽东:《关于诗的一封信》,载《诗刊》(创刊号)1957年1月12日,插页。
③ 毛泽东:《关于诗的一封信》,载《诗刊》(创刊号)1957年1月12日,插页。

蕴、精神内涵，故旧体诗自然体现着中国古典文学的体格和精神。如常丽洁所说："旧体诗自有一套颇为谨严的规则，非饱读诗书、受过严格的训练并对几千年来形成的文人传统十分熟稔不能进行创作，亦不能很好地理解。"① 总之，怀安诗主要以旧体诗的形式来表现，且努力合并简化诗韵，以适应新时代、新形势的需要，这是对中国古典诗词的继承和发展。故怀安诗从传统诗词发展而来，体现了鲜明的民族特点。如果从中国旧体诗发展史的角度来审视，则会发现怀安诗"掀起了自'五四'以后旧体诗的高潮，不仅为我们留下了宝贵的精神财富，还是有着极高审美价值的艺术珍品"。② 故怀安诗堪称中国20世纪旧体诗发展史上浓墨重彩的一笔，是不可或缺的重要一环。

众所周知，20世纪五四时期是中国文学发展史发生重大变革的时期。在五四时期之前，是中国古典文学的时代；从"五四"时期开始，则进入了中国现代文学的新纪元，此时期开启并基本完成了由古典的"旧诗"向现代的"新诗"的变革过程。吕家乡认为："胡适、郭沫若等新诗的开拓者们，勇敢地以西方诗歌为借鉴，不怕丢丑地顽强地尝试探索，为新诗的诗情找到了迥异于旧诗的'喷火口和喷火方式'。"③ 当迥异于传统诗词的新诗真正具备了自己的独立形态之后，便逐渐地演变成了现当代中国诗歌的主流与正宗；同时，旧体诗逐渐被边缘化，甚至在一般公众的认知中，写作旧体诗本身就有了"迷恋骸骨"的嫌疑。当今众多的现当代文学史教材更是很好地证明了这一点：在这些通行的现当代文学史教材中，旧体诗要么一带而过，要么没有丝毫的地位，被理所当然地彻底舍弃，完全淡出了著者和读者的视线。故而在一般公众的视野中，现当代诗歌史就是新诗的天下，是一部纯粹的白话诗歌史。

---

① 常丽洁：《早期新文学作家旧体诗写作》，社会科学文献出版社2014年版，第109页。
② 王巨才主编：《延安文艺档案·延安文学·延安文学组织》（第三十一册），太白文艺出版社2015年版，第274页。
③ 吕家乡：《从旧体诗到新诗》，山东人民出版社2014年版，第17页。

第七章 怀安诗社的地位与影响

当然事实并非如此。就中国诗史而言,从五四时期新诗登上中国诗坛并成为主流存在直至当今的所有过程中,旧体诗也从未缺席,更没有退出中国诗坛。它按照自己的特点在不断地发展着、参与着,其创作从未中断。从1919年到1949年,每年都有数量不等的旧体诗集出版。[①] 几乎所有重要的新文学作家,都创作过或多或少的旧体诗词,这可以开出一个长长的名单,如胡适、郭沫若、鲁迅、朱自清、俞平伯、叶圣陶、田汉、周作人、老舍、茅盾、郁达夫等。"不仅反对新诗的一些人写旧体诗,有的人在作新诗的同时也在悄悄地写旧体诗,有的新诗作者在一度摒弃、轻蔑,甚至表示和旧体诗势不两立之后,又回头写旧体诗。此外,不少政要人士、社会名流乐于以旧体诗抒怀并相互唱和。近人旧体诗(如鲁迅、毛泽东、陈毅的旧体诗)中颇有一些名篇,其社会影响较之于新诗名篇有过之而无不及。改革开放后,旧体诗的作者队伍、社团、刊物,旧体诗创作的数量、质量都有蒸蒸日上之势。"[②] 郁达夫的《骸骨迷恋者的独语》一文关于新诗与旧诗的感叹就颇具代表性。他说:"目下在流行着的新诗,果然很好,但是像我这样懒惰无聊,又常想发牢骚的无能力者,性情最适宜的,还是旧诗,你弄到了五个字,或者七个字,就可以把牢骚发尽,多么简便啊。"[③] 既不反对新诗,又认为旧诗不错,很适合抒发个人的情感,这很能代表许多新文学作家的观点。

梳理中国20世纪旧体诗词发展史,发现其创作存在三个高潮阶段。而在这三个高潮阶段中,怀安诗正处在第二个阶段中,它承上启下,地位十分突出。正如钱理群所说:"就我们现在的认识而言,似乎存在着三个创作的相对高潮:一是世纪初的辛亥革命前后,一是40年代抗战时期,一是接近世纪末的'文化大革命'及其以后的

---

① 孙志军:《现代旧体诗的文化认同与写作空间》,华中师范大学出版社2015年版,第3页。该书的"1919—1949年间旧体诗集刊印年表"有具体的统计数字,可以参考。
② 吕家乡:《从旧体诗到新诗》,山东人民出版社2014年版,第106—107页。
③ 郁达夫:《骸骨迷恋者的独语》,载郁达夫著,何乃欣编《颠沛人生·郁达夫美文》,花城出版社1992年版,第151页。

消化时期。"① 如前所述，在20世纪40年代抗战时期旧体诗创作的三大诗社中，以怀安诗社为主要代表。故可以说在怀安诗创作的带动和影响下，形成了20世纪旧体诗创作的第二个高潮。同时，在众多新中国第一批旧体诗诗人中，要么是怀安诗社的成员，要么和怀安诗社及其成员有密切的关联。

综上可知，怀安诗远绍中国古典诗词，上承民国旧体诗，下启新中国传统诗词，是中国20世纪旧体诗发展史上不可或缺的重要一环。故有学者认为延安时期"还有的写旧体诗词……不错，旧体诗词这朵花，在延安这新的土地上，还开放得格外茁壮，艳丽"。② 在倡导大众化且以白话文、新诗创作为主流的延安文艺时期，怀安诗主要运用旧体诗形式表达革命者情怀，这对于探究延安时期中国共产党领袖人物的文艺思想，理解延安文艺的丰富性与包容性，全面、准确评价延安文艺具有独到的参考意义和学术价值。怀安诗对中国古典诗学既充分借鉴又有所突破，为当代旧体诗词创作的民族化道路提供了一种基本的范式，起到了一定的引领和助推作用，值得引起文学史家的探究和深思。

第二节 怀安诗社在政治上的地位与影响

如前所述，作为中国无产阶级革命文艺史上的第一个创作旧体诗词的诗社，且其大部分成员都是中国共产党党员，故它自然不可能是一个纯粹的文艺组织，而是有着明确的政治倾向，有着崇高的政治理想，努力以诗词为武器，为中国的民族抗日战争和人民解放战争贡献自己的力量。李石涵说："这一时期在政治、军事、外交上发生的许多事件，作者们都用诗的形式表了态，就是在学习、观赏、卧病、赠

---

① 钱理群：《一个有待开拓的研究领域——〈二十世纪诗词注评〉序》，载钱理群、袁本良注评《二十世纪诗词注评》，漓江出版社2011年版，第7页。
② 《延安文艺丛书》第五卷《诗歌卷·前言》，湖南人民出版社1984年版，第5页。

别、祝寿、悼念等琐事中,也无不与革命融为一体,每首诗都附丽于一定的政治背景上,显示出战争年代的革命本色。"① 明确指出了怀安诗的创作均离不开中国政治的大背景,都有着"战争年代的革命本色"。王敬也认为,怀安诗社"是我党以诗会友,通过文艺创作活动团结抗日民族统一战线,联合爱国民主力量的成功尝试"。② 并以在延安活动时间不长的黄齐生加入怀安诗社为例,说明它"充分体现了我党包容九州,心怀天下的伟大胸怀,体现延安为抗战民主中心,如日中天,万民拥戴的伟大精神"。③ 下面,试对怀安诗社在政治上的地位与影响做简单阐述。

一 诗社名称体现了政治自觉与政治理想

怀安诗社名称本身就体现出了怀安诗人高度的政治自觉,表现了他们崇高的政治理想。如前所说,"怀安"二字来源于《论语·公冶长》篇中孔子的原话:"老者安之,朋友信之,少者怀之。"④ 意思是说,"老人得安,朋友得到信任,年轻人得到关怀"。⑤ 在一个社会中,如果老人都老有所养,都能够生活得安逸、舒适,孩子都能得到关爱,快乐健康地成长,朋友之间能相互信任,那么这个社会一定是政治清平的,人民安居乐业的。故这段话充分体现了作为儒家代表人物的孔子所宣扬的政治思想,即充满仁爱的、富有人情味的政治理想,非常富有人文精神。西汉司马迁在《史记·孝景本纪》"太史公曰"中,也把"怀安"描述为一种政治理想。他说:"汉兴,孝文施大德,天下怀安。"⑥ 大意是说,在汉文帝统治的时候,实行了休养生息的仁政

---

① 李石涵:《窑台诗话·后记》,载李木庵编著《窑台诗话》,湖南人民出版社1984年版,第204页。
② 王敬主编:《延安〈解放日报〉史》,新华出版社1998年版,第361页。
③ 王敬主编:《延安〈解放日报〉史》,新华出版社1998年版,第361页。
④ 刘兆伟译注:《论语》,人民教育出版社2015年版,第98页。
⑤ 刘兆伟译注:《论语》,人民教育出版社2015年版,第98—99页。
⑥ (汉)司马迁撰:《史记》,中华书局1982年版,第449页。

德治，故天下的百姓老者生活安定，少者得到关怀，呈现出了天下太平的社会局面。

在怀安诗社发起人、陕甘宁边区政府主席林伯渠的解释中，明确地把"怀安"二字，与陕甘宁边区的民主政治建设相联系。他在诗社成立时即表示说："边区建设民主政治，要做到老者能安，少者能怀，深寓策励之义……用诗歌激励抗战，收复国土，反对专制，争求民主，揭露黑暗，歌颂光明，团结同情者，赞助革命。"① 这表明了林伯渠在倡导成立诗社的时候，就有非常明确的政治自觉，也对诗社在中国革命中所起的作用寄寓了厚望。在诗社成立不久的1941年10月1日，《解放日报》还刊发了诗社成员谢觉哉（署名焕南）的《从怀安诗社谈起》一文，该文把诗社名称与陕甘宁边区政府的方针政策相联系，认为它"也是反映边区敬老慈幼政策的实际"，并且说"老安少怀，是社会的事业"，老人"有极丰富的经验和知识，又曾经对社会贡献过旺盛的精力，应该得到社会上的尊重"；而"小孩是未来社会的主人，小孩养得好，有健壮的体力，教得好，有实际的能力，这就是未来社会比现在社会要好些的保证。所以保育小孩是上一代人的神圣义务"。② 同时，该文还发出了这样的号召："各级政府卫生机关应提倡与研究养老，特别是怀少的事，各级参议会要把保育儿童减少儿童死亡率，看成自己的重要任务之一。要有人，要有好后代，社会才能繁荣起来。"③ 总之，该文从怀安诗社的名称出发，对陕甘宁边区政府施政的方针政策做了发挥与延伸，体现出了浓厚的政治关怀。

社长李木庵也认为怀安诗社有明确的政治任务，即诗社成员要以诗歌为武器参与中国革命，这样诗社才具有伟大的现实意义。他说："诗社的同志们主要写的是旧体诗，无非是想把它们作为宣传武器，配合革命形势，服从斗争需要，加强团结，发扬民族正气，鼓舞民心

---

① 李木庵编著：《窑台诗话》，湖南人民出版社1984年版，第2页。
② 焕南：《从怀安诗社谈起》，《解放日报》1941年10月1日第4版。
③ 焕南：《从怀安诗社谈起》，《解放日报》1941年10月1日第4版。

第七章　怀安诗社的地位与影响

士气，暴露敌伪罪恶，驳斥恐日病者和唯武器论者，为抗日的爱国战争服务，这就具有伟大的意义。"① 他还说道："使旧体诗在革命运动中更好地发挥战斗作用，是怀安诗社努力的目标。"② 此外，怀安诗社的成员也常常从"怀安"二字切入，通过诗歌来描述宣扬他们的政治理想。如董必武《赋怀安诗社》四首其一有云："而今四海皆烽火，酬唱怀安古意浮。"③ 朱德的《步董老诗韵》四首其四宣称："安怀老少吾侪志，第一齐心在御仇。"④ 叶剑英的《寄范亭司令并呈怀安诸老》诗大声疾呼道："投身革命将何事？老者安兮少者怀。"⑤ 与他们相比，朱婴的《延水纪事》一诗联系世界政治局势，把"怀安"的政治思想表述得更为详细，该诗云："方今世界正板荡，安能国国自固若苞桑？强为刀俎弱鱼肉，安能老安少怀乐徜徉？平等幸福吾党志，为世前驱无彷徨。自来弦歌能化俗，社结怀安动八荒。"⑥ 综上可知，诗社名称中的"怀安"二字，既风雅别致，又意味深长，"取老者能安，少者能怀之意，体现了革命圣地延安和共产党领导的陕甘宁边区，以及各个抗日根据地和解放区，是中国人民的希望所在"。⑦ 故怀安诗社的名称确实深深寄托了怀安诗人美好的政治愿景，表现了他们的政治追求与人文关怀。

二　怀安诗社广泛团结了各阶层的爱国人士

如前所述，怀安诗社成立和发展于战火纷飞、硝烟四起的战争年代，也是中华民族生死存亡的关键时期。在如此严峻的社会局势和政

---

① 李木庵：《漫谈旧诗的通俗化及韵律问题——记"怀安诗社"二三事》，载李石涵编《怀安诗社诗选》，陕西人民出版社1980年版，第276页。
② 李木庵编著：《窑台诗话》，湖南人民出版社1984年版，第32页。
③ 《怀安诗选》，人民文学出版社1979年版，第4页。在李木庵编著的《窑台诗话》（湖南人民出版社1984年版，第3页）中，后句为"酬唱怀安近古无"，与此句略有不同。
④ 李木庵编著：《窑台诗话》，湖南人民出版社1984年版，第4页。
⑤ 《怀安诗选》，人民文学出版社1979年版，第6页。
⑥ 《怀安诗选》，人民文学出版社1979年版，第9页。
⑦ 《谢觉哉传》编写组编：《谢觉哉传》，人民出版社1984年版，第158—159页。

治背景下，所有的一切都必须以军事需要和政治需求为前提，文学艺术自然也不能例外。毛泽东的《在延安文艺座谈会上的讲话》曾指出："要使文艺很好地成为整个革命机器的一个组成部分，作为团结人民、教育人民、打击敌人、消灭敌人的有力的武器，帮助人民同心同德地和敌人作斗争。"① 成立、发展于战争年代的怀安诗社如果不能成为"团结人民、教育人民、打击敌人、消灭敌人"的"有力的武器"，如果不能"成为整个革命机器的一个组成部分"，它就没有存在的必要，自然也就很难生存并且发展壮大。实际上，怀安诗人既有高度的政治自觉，也有崇高的政治理想，怀安诗社也自觉地履行了文艺社团在战争年代所被赋予的历史职责，为中国革命做出了自己特有的贡献。具体来说，其特殊贡献就是以诗社为阵地，广泛地团结了各阶层的爱国人士，凝心聚力，为民族抗日战争助阵，为人民解放战争助力。尤为人们所认可的，是怀安诗社成为抗日民族统一战线在文化领域中的具体践行者。

众所周知，中国共产党抗日民族统一战线策略的确立与实施，经历了一个较为漫长曲折的过程。自从 1931 年 9 月 18 日日本悍然发动侵华战争以来，使民族矛盾逐渐演变成为中国社会的主要矛盾，中国共产党也随之调整了既定的政治策略，提出了"以民族革命战争，驱逐日本帝国主义出中国，反对帝国主义瓜分中国，彻底争得中华民族真正的解放和独立"② 的主张。其后，中国共产党又陆续发布《为反对日本帝国主义侵入华北愿在三条件下与全国各军队共同抗日宣言》（1933.1）、《为抗日救国告全体同胞书》（1935.7—8）、《抗日救国宣言》（1935.11.28）等，一直致力于宣扬抗日救国的主张。直到 1935 年 12 月中旬至下旬，在瓦窑堡召开中共中央政治局会议，在讨论国内

---

① 毛泽东：《在延安文艺座谈会上的讲话》，载《毛泽东选集》（第三卷），人民出版社 1991 年版，第 848 页。
② 中华苏维埃共和国临时中央政府：《对日战争宣言》，载《红色中华》1932 年 4 月 21 日第 1 版。

第七章　怀安诗社的地位与影响

外政治形势以及分析国内阶级关系的基础上,"顺应中国历史发展的总趋势,确立了抗日民族统一战线的政治路线"。① 此后,中国共产党始终不渝地执行这一政策,直到抗日战争的胜利结束。

怀安诗社成立于民族抗日战争的战略相持阶段,是抗日战争非常艰难的时期。发起人林伯渠在诗社成立时就指出,诗社要"用诗歌激励抗战,收复国土,反对专制,争求民主,揭露黑暗,歌颂光明,团结同情者,赞助革命"。② 其中的"团结同情者,赞助革命",正是明确认为诗社要起到抗日民族统一战线的作用。在本书的第二章第一节"怀安诗社的成员结构"中,笔者考证了怀安诗社的48位成员以及10余位外围成员,从中可以看出其成员结构的复杂性。那些身份是中国共产党党员的诗社成员,自不必说,他们既有共同的政治理想,又因为共同的文学兴趣而团结在一起;不管是身在延安,还是驻足外地,他们因相互酬唱而更加团结和亲密。那些非中国共产党党员的诗社成员也有10余位,他们都是地方上颇有声望的耆老贤达,如安文钦、戚绍光、贺连城、施静安、李丹生、吴汉章、白钦圣、黄齐生等。他们一方面也均有爱国之心,支持中国共产党的抗日救国政策;另一方面喜爱并能娴熟地创作鉴赏旧体诗词,由于共同的爱好而紧紧团结在中国共产党周围,积极为抗日救国献策出力,贡献自己的力量。

从本书第二章第二节"怀安诗社的活动历程"中,我们能够看出,怀安诗人除了相互酬唱之外,还以革命家、社会活动家等身份参与了大量的社会工作,为中国革命做出了巨大的贡献。因为前文已有说明,此不赘述。另外,怀安诗社通过诗歌团结了一些人员,也是其发挥抗日民族统一战线的表现。例如他们用挽诗悼念一些非诗社的成员,既争取了一些爱国人士的理解和同情,也扩大了自己的政治影响。例如中国文化界的先进战士邹韬奋死后,诗社成员续范亭"援孔子

---

① 王首道:《毛泽东与抗日民族统一战线》,载全国中共党史研究会《抗日民族统一战线与第二次国共合作》,中国文史出版社1987年版,第3页。
② 李木庵编著:《窑台诗话》,湖南人民出版社1984年版,第2页。

'苛政猛于虎'之典，状韬奋之受迫害遭际，谓实为死于虐政"。① 钱来苏、韶玉（即王明）、李木庵等也纷纷作诗，既哀悼邹韬奋，又揭露国民党的暴虐统治。其他如新四军师长彭雪枫与日军作战英勇牺牲后，钱来苏作长篇七古哀悼，沉痛之极；误听爱国艺人梅兰芳遇害，李木庵作七绝四首悼念，后得知真相，作诗自我解嘲；美国总统罗斯福去世后，钱来苏作诗哀悼，颇具世界眼光；再如1946年4月8日黑茶山事件后，柳亚子以及较多怀安诗人，均作了不少诗歌悼念等。再如一些诗社成员或非成员到达或离开延安，怀安诗人作诗相赠，抒发或鼓励、或期望、或留恋等情感，也是团结党内外人士、联络情感的具体表现。此类诗作在《怀安诗社诗选》之"八 酬唱赠答"与《窑台诗话》之"窑台酬唱"中较为集中，可以参考，此不赘述。怀安诗社的做法，正起到了抗日民族统一战线的作用，如果用诗歌来表达，就是社长李木庵所说的"跃马齐挥鲁阳戈，阵线统一直到此"。②

三 怀安诗社展示了中国共产党人的文化自信

怀安诗社社长李木庵称："延安古为塞上，素称荒瘠。"③ 这个荒瘠不但是物质上的，更是精神上的、文化上的。早在先秦时期，秦国就在延安筑城，即高奴县城。秦朝时，设置上郡，延安的建制初具雏形。北魏时期设东夏州，西魏时改东夏州为延州。在隋唐五代时期，延州的州郡名称虽有更变，但其行政建制一直存在。北宋时期，延州改称延安府，历经金、元、明、清，陕北地区几乎都是在延安府的管辖之下。作为边塞地区，延安自古以来就是兵家的必争之地。而且由于陕北地区群山绵延起伏，交通不便，同时地贫民瘠，文化水平与中原地区相比较为落后。在清朝光绪年间，一位名叫王培棻的被贬斥的官员来到陕北巡视之后，作了一首题为《七笔勾》的诗歌。该诗认为

---

① 李木庵编著：《窑台诗话》，湖南人民出版社1984年版，第151页。
② 李木庵编著：《窑台诗话》，湖南人民出版社1984年版，第126页。
③ 李木庵编著：《窑台诗话》，湖南人民出版社1984年版，第18页。

第七章 怀安诗社的地位与影响

陕北没有万紫千红的自然美景,没有雕梁画栋的建筑艺术,没有精美舒适的绫罗绸缎,也没有鲜美名贵的山珍海味,没有金榜题名的功名事业,没有倾国倾城的粉黛佳人,更没有礼义廉耻的文明教化等,对陕北进行了全方位的否定。该诗有云:

> 万里遨游,百日山河无尽头,山秃穷而陡,水恶虎狼吼,四月柳絮抽,山花无锦秀,狂风阵起哪辨昏与昼,因此上把万紫千红一笔勾。窑洞茅屋,省去砖木偏用土,夏日晒难透,阴雨水不漏,土块砌墙头,灯油壁上流,掩藏臭气驴屎与牛溲,因此上把雕梁画栋一笔勾。……塞外荒丘,土羌回蕃族类稠,形容如猪狗,心性似马牛,出语不离毬,礼貌何谈周,圣人传道此处偏遗漏,因此上把礼义廉耻一笔勾。①

客观来讲,王培棻的《七笔勾》组诗颇有夸大失实之处,甚至是带着某种偏见来描绘的。因为该诗"极尽挖苦讽刺之能事,将陕北积数千年发展演进的文明事物一笔笔勾销,一笔笔抹煞"。② 但王培棻的描写也并非完全空穴来风,还是有一些生活基础的,这个生活基础就是以延安为中心的陕北地区一贯荒凉落后的历史情状:"但有些方面也反映了当时人民生活万分艰苦、文化极端落后的情景。"③ 直到中共中央和中央红军经过长征落脚在陕北后,大力发展生产,开展经济文化建设,以延安为中心的陕北才有了根本性的改观。如李木庵所说:"一九三五年,中央红军北上抗日,以此为后防,从事生产与文化之建设。四方来归,日臻繁盛,大改旧观,民歌乐土,已成为民族复兴发轫地。旅延安之娴吟事者,多为延城之新气象歌颂。"④ 延安从一个

---

① 《定边县志》编纂委员会编:《定边县志》,方志出版社2003年版,第959页。
② 高长天:《陕北是个好地方(总序)》,载刘向斌《历代陕北诗歌辑证》,陕西人民出版社2008年版,第2页。
③ 《定边县志》编纂委员会编:《定边县志》,方志出版社2003年版,第959页。
④ 李木庵编著:《窑台诗话》,湖南人民出版社1984年版,第18页。

荒凉落后的边塞古城，数年时间发展"成为民族复兴发轫地"，"革命策源成圣地"，① 即革命的圣地，人称"赤京"②"赤都"，③ 人间的"乐土"，是当时最先进的革命文化汇聚地，"人以此为领导广大人民决定建国大计之处，誉之为东方圣地"。④ 这是多么的不易，是多么辉煌伟大的成就！

延安的现实状况虽有较大改观，但是在人们的印象中其一贯落后的"帽子"一时却很难摘下，尤其以蒋介石为首的国民党政府在宣传上，对中国共产党有意识地进行歪曲丑化，也蒙蔽了很多人。如国民党宣传说中国共产党是一群没有文化的、野蛮的土匪，他们共产共妻，杀人放火，打家劫舍，没有任何的组织性与纪律性。在抗日战争一事上，国民党又宣传说共产党是机会主义者，抗日只喊口号，没有实际行动，是典型的"游而不击"的游击战等。美国记者斯诺在《西行漫记》一书中曾有相近的记录，可为佐证。他说："事实上，在世界各国中，恐怕没有比红色中国的情况是更大的谜，更混乱的传说了……哪怕是最简单的事情，也是有争议的。有些人否认红军的存在，认为根本没有这么一回事。只不过有几千名饥饿的土匪罢了。有些人甚至否认苏维埃的存在。"⑤ 斯诺还记载道："南京却说，红军不过是由'文匪'领导的一种新式流寇。"⑥"他们的妇女真的像国民党宣传所说的那样是被'共妻'的吗？"⑦"他们的激烈的抗日口号只不过是争取公众同情的诡计和绝望的挣扎，是亡命的汉奸和土匪的最后的呼号？"⑧

---

① 李石涵编：《怀安诗社诗选》，陕西人民出版社1980年版，第18页。
② 李木庵《送柳湜厅长飞渝》诗有"塞上星云拱赤京"句，《送毕珩（女）同志赴热河》诗有"自来赤京瞬六载"句等，均称延安为"赤京"。见李木庵编著《窑台诗话》，湖南人民出版社1984年版，第61、63页。
③ 罗青《延安四咏》之二《咏延河》释语云"外人有称延安为赤都者"。见李木庵编著《窑台诗话》，湖南人民出版社1984年版，第19页。
④ 李木庵编著：《窑台诗话》，湖南人民出版社1984年版，第19页。
⑤ ［美］斯诺：《西行漫记》，董乐山译，解放军文艺出版社2002年版，第1页。
⑥ ［美］斯诺：《西行漫记》，董乐山译，解放军文艺出版社2002年版，第2页。
⑦ ［美］斯诺：《西行漫记》，董乐山译，解放军文艺出版社2002年版，第4页。
⑧ ［美］斯诺：《西行漫记》，董乐山译，解放军文艺出版社2002年版，第5页。

第七章 怀安诗社的地位与影响

如何让以延安为中心的陕甘宁边区彻底脱掉落后的帽子，如何展示出中国共产党革命文化的先进性，如何充分展示出共产党人的文化自信？这是摆在延安时期中国共产党人面前的重要课题。答案是多重的，诸如通过新闻媒体正面宣传延安，借助来延安考察的国内外记者与朋友的力量宣传延安，以及开展丰富多彩的文化艺术活动，等等。而在形式多样的文化艺术活动中，文学创作是展现文化自信的重要方式。而在文学创作中，旧体诗词的写作更是体现文化底蕴的突出代表。因为旧体诗是中国古典诗词在现当代的表现形式，体现着中国数千年古典文学的格调和艺术，体现着中国数千年传统文化的深厚底蕴与精神内涵。常丽洁指出：“旧体诗自有一套颇为谨严的规则，非饱读诗书、受过严格的训练并对几千年来形成的文人传统十分熟稔不能进行创作，亦不能很好地理解。所以旧体诗几乎可以称得上是中国传统上层文人的特权，是一个人身世、教养、学识、趣味等各个方面的综合展现。”[1] 故拥有数十名成员的怀安诗社的成立，以及怀安诗人以旧体诗形式所开展的频繁的诗词酬唱活动，本身就是中国共产党人富有文化的明证，也是其文化自信的重要标志。更何况，怀安诗中还有不少主题鲜明、风格独特、意境高远的杰作，即使放在唐诗宋词中，亦毫不逊色。[2]

吴缥诗云：“侧吟中兴墨一斗，流风应不让山阴。”[3] 作者非常自信地认为，怀安诗社的酬唱活动，怀安诗人的文采风流，怀安诗人的格调情操，丝毫不逊色于东晋时期王羲之、谢安等的兰亭集会。而延安时期的文学创作活动，因为有了怀安诗社的参与而更加丰富多彩，呈现出"工农文艺泛新辉"[4] 的繁荣局面。诚如桑林峰所说，怀安诗

---

[1] 常丽洁：《早期新文学作家旧体诗写作》，社会科学文献出版社2014年版，第109页。
[2] 笔者注：如李木庵评价林伯渠时，便认为其诗"置诸少陵、剑南集中，殆无逊色"。即把其诗与杜甫、陆游诗歌相提并论，并认为不逊色于他们。见叶镜吾《怀安诗社概述》，载李石涵编《怀安诗社诗选》，陕西人民出版社1980年版，第297页。
[3] 李木庵编著：《窑台诗话》，湖南人民出版社1984年版，第5页。
[4] 李木庵编著：《窑台诗话》，湖南人民出版社1984年版，第63页。

人"以诗词为武器,既教育了自己,又打击了敌人;既在正面战场战胜了敌人,又在文化领域战胜了敌人"。① 总之,怀安诗是延安时期中国无产阶级革命家革命精神的重要载体和集中体现,是对中华民族优秀传统文化的继承和发展,是社会主义先进文化的重要组成部分,充分显示了中国共产党人的文化自觉与文化自信。

此外,从文献学的角度来看,怀安诗的价值作用也是多重的。单纯作为文学作品,怀安诗是考察研究现当代文学史的第一手资料,是基础性文献。而作为史料文献,怀安诗是解读甚至打开中国共产党人与无产阶级革命家理想情操的一把钥匙,能够丰富甚至补充中国共产党党史、中国革命史的某些不足。综上可知,怀安诗社在延安文学史上占有特殊的地位,在延安时期的政治舞台上也发挥了独特的作用,展现了无产阶级的革命性与进步性。故怀安诗社具有文学与政治学的双重身份,也产生了双重的影响,其独特的历史地位不可忽视,值得引起学术界的持续关注与研究。

---

① 桑林峰:《开国战将的诗意人生》,《解放军报》2015年10月21日第6版。

结束语
——怀安诗社的成功经验与历史局限

孔庆东先生曾把中国 20 世纪的旧体诗人分为以下几类:"传统诗人,如同光体,柳亚子的南社,张恨水和鸳鸯蝴蝶派;新文学诗人,如鲁迅、郭沫若、郁达夫、老舍;政治家诗人,如毛泽东、董必武;学者诗人,如陈寅恪、吴宓、沈祖芬、程千帆、陈明远等。这些都可以分别成为研究课题。"[①] 按照他的这个分类方式,怀安诗人大致都可以归入"政治家诗人"[②] 一类中。同时作为怀安诗社一员的董必武,本身也被孔先生分到了此类。也曾有同事对笔者戏谑称怀安诗具有"政治文学化,文学政治化"的倾向,总体艺术格调不高。虽然是在调侃,但所说并非毫无道理,因为怀安诗人中的确有不少人是政治家,且其诗作蕴含着浓郁的政治色彩。但其判定怀安诗艺术价值不高,却失之片面。下面,试对怀安诗社的成功经验与历史局限分别做简要探析,姑且当作对笔者所做探讨和研究内容的一个总结吧。

---

① 孔庆东:《旧体诗与中国现代文学》,《汕头大学学报》(人文社会科学版) 2005 年第 5 期。
② 笔者注:此外,也有人认为怀安诗人是无产阶级革命家诗人,如张鸿才《论延安时期无产阶级革命家诗词的壮美风格》(《西北第二民族学院学报》1996 年第 1 期)一文认为毛泽东与一些怀安诗人是无产阶级革命家诗人;程国君、李继凯《延安革命家的诗词创作实践及诗史价值》(《中国社会科学》2020 年第 3 期)一文认为毛泽东与怀安诗人都是延安革命家诗人,与此相近。

一 怀安诗社的成功经验

作为中国无产阶级文艺史上第一个以创作旧体诗词为主的、运行了八年之久的，且在文学和政治上都有一定影响的文学社团，怀安诗社必定有成功的经验留给后人，也应该有其缺陷和不足。总结其成功的历史经验，吸取其失败的教训，能够让人们更深入地思考旧体诗词在当代的发展以及存在状态，为旧体诗将来的发展赢得更加宽广的道路。笔者以为，怀安诗社的成功经验主要有以下几个方面。

一是在创作主张上，怀安诗人能够继承发扬中国古典文学中立足现实、关注当下的现实主义文学传统，致力于以诗歌为武器赞助中国革命，积极参与国家民族的重建事业。现实主义的文学主张堪称中国古代文学发展史的一条主线、一条红线，从《诗经》开始就已奠定了坚实的基础。《诗经》立足于现实社会，其内容以描写社会现实生活中的政治、军事、农业、婚恋伦理等为主。"《诗经》的作者非常突出的一点是强调诗歌的美刺作用，认为文学作品应当表现出人们对现实生活的褒贬态度，要以文艺为武器对现实生活，特别是对社会政治起积极的干预作用。"[①] 这种积极参与、努力干预现实社会的现实主义文论思想，经过儒家特别是孔子的阐发总结得到了进一步的发展成熟。其后在两千多年的中国古典文学史中，不管是文学批评，还是文学创作，现实主义的文艺思想都得到了进一步的弘扬和发展。稍微熟悉中国古典文艺批评史与古典文学史的人们，对此都有或多或少的了解，此不赘述。而成立于延安时期的怀安诗社，比"五四"时期全面批判乃至全面否定传统的文人更为理性，他们能够从中国古典文学中吸取现实主义的文学理念，不仅指导了自己的文学创作，产生了数以千计的旧体诗词作品，而且能够以诗词作品为武器，有力地声援了中国的民族抗日战争和人民解放战争，发挥了独特的历史作用，形成了较大

---

① 张少康、刘三富：《中国文学理论批评发展史》（上），北京大学出版社1995年版，第18页。

的历史影响。总之，怀安诗社以文学作品干预社会现实生活的做法是成功的，比起那些只会吟咏风花雪月的诗人高明了何止百倍、千倍！

二是在创作实践上，怀安诗人能够充分借鉴吸收中国古典诗词的优秀传统，强调文学作品思想性与艺术性的有机统一，涌现出了不少传诵一时且能流传下来的佳句佳作。中国诗歌有着数千年的辉煌历史，从远古歌谣到《诗经》《楚辞》，从汉乐府到魏晋南北朝诗歌，从唐诗到宋词，从元曲到明清诗歌，产生过众多优秀的作家和作品，也涌现出一批批传世名篇。这些传世佳作大都有一个共同的特点，那就是既有鲜活充实的题材内容，达到了一定的思想高度，同时也具备较高明的艺术手法，在艺术表现上独具匠心。怀安诗作为中国古典诗词在现当代的艺术表现形式，怀安诗人作为生活在现当代的传统诗人，并未像五四时期的文人一样完全摒弃了传统文化与传统文学，而是兼收并蓄，积极从辉煌灿烂的古典诗词传统中吸取艺术营养，努力锤炼艺术语言与表现手法，从而闯出了一条成功的新路。怀安诗人创作出了不少内容充实、艺术表现高明的佳作，相信不但能流传于一时，还能继续流传下去。如林伯渠在怀安诗社成立时首唱的五律、七律以及众人的和诗，朱德的《游南泥湾》诗与众人的和诗，李木庵、钱来苏、罗青以及绥米诗人等关于陕北自然山水与风土人情的诗作，众多怀安诗人关于时局的吟咏，等等，都是思想内容充实与艺术表现高明的佳作。这些作品虽然不能像李白、杜甫的某些诗作那样家喻户晓、妇孺皆知，但也必定能够流传下去，成为中国诗歌发展史上的一道别具特色的风景线。

三是在创作思想上，怀安诗人具有勇于变革、与时俱进的文艺主张，他们倡导旧体诗诗体以及语言上的革新，努力使之适应社会时代发展的需要。一切事物都是发展变化的，诗歌自然也不例外。经过几千年的发展演变，旧体诗词在各个方面的艺术表现都已经非常成熟了，有的地方甚至变得僵化了，不太适应思想情感的抒发。那么，后人在使用这种体式进行文学创作的时候，如何才能跳出古人的樊篱，表达出自己特有的思想情感，体现出自己独特的技巧，这是一个非常重要的问题。如前所述，怀安诗人既努力学习古人，又秉持与时俱进的思想，倡导旧体诗的变革。关于这一点，本书第三章第三节"革新诗歌体裁形式的倡议与实践"曾经有过详细论证，此不赘述。此外，怀安诗人不但具有国内视野，还具备世界眼光，是真正"开眼看世界"的诗人群体。怀安诗人关注的焦点当然是国内的政治、经济与民生等状况，但为了更好地赞助国内的革命事业，他们也具备世界眼光与全球视野。如本书第一章第一节提及的李木庵所作的《怀安诗刊》序言，就是明证。再如李木庵的《一九四五年元日诗》以"闲话"的形式，对第二次世界大战的亚洲、欧洲战场以及中、苏、美、英与德、日等国进行了概述，表达了对战胜法西斯的喜悦之情，高屋建瓴，大气磅礴。再如李木庵的《斯大林斥丘吉尔是战犯》三首①、谢觉哉的《水龙吟·次韵答曙时同志赠词》、续范亭的《斯大林》三首、钱来苏的《十杯酒谣》、朱婴的《延水纪事》等诗，均能够立足于中国而放眼世界，体现了怀安诗人高远的视野与博大的胸怀。对此，读者一览便知，自无须笔者饶舌。

二 怀安诗社的历史局限

如上所述，怀安诗社有其成功之处。但客观来讲，怀安诗社也因其历史局限性而存在诸多缺失。对此，李木庵、李石涵父子早就有所觉察，并予以明确指出。李木庵说："近来怀安诗社里各位擅长五七言文体的老人们都在竞作新式语体诗（笔者注：新式语体诗即新诗），力求平易，免除艰涩，虽脱却了冠冕黼黻，仍然留下斗方角巾。强调袒腹赤足，则含蓄蕴藉不足，索然无味。"② 主要是针对怀安诗人创作的新诗而言，前文已论及。李石涵说："由于历史条件的限制，有的

---

① 笔者注：原诗无题目，题目为笔者所加。诗见李木庵编著《窑台诗话》，湖南人民出版社1984年版，第97页。
② 李木庵编著：《窑台诗话》，湖南人民出版社1984年版，第111页。

主张未必精当；在创作实践中，技巧也有未臻圆熟处。"① 对于怀安诗人的创作主张与创作实践的评价，确实抓住了怀安诗社的痛处。

在创作主张上，怀安诗社的部分成员过分强调了文学与政治的关系，过于注重诗歌对中国革命的助推作用，使一些诗作成了政治的传声筒，缺乏诗味，艺术成就不高，或者说在艺术上是失败的。所谓"成也萧何，败也萧何"，以诗歌反映社会现实、干预现实生活的确能够增强诗歌的内涵深度，提高诗歌的表现力，扩大诗歌的影响面。但是如果过分强调诗歌的现实功用，忽略诗歌本身的艺术表现，则会导致作品缺乏诗味，成为直白枯燥的说教，令人不忍卒读。在诗社成员续范亭的一些作品中，这一点就表现得较为突出。如其发表在《解放日报》上的《毛主席告诫同志必须实事求是不可哗众要宠偶成四句以伸其义》诗，实在是很难把其当作诗。该诗云：

不求一时乱拍手，要使将来暗点头。不求一时多鼓掌，要求将来少摇头。②

再如其读艾思奇的《学习观念的革新》两首诗云：

其一
万事从来贵有恒，理论原是照明灯。
革除积习须持久，紧火煮完慢火蒸。
其二
革命二十二文件，党内党外齐学习。
今日先用紧火煮，今后当须慢火蒸。③

---

① 李石涵：《窑台诗话·后记》，载李木庵编著《窑台诗话》，湖南人民出版社1984年版，第204页。
② 《解放日报》1942年6月20日第4版。
③ 《解放日报》1942年6月20日第4版。

这些所谓的诗歌语言直白，重复啰唆，缺乏诗味，读者极易感知。如第一首，不过是把道理用诗的形式书写出来而已，且点头、摇头同字押韵，更是诗歌大忌。再如后两首诗中，同样的一个意思反复使用，语言重复，思想上叠屋架床，给读者的感觉是作者仿佛才力已尽，只是在那里不停地唠叨，重复一些没有多少营养的废话。这些作品，完全丢弃了传统诗词含蓄优美、凝练传神的特质，在语言表达上以及艺术手法上，实在是让人不敢恭维。再如续范亭和林伯渠怀安诗社成立时首唱诗三首中的第三首①，也犯有同样的毛病。其他怀安诗人的一些作品也存在这方面的情况，人们阅后便知，此不赘述。

怀安诗艺术上的"未臻圆熟处"，除了因为在创作主张上过分强调文学对现实社会的干预作用外，还有一定的现实原因。这个现实原因主要是因为怀安诗人身份的复杂性、特殊性所致。他们中的大多数都不是纯粹的诗人，他们以中国的革命事业为大局，平时公务繁忙，仅把诗词创作当作人生的"余事"，并没有"为人性僻耽佳句，语不惊人死不休"（杜甫的《江上值水如海势聊短述》）的创作自觉以及语言技巧上有意识的锤炼。正如陈毅的《沁园春·山东春雪压境，读毛主席柳亚子咏雪唱和词有作》一词所说："政暇论文。"② 或如熊瑾玎的《和董老必武同志〈读瑾玎诗草〉》说自己："平生游戏辄为诗，信手拈来懒费思。"③ 意即以"游戏"甚至娱乐的心态作诗，"懒费思"地去修改，去锻字炼意。这虽然不能代表全部怀安诗人作诗时的心理状态，但也能解释部分怀安诗艺术上的"未臻圆熟"乃至粗糙之原因。行文至此，笔者关于怀安诗社的考察研究便暂时告一段落。一些存疑未尽的问题，留待以后继续探讨。最后，诗以赞曰：

咏怀安诗社

---

① 参见李木庵编著《窑台诗话》，湖南人民出版社1984年版，第5页。
② 《陈毅诗词选集》，人民文学出版社1977年版，第99页。
③ 《熊瑾玎诗草》（增订本），生活·读书·新知三联书店1987年版，第119页。

（中华新韵：十一庚 eng，ing，ong，iong）
圣地有诗社，怀安擅美名。运用旧形式，表现新内容。
或写抗战事，或抒同志情。或赞大生产，或刺蒋狰狞。
辞章为武器，服务工农兵。远祖诗三百，近取杜少陵。
元白作同调，韩孟拜下风。苏辛求加入，康梁已先行。
成员数十位，暗夜引路灯。酬唱八年久，岂徒一兰亭？

参考文献

一 诗集著作

艾克恩编：《延安文艺运动纪盛》，文化艺术出版社 1987 年版。

艾克恩主编：《延安文艺史》（上、下），河北教育出版社 2009 年版。

常丽洁：《早期新文学作家旧体诗写作》，社会科学文献出版社 2014 年版。

陈安湖：《中国现代文学社团流派史》，华中师范大学出版社 1997 年版。

韩晓芹：《体制化的生成与现代文学的转型——延安〈解放日报〉副刊的文学生产与传播》，中国社会科学出版社 2012 年版。

贺海轮：《延安时期著名人物》，陕西人民出版社 2015 年版。

侯业智等：《延安时期中国共产党语言文字工作述论》，陕西人民出版社 2019 年版。

胡迎建：《民国旧体诗史稿》，江西人民出版社 2005 年版。

《怀安诗社诗稿》手抄本，现珍藏于延安革命纪念馆。

《怀安诗选》，人民文学出版社 1979 年版。

蒋寅：《古典诗学的现代诠释》，中华书局 2003 年版。

李建中主编：《中国古代文论》，华中师范大学出版社 2007 年版。

李木庵编著：《窑台诗话》，湖南人民出版社 1984 年版。

李石涵编：《怀安诗社诗选》，陕西人民出版社 1980 年版。

梁向阳、王俊虎主编：《延安文艺研究论丛》（第一辑），陕西人民出版社2012年版。

林默涵总编：《中国解放区文学书系》（9编22卷），重庆出版社1992年版。

刘润为主编：《延安文艺大系》（17卷28分册），湖南文艺出版社2015年版。

鲁歌、羊春秋主编：《老一辈革命家诗词选注》，福建人民出版社1983年版。

吕家乡：《从旧体诗到新诗》，山东人民出版社2014年版。

马连儒：《谢觉哉评传》，湖南人民出版社1989年版。

马连儒注：《谢觉哉诗选》，湖南文艺出版社1986年版。

毛泽东：《毛泽东选集》（一至四卷），人民出版社1991年版。

[日] 木山英雄：《人歌人哭大旗前——毛泽东时代的旧体诗》，赵京华译，生活·读书·新知三联书店2016年版。

钱家楣选编，隗芾注释：《钱来苏诗选》，时代文艺出版社1985年版。

钱来苏：《孤愤草初喜集合稿》（自印本），1951年。

钱理群、袁本良注评：《二十世纪诗词注评》，漓江出版社2011年版。

陕西省档案馆编：《陕甘宁边区政府大事记》，档案出版社1991年版。

《十老诗选》，中国青年出版社1979年版。

时国炎：《现代意识与20世纪上半期新文学家旧体诗》，华中师范大学出版社2015年版。

[美] 斯诺：《西行漫记》，董乐山译，解放军文艺出版社2002年版。

孙志军：《现代旧体诗的文化认同与写作空间》，华中师范大学出版社2015年版。

陶承：《祝福青年一代》，湖南人民出版社1983年版。

王敬主编：《延安〈解放日报〉史》，新华出版社1998年版。

王巨才主编：《延安文艺档案》（全60册），太白文艺出版社2015年版。

王力：《诗词格律概要》，北京出版社2002年版。

吴海发：《二十世纪中国诗词史稿》，中国文史出版社2004年版。

吴敏：《宝塔山下交响乐：20世纪40年代前后延安的文化组织与文学社团》，武汉出版社2011年版。

萧华荣：《中国古典诗学理论史》（第二版），华东师范大学出版社2005年版。

《谢觉哉传》编写组编：《谢觉哉传》，人民出版社1984年版。

谢觉哉日记编辑组编：《谢觉哉日记》（上下册），人民出版社1984年版。

《谢觉哉杂文选》，人民文学出版社1980年版。

谢孝思：《黄齐生诗文选》，贵州人民出版社1981年版。

熊瑾玎：《熊瑾玎诗草》，湖南人民出版社1981年版。

《熊瑾玎诗草》（增订本），生活·读书·新知三联书店1987年版。

许怀中主编：《中国解放区文学史》，海峡文艺出版社1994年版。

《延安文艺丛书》编委会编：《延安文艺丛书》（十六卷），湖南文艺出版社1984—1988年版。

叶剑英：《远望集》，人民文学出版社1979年版。

袁盛勇：《历史的召唤：延安文学的复杂化形成》，中国戏剧出版社2007年版。

袁盛勇主编：《延安文艺研究年鉴2015—2016》，中国社会科学出版社2019年版。

臧克家：《臧克家旧体诗稿》（修订版），武汉出版社2000年版。

曾鹿平、姚怀山主编：《延安文化思想概论》，陕西师范大学出版总社有限公司2015年版。

张鸿才：《延安文艺论稿》，宁夏人民出版社1999年版。

张建儒、杨健主编，魏协武执行主编：《陕甘宁边区的创建与发展》，陕西人民出版社2008年版。

章荑荪：《诗词散曲概论》，安徽教育出版社1989年版。

《中国文学理论批评史》编写组编：《中国文学理论批评史》，高等教育出版社 2018 年版。

周振甫、陈新注释：《林伯渠同志诗选》，中国青年出版社 1980 年版。

周振甫、陈新注释：《谢老诗选》，中国青年出版社 1980 年版。

朱自清：《朱自清说诗》，上海古籍出版社 1998 年版。

二　学术论文

陈迪强：《再论"五四"白话文运动何以成功——与晚清的白话文运动比较》，《湖北社会科学》2018 年第 2 期。

程国君、李继凯：《延安革命家的诗词创作实践及诗史价值》，《中国社会科学》2020 年第 3 期。

代训：《新诗会消亡吗？——兼评当代新诗与古典诗歌传统》，《文艺评论》2001 年第 3 期。

丁茂远：《抗日革命根据地的三大诗社》，《文教资料》1995 年第 1 期。

高杰：《延安文艺运动中的社团组织及其流派风格》，《延安大学学报》（社会科学版）1992 年第 2 期。

胡迎建：《论抗战时期旧体诗歌的复兴》，《抗日战争研究》2001 年第 1 期。

胡迎建：《论民国旧体诗的发展轨迹与特征》，《中国文化》2013 年第 2 期。

黄树红：《试论叶剑英绝句的艺术特色》，《惠阳师专学报》（社会科学版）1984 年第 1 期。

黄万机：《黄齐生诗词浅论》，《贵州社会科学》1982 年第 4 期。

霍有明：《军歌与战鼓齐鸣吟坛共战场并捷——〈怀安诗社诗选〉刍议》，《抗战文艺研究》1987 年第 2 期。

江弘基：《关于"怀安诗社"》，《陕西师范大学学报》（哲学社会科学版）1980 年第 4 期。

孔庆东：《旧体诗与中国现代文学》，《汕头大学学报》（人文社会科学版）2005 年第 5 期。

黎辛：《丁玲和延安〈解放日报〉文艺栏》，《新文学史料》1994年第4期。

李鸽：《论怀安诗社》，《昭通师专学报》（哲学社会科学版）1988年第2、3期。

吕睛：《小议怀安诗》，《广播电视大学学报》（哲学社会科学版）2011年第2期。

屈晓军：《姜国仁：是教育家，也是女诗人》，《山西青年》2018年4月（下）。

任丽青：《铁样胸怀绵样肠——论谢觉哉诗》，《上海大学学报》（社会科学版）1993年第3期。

桑林峰：《开国战将的诗意人生》，《解放军报》2015年10月21日。

舒义顺：《"怀安"诗人唱吟茶》，《农业考古》1998年第4期。

孙国林：《林伯渠倡议成立怀安诗社》，《湘潮》2014年第6期。

孙国林：《延安时期的文学社团》，《河北师范大学学报》（社会科学版）1986年第3期。

孙明君：《三源一流：中国诗史流变大势》，《学习与探索》1999年第1期。

孙元、吴尹浩：《"延安五老"考》，《百年潮》2018年第3期。

王冬梅：《论延安文学生产机制的建立》，《南京师范大学文学院学报》2020年第1期。

王建平：《文学史不该缺漏的一章——论20世纪旧体诗词创作的历史地位》，《广西大学学报》1997年第3期。

王克明：《延安文艺社团的兴衰》，《炎黄春秋》2014年第2期。

武原、曹爽：《简论董必武抗日战争时期的旧体诗》，《唐都学刊》1988年第2期。

杨柄：《怀安诗社——中国无产阶级革命文艺史上第一个古典诗词诗社》，《甘肃高师学报》2005年第3期。

杨建民：《谢觉哉笔下的延安春节》，《文史天地》2016年第3期。

虞和平：《抗日战争与中国文艺的现代化进程》，《抗日战争研究》2005年第4期。

袁小伦：《叶剑英与怀安诗社诸老》，《党史纵览》2007年第9期。

张鸿才：《论延安时期无产阶级革命家诗词的壮美风格》，《西北第二民族学院学报》（哲学社会科学版）1996年第1期。

张可荣：《延安时代的"怀安诗社"》，《文史杂志》1995年第3期。

张培林：《延河雅集唱新歌——延安时期的怀安诗社》，《广西党史》1996年第4期。

周健：《"怀安诗社"和"怀安"诗》，《西北大学学报》（哲学社会科学版）1980年第3期。

周维东：《革命文艺的"形式逻辑"——论延安时期的"民族形式"论争问题》，《文艺研究》2019年第8期。

后　记

　　这本小书是我主持的 2017 年国家社科基金西部项目——"古典诗学视野下的延安时期怀安诗社研究"（项目编号：17XZW038）的结项成果。出版时，为了避免文字冗长，我欣然接受了中国社会科学出版社郭晓鸿老师的建议，改为了现在的书名——《怀安诗社研究》。

　　1941 年 9 月 5 日，怀安诗社成立于革命圣地延安。这是延安文艺时期一个较为独特的诗社，因为在大众化与新诗为主流的延安文坛，怀安诗人却以创作旧体诗词为主。到了今年，恰恰是该诗社成立八十周年；故对怀安诗社而言，今年也是一个非常重要的年份。然而七十多年来，学界并未产生过专门研究怀安诗社的学术著作。正是有鉴于此，我才展开了该选题的探讨工作。

　　说起本书的选题以及出版等事宜，首先要感谢延安大学红色文艺研究中心的两位领导——惠雁冰教授和孙宏亮教授。两位教授都是我的兄长，也是我的好友。2014 年 10 月，红色文艺研究中心成立之初，两位教授分别担任主任和副主任之职。他们在考察遴选中心成员时，也把我列了进去。说实话，我当时的第一感觉就是出乎意料。因为我是中国古代文学教研室的教师，长期以来，教学和科研的领域均在中国古代文学，而古代文学和红色文艺几乎是八竿子打不着。

　　但恭敬不如从命，我还是怀着忐忑的心情加入了红色文艺研究中心，成为一名研究员。当进入研究中心之后，才真正明白了两位教授的良苦用心，才大致理解了两位教授宏大的学术视野。他们认为，红色文艺研究不能局限在红色经典这个小领域，不能局限在现当代文学，更不能画地为牢，自我束缚；而是需要从其他不同学科观照，诸如民间文艺、语言学、文艺学，乃至艺术学、古代文学等；需要从各种不同视角透视，如中国传统文学理论、西方文艺思潮，乃至西方哲学、心理学等。从这一点上，亦可窥见两位教授学术胸怀上的开放与包容。

然而知易行难。如何把古代文学与红色文艺相结合，并做出点东西来，却并不是一件简单的事。随后的两年多时间，我便堂而皇之地跟在他们后面打酱油。打酱油的日子是快乐的、开心的，令人终生难忘的。但中心毕竟是一个研究机构，有非常浓厚的学术氛围，两位主任和其他研究员如马建华教授、侯业智副教授、李萍副教授等都有很高的学术素养，都有自己稳固的研究领域，也能结合自己的研究特长取得显著的成绩。所以，我不可能一直快乐地打酱油。

后来，正是在惠雁冰教授、孙宏亮教授以及研究中心其他成员的帮助与熏陶下，结合自己的古代文学专业，才确定下这个研究课题；接着又在他们的鼓励与指导下，完善了申报材料，并幸运地被国家社科办立项；其后，又在他们的指点和督促下，如期完成了课题研究，并顺利结项；乃至于本书的出版，他们也在精神和经费层面上给予了双重资助。感谢惠雁冰教授、孙宏亮教授以及研究中心的其他成员，感谢研究中心这个温暖的大家庭！

其次，要感谢延安大学文学院的梁向阳教授。梁教授是我的前辈老师，是国内路遥研究的专家、权威，在国内享有较高的知名度，也有良好的美誉度。他名气虽大，为人却非常平易近人，没有任何架子。他性格上还有一个为众人所称道的优点，就是非常喜欢勉励、提携后进，对年轻学人会提供力所能及的支持和帮助。笔者2015年在中国社会科学出版社出版学术著作，就得到了梁老师的鼓励与经费上的大力支持；这次出书，梁老师一如既往地全力支持。感谢梁老师！

再次，感谢家人对我的理解与支持。感谢我的爱人顾秋菊女士，从我们相知相爱结婚到现在二十多年来，她对我从事教学与学术研究、占用生活时间和空间都给予了最大的容忍和理解。二十多年来的相濡以沫，二十多年来的同甘共苦，她鬓角的一些秀发悄然变成了银丝。但岁月从不败美人，在我心中她比以前更美更可爱！感谢我儿霍圣迁同学，他虽远在千里之外的重庆读大学，但还时时牵挂着家，牵挂着我。尤其是今年父亲节那天，一个小小红包的祝福，就让我开心、满足了好久好久。

还要感谢延安大学文学院中国古代文学、古典文献学专业的硕士研究生，如李领弟、白倩、刘荣霞、李超、马珍珍、王菲、熊孝容、俱文辉、常智慧、姬丹丹等同学。他（她）们有的为我查阅收集资料，有的为我整理录入文献，有的为我修改校对书稿，都为本书的出版做出了一定的努力。如今，他（她）们有的已经工作，有的读博深造，有的在读，借此机会祝福他（她）们前程似锦，平安快乐！

最后，还要特别感谢本书的责任编辑郭晓鸿老师。郭老师学问渊博，温文尔雅，对工作认真负责、一丝不苟。从本书稿名称的确定，到文字的修改、校正，以及体例规范上的把控等，她都付出了辛苦的劳动。感谢郭老师！

尽管有众人的帮助和支持，但是由于本人个人能力不足，眼界狭窄，且在延安文艺方面关注不够，故本书应该还存在诸多浅薄疏漏甚至错误之处，尚请读者朋友予以谅解，提出宝贵的修改、批评意见。

霍建波

2021年6月28日写于延安大学文学院至简斋